# タイ国家と文学

吉岡 みね子
YOSHIOKA Mineko

溪水社

# 序

　タイ文学の森に一歩足を踏み入れると、そこには「国家統治と文学」という、過分の、とてつもない大きな課題が待ち受けていた、そんな思いが、いわば、本研究の原点である。
　そこで本書は、自らも学びつつ、これまで研究助成（p.313）を受けた貴重な成果を総括し、ささやかながらも、現在、及び未来におけるタイ文学の研究、教育の発展・向上と、一般社会のより深い理解促進を主眼においてまとめてみた。そして、たとえ針孔のように微小な角度からであっても、何らかの形で、広く世に資することを目指した。
　本書では、国家統治という視座に立ち、13世紀、王国の成立から現在に至るタイ文学の変遷において看過できない重要な諸要因を、社会、思想、作家たちの活動に焦点をあてて、タイ文学の全体像の把握と理解に努めた。なぜなら、様々な歴史的足跡を残して発展してきた今日のタイ文学は、国の統治、つまり、政治とその当時の社会とのかかわりを抜きにしては語れないからである。
　その切り口として、本書は研究助成を受けた課題の目的から、次の2点を骨子とした。
1．これまでのタイ文学に新たな研究視点を提示
2．タイ文学の全体像を国家建設、近代化の時代の政治、社会との関連性から考察
　1．においては特に、今日にみる現代文学の基盤が築かれた1930年代〜1950年代、いわゆる「タイ文学の源」を、これまで散逸、放置されていた貴重な文芸誌、作家の見直しによってタイ政治、社会、思想、文化、歴史的観点から追ってみた。つまり、国内外の研究において、学術的価値が看過、放置された状況にあった文芸誌『ワンナカディーサーン』、及び『アクソーンサーン』の蘇生というアプローチで、希薄だった分野を見直

序

してみた。

　しかしながら、時代、対象文芸誌、その関連作家や作品も極めて限られていたため、さらに「タイ文学の変遷と国家統治」という高次元の課題に視点をおいた（2.）。13世紀、タイ王国の成立から現在に至るタイ文学の変遷において決して無視できない、さらなる重要な諸要因を国家統治という、より大きな視野の中でタイ文学の全体像を提示することに努めたのである。この研究においては、「イギリス」の存在を文学の観点から今一度とらえ直してみた。タイ文学史上、また思想的にも社会的にも、まだまだ未踏の分野が残されており、なおも研究の継続を必要としているが、本書では特に、タイ現代文学の発展に大きな影響を与えたラーマ6世のイギリス留学について、「国家近代化と文学（戯曲）」という課題で、タイ文学におけるイギリスの存在を新たに追究してみた。

　従って、本書はこれらを柱として、Ⅴ部から構成される。第Ⅰ部は、今日にみるタイ文学の世界への道案内、つまり、タイ現代文学の「今」のありようとその礎を築いた文人たち、第Ⅱ部は、時代的には現バンコク王朝以前、スコータイ、アユッタヤー王朝のタイ古典文学と国家統治、第Ⅲ部は、タイ近・現代文学の黎明期と国家近代化、特にラーマ6世とピブーンソンクラーム首相の国家建設と文学、第Ⅳ部は、民主主義、共産主義の政治イデオロギーと諸文芸誌、作家たちの活動、そして第Ⅴ部では本題『タイ国家と文学』を代表する作家として、タイ文学界の重鎮、セーニー・サオワポンを日本語と英語で紹介してまとめた。さらにタイ文学のより深い理解を得る一助として、巻末に資料編（作家と作品、作家リスト、タイ文学概史）を付した。

　時代としては、1）近・現代、2）タイ王国が成立した13世紀スコータイ時代、及び次のアユッタヤー時代、3）19世紀から20世紀初頭、タイ現代文学の発祥期における国家近代化の時代、4）共産主義を反体制のイデオロギーとする言論統制の政策がとられた時代、に区分してとらえた。

　また政治、社会思想については、「王は人民の父」というスコータイ時

代から今日に続くタイ伝統の国家統治、アユッタヤー時代の誓忠飲水の儀、サクディナー制、さらには次の時代のナショナリズム、民主主義、共産主義等をとりあげ、これらのアプローチによってタイ文学の全体像を提示した。

　時あたかも、今のタイにまさか、と、わが耳を疑ったクーデタ勃発（2006年9月19日）以来、今日のタイの政治、社会はなおも不穏な状況下にある。600余年の長きにわたる友好関係を築いてきた隣国タイとはいえ、日本人にとって理解が困難な現象にときとして出くわす。
　タイ文学の展開・発展がいかに国家統治と係わってきたか、タイ文学と政治の関係を根底から深く考察しようと試みる本書の課題は、さらなる研究継続をなおも要するものである。しかしながら、本書が今後のタイ文学研究の発展と学際化への踏み段に、さらにはタイを深く学び、タイに関心を寄せる方々が、タイ文学により親近感を深め、その理解の一助になるべく微力ながらも社会還元に寄与できれば、これに優る喜びはない。

2010年1月

吉岡　みね子

付記
　タイは西暦1941年1月1日をもってタイ暦年（仏暦）を西洋暦年に変更した。それまで仏暦（B.E）は西暦の4月1日を新年としていたため、本書では誤解を避けるため、原著の仏暦をそのまま使用したり、また月が不明な箇所も便宜上、西暦に直している（仏暦元年、B.C.543年）。
　引用・参考文献、出典一覧等、タイ人の氏名に関しては、タイでは日常、姓ではなく名前を用いる習慣があるので、名前、姓の順で配列した。
　文中作品、及び引用部分訳は筆者（記名を除く）、作家リストで生地バンコクの場合、明記を省いた。

タイ国家と文学
目　次

序 …………………………………………………………………………… i
図版一覧 ………………………………………………………………… ix

## Ⅰ　タイ近・現代文学の「今」と「はじまり」
　はじめに ………………………………………………………………3
　第1章　東南アジア文学賞（SEA Write）………………………4
　　1　"細やかな人間観察を詩的風刺の豊かなスープに融合させて"　4
　　2　「20世紀」の詩1篇：SEA Write 詩人　アンカーン・カンラヤーナポン　7
　第2章　近・現代文学の礎 ……………………………………14
　　1　礎：生誕100周年、4人のタイ作家たち　14
　　2　モザイク模様の近・現代文学　17

## Ⅱ　国家統治とタイ古典文学
　第1章　宗教、文学、統治（スコータイ時代）：
　　　　　「王は人民の父」………………………………………45
　第2章　リリット詩『誓忠飲水の儀の詞』（アユッタヤー時代）
　　　　　………………………………………………………………50
　第3章　「サクディナー文学」をめぐって ………………59
　　1　古典批判「サクディナー文学」　59
　　2　国家統治変革と詩　65

## Ⅲ　近・現代文学黎明期と国家近代化
　第1章　ラーマ6世の文学とイギリス、ナショナリズム …73
　　1　ラーマ6世（1881-1925、治世1910-1925）　73
　　2　ラーマ6世の作品全貌と特異性　75

3　ラーマ6世の「イギリス」　79
　　　4　演劇とナショナリズム　86
　　　5　「過去」への回帰：英雄、歴史、古典文学　91
　　　6　ラーマ6世のナショナリズム　98
　第2章　文学と国家建設 …………………………………103
　　「文学君主」ラーマ6世
　　「文学司令官」ピブーンソンクラーム首相
　　　1　ナショナリズムにおける共通性と相違　103
　　　2　ピブーンソンクラーム首相のナショナリズムと国家建設　109
　第3章　近・現代文学の発展と新聞、文芸誌 ……………115

Ⅳ　イデオロギーの相克
　第1章　政治イデオロギー：共産主義 ……………………123
　　　1　立憲革命と政治小説『幻想の国』　123
　　　2　作家M. R. ニミットモンコン・ナワラットの時代と作品　127
　　　3　ジャーナリスト、作家たちの社会的役割　145
　第2章　文芸誌の存在 ………………………………………151
　　　国家の代弁者：文学勝利記念塔『ワンナカディーサーン』
　　　国民の口：思想、言論の自由『アクソーンサーン』
　　　1　創刊に至る背景　153
　　　2　特質とその後の展開　171
　　　3　変化と批判　176
　第3章　国家主義の政策とタイ社会、文学界 ……………188
　　　1　「文化」統制下の作家と作品　188

Ⅴ　文学の力
　第1章　現代文学、〈その後〉の展開、発展 ………………205
　　　1　経済、社会の変化と文芸思潮の変化　205
　　　2　作家の政治、社会活動と民衆の意識　210

3　タイ文芸思潮、ジャンルの変容、1973年学生革命〜1976年軍事クーデタ　215
　　4　「澱んだ文学」　218
　　5　「白い危機」、性文学、政治小説　218
　第2章　戦争、社会、人間：セーニー・サオワポン……221
　　1　萌芽『敗者の勝利』　222
　　2　大東亜共栄圏、自由・平等、美
　　　『死の上の生』『アユッタヤーの勇者』『地、水そして花』『ワンラヤーの愛』『妖魔』　232
　第3章　The World of Seni Saowaphong ……………239

# 資料編
　作家と作品　　オー・ウダーコーン「タイの大地の上で」…………249
　作家リスト …………………………………………………267
　タイ文学概史 ………………………………………………283

引用・参考文献 …………………………………………………303
あとがき …………………………………………………………311
事項索引 …………………………………………………………315

## 図版一覧 （括弧内は出典）

Ⅰ-1 「生誕100周年、4人のタイ作家たち」記念切手、*Wannakam*（文学）紙 2005年3月6日（"100 Pi 4 nakkhian thai", *Wannakam, Phanaek Chut Prakai Wannakam, Nangsuphim Krungthep Thurakit,* March 6, Bangkok, 2005）……………………………………1

Ⅰ-2 1986年東南アジア文学賞受賞作 アンカーン・カンラヤーナポン『詩人の祈願』（Angkan Kanlayanaphong, *Panitan*, Carat Book House, Bangkok, 1986）……………………………………13

Ⅰ-3 文芸クラブ「スパープブルット」のメンバーたち（Khana Kammakan Amnuai Kanchatngan 100 Pi Siburapha (Kulap Saipradit), ed., *100 Pi Siburapha (Kulap Saipradit)*, Bangkok, 2005）……………14

Ⅰ-4 『過去の名作家たち16人』（Praphatson Sawikun, ed., *16 Yot nakkhian thai nai adit*, Samakhom Phuchatphim lae Phuchamnai Nangsu haeng Prathet Thai, Bangkok, 2002）……………18

Ⅰ-5 『偉大な文人たち』（So. Songsaksi, *Yot khon wannakam,* Dok Ya, Bangkok, 1978）……………………………………24

Ⅰ-6 月刊誌『アクソーンサーン』創刊号（1949年4月発行）（Supa Sirimanon, ed., *Aksonsan,* Vol.1, No.1, Bangkok, 1949）…………26

Ⅰ-7-1 民衆の偉大な詩人 ナーイピー（本名アッサニー・ポンラチャン）『詩の芸術』（Siintharayut (Naiphi), *Sinlapakan haeng kap klon*, Thapnaram, Bangkok, 1975）……………………………42

Ⅰ-7-2 ナーイピーを弔う二人の詩人 チラナン・ピットプリーチャー（左、1989年東南アジア文学賞受賞）とナオワラット・ポンパイブーン（右、1980年同受賞）（*Sayam Rat, Sapdawichan*, No.29, Dec.7-13, Bangkok, 1997）……………………………………42

Ⅱ-1 タイ文字を創始したラームカムヘーン大王の石碑文（National

Ⅱ-2　『トライプーム・カター（スコータイ王の三界論）』より宇宙（上）と死後の世界（下）（*Phochananukrom sapwannakhadi thai samai sukhothai : Traiphumkatha*, Ratchabanditayasathan, Bangkok, 2001）……………………………………………………………………48

Ⅱ-3　宇宙観：トライプーム（三界）（Michael Wright, *Ongkan chaengnam*, Sinlapa Watthanatham, Bangkok, 2000）……………49

Ⅱ-4　『誓忠飲水の儀の詞』（Ibid.）………………………………………50

Ⅱ-5　誓忠飲水の儀式の一場面：儀式用の聖水にするため、宝剣を挿しているバラモン僧（Chit Phumisak, *Ongkan chaengnam lae kho khit mai nai prawatsat thai lum nam chaophraya*, Fa Dio Kan, Bangkok, 2004）…………………………………………………51

Ⅱ-6　誓忠飲水の儀式の一場面：『誓忠飲水の儀の詞』を朗詠するバラモン僧（1969年）（Ibid.）………………………………………52

Ⅱ-7　宇宙の維持を司るヴィシュヌ神（Michael Wright, *Ongkan chaengnam*, Sinlapa Watthanatham, Bangkok, 2000）………54

Ⅱ-8　宇宙の破壊を司るシヴァ神（Ibid.）………………………………54

Ⅱ-9　宇宙の創造を司るブラフマー神（Ibid.）…………………………54

Ⅲ-1　12歳でイギリスに留学したラーマ6世（当時ワチラーウット王子）（Phrabat Somdet Phra Mongkut Klao Chaoyuhua* tr., *Lamdi sam phasa*, Munlanithi Phrabat Somdet Phra Mongkut Klao Chaoyuhua, Bangkok, 1985）………………………………………71

Ⅲ-2　ラーマ6世　戯曲『戦士の魂』（_____ *Huachai nakrop*, Munlanithi Phraboromarachanuson Phrabat Somdet Phra Mongkut Klao Chaoyuhua, Bangkok, 1988）……………………………………75

Ⅲ-3　同随筆『スアパーへの訓話』（_____ *Thesana suapa*, Bannakit, Bangkok, 1998）………………………………………………75

Ⅲ-4　ラーマ6世巡洋艦購入の募金キャンペーン（Vilawan Svetsreni, "Vajiravudh and Spoken Drama: His Early Plays in English and his

　　　　　Original Thai Lakhon Phut with Special Emphasis on his Innovative
　　　　　Use of Drama", University of London, London, 1991）……………78
Ⅲ－5　ラーマ6世直筆原稿　筆名 Dilton Marsh, *A Turn of Fortune's*
　　　　*Wheel*（戯曲）（Ibid.）…………………………………………………82
Ⅲ－6　ラーマ6世原稿　筆名 Mr. Carlton. H. Terris, *The King's Command*
　　　　（戯曲、自作自演）プログラム。1902年8月21日、ウエストベリ
　　　　ー・コートで上演（Ibid.）………………………………………………82
Ⅲ－7　同上作品で「モービアンのフランソワ公爵」として出演（Suchira
　　　　Khuptarak, Bua Sachisawi eds., *Charoen roi phrayukhonbat*,
　　　　Munlanithi Phraboromarachanuson Phrabat Somdet Phra
　　　　Mongkut Klao Chaoyuhua, Bangkok, 1985）……………………………82
Ⅲ－8　ラーマ6世舞台演出の直筆原稿　筆名シー・アユッタヤー（英、タ
　　　　イ翻訳戯曲）『上手な通訳』）（Phrabat Somdet Phra Mongkut
　　　　Klao Chaoyuhua, tr., *Lamdi sam phasa*, Munlanithi Phrabat Somdet
　　　　Phra Mongkut Klao Chaoyuhua, Bangkok, 1985）………………………83
Ⅲ－9　ラーマ6世自作自演の戯曲 *Lines and Rudd*（アスコットのノー
　　　　ス・ロッジで上演、当時16歳の王にとって初出演の舞台、王執筆
　　　　戯曲第2番目の作品と推定されている）（Suchira Khuptarak, Bua
　　　　Sachisawi eds., *Charoen roi phrayukhonbat*, Munlanithi
　　　　Phraboromarachanuson Phrabat Somdet Phra Mongkut Klao
　　　　Chaoyuhua, Bangkok, 1985）………………………………………………84
Ⅲ－10　ROYAL KENT THEATER（ケンジントン）と同劇場上演「ベニ
　　　　スの商人」プログラム（Kensington Central Library, London）　85
Ⅲ－11　同劇場内部（Ibid.）……………………………………………………86
Ⅲ－12　文学クラブ（ワンナカディー・サモーソーン）推奨の書簡と紋章
　　　　（Phrabat Somdet Phra Mongkut Klao Chaoyuhua, *Matthanaphatha*,
　　　　Aksonchroenthat, Bangkok, 2005）………………………………………96
Ⅲ－13　文学クラブ（ワンナカディー・サモーソーン）推奨作品　ラーマ
　　　　6世『マッタナパーター』（Ibid.）……………………………………96

Ⅲ-14 ラジオ番組『マン・チューチャート氏とコン・ラックタイ氏の談話』の脚本（*Bot sonthana: nai man chuchat kap nai khong rakthai, Phim Chaek Nai Ngan Phrarachathan Ploengsop Dr.Tua Lapanukrom*, Bangkok, 1941）…………………………………107

Ⅲ-15-1 月刊文芸誌『ワンナカディーサーン』創刊号（1942年8月発行）（Wanwaithayakon, ed., *Wannakhadisan,* Wannakhadi Samakhom haeng Prathet Thai, Vol.1, No1. August, Bangkok, B.E. 2485）…112

Ⅲ-15-2 同誌1943年7月号（左）、同誌巻頭ピブーンソンクラーム首相とメッセージ（右）（＿＿＿ ed., Vol.1, No.12, July B.E. 2486）…113

Ⅲ-15-3 服装に関するタイ「文化」の規則、禁止（左）、遵守（右）（Saichon Sattayanurak, *Khwamplianplaeng nai kansang "chat thai" lae "khwam pen thai" doi Luang Wichitwathakan,* Matichon, Bangkok, 2002）……………………………………………………………114

Ⅲ-16 月刊誌『セーナースクサー・レ・ペー・ウィッタヤーサート』1922年12月特別号（韻文学の師ノー・モー・ソーの誕生日を祝して）（Roenchai Phuttharai, *Hem Wechakon; chittrakon mu thewada, Luang Saranupraphan; racharuangluklap phupraphan phlengchat thai, Senasuksa lae phae witthayasat*, Bangkok, B.E. 2458）……118

Ⅲ-17 同誌目次（ルワン・サーラーヌプラパン「黒い絹布」など掲載）（Ibid.）……………………………………………………………118

Ⅲ-18 同誌『セーナースクサー・レ・ペー・ウィッタヤーサート』1924年4月号（Ibid.）……………………………………………………118
　　　表紙：編集人新年挨拶（定型詩、当時は4月13日がタイ仏暦の元旦）

Ⅲ-19 週刊誌『サーラーヌクーン』（年数不明）第70号（左）、1927年7月号（右）（Ibid.）……………………………………………119

Ⅲ-20 ルワン・サーラーヌプラパン　探偵小説「黒い絹布」（月刊誌『セーナースクサー・レ・ペー・ウィッタヤーサート』掲載）（Ibid.）……………………………………………………………119

Ⅲ-21 同挿絵　画家ヘーム・ウェーチャコーン（Ibid.）…………120

Ⅲ-22　ルワン・サーラーヌプラパン翻訳「シャーロック・ホームズ」（週刊誌『サーラーヌクーン』掲載）(Ibid.) ……………………120

Ⅲ-23　ルワン・サーラーヌプラパン　小説「幽霊の顔」（月刊誌『セーナースクサー・レ・ペー・ウィッタヤーサート』掲載）(Ibid.) ……120

Ⅳ-1　M.R. ニミットモンコン・ナワラットの作品：
タイ最初の政治小説『理想家の夢』初版（左上）、後に改題『幻想の国』（真中）、『幻想の国と二回の謀反の人生』（右上）、戯曲『エメラルドの亀裂』（左下）、『M.R. ニミットモンコン・ナワラットの人生と作品』（右下）（Wandi Sisawat, *M.R.W.Nimitomongkol Nawarat*, Sun Nangsu Mahawitthayalai Sinakarin Wirot, Bangkok, 1999） ……………………………………………………121

Ⅳ-2　シーブーラパー「マルクス主義の哲学」等掲載誌『アクソーンサーン』内容一部（Supa Sirimanon, ed., *Aksonsan,* Vol.1, No.1, Bangkok, 1949） ……………………………………………149

Ⅳ-3　ブルーリボン短編賞受賞　オー・ウダーコーン「死体病棟」初出掲載誌『サヤームサマイ』1948年5月号（O.Udakon, *Tuk Gros, An Thai*, Bangkok, 1988） ……………………………………150

Ⅳ-4　オー・ウダーコーン「タイの大地の上で」初出掲載誌『アクソーンサーン』1950年5月号 (Ibid.) ……………………………150

Ⅳ-5　＜新聞＞国際ニュース：国際ジャーナリスト理事会　クラッサナイ・プローチャート（セーニー・サオワポン）（Supa Sirimanon, ed., *Aksonsan*, Vol.1, No.1, Bangkok, 1949） ……………167

Ⅳ-6、7　＜中編小説＞ロー・チャンタピムパ「子守娘の子守唄」(Ibid.) ……………………………………………………………167, 168

Ⅳ-8　＜短編小説＞イッサラー・アマンタクン「セーニー・サオワポンへの手紙」(Ibid.) ………………………………………168

Ⅳ-9　＜詩＞ナーイピー「プッサカリニー」(Ibid.) ……………169

Ⅳ-10　＜地図＞ヨーロッパ諸国の複雑多岐な諸問題の原因：世界の勢力分布図 (Ibid.) ……………………………………………170

Ⅳ-11 文芸誌『人生のための文学』（月刊）より（Samakhom Phasa lae Nangsu haeng Prathet Thai, ed., *Phasa lae Nangsu*, Samakhom Phasa lae Nangsu haeng Prathet Thai, Vol.29, Bangkok, 1998）……185

Ⅳ-12 1942年9月の大洪水（国会議事堂前、チュラーロンコーン大王騎馬像）（an.nd.） ………………………………………………190

Ⅴ-1-1 セーニー・サオワポン　随筆『時の一滴(ひとしずく)』（表紙内人物は作者）（Seni Saowaphong, *Yod nung khong wela*, Sun Nangsu Chiang Mai, Chiang Mai, 1978）………………………………………………203

Ⅴ-1-2 随筆集『サモーンマイ（新しい知恵）』（執筆者　ボー・バーンボー、シーブーラパー、タウィープウォーン、ローム・ラッタナー）（Bo Bangbo, *Samonmai,* Pak Ruam Phalang Samakkhi, Mahawitthayalai Kasetsat, Bangkok, 1954）………………203

Ⅴ-2 国際連合教育科学文化機構（UNESCO）リスト（左）とタイ教育省通達（2003年11月7日）書簡（右）。このリストには2004〜2005年、没後、あるいは生誕の記念年を迎える世界の偉大な人物があげられ、生誕200周年のラーマ4世と並んで、生誕100周年を迎えるシーブーラパーもその業績を称えられることになった。（Khana Kammakan Amnuai Kanchatngan 100 Pi Siburapha (Kulap Saipradit), ed., *100 Pi Siburapha (KulapSaipradit)*, Bangkok, 2005）………………………………………………210

Ⅴ-3 生誕100周年記念出版本『シーブーラパー』（Ibid.）…………211

Ⅴ-4 バーンクワーン刑務所投獄中（1952-1957）に書かれたシーブーラパーの無韻詩「鳩を放した罪人」（上）
　　獄中で執筆するシーブーラパーの様子（スケッチはハ・セーリム元「チュワンミンパオ」編集人）（下）（Ibid.）……………212

Ⅴ-5-1 文芸誌　シーブーラパー編集『スパープブルット』（Ibid.）………………………………………………213

Ⅴ-5-2 シーブーラパーの作品の数々（Ibid.）…………214

Ⅴ-6 1973年10月14日、学生民主革命（民主記念塔周辺）（Ibid.）…215

Ⅴ-7　文芸誌『人生のための文学』1973年7月号（Pricha Samakkhitham, ed., *Wannakam phua chiwit*, Bangkok, 1973）……………216

Ⅴ-8　シーブーラパー　短編集『憲法よ、さようなら』（Siburapha, *Lakon ratthathammanun*, Witthawat, Bangkok, 1979）……………219

Ⅴ-9　詩、短編、評論集『ペンの謀反：民衆のための文化的謀反』（Chomrom Susan Muanchon, ed., *Kabot pakka*, Bangkok, 1975）
………………………………………………………………219

Ⅴ-10　シーブーラパー、北京での日々。満州国溥儀帝とシーブーラパー（1961年）（上左）、周恩来首相との会見（上右）、中国で荼毘に付された遺骨（下）（By courtesy of Mrs. Chanit Saipradit）……220

＊ラーマ6世（ワチラウット国王、同王子）の正式名称

# タイ国家と文学

# I　タイ近・現代文学の「今」と「はじまり」

図 I－1　「生誕100周年、4人のタイ作家たち」記念切手
　　　　（*Wannakam*（文学）紙　2005年3月6日）

# はじめに

　タイの文芸書が日本に紹介されるようになったのはここ30年ほど前である。近隣アジア諸国のより深い理解を文化、そして文学からもという理念のもとに、官民双方の努力と支援のもとに、少しずつタイの文芸書も書店にも並ぶようになった。周囲をとりまく経済、社会状況はいまだに厳しく、しかも時代の現象として活字離れが追い討ちをかけるように文学の世界を遠ざけている現実は否めない。

　しかし「文学」は決して消滅したわけではない。その地の人々が育んできた魂を内に秘め、彼らの声を伝える。そこには一国の政治、社会、歴史、文化、そして人間としての生き方が陰に陽に語られる。

　本書はそうした静かな、ひるまぬ力をもったタイ文学の一端を紹介できればという、ささやかながらも深い思いから編んだものである。タイ文学を読み、学ぶ楽しみの共有を願いつつ、タイ文学の扉を開けて先ず一歩、そしてもう一歩深くと、未知の世界の理解、あるいは入門から研究の一助になれば幸いである。

　なお、本書はタイ文学の全貌を把握する常套の時代順に従わず、読者が興味を惹かれる様々な角度からタイ文学の世界へアプローチできるよう、意図的にモザイク模様のタイ文学に仕立てたことをはじめにお断わりしておきたい。また、作家、作品、それぞれのタイの政治、社会状況については巻末「作家リスト」、「タイ文学概史」をご参照いただければありがたい。

Ⅰ　タイ近・現代文学の「今」と「はじまり」

# 第1章　東南アジア文学賞（SEA Write）

## 1　"細やかな人間観察を詩的風刺の豊かなスープに融合させて"

　毎年8月、ジャンル別に、つまり、長編小説、短編、詩のローテーションで東南アジア文学賞＊に加盟するASEAN各国から一人の作家の作品が選出され、10月、授賞式がバンコクで開催される。2007年は詩のジャンル、タイではモントリー・シーヨン『私の眼の中の世界』[1]（*Lok nai duang ta khapchao*）が国内の数回にわたる受賞候補作の選抜の関門をパスして選ばれた。先に同賞を受賞したタイ詩人アンカーン・カンラヤーナポン（『詩人の祈願』1986）、チラナン・ピットプリーチャー（1973年学生民主革命の闘士の一人、『消えた葉っぱ』1989）に続き、奇しくも南タイから3人目のSEA Write受賞詩人となったのである。
　異名「魂のためのアヒル麺（ミーペット）」の詩人、モントリーはハートヤイ（ソンクラー県）在住のアヒル入り麺（ミーペット）店を生業としている。英字紙 *The Nation* 記者とのインタビューによれば、「私は今"戦争"の最中にあるものの、将来の人生は明るくみている。しかし、現実として、この世には苦しみと痛みがあり、私たちすべてが魂を病んでいる。私の癒しは詩を書くことである」と述べている（*The Nation* 紙, Sept. 3, 2007）。
　"ミーペット"店を営む日々、モントリーの詩作のインスピレーションは、通り行く人々の空虚で孤独な生活の観察からくるという。ほとんどの人々がみるからに意義ある運命に敗れているかのように彼には映る。乱視である彼は、一つの詩において、眼鏡を通してみる自分にはただ「人生の歪んだ、暗い一面」のみしか映らないという欠点を指摘する。しかしたとえ鋭い優れた鋭敏なレンズであっても、映し出すのは二次元だけ……人間

の魂のような「サイン」は他に二つとなく、死と喪失は人生のほんの一部にすぎないと語る。彼はまた受賞作の序言で、これまで歪んで目に入ってきていた世界は自分自身の乱視のせいではなく、実は世界そのものが歪んでいるからだと述べている。

モントリーはカメラレコーダーにとり憑かれ、みせつけられるセックスや暴力にどっぷり浸かった次の世代の暗い未来を描き、作品を終わる。しかしながら、彼自身は上述のように決して悲観主義者ではないと、自身を弁護する。

2007年、39歳を迎えるモントリーはいわゆる1973年学生民主革命の世代ではない。しかし、まさに1992年「残酷な5月」＊＊の世代である。この流血の5月事件が眠っていた彼の詩人の魂を激しく揺さぶり起こした。彼は政治、社会を主題にした自作の詩を各新聞社に立て続けに送り続け、とうとう「アヒル麺の詩人」という異名までつけられた。一方、彼は自分の心に押し寄せて襲ってくる心の病の波を詩作に投影した。「残酷な5月」事件で過激な人生を燃焼した友人、知人を多く失くしたからだ。何度か経験した苦い失恋の痛手もこの詩人の心を打ち砕いた。

幾つかのこうした衝撃的な出来事に遭遇したとき、モントリーには常に「詩」があった。詩が彼の人生観を変え、生きる姿勢を変えた。彼によれば、ある種の「涅槃」の境地に到達したのは、まさにこの経験にほかならないという。

「誰もがみなよきこと、善良、徳、優しさを求めている。しかし、それは求める人それぞれの努力の上に吊り下げられている。人間とは実に尊い、貴重な、美しい創造物である」

確かに、モントリーの精神は苦悩に満ち、拷問にかけられたような艱難をなめたかもしれないが、彼の詩人の魂は自分の人生の中に「美」を見出してきた。一種の諦観をもってアヒル麺店を営むモントリーは、自分が著作、創作に同様の満足感を得るまでには、はるか遠い道のりであると語り、書くことは自分自身が選んだ人生の戦争における一つの闘いだと述べる。

「一人の詩人であるということは、他の仕事と全く同じように一つの真

I タイ近・現代文学の「今」と「はじまり」

面目な職業である。しかしながら、あなた方すべてが必ずしも詩を書くとはかぎらない。あなた方もまた、なんらかの形でお金を得なければならない」

　詩人である彼はまた短編小説のペンも走らせている。現在、マルクスとエンゲルスの『共産党宣言』に部分的に啓発され、「アヒルのアヒル・マニフェスト——アヒルの麺店　シリワットから」と題して、自分の店の周囲で行われている社会慣習について諧謔、批判を込めて執筆している。

　　モントリー・シーヨン（1968年3月6日、ソンクラー県生れ）。父は中国生まれの華僑。幼少の頃、アルコールの臭いの中で毎日、目を覚ましていた。彼の自尊心は麺売りの手伝いに精神的敗北感をなめていたが、その後、肉体的にその敗北感をはねのけて奮起し、人生の再生に挑んだ。中学校後期卒業後、バンコクに出てラームカムヘーン大学（オープン大学）に進学したものの、取得したのは人文学の2単位とタイ語コースだけだった（皮肉にも詩のコースは出席不足で単位を落とす）。その後、政治学に変更したが、まもなくして実家に呼び返される。「村長か郡長に」という子供のころの夢も結局、消えた。とても彼らのように人助けはできないとわかったからだという。
　＊ The South East Asia Write Award（東南アジア文学賞）：SEATO文学賞が1977年、SEATO（東南アジア軍事条約機構）の解体によって自然消滅後、1979年、同賞が設けられた。当時、タイ、フィリピン、インドネシア、シンガポール、マレーシア、ブルネイの6ヶ国で発足したが、現在では加盟国の数が増えてASEAN文学賞と呼ばれることもある。設立25周年を記念して『SEA Write 25周年』（サヤームインターブック、2003）、『SEA Write 25周年評論集』（タイ国言語・図書協会編・出版、2004）も出版された。初年度のタイの受賞作はカムプーン・ブンタウィー作『東北タイの子』。
　＊＊ 1992年「残酷な5月」事件：軍人スチンダー陸軍司令官が、国民による総選挙の手続き経ずして首相に選出されたことに、民衆が猛反撥、チャムローン元バンコク都知事を旗頭に開かれた反スチンダー集会が軍に弾圧され、死傷者100名以上を出す惨事となった。

　創設後4半世紀を超える東南アジア文学賞であるが、タイ現代文学、特に1970年代後半から現代までの大きな流れを把握するにはこの賞の受賞

作から入っていくのもタイ文学への一つのアプローチである。ただし、ここで見落としてならないのは、「賞」の場合、いずれの「賞」も受賞作のみならず、これらの候補作となった(あるいはならなかった)他の作品もまた同時代の文学の流れを把握し、受賞こそ逃したものの受賞に等しい、または見方によってはそれ以上の名作であるかもしれない可能性を秘めているということである。それぞれの作品がそれぞれに作者の心を伝えている。

## 2 「20世紀」の詩1篇：SEA Write詩人　アンカーン・カンラヤーナポン

　タイは本来、詩の世界である。タイ文学において、散文の小説が誕生して約100年、ちょうど明治時代、西洋文化の渡来と共に生まれた日本の近代小説誕生の歴史とその発展過程を同じくする。もっとも日本の場合、「物語」という古典の文学が古くより存在していたが、タイの場合、13世紀に創案されたタイ文字が、次に生み出したものは「韻文」の文学であった。中でもアユッタヤー時代ナーラーイ王治世時（1656 - 1688）と現バンコク王朝ラーマ2世治世時（1809 - 1824）は、韻文黄金時代といわれるほど、シープラート、スントーンプーなど多くの詩人たちが王の保護のもとに数々の詩作を残した。現在でも読み継がれているタイの民話『サントーン（金のほら貝王子）』、『プラー・ブートーン（金のはぜ）』などの民話もこの時代、韻文で書かれたものである。また、今日では国家行事のときにのみ挙行されるようになった御座船の舟こぎ歌「ヘールア（御座船歌）」（アユッタヤー時代、国王の地方行幸で舟のこぎ手たちが声を合わせて朗詠する詩）も、タマティベート親王（異名エビ王子1715 - 1755）によって創始され、以来、ラーマ6世の時代まで続いた。

　その後、時を経て西洋の小説の翻案、翻訳から始まって散文が開花、やがてタイ独自の文化、社会、あるいは風土を己の文学の土壌として、今日の現代文学をみるのである。換言すれば、19世紀初頭、西洋の近代文学、散文形式の小説、あるいは自由詩がタイにもたらされる以前、それまでの

### I　タイ近・現代文学の「今」と「はじまり」

　タイにおいて王座を誇っていたのは定型詩の「韻文」文学であり、その歴史はスコータイからアユッタヤー、そして現バンコク王朝時代を経て約600年という星霜を重ねる。
　こうしたタイ文学の発展の歴史と未来の展望という観点に立ち、「20世紀、タイ現代詩」を考えると、上述モントリー・シーヨンより約20年前、1986年 SEA Write 賞を受賞した詩人アンカーン・カンラヤーナポン作の詩篇「世界にかける花環」[2]があげられる。無論、ほかにもここで推挙したい作品は枚挙にいとまない。しかし、世紀を超え、時空を超える「1篇」となると、詩人アンカーン・カンラヤーナポンの詩作に帰結する。なぜなら、わずか1篇の詩とはいえ、この言葉少ない詩作の中にタイ文学のすべてが凝縮され、その精髄をみるからである。タイ文学の過去と未来、文学と社会、作家と社会、人生、哲学、思想、芸術 —— これらすべてがまさしくこの詩の中に存在する。

　　　世界にかける花環
　あの一本の花は何と呼ぶのだろうか
　どんなに素晴らしい森にとて咲かない花
　森中のすべての花木を森と呼び
　芳しいいろんな香りが
　夜を、大地を、空をやさしくくるむ

　人類の楽園はどう考えるのだろう
　芳しい森の香り
　大地の贈物が集結した力
　文明 ——
　それは時代の素晴らしい価値、新しい創造
　世界の平和をめざし
　宇宙の空を円く美しくする

　甘く美しい至上の森の文明よ

## 第1章　東南アジア文学賞（SEA Write）

その芳しい香りこそ
人間の価値、妙なる所産
民衆の地平線まで果てしなく広がり
さわやかな生命(いのち)が甦る
新しい時代は創造の息吹を
正義の真の価値を伝える

雨季の終わり、神は豪雨をもたらす
人類の森には啓示の雨を ──
悶々とした辛い悲しい苦しみに負けないように
下劣な、野蛮な苦しみを和らげるように
少しずつ成長して美しい花を咲かせるように
決して植物を絶やすんじゃないよ、と

サーイユット[3]の花よ
昼にはもう香り尽き
魂は崩壊し
つかのまの生命(いのち)は消え空に帰す
人類の価値は
たった一つの宝玉を求めることに
より素晴らしきものを目指せと
世界を止めて教え諭す

ソーンクリン[4]の花よ
芳しい時代のために悲しみを隠せ
かけがえのない価値を探し求め
世界を育み
世界を思いやる
文明はますます堕落し
宇宙は燃え
恐ろしい地獄に堕落(お)ちているから

I タイ近・現代文学の「今」と「はじまり」

  サラッダイ[5]の花よ
  野蛮な悪しきものを振り払い
  人間を脅し勝利することを永久(とわ)に止めよ
  自らを世界に捧げ
  欲を振り払い
  至上の時代を共に創造し
  平穏な幸せの贈物を恵み与える

  カーナーン[6]の花は人類に呼びかける
  同胞よ、止めたまえ
  権力をいばりちらし、驕(おご)りたかぶることを
  野蛮な殺戮(さつりく)
  狂暴で残忍な世界の破壊を
  戦争を仕掛けることを
  狂気の沙汰だよ、原子力なんて

  オプチューイ[7]の花よ
  静かに創造しよう
  世界のために
  あらゆる素晴らしい仕事を
  誠意あふれるさわやかな心は一つ
  生きとし生けるものを愛し
  そして許す

 読後、無限に広がる宇宙 ――。のみならず人間のやさしさ、人間に畏敬の念を呼び起こす偉大な大自然の摂理、大自然への驚異、そしてその底に「許す」ことを教える仏陀の世界が、どこからともなくさわやかな、清々しい空気と共に行間から伝わってくる。
 作者アンカーンは1926年、南タイ、ナコーンシータマラート県生まれである。現実をはるか超越した想像力を縦横無尽に駆使し、深遠で象徴的、かつ形而上的な表現で1960－1970年代の詩壇に異彩を放った。例えばそ

第1章　東南アジア文学賞（SEA Write）

れらの中に以下のような詩句がある。

　　……毛布でくるまり
　　寒さはおさまった
　　夜も更けて星の光を貪り食う
　　ご飯の代わりに、と……8)

　　……森が燃え、藪が燃え
　　深遠な哲学を弁舌し
　　愚かな者は夢うつつに
　　影の重さを計算する……9)

　約600年間、タイ文学に君臨していたタイ詩は、押韻に関して非常に厳格な規律のもとに作詩されるものであった（因みに押韻上、定型詩としておおまかに6種の規律がある）。そこに上述のような抽象的な、しかしどこか我々人間の内面深くを覗きこみ、現実を正視し、さらに現実を超越して迸る想像力で未来を語る詩が登場するのである。彼の詩作がそれまで押韻の規律という枠の中に行儀良くおさまっていた当時のタイ文学界に、特に古典韻文の世界に大きな波紋を投じたことは想像に難くない。しかし、上述「世界にかける花環」にみるように、彼の詩には過去と未来、思想と哲学、人間と社会、そして形而上的な詩の芸術を秘め、次の世代につながる文学の可能性が奥底に流れている。

　一方、アンカーンは古典詩の伝統を決して無視しているのではない。事実、1986年東南アジア文学賞（SEA Write）を受賞した作品、詩集『詩人の祈願』では古典定型詩10)（クローン*詩形、クローン詩形＜前者のクローン詩形とは異なるが、日本語表記は同じになるので*で区別＞、カープ詩形）合計36篇と散文1篇が収められている。そして上述「世界にかける花環」では古典詩にみられるタイ詩独特の「言葉の遊び」を垣間みせる。

　例えば詩句の冒頭に引き出した3)、4)、5)、6)、7)のサーイユット、

11

I　タイ近・現代文学の「今」と「はじまり」

ソーンクリン、サラッダイ、カーナーン、オプチューイの花がそうである。それぞれの花がもっている性質を巧みにメタファー化して、目に見えない詩の世界に作者が語らんとする意味を導き、読む者に想像の世界、あるいは新たな詩の次元を展開する。こうしたアンカーンの詩を、東南アジア文学賞受賞作『詩人の祈願』をはじめ、数あるほかの詩作と併せてその共通点を述べるならば、即ち、

1　新しい詩の次元、詩質の導入 ── 形而上的な言葉でこれまでのタイ詩にはなかった新次元の世界を開く。
2　生命への尊厳 ── 生きとし生けるものへの愛と尊厳の心は、さらに生命なき物体、「物」へと向けられ限りなく広がっていく。
3　人間と社会 ── 広く現実の社会に目を向け、その社会の中に生きる人間の内面を深くみつめる。人間の知恵と創造力を称賛すると同時に、その愚行を嘲笑し、人間の驕りを戒める。戦争、核問題、環境破壊など、現実社会を直視する。
4　神 ── 宗教としての「神」ではなく、人間の能力を超越した天界、宇宙の力、人間、さらには自然をも支配することができる神秘的な偉大な力を有した存在を「神」としてとらえる。
5　仏教 ── 人の生きる道として仏教哲学を基盤に据える。
6　自然への畏敬 ── 人間の知力を超える大自然の摂理に畏敬と尊厳の念を言葉に託す。
7　永遠性 ── 魂、精神の不滅、芸術の永遠性、無限の美の世界を詩人として詩作の中で追求する。画家でもあるアンカーンはその美的感覚を存分に「詩」として表現し、「詩」を一枚の「絵画」に完成する。

注
1)　Montri Siyong, *Lok duang ta khapchao*, Samanchon, 2007
2)　Angkan Kanlayanaphong, "Malai khlong lok", *Dae……phu thi yang yu*, Samakhom Phasa lae Nangsu haeng Prathet Thai, 1981

3) Desmos chinesis 半蔓性で観賞用。クラダンガーの花に似ているが、朝だけ芳香がある。
4) Polianthes tuberose 月下香、中国名は夜蘭、南米原産。白い花が夜通し芳香を放つが、花瓶にさすのは遺体や仏前に供えるときだけなので、不吉な花とされている。
5) Euphorbia lacei 棘があり、民間薬に用いる。
6) Homalium tomentosum ホマリウム属の高木で槍の柄、弓、車輛などに用いる。
7) Lauraceae クスノキ属。樟、肉桂の類で、樟脳を製造したり、桂皮を採る。
8), 9) Sathian Chanthimathon, *Khon khian nangsu*, Phrapansan, 1974, p.230
10) 古典定型詩の詩形については、巻末「タイ文学概史」参照。

図 I-2　1986年東南アジア文学賞受賞作
アンカーン・カンラヤーナポン『詩人の祈願』

I タイ近・現代文学の「今」と「はじまり」

## 第2章　近・現代文学の礎

### 1　礎：生誕100周年、4人のタイ作家たち

　タイ近・現代文学は世界大恐慌の最中、1929年、文芸クラブ「スパープブルット」（図I-3）の結成と同名文芸誌の発行で夜明けを迎えた。つまり、シーブーラパー、M.C.アーカートダムクーン、メーアノンらが寄稿したこの一冊の文芸誌が、いわばタイ現代文学の礎を築いたともいえるのである。

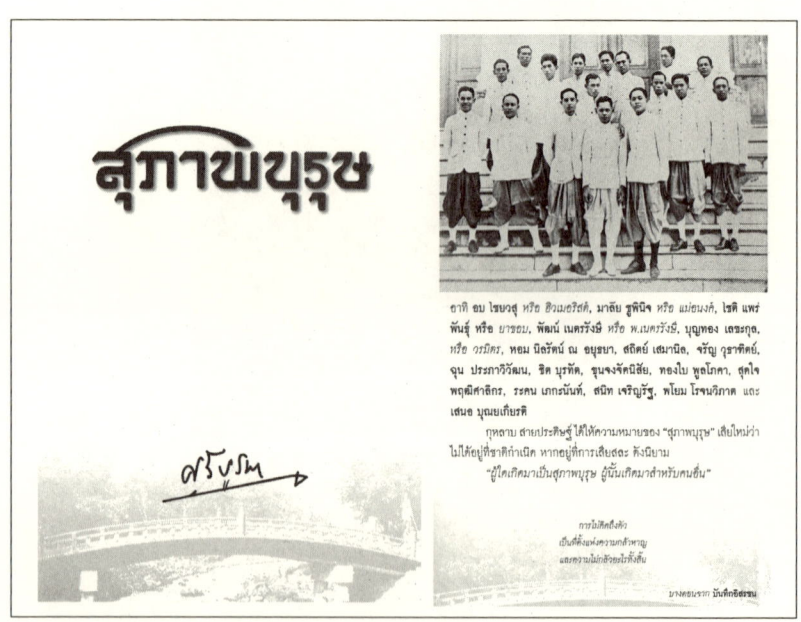

図I-3　文芸クラブ「スパープブルット」のメンバーたち

　さらにこの文芸クラブのメンバーではないものの、マイ・ムアンドゥー

第2章　近・現代文学の礎

ムや、当時は数少なかった女性作家ドークマイソットも同時代に活躍した作家たちである。シーブーラパー、M. C. アーカートダムクーン、マイ・ムアンドゥーム、ドークマイソット、この4人はいずれも1905年生れであった。彼らの生誕から100年後の2005年、タイでは文学界はもちろん、国も世界も（ユネスコ主催：シーブーラパー生誕100周年記念事業）も彼らの功績を称えて記念出版・切手・講演など「生誕100周年、4人のタイ作家たち」と称する記念事業が相次いだ。

　また彼らに遅れること3年、タイで最初の政治小説『幻想の国』（初版『理想家の夢』[1]）を獄中で書いたM. R. ニミットモンコン・ナワラットも2008年、生誕100周年を迎えた。後述（Ⅲ）する作家たち、つまり、シーブーラパー（代表作『人生の闘い』他、亡命）、プルアン・ワンナシー（詩人、亡命）、ナーイピー（詩人、亡命）、チット・プーミサック（銃殺）たちと同様に、政治ゆえにその人生が閉ざされた作家の一人であるが、少なくとも彼らが生きた時代より平和な時代を迎えた今、彼らの作品と共にM. R. ニミットモンコン・ナワラットの『幻想の国』も再評価されている。（Ⅳ参照）

　本書の主人公は"政治犯"である。作者はルンという農民出身の青年が奨学金で海外留学し、帰国後、生物学専門の学者を目指す道徳省（現在の教育省）役人を主人公に仕立てる。そしてその主人公に一人の生物学者としてタイの社会問題、社会制度、政治や教育の改革を述べさせる。

　物語は囚人服を着た青年、ルンが刑務所で迎える朝から始まる。1933年、ボーウォーラデート親王の叛乱に関与したという謀叛容疑で逮捕されたのであるが、その後、釈放されたルンが様々な人生体験を通して──恋愛も含めて、ときには当時著名な心理学者たちの理論も語り、単に理想とする未来のタイの国だけではなく、世界的視野で政治、社会の理想、教育の機会均等を語る。あるときはまた、ＳＦ小説をも思わせる発想も織り込みながら物語を展開させていくが、結局、ルンが語ったすべてはあくまでも幻想、理想家の夢だったといわんばかりに、彼の再逮捕で物語は幕を閉じる。

I　タイ近・現代文学の「今」と「はじまり」

　……今朝、バーンクワーン刑務所所長はいつになく晴れ晴れした気分だった。ぶすっとして怒ったようないつもの顔に、笑みとさえ思える表情が浮かんでいる。これはおそらく、敵意をもって従事しなければならない平素の業務が、所長という一人の人間の顔を鬼の顔に変え、今日の慈悲深い業務がその鬼の顔を人間の顔に戻すからであろう。政治犯の手下の釈放に備え、彼らを更生教育に送り出す準備は、これまで長期間、入念に行った。所長は、およそ5年という長い歳月、否応なく辛酸をなめさせられてきた不運から解放される人物を個別に呼んで面会し、これから先、そんな彼らと友情の絆が結ばれることに希望を託そうとしていた。

　所長が事務机を挟んで面会した相手は、囚人服に身を包んだ若い男性だった。彼は細心の注意を払い、慎重、礼儀正しく椅子に腰掛けていた。おそらくほかのみんなだったら、一度死んで新たに生まれ変わるようなこの幸運な好機にみせる至福の様子を、彼は微塵もみせていなかった。年齢は32歳ぐらい、かなり長身でやせ、眉は濃く、顔はまるで寝食を断たれていたかのように、すっかりやつれきっていた。しかし、その表情は彼が本当に飢えていたのは精神的充足感に対してあったことを、はっきりと告げていた。まるで銃で照準を合わせて的を狙っているかのように、所長にじっと目を凝らしている彼の険しい眼差しは、その礼儀正しい口調と態度に何か不信感、あるいは危険な予感を抱かせた。緩慢な動作で、そして絹の色よりはるかにきらきら光り輝く光沢と交互に織りなす段だらの色で騙す、猛毒を内に隠した毒蛇タップサミンクラーのように……。この囚人の青年の特徴は譬えて言えば誰か。奴隷解放戦争をしたエイブラハム・リンカーン、キリスト教教皇の座を揺るがしたサヴォナローラ、「自由、平等、博愛」の灯をともしたロベスピエール、あるいはシェークスピアがその性格を「こんな人間だ、怖いのは」と指摘しているジュリアス・シーザーの暗殺首謀者カッシウス。

「ルンさん、あなたの姓名は何といいますか」

所長は尋ねた。

「ルン・チットカセームです」

「あなたは今回、更生教育を受ける人たちの一人です。特別裁判で20年の禁固刑の判決が下されましたが、あなたの場合、わずか4年余の刑ですみ

ました。今回の釈放はありがたくも政府の恩情によるものだと考えます」
「政府に対し、大変感謝しています」
　看守長は青年の顔をじっとみつめた。彼の「感謝しています」という言葉に揶揄があるのではないかと疑った。しかし、ルンは所長に再度疑いをもたせる表情は何らみせなかった[2]。

　1920～30年代、タイの国の政治、社会、経済構造が「旧」から「新」へと大きな変わり目にたったとき、旧社会における階級をもつ一人の人間がタイのあるべき姿を語る本書は、文学がそれぞれの時代の人生、そして真実を映し出し、その時代の社会と共に展開していくことを如実に示している。タイ文学史上、時を超える名作と評価される所以である。

## 2　モザイク模様の近・現代文学

### (1) 国民図書週間

　以前は王宮前広場で毎年開催されていた「国民図書週間」は、現在では会場をシリキット王妃センターに変え、例年、国内外の関心を集めている。2002年にはこの図書週間と同時に10月11日～20日、第7回タイ国図書・教育メディア大祭典が催された。国民の教育、図書普及を推進する国の教育省も力を入れるこの祭典には、毎年出版関係者、書店、新聞社、タイ国作家協会、タイ国言語・図書協会（タイ・ペンクラブ）など実に多くの関係機関や市民が参加し、販売はもちろん、講演、展示など様々な行事が盛り込まれ、本を作る側、読む側が一堂に会して大きな祭典となる。
　特にこの年、2002年には文学関係の貴重な展示、出版があった。その主なものをあげると、展示では「古書」、「過去の名作家たち16人」、「ヘーム・ウェーチャコーン　小説挿絵へ」、「世界の舞台に向かうタイ文学」など、また出版物では登録によって入手できる上述『過去の名作家たち16人』（図Ⅰ-4）があった。本書はプラティープ・ムアンニン著『タイ作家100人』[3]を底本に加筆がなされ編集されたものであるが、ここに

I　タイ近・現代文学の「今」と「はじまり」

　紹介された作家16人の業績は、1900年代初頭から今日にみる多様なタイ現代文学のいわば「核」をなすもので、小冊子ながらタイ文学の全貌を示し、同時にまたタイ文学研究への様々な切り口を与えてくれる貴重な1冊といえる。
　以下、16人の作家の特徴を最も端的に表すキー・ワード、あるいはキー・センテンスを本書、および筆者訳書から紹介する。（各作家の経歴、作品等については巻末「作家リスト」参照、（　）は筆名）

図Ⅰ-4　『過去の名作家たち16人』

1. カンハー・キエンシリ（コー・スラーンカナーン）
   「読者は私に対し慈悲を与えてくれていると、いつも思っている。読者はまた常に私に勇気を与えてくれている。読者が存在しなければ、作家は寂寥とした道をたった一人で歩いているような孤独感に襲われる。一人ぽつんと、心寂しく、悲しい……」（コー・スラーンカナーンの言葉より）

2. カーン・プンブン・ナ・アユッタヤー（マイ・ムアンドゥーム）
   「マイ・ムアンドゥームの作品には大変興味深いものがある。言葉のリズムが、いかにも田舎っぽく、地方色が強いだけではなく、物語の内容もまた、地方の人々の暮らしぶりを実によく映し出している。たとえば歴史小説『総大将』、或いは『プラバントゥーンの右腕』といった地方住民の物語の他にマイ・ムアンドゥームは田舎の人々の貧しい生活を取り上げる傾向がある……惜しむらくはマイ・ムアンドゥームの夭折である。酒が彼の天命を縮めた」（『本を書く人』）

3. クラープ・サーイプラディット（シーブーラパー）
   「貧しい者は生きんがために闘う。金持ちは金を貯めるために闘う。あなた、尋ねていたわね。私たち人間って死ぬときは、皆、同じ。身体は腐ってぶよぶよとむくみ悪臭を放つのに、金持ちはそれなのになぜ富を蓄積するのかって」（『人生の闘い』）

4. M. R. ククリット・プラモート
   「同志よ、我々にとって重要な日が遂にやってきた。新しい人生の夜明け、我々が待ちこがれていた理想達成の日ともいうべき日だ。資本主義体制、そしてサクディナー階級はこの日に滅亡するのだ。そしてこれから先、この地は我々のもの、権限は我々にある。我々は力を合わせ、協力していかなければならない。なぜかって、赤い軍隊が我々を権力の抑圧から解放するために、こちらへやってきているからだ」（『赤い竹』）

5. チット・プーミサック
   「人類の平和、幸福、繁栄を築くために微々たりとも屈することなく闘った人、民衆の歴史の新しい英雄」（『チューラーバンディット』）
   「……夜

I タイ近・現代文学の「今」と「はじまり」

　　　　暗黒の空は決して暗闇ならず
　　　　勇気ある一つの光が大空にきらめいた
　　　　それこそ民衆の信頼の星の光
　　　　その星の名はチット・プーミサック
　　　　寒い夜空に消えていった星
　　　　……
　　　　人間の真の価値を救い
　　　　何万という星に光を与えながら勇敢に突き進む……」(『シンラパ・ワッタナタム』)

6. チョート・プレーパン（ヤーコープ）
　　「身分は比較にならないほど低いが、しかし、善を愛する。そんないい例がここにありますよ。いまやチャオクン、プラヤー・マヌーサーラーチャーンの位階をもち、とても偉い裁判官になったという例がね。だから、私の息子のカンだってその可能性は充分にあります」(『暗闇の隅』)

7. プラムーン・ウンハトゥープ（ウッサナー・プルーンタム）
　　「『チャン・ダーラー物語』はタイ文学界で最も世間を騒がせた小説の一つである。この作品には作者ウッサナー・プルーンタムの性至上主義的傾向が、ここかしこに存分に横溢している。内容面を考察すると、いわゆる"高貴の人"の家庭とはかなり異質の、常軌を逸した生々しい"裸"の家庭が情欲の人生という一面から映し出されている……ブンルアンの誇大妄想、そして異常な両性愛の欲情、ケーオの同性愛的性格、チャンの教師であったケーンの卑劣な性欲、さらにはチャン・ダーラーが一度だけ真の愛を結んだ朝露のような純粋さ。強姦され、踏みにじられて生きる運命の星の下に生まれてきたチャン・ダーラー……」(『本を読む人』)

8. プリチャー・インタラパーリット（ポー・インタラパーリット）
　　「1932年以後、作家が大変好んで書いた作品は、窮乏に陥った上流貴族、或いは繁栄をかみしめている上流貴族の人生をあからさまにさらけ出した小説だった。オーラワンやポー・インタラパーリットは他の誰よりも多く、この種の作品を書いた。もっとも批判的に書いたのではな

い……」(『本を書く人』)
9. マナット・チャンヨン
「俺が死んだら、太鼓の皮には神聖な牛の皮を張り、中には俺の骨と髪を入れてくれ」(『踊り子の腕』)
10. マーライ・チューピニット(メーアノン)
「チャンカポーの花はしおれていたが、直ちに地面に落ちるわけではなかった。その魅惑的な香りは、北風に運ばれてあたり一面に放たれた。そして、壁に掛かった柔らく艶やかな肉体の若い女性の肖像画の前で、両手を固く結んだまま身動きしない老人のところまで漂ってきた。

一匹のホタルが窓の隙間から入ってきて、彼の額に止まった。ほのかな光によって、一瞬、安らかな落ち着いた顔がみえた。それはまるで、人生において初めて永遠の休息を見出した古代の年老いた武人のようであった」(『我々の大地』)
11. リオ・シーサウェーク(オーラワン)
「……『広大な森』(オーラワン作)と『大王が原』(リエムエーン作、上記10.の別筆名)の二つの作品のあいだに横たわっているのは、タイの国土を構成する一つの地域、つまり、タイの中央部を生きる地方の人々の物語である……。二つの小説の相似性は地方の"英雄的指導者"の人生を浮き彫りにしている点にある。指導者──それは"豪勇"のイメージとして描写し、現代ではもはや見出し難いタイの真の地方豪傑である。……二人の作家、オーラワンとリエムエーンの重要な相違は、前者が文学を鏡に譬え、自らをカメラマンに仕立てた最初の人物であるのに対し、後者は人生を映し出すのに人生と社会を科学として、また制度として深く理解した点にある……」(『本を書く人』)
12. ルワン・ウィチットワータカーン
「文芸誌『ワンナカディーサーン』創刊号に寄稿を依頼された。しかし何を書いていいか思いつかず、長いあいだ、あれやこれや考えた……。
＜私の幸福＞
私の幸福は私の精神を育成する仕事にある
私の幸福は何かを深く考えることにある
私は常に何かを行うことを考えている

I タイ近・現代文学の「今」と「はじまり」

そして私の仕事に進歩がみられたときこそ幸福である」(『ワンナカディーサーン』)
＜国家建設について＞（Ⅲ参照）

13. M.C.サワートワッタナノードム・プラウィット（ドゥワンダーオ）
「ドゥワンダーオは、上流階級の振舞いを他の作家よりもたくさん文章にして書き表した……。1932年の立憲革命は、多くの新しい事象をもたらした。権力を失った上流階級は、急速に台頭してきた新興階級からの威嚇を感じた。ドークマイソットやドゥワンダーオのように、その地位を失わざるをえなくなった上流階級の作家たちは、不満に思う悶々とした胸の内を各人各様に書き表した」(『本を読む人』)

14. サオ・ブンサノー（ソー・ブンサノー）
「ソー・ナオワラート（筆名の一つ）作『夜の鷹』の主人公メン・ダムクーンデートには、目新しい点が幾つかみられる。つまり、外国に留学し、ピアノが大好きな人物に仕立てられてはいるが、結局、彼とても"悪漢―善人"の典型であるスアダム ―― スアバイのような登場人物の絆からのがれることはできなかった」(同上)

15. M.C.アーカートダムクーン・ラピーパット
「世界がなおも回り続けている限り、人間の幸せ、あるいは苦しみもそれに従って回り続ける……愛、どんな愛であれ、純粋な愛は犠牲であり、幸福であり、苦しみである。愛とは即ち、人生である……。私の人生の芝居はカモン中尉の死で幕を閉じる。私自身は相も変わらず家もなければ金もない、己の行くあてさえない。とりわけこれから先、人生をどう歩いていくかその道の行く手も……すべての古い物語は終わった。人生の芝居はもう私の記憶にない。今や新しい物語が始まろうとしている。それがこの物語ほど悲しいものでないことを望む……」
(『人生の芝居』)

16. イッサラー・アマンタクン
「民主主義体制は科学を超えなければならないものと考える。それはより神聖で何物にも妨げられない不思議な力をもったものでなければならないと考える。民主主義とは、即ち、宗教である ―― 奉仕する宗教、皆が共に責任を負い、互いに愛し、互いに兄弟姉妹として慈しむ宗教

であると私は思う」(「彼は首相に叫ぶ」)

## (2)『最高傑作小説20選』

一方、マーセル・バラン (Marcel Barang) は時代と作家、作品からタイ現代文学の全貌を示す。彼はその著 the 20 best novels of thailand : A Thai Modern Classics Anthology (タイ最高傑作小説20選) の中で、最高傑作小説20選として、下記の作品をあげる。本書第1部では今日にみるタイ現代文学の流れを小説が生まれる前から戦後、ベビーブーム時代の作家たちまでをとらえている。つまり、1.「貝多羅葉に書かれた書物」、2.「小説以前：" 水あれば魚泳ぎ……"、『スコータイ王の三界論』、詩の王子シープラート、市井の詩人スントーンプー、" ため息から仕草まで"(演劇)」、3.「過去の遺産」、4.「Marieって誰？」、5.「小説の誕生：夜明け前の闇」、6.「開拓者たち」、7.「失われた世代」、8.「ベビーブーム時代の作家たち」という構成でタイ文学の全貌を概説する。

一方、第2部では、タイ小説誕生から1994年までの時代を4区分(上記4.〜7.)し、さらに「未来の作家」を加えて最高傑作小説20選を紹介する。

『タイ最高傑作小説20選』
1.『人生の芝居』M. C. アーカートダムクーン・ラピーパット
2.『絵の裏』シーブーラパー
3.『良家の人』ドークマイソット
4.『悪しき女』コー・スランカナーン
5.『マリワンという名の象』タノーム・マハーパオラヤ
6.『大王が原』マーライ・チューピニット
7.『ワンラヤーの愛』セーニー・サオワポン
8.『妖魔』同上
9.『王朝四代記』M. R. ククリット・プラモート
10.『チャン・ダーラー物語』ウッサナー・プルーンタム

Ⅰ　タイ近・現代文学の「今」と「はじまり」

11.『トゥティヤウィセート』ブンルア・ティッパヤースワン
12.『裁き』チャート・コープチッティ
13.『狂犬種』同上
14.『土手は高く、丸太は重い』ニコム・ラーイヤワー
15.『蛇』ウィモン・サイニムヌワン
16.『ガラス瓶の中の時』プラパットソーン・セーウィクン
17.『海と時の流れ』アッシリ・タマチョート
18.『怒ったコブラの頸』ワーニット・チャルンキットアナン
19.『虎の道』シラー・コームチャーイ
20.『白い影』デーンアラン・セーントーン

### (3)『偉大な文人たち』

　文学は本を書く作家のみから生ずるものではない。本を読む人、作る人があればこそ、一冊の本ができあがる。文学関係というより広い視野でタイ文学の発展の過程を追ってみると次のような人物があげられ、彼らの活動の考察からタイ文学研究へのもう一つの突破口がある。以下、ソー・ソンサックシー著『偉大な文人たち』[4)]より紹介すると、その功績がタイ文学の発展にいろんな形で貢献しながらも、これまで看過された偉大な人物が浮かび上がってくる（一部については巻末「作家リスト」で紹介）。（図Ⅰ-5）

図Ⅰ-5　『偉大な文人たち』

1. サンカラートラーノー（本名 Louis Laneau）（1637 - 1696）

アユッタヤー時代ナーラーイ王時代にタイで初めてシャム・パーリ語の辞書を執筆したフランス人学者。ルイ14世がシャム（当時のタイ国名）に派遣したフランスの使節団に同行した。

2. ティエンワン（1842 - 1915）
政治犯で投獄された尊敬すべき新聞記者。絶対王政時代、庶民として初めて「民主政体」を唱え、国会の設立を訴えた。社会、宗教、芸術、法律、哲学、文学に関する著述をダルノーワート紙に掲載。同紙はタイ人の手による最初のタイ字紙とされ、1874年発行された。同紙はまたタイ短編小説の「芽」と評される「男4人魚取り」も掲載された。

3. コー・ソー・ロー・クラープ（1834 - 1913）
今後もっと追究すべきラーマ4世時代のタイ最初の勇敢な「本の虫」、本収集家。平等と民主主義を求めた勇気ある庶民の代弁者であり、王朝年代史や偉人の話などの著作を残す。代表作に『サヤームプラペート』、『シャム・ベトナム戦史』などがある。

4. プラ・ヨートムアンクワーン（カム・ヨートペット）（1852 - 1900）
ラーマ5世時代、ロー・ソー112事件（＊）でシャムの危機を救った勇者。
　＊タイ仏紛争が生じ、仏艦がチャオプラヤー河口を封鎖した事件。

5. クンルワン・プラヤー・クライシー（プレーン・ウェーパーラ）（1862 - 1901）
ラーマ5世治時代、最も法律に長けた人。

6. タンプージン・プリエン・パーサコーンウォン（1849 - 1920）
教科書や文芸作品を書いた異名"ホワパー"（とても料理が上手な女性という意味、料理本の名前に由来）。本名ポーン・ブンナーク。15～19歳、イギリスに留学、ラーマ4世、5世の小姓となり、1873年、小姓局長、その後税関長、農相、文省などを歴任、雑誌『ミットラサパー』を発行した。

7. クン・ソーピットアクソーンカーン（ヘー）（1869 - 1934）
古典文学時代に印刷所を経営し、良書の出版、さらには新聞発行も手懸けた。

8. ルワン・ボーウォン・バンラック（ニヨム・ラックタイ）（1875 - 1946）
偉大な詩人"ナーイピー"の師、忘れられた賢人。

Ⅰ　タイ近・現代文学の「今」と「はじまり」

9．スパー・シリマーノン
(1910 - 1986)（図Ⅰ-6)
「知識を尊ぶべき」という内容を理想とした月刊誌『アクソーンサーン』（後述）発行、経営。

10．"ナーイピー"（1918 - 1987)
（図Ⅰ-7-1、図Ⅰ-7-2)
"賢人M.Rククリット"の双壁、民衆の偉大な詩人。

11．ソムブーン・ウィラヤシリ
(1922 - 1972)
過去の有名なベーリーゼ（ゴールドショップの名）強盗事件を暴いた犯罪ニュース敏腕記者（ピム・タイ紙)、また数多くの著作も残す。同僚に新聞記者であり作家でもあるイッサラー・アマンタクンやスワット・ウォラディロックらがいた。1950年、タイ字紙デイリーメール新聞社設立、発行。

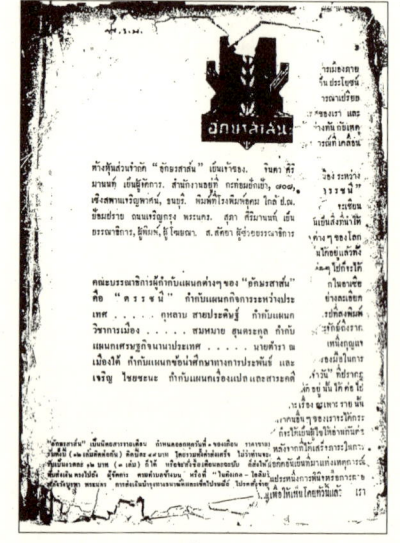

図Ⅰ-6　月刊誌『アクソーンサーン』創刊号（1949年4月発行）

(4)「主題」からのアプローチ

タイ現代文学のありようの一端を、作品の主題に注目すると、次のような代表作品があげられる。

1) 大自然、ユーモア、生きとし生けるもの
スワンニー・スコンター『サーラピーの咲く季節』（原題『動物園』)[5]

＜今、文学に何ができるか、作家スワンニーの没後21年、原点に戻って＞[6]
若い世代の活字離れの傍ら、ネット文学という造語さえ耳にして久し

い中、タイでは『タイ人が読むべき名作100冊』(1997)、『タイの作家100人』(1999) が相次いで出版された。タイ人として今一度自国の文学の再認識を図る出版であるが、前者は賛否両論、大反響を呼んだ。対象年代、ジャンル別に、輪廻転生、因果応報を語る民話『プラー・ブートーン（金のはぜ）』をはじめ、古典から東南アジアのノーベル文学賞とも言われる東南アジア文学賞作『不死』（ウィモン・サイニムヌワン）など、現代に至る名作を紹介する。実際、数を100に限定すること自体、不可能ではあるが、いずれにしろ、近くて遠い国の文学事情をも読み取れ、別称「世界のみんなの名作：タイ編」ともしたい希少価値をもつ。

一方、この幼児・青少年向けのいわば指南書はケータイ時代、現代の若者にとって本を読むということの意味、あるいは文学そのものの存在意義をも問いかける。文学とは何か、はたして今、文学に何ができるのだろうか、と。

かつてタイ文学には「苦闘」の時代があった。作家たちは軍事政権に抵抗し、民主主義実現のためにペンを武器として闘った。冒頭の編者ウィッタヤーコーン・チェンクーンもその一人である。1973年学生民主革命に至らしめた当時のペンの牽引力、文芸思潮「人生のための文学」の主唱者だった。国家権力に圧され、亡命の人生を強いられたシーブーラパーのような作家もいれば、共産主義者と目され、生命を絶たれた作家もいる。いや、人間の命ばかりではない。言論の自由を奪われ、廃刊に追いつめられた文芸誌もある。

タイ文学の展開を過去から現在へ、現在から過去へと見直していた折、22年前の筆者訳書『サーラピーの咲く季節』（スワンニー・スコンター、1976）の若い読者の感想を聞いた。彼らに刺激され、改めて原著を読んでみた。物語は身近な生きとし生けるもの、つまり、作者の言う大自然に抱かれて大地を駆けまわる一人の少女をめぐって展開する。そこには時のピブーンソンクラーム首相時代の政治、歴史、社会が描かれ、仏教の教え、あるいは「もう充分じゃない」と満ち足りることを知ること、命の尊さを諭す母の言葉もある。大東亜戦争に巻きこまれたタイの村を

通る日本軍の行進の中に、必死で愛馬を探す少女は呟く。「なぜ大人は戦争をするの？」少女の素朴な問いは世界で争いの絶えない今日、胸を突く。

　作家の没後21年、原点に戻って今、タイ文学を考えたとき、作家の肉体こそ滅んだものの、その作品が時空を超え、たとえ少数でも異国の現代の若者たちの心に、それぞれに何かを刻み、深い感銘を与えて生き抜いているという驚きは大きかった。

　言葉の芸術である文学、言葉に秘めている力が政治、歴史、社会、宗教などと交錯しつつ、真善美の不変の存在を教え、人としての道を照らしていることに畏敬の念を禁じえない。

## 2）タイの社会

『現代作家・詩人選集　タイの大地の上で』より[7]

　長い伝統を誇る詩の国、タイにおいて、「小説」という新しい形の文学がタイの土に播かれ、根をおろし、やがて開花して今日に至るまで約100年の時が経つ。その間、タイ社会は国の近代化の波に洗われ、大きく変化した。政治も、経済も、人々の価値観も──。タイ社会を揺るがしたのは近代化の波だけではない。タイ社会は戦争というもう一つの、国を越えた悲惨な、醜い戦いの渦にも巻き込まれる。武力の戦いはさらに次の時代、思想の戦争をもタイの国にもたらした。そして、本来、自由であるべき人間の思想が奪われ、ときの国家権力と衝突する時代を生んだ。

　本書『現代作家・詩人選集　タイの大地の上で』はこうしたタイ社会の変化の中で、脈々と流れてきたタイ文学の一隅をとらえて編纂したものである。しかし、それは、作家たちが表現の自由を享受し、さまざまなテーマを掲げて世に出している今日の作品ではない。15世紀、アユッタヤー時代以来の長きにわたる階級社会が揺らぎ始めた一昔前、戦争を挟んだ時代の作品が中心となっている。あえて現代の人々が忘れかけようとしている作品、人々に顧みられることもなく埋もれかかった名作のいくつかを取り上げてみたのである。なぜなら、看過されてきたとはいえ、これらの作

品は、時を隔ててもなおタイ現代文学の真髄の輝きを放っているからである。同時にまた、現代の私たちが失いつつある人間としての尊厳を今一度思い起こさせてくれるからである。

　文学は「社会の鏡」といわれる。確かに、ここには作品が生まれた当時のタイ社会がみえ隠れする。のみならず、文学がもっているもう一つの力、つまり、「普遍性」の柱がある。

　人間を人間たらしめている「真、善、美」の力である。科学が飛躍的な発展を遂げ、めまぐるしく変動する今日の社会にあって、私たち現代人はいつの頃からか言い旧されてきた、この、ごくあたりまえの言葉の本質を見失いつつある。

　—— 上座仏教のタイ社会にあって、僧への盲目的な愛に陥る純真無垢な娘（リエムエーン「北からの流れ」）
　—— 見返りを求めない施し（クラッサナイ・プローチャート「厚い足の裏、薄い顔面（かお）」）
　—— タイ文学では稀有なタイの華僑社会（テープ・マハーパオヤラ「チャムプーン」）
　—— 人間の誇り、尊厳、平等（イッサラー・アマンタクン「それぞれの神」）
　—— 一人の人間の生命（いのち）（オー・ウダーコーン「死体病棟」）
　—— 地方と都会の社会格差、貧困、社会主義、社会公正への希求、社会変革、政治理想（同上「タイの大地の上で」（巻末「作家と作品」参照））
　—— "カネ"に群がる人間の貪欲（アッシリ・タマチョート「過去は過去」）
　—— 貧困、売春婦（同上「始発バス」）
　—— 階級社会の中で生きる一人の平民の生きざま（ヤーコープ「暗闇の隅」）
　—— 農民の貧困（プルアン・ワンナシー　詩「みえるのは貧しき者ば

I　タイ近・現代文学の「今」と「はじまり」

　　　かり」）（後述）
　　── 美の優位を求める詩人の魂（ウッチェーニー　詩「より高く」）

　近代化の中で揺れ動くタイ社会、そしていつの世にも変わらぬ、変わってはならぬ「真、善、美」の力 ── 本書に紹介した作品は、たとえ少ない字数の中にでさえこれらを見出すことができる。

　　本書収録の作家・作品解説
**アッシリ・タマチョート「過去は過去」、「始発バス」**
　本書に紹介した作家たちの中で、アッシリ・タマチョートただ一人、戦後生まれの作家である。彼の作品をここに紹介した理由は、タイ現代文学史において、彼が時代の分岐点に立っているからである。現代文学の芽をタイの土壌に根付かせた先人たちの思想、価値観を受け継ぐ最後の世代であり、同時にまた、今みるタイ現代文学の作家たちの先駆者であり、さらにこれから創造されていくタイ文学の展開をも暗示するからである。
　"機械の牙"に腕をもぎ取られた地方からの出稼ぎ女性の姿（「過去は過去」）は、戦後、工場の機械化が進み産業構造が大きく変わろうとするタイ経済発展の裏に隠された小さな犠牲者の一人であろう。作者はここに現代社会の縮図を浮き彫りにした。そして「始発バス」では舞台を都会に移し、庶民の日々の営みの中に現代社会の一角を投影する。

**リエムエーン「北からの流れ」**
　リエムエーン（本名マーライ・チューピニット）は持ち前の長編作家、かつジャーナリストとしての老練の腕を本短編「北からの流れ」に存分に発揮する。巧みに構築されたプロット、読者の予想を覆すような意外な結末、しかし、そこには彼のほかのどの作品、たとえば『我々の大地』などにも共通して存在する「人生の美」、自然とともに生き、人間としての温もりがほのぼのと行間から伝わってくる。女性の愛の対象が、タイ社会にあって特別な位置にある「僧」というところに、本書の小説としての妙味

があり、タイ社会と僧、仏教の戒律と一人の人間というテーマが読後に残される。

### クラッサナイ・プローチャート「厚い足の裏、薄い顔面」

　クラッサナイ・プローチャート（本名サクチャイ・バムルンポン、別筆名セーニー・サオワポン）は彼の作品には珍しく作者自身が語り部となって「厚い足の裏、薄い顔面」の物語を進めていく。夢か現実か疑問の解けぬままに終止符を打つ本作品であるが、しかし、見返りを求めない施しという行為を通して、人の道の美を静かに語る物語である。1918年生まれ、7月に新たな齢を数えるが、その作家魂は、戦争、さらには思想、表現の自由を奪われたタイ文学界暗黒時代の危機を乗り越えた強靭な精神力、のみならず社会公正、人間のやさしさを求める彼の人生哲学に支えられているといって、決して過言ではない。（初出『サヤームサマイ』（月刊）、1951年7月23日）

### テープ・マハーパオラヤ「チャムプーン」

　今日に至るタイ社会において、華僑の存在は切っても切り離せない密接な関係にある。しかしながら、我々日本人が彼らの世界を知る機会は極めて少ない。しかも、タイ文学の中でもなかなか取り上げられることの少ない南タイの社会は、日本人にとって、あるいはときとしてタイの人々にとっても異境の世界の存在である。そうした状況下、一昔前の作品とはいえ、タイ文学史に異彩を放つのが「チャムプーン」である。洗練された作品の筋立ては、読者を未知の異境の世界へと誘い、加えて主人公の強い個性がさらに読者の想像力をかりたて、物語をずんずん先へ進ませていく。惜しむらくは本作品がテープ・マハーパオラヤの絶筆となったことである。作品はほかに短編「人生の価値」、「ワニの密棲地」、「父の罪」などがある。（初出『シンラピン』（月刊）1942年9月7日）

I タイ近・現代文学の「今」と「はじまり」

## イッサラー・アマンタクン「それぞれの神」

　作者イッサラー・アマンタクンはときの政権が共産主義を恐れ、政治粛清の嵐が吹き荒れた1950年代のいわゆる「暗黒時代」、ほかの作家、知識人らとともに獄中につながれた一人である。国内の政治情勢から外国を舞台にした作品、例えば『罰当たりの善人』ではフィリピン、あるいは「ウェー、誰がおまえに革命を起こさせたか？」ではベトナムで物語が展開するが、位階勲等の伝統社会が揺らぎ始めた時代を生きる作家の慧眼は、終始一貫して人間の平等、人間の誇り、社会公正をそれぞれの作品の中で強く訴える。本編は作者のそうした信念が最も色濃く出ている短編の一つである。

　　貧しさは人を無鉄砲な、恥をも省みぬ向こうみずな行動に駆りたてる。貧しさゆえに、貧しさこそがこんなふうに俺を………彼はこう考えながら、飢えと寒さを少しでもまぎらすために、足早に、ときには走るかのように歩いた。しかしそれも無駄だった。雨の奴めが狂ったように、容赦なく降りそそいでくる。それはまるで黒々と巨大で恐ろしげに覆いかぶさっている天空の雲が、自分の破滅は絶対にないと己の威力をみせつけているようにも思われた。雨は夕方5時頃から降りだし、街灯に明かりがともる今になっても、一向におさまる気配をみせない。
　　彼はほんの2口、3口でいいから酒をひっかけたかった。身体を温め、元気づけるために。しかし、肝心の金、飯代に残っていたなけなしの6サルンは、とっくに朝から尽きていた。どんなに急ぎ足で進んでも、足早に歩けば歩くほど、この道はそれだけ、よりいっそう長く延びていくようにさえ感じられた。車はゆっくり走っているにもかかわらず、警笛の音が耳にうるさく突き刺さってくる。いろんな車の流れは、寄せては返すさざ波のように途切れなく続く。
　　彼は声を大にして叫び、尋ねたくて口がむずむずした。
　　"どなたかいらっしゃいませんか？　どなたか私の今のこの飢えと寒さを癒してくださる方はいらっしゃいませんか？"
　　彼はどんなにかこの言葉を空中に吐きたかったことか——。

第2章　近・現代文学の礎

　雨をついて通りをさまよっているうち、彼は気がついてみると、はでなネオンで明々と光り輝く豪華な、大きなレストランの前にきていた。スマートな服を着たドアボーイが、どしゃ降りの雨の中、傘を広げて庇の下で立っていた。彼の任務はやってくる客たちの車のドアをただ開けるだけにすぎない。そして手のひらを広げ、差し出されるチップを片っ端からもらう。ドアボーイのこの光景をみて、彼はなんともいえない人生の悲哀と苦みを骨の髄まで感じた。彼はさらに疑問を抱き始めた。

　"我々人間の幸せとはいったいどこにあるのだろうか？"

　そうだよ、彼の幸せはいったいどこにあるというのか？
　それはほんの2口、3口の酒を喉に流し、胃袋を温める。大根の切れっぱしをおかずに、かゆ飯を2杯ほど、サルのように貪り食って生き延びる。それからタバコの吸いがらをこころゆくまで燻らせてくつろぎ、その後、どこかの、首をもぐらせて眠る乾いた温かい場所を探す——。
　一方、あのドアボーイの幸せは、高級自動車で乗りつけてやってくる肩書付きの良家の金持ち連中が差し出すチップにある。
　"では、金持ちたちの幸せはどこにあるというのか"
　ああ、そうだ。それは彼らが豪華なご馳走を食べているあいだ、そしてダンスに興じているあいだ、この降りしきる雨にやんでもらいたいことにある。とても高価な彼らの衣服がびしょ濡れにならないように、そして不快感をかき消してくれるように、と。
　なんという大きな開きだろうか。彼とドアボーイのあいだにある幸せは……そして、ドアボーイと遊びにやってくる良家の金持ち連中とのあいだに存在する幸せとは……。
　彼は苛立ちながら歩き続けた。すらりとしてハンサムな青年ときれいな若い女性の似合いのカップルが、焼き栗をかじりながら彼のそばを通り過ぎていった。肩を寄せ合い、くすくす笑いながら……それはあたかも自分たちはおいしい焼き栗をかじっているのに、一方ではひもじゆえに息も絶え絶えに弱りきって倒れんばかりの一人の人間が存在するという現実を、

I タイ近・現代文学の「今」と「はじまり」

大いにおもしろおかしく楽しんでいるかのようでもあった。
　漂ってくる焼き栗の芳しい匂いに、彼はすっかり酔いしれた。彼はすぐにも中華なべに手を伸ばし、炒りたての、ほかほかとまだ温かい焼き栗をつかんで硬い皮をむき、口に入れてかみ味わってみたかった。しかし、そのようなひったくり同然の行動に出るには、彼はあまりにも臆病で、体力も弱りきっていた。彼に激しい憤りがこみあげてきた。彼はぎゅっと歯をくいしばった。
　霧雨で気温が下がり、しんしんとふけていく夜の大気の中に優雅なダンス音楽の音色が流れてきた。彼は幸せの問題について、再び疑問を抱き始めた。誰だったかある人が、かつて言ったことがある。
「音楽は我々人間の幸福だ」
　この御仁、もしも彼が今の自分のように電柱に身をもたれかけ、5臓6腑にしみわたる飢えを抑えるために、歯茎が痛くなるほど歯をかみ合わせていたとすれば、はたしてこのように考えるのだろうか？
　彼は目の前の空間に手のひらを広げて物乞いの格好をしてみた。それから苦痛をなめるかのように肩をすぼめた。そして、我知らず独り言がその口から出た。彼の言葉は途切れ途切れで、つなぎ合わせても文章にはならなかった。しかし、ちぐはぐながらも、概ね意を尽くしていた。彼は天の神に尋ねた……彼は幸福の言葉の定義を嘲り笑いたかった……世の多くの哲学者たちが考え、つくり出した幸福の言葉を……彼は嘲って……笑って……そうしてみたかった。
　ちょうどそのとき、はでに着飾った一人の男が通り過ぎていった。物乞いをしているような格好で前方に差し出されている彼の手をみて、ふと足を止め、ポケットの中から財布を出して小銭を探した。しかしこの人物は、普段、財布に小銭を入れないとみえて、あるのは一番小さなお金でも20バーツのお札だった。着飾った男は自分自身に向かって首を横に振った。
「まあいいか……、タムブンと思えば。あの世で今よりも金持ちになるようにな。今の10倍以上も……」
　男はぶつぶつ言いながらそう決心すると、20バーツの紙幣を彼の手に押し込んだ。
　彼はあっけにとられた。彼はその20バーツを握りしめた。彼はぽかんと

してまるで奇跡でもみるかのように男をじっとみつめた。不思議な感情が彼の頭の中にどっと押し寄せてきた。

　ああ、そうだよ！　このはでに着飾った男の幸せがどこにあるかといえば……、みてみろ。この男は今より10倍以上も金持ちになるように祈願したんだ。この男の幸せはまさにここにあるのだ。

　紙幣をぎゅっと握りしめた彼は、手を伸ばして着飾った御仁の手をつかんだ。

「これはいったいどういう意味ですか？」

　彼はしわがれ声で尋ねた。すると、男はぱっと立ち止まって言った。

「えっ、なんだと！　たった今、きさまが手のひらを広げ、神様を必死になって探し求め、神様を忙しくさせているのをみたからだ」

「それではあなたが、つまり、神様？」

「冗談じゃない！　だがな、もし俺が20バーツ紙幣を5缶ほどもっていたら、あるいは北の地方へいって阿片を20キロばかりもってこれたら ── ああ、そうだよ、そのときは俺は神様かもしれないな」

　男は彼の汚れた手を払いのけながら答えた。話し終えると、男はタバコ、トーンカムと高級ブランドのライターを取り出し、タバコに火をつけた。それからゆっくり煙をふかし、いかにも愉快そうに喉の奥で笑った。タバコの煙が、まるでやかんの水蒸気が注ぎ口から噴き出るように、口と鼻の穴から出て周囲に広がった。男は彼を避け、これみよがしにダンスホールの中へ入っていった。

　彼は手の中にしっかり握りしめられている20バーツ紙幣をまじまじとみつめた。長いため息が彼の口からもれた。

　"ああ、これが神というのか？"

　彼は考えた。本当に不思議だ。実際、このたった一枚の小さな紙きれは、彼に対して神ほどの万能の力を与えることができるのだ……

　寒さ、飢え、そして疲労困憊がこのほんの小さな紙きれの神様のおかげで、彼の精神からも身体からもすべてきれいさっぱり、大急ぎですぐさまその場を立ち去ったように思えた。

Ⅰ　タイ近・現代文学の「今」と「はじまり」

### オー・ウダーコーン「死体病棟」、「タイの大地の上で」

　いずれの作品も、医師を志し、病に苦しむ地方の貧しい同胞を助ける、という作者の高邁な精神が脆くも崩れてしまう、言葉に尽きない無念な思いが随所に伝わってくる名作である。「死体病棟」の青年ウィッタヤーは、ほかならぬ作者自身の姿であるが、理想に燃える青年の目はさらに広く社会へ向けられる。そして、その深い思いは「タイの大地の上で」に結晶する。貧困に苦しむ地方の人々、都市と地方の社会格差の現実を目の当たりにして、作者はその現実のタイ社会を救う唯一の手立てを政治改革に求める。理想に輝く青年の目、そしてその理想が打ち破れたときの挫折感──28才にして夭折した作家だけによりいっそう人生の悲哀を感じさせられる作品である。社会変革を希求する登場人物の背景には、共産主義者撲滅をはかる当時の国家政策がある。作者オー・ウダーコーンもまた戦後、新しい政治イデオロギーに新しいタイ社会の構築を求めた一人であった。（巻末「作家と作品」参照）

　「死体病棟」初出『サヤームサマイ』（月刊）、1948（図Ⅳ-3）
　「タイの大地の上で」初出『アクソーンサーン』（月刊）、1950（図Ⅳ-4）

### プルアン・ワンナシー「みえるのは貧しき者ばかり」（詩）

　地方の農民がいかに厳しい自然条件の中で、いかに厳しい重労働を、そしていかに貧しいか、鋭い剣でぐいぐい突き刺してくる1篇である。貧しき者の苦しみを刑具につながれた痛みにたとえる作者は、1952年、ときのピブーンソンクラーム政権時の平和委員会謀反事件で逮捕された体験を暗に示している。国内の政治情勢から亡命生活を送らざるをえなかった悲運な作者プルアン・ワンナシーの詩作は、1973年学生民主革命以来、民主政治確立の道を進み「自由」を享受する今日、もっと広く読まれ、「自由」の意味を今一度、深く考えてみるに値する。

　　　みえるのは貧しき者ばかり
　　ああ！　なんと哀れなことか！

苦しみが ──
すべての貧しき者にとって獄中につながれたに等しい苦しみが
刑具につながれた肉体への酷い仕打ちののような苦しみが
こうした苦難が、くる日も、くる月も、そしてくる年も支配する

暑い季節、大地はからからに乾涸び、地には割れが
心はほかにたとえようもないほどに、ぎらぎらと照りつける太陽さながらに熱くほてり
厳しく照りつける灼熱の陽光は前もって注意を喚起する
ほら、借金が後から必ずやってくるよと
そして心にはずきずきと突き刺すような痛みと踏みにじられた思いを残していく

雨の季節、燃えるような熱さは和らげられず
あきらめきった心は、辛い痛みを呑みこみ我慢に我慢を重ね耐え忍ぶ
雨の季節、雨の恵みは遅いのか？
米作りができる日をいまかいまかと待ちわび、やむなく田んぼを空っぽのまま打ち棄てる

寒い季節
ああ、なんと酷な寒さよ
この厳しい寒さというときに、まとう服はなく食べる糧もなく
心はがたがた震え病を患う
寄る辺のないおれは独り耐え忍ぶ

どちらを向いてもみえるのは貧しき者ばかり
おれたちのような苦しみの貧しき者ばかり
貧しいとき、やってきて安否を気遣う話し相手は
皆おれたちのような貧しき者ばかり

ああ　………

I　タイ近・現代文学の「今」と「はじまり」

　　もしも何十万、何百万戸もの家の貧しき者が　………
　　この悲しみを皆で一斉に追い払うならば
　　年から年中のこの山のような苦しみを
　　皆で力を合わせ木端微塵にへし折って
　　一塊も残らないほどに山を平らげられたなら

　　血となって止めどもなく流れる落ちる涙は
　　われわれすべての手で拭い乾かすことができるだろうに
　　そうして貧しき者が耐えに耐えてきた苦しみ──
　　刑具につながれた苦しみは姿を消すだろうに

**ヤーコープ「暗闇の隅」**

　作者ヤーコープの数ある作品の中で、位階勲等のタイ階級社会が最も強く打ち出された作品である。と同時に「善」の心をこれほど言葉ではっきりと示した作品は少ない。現代という時代が、「善」の言葉そのものを口に出して語るのも面はゆい時代になり変わっている現実を否めない。自らを「善」の心で律し、我が子に「善」を教え諭す父の姿勢に、「父ほど偉大な教育者はいない」と述べるフランスの思想家ルソーの言葉を彷彿させる。

　位階勲等の階級社会にあっては、一事が万事、"階級"次第である。当然、人称をはじめ互いの会話の言葉遣いにも歴然と差が出てくる。表に出そうにも出せない屈辱感が行間に滲み出るが、作者に言わせると「善」の心でぐっとその思いを抑えさせる。最近のタイ文学ではあまりみられなくなった一昔前のタイ社会、そしてどんなに時代が変わろうとも、決して変わってはならない「善」の心の存在をここにみる。

**ウッチェーニー「より高く」（詩）**

　戦後から1950～1960年代にかけて活発な詩作活動を続けたウッチェーニーの作品は、極めて感覚的、象徴的で非常に難解である。彼女の詩作に

第2章　近・現代文学の礎

一貫して流れるのは「人類の平和のために人間の愛と理解を求め、社会への奉仕を」という、確固として揺るがぬ自己信条である。詩の伝統の国に生まれ、育まれた詩人は、繊細で豊かな感受性をさらに天賦の才として恵与されたのだろう。優美な文体がタイ語独特の音の響き、そして音韻と相俟って作品により深みをまし、読む者に限りないイメージをふくらませる。本詩篇にみるように、タイ語の音と言葉の美に酔わせ、芸術の中で詩の美を究め、詩人の崇高な理想を高く掲げるウッチェーニーは、自己の人生観をタイ語の音の美しさで表現し、象徴する卓絶した詩人の一人であるといえる。

　　　より高く
　きらきら輝くガラスの糸のように
　しなやかな優雅な曲線は黎明の光を歓び受けて
　噴水は湧き上がる暁の水を
　一瞬一瞬天空に向かって放ちまき散らす
　まるで虹が姿を変えて空から大地におりてくるように

　高く上がれ、より高く上がれ、恐れずに
　くじけることを知らず、飽きることを知らず、緩めることを知らず
　たとえ強い陽光を束にした天が雨を注いでも
　心に深く刻まれた信念は尽きることなく

　きらきら明るく輝き晴れやかに笑みこぼれる水の糸
　美しいさわやかな微笑みの風を受け
　しなやかにゆらめきながら曲線を投げ放ち恵みを与える
　森の風にそよぎ枝がゆらめく美しい花束のように
　心にいやしを与え魅入らせる
　星が天空を一面にしきつめきらきらと光の房を垂れるとき
　水の糸は天国以上の星屑をまき散らす
　ぴかぴかと火花を散らすように燦然と光り輝き

Ⅰ　タイ近・現代文学の「今」と「はじまり」

　　まるでダイヤモンドを嘲り笑い
　　ダイヤモンドのきらめきをかすませるかのように

　　しなやかな優雅な曲線から甘いしずくがしたたり落ちる
　　それこそまさに薄暗い大地へ贈られた天のしずく
　　心楽しきすがすがしさをあたり一面にまき散らし
　　渇きを潤し、悪を、暗黒を和らげる

　　清らかな詩人の友愛の水のように
　　明るくきらめき輝く光線が一瞬一瞬宙に放たれる
　　美を目指し善を目指し天空に向かって湧き上がる
　　汚れなき美の力の中で気高く、永遠に久しく

　　高く上がれ、より高く上がれ、恐れることなく
　　甘美な言葉のように妙なるかけがえのない価値を生み出せ
　　詩人の魂から水の流れで希望と力を創り出せ
　　尽きることなく永遠に

### 3）国家と「文化」

　①タイ政治・社会への洞察、②歴史観、③ヒューマニズムという観点からタイの作家を一望すれば、筆頭にあげられるのは、これらすべてのテーマを常に包括して作品を創作していくセーニー・サオワポンであろう。例えば、作家人生萌芽の小説『敗者の勝利』に始まるセーニー・サオワポンのこれまでの作品の主題は、「国」に関しては、政治、イデオロギー、戦争、救国、自由タイ運動、社会に対しては公平、公正である。国家がとった政策に自身が人生を翻弄されたがゆえに、また国家が作った「文化」の犠牲者ゆえに、タイの伝統文化を慈しみ、継承を願う気持ちは、人一倍強い。またセーニー・サオワポン自身の生来の豊かな人間性は、一人の人間としての自由、尊厳、そして人類共通の、普遍の真、善、美、愛を求める。（Ⅳ参照）

## 注

1) 『理想家の夢』原稿は英語 "The Sight of Future Siam"(未来のシャムの展望)。獄中で発覚したために没収され、釈放後1946年、記憶を頼りに題名も変えてタイ語で出版、1951年に『幻想の国』に改題された。
2) M.R.Nimitmongkol Navarat, *Muang nimit lae chiwit haeng kan kabot song khrang,* Aksonsamphan, 1970, pp.1-3
3) Prathip Muannin, *100 Nakpraphan thai,* Suwiriyasan, 1999
4) So. Songsaksi, *Yot khon wannakam,* Dok Ya, 1978
5) 筆者訳『サーラピーの咲く季節』(Suwannee Sukhontha, *Suansat,* Duang Ta, 1976)段々社、1985
6) 筆者執筆「東京新聞」2005年4月15日
7) 筆者編訳『タイの大地の上で』(財)大同生命国際文化基金、1991、訳書は①『タイ名短編作家──タイ短編100周年を記念して』(タイ国作家協会編、1985)、②『人生のための短編:みえるのは貧しきものばかり』(チュムヌム・ワンナシン編、1973)等より筆者編集。

I タイ近・現代文学の「今」と「はじまり」

図 I-7-1　民衆の偉大な詩人　ナーイピー（本名アッサニー・ポンラチャン）『詩の芸術』

図 I-7-2　ナーイピーを弔う二人の詩人　チラナン・ピットプリーチャー（左、1989年東南アジア文学賞受賞）とナオワラット・ポンパイブーン（右、1980年同受賞）

# II 国家統治とタイ古典文学

図II-1 タイ文字を創始したラームカムヘーン大王の石碑文

# 第1章　宗教、文学、統治（スコータイ時代）：「王は人民の父」

　　善を心に備え
　　人にやさしく
　　浅はかな言葉を慎み
　　他人を中傷してはならず
　　己れを誇ってはならず
　　貧しい人を軽蔑せず
　　人々と仲良く睦まじく

　これは今を遠く遡ること600余年、スコータイ、プラチェートポン寺仏塔の正面の壁に記された『スパーシット・プラルワン（スコータイ王の金言集）』にみる一節である。作者はラームカムヘーン大王ともあるいはリタイ王とも言われ不詳であるが、現ラッタナコーシン（バンコク）王朝のラーマ6世が時代を遠く離れた20世紀初頭、劇用に『プラルワン』を執筆した、その源につながる作品である。国の近代化を迫られていたラーマ6世は、その統治の基盤を古代スコータイの時代に求めたのであった。（Ⅲ参照）

　「若いときには学問を求め……」で始まる本書は全部で158句からなり、民衆に道徳を教える目的で書かれた。その真髄は善を積み、悪行をやめ、心楽しく平安にという点にあり、今日に至るも仏教の教えとともにタイの人々の考え方の根幹となっている。

　これより前（1220年頃）、それまでの群雄割拠の時代を経てスコータイが王国として形を整え、やがてタイ最初の王朝として成立する。そして同王朝第3代のラームカムヘーン大王によりタイ文字が創案され、その命に

Ⅱ　国家統治とタイ古典文学

よると言い伝えられるタイ最初の石碑文が完成した（1292）。(図Ⅱ-1)現在タイ国立博物館に所蔵されているこの碑文は当時の統治形態、社会、文化（仏教美術）、そして人々の暮らしを記す貴重な歴史遺産である。碑文によれば、

統治——王国建設さなかにあり、王は父、民衆は子、つまり、神の代理人として天上界から引き出した権力によって支配するのではなく、「父が子を保護する」形態、即ち、「王は人民の父」として統治していた。そして悩みある民は木鐸を叩き、王はその音を聞いて人民の相談にのったという。「王は人民の父」というこの思想は、以後、タイの政体が専制君主制から現在の立憲君主制に変わった今日においても、なお、国王はもとより、国民の意識の中に途絶えることなく明瞭に存在する。

宗教——人々の信仰は精霊、バラモン教、あるいは現在のスリランカから南タイ、ナコーンシータマラートを経て伝来した仏教（上座仏教）が混淆していた。碑文には某寺に某仏像が、と仏像の所在が記され、仏教美術の歴史を追うこともできる。またラームカムヘーン大王は仏日に一般の人々に仏教の教えを説き、王自らも仏教を崇拝する範を示し、臣下も仏教を篤く信奉した。

生活——「……水あれば魚泳ぎ、田あれば稲穂実る……」と記されているように、自然の恵みの中で民衆は父、王国の統治のもとで日々の生活を営んだ。またこの時代、人々は極めて自由な暮らしをし、税金といったものもなく、牛や農作物との物々交換も売買も自由に行われていた。

この時代、タイ最初の文学作品として知られる仏教文学『トライプーム・カター（スコータイ王の三界論）』（後に『トライプーム・プラルワン』と呼ばれる）（図Ⅱ-2、図Ⅱ-3）が、リタイ王によって書かれた（1345年頃）。仏教において三界とは即ち、欲界、色界、無色界をさし、人民に人

第1章　宗教、文学、統治（スコータイ時代）：「王は人民の父」

間の世界、地獄、天国の存在を教え、「善行をなして善果を得、悪行をなして悪果を得る」と諭す。ラーン葉10束に鉄筆で書かれた散文形式の本書は、王自身の母に献上するために書かれたとされるが、罪業の恐さを説く教えは寺の壁画としても引用され、民衆のあいだに広まった。数少ないスコータイ時代の書物の中で、本書は宗教と文学の双方から歴史的意義をもつ作品である。

　タイの人々にとって、古来より空気のように存在してきた仏教の教えをさらにみると、バンコク王朝ラーマ1世時代のパラマーヌチットチノーロット親王（1790－1853）や、現9世時代の次の詩にみるとおりである。

　　子牛、水牛、そして象
　　生命絶えるとその牙や角は生命の証
　　遺品として残るけど
　　人が死ぬと
　　その身体はすべて朽ち果てる
　　生きるよすがとしたものは善行か
　　それとも悪行か
　　はたして人はこの地上にどちらをなしてきたのか
　　善は誰の目にも明らか
　　善は誉れをもたらし
　　悪は非難を、そして
　　いついつまでも絶えることない悪名を[1]

　　樹蔭の下で
　　涼しく心地よく
　　河のほとりで
　　心は安らか
　　寺の庇護の下
　　男女は幸せかみしめ
　　賢者の傍らに居ればこそ
　　善を積む[2]

47

Ⅱ　国家統治とタイ古典文学

**注**
1) H. R. H. Prince Paramanujitajinorasa, *200 Pi Somdej Phra Maha Samana Chao Phra Paramanujitajinorasa,* Phra Dharma Panya Bodi Abbot of Wat Pak Nam Phasi, Charoen, 1990, p.97
2) Renu Watanakhun, *Klong haeng chiwit,* Khonkhwa Than Winya, 1987 (Part 1, no page number)

図Ⅱ-2 『トライプーム・カター(スコータイ王の三界論)』
より宇宙（上）と死後の世界（下）

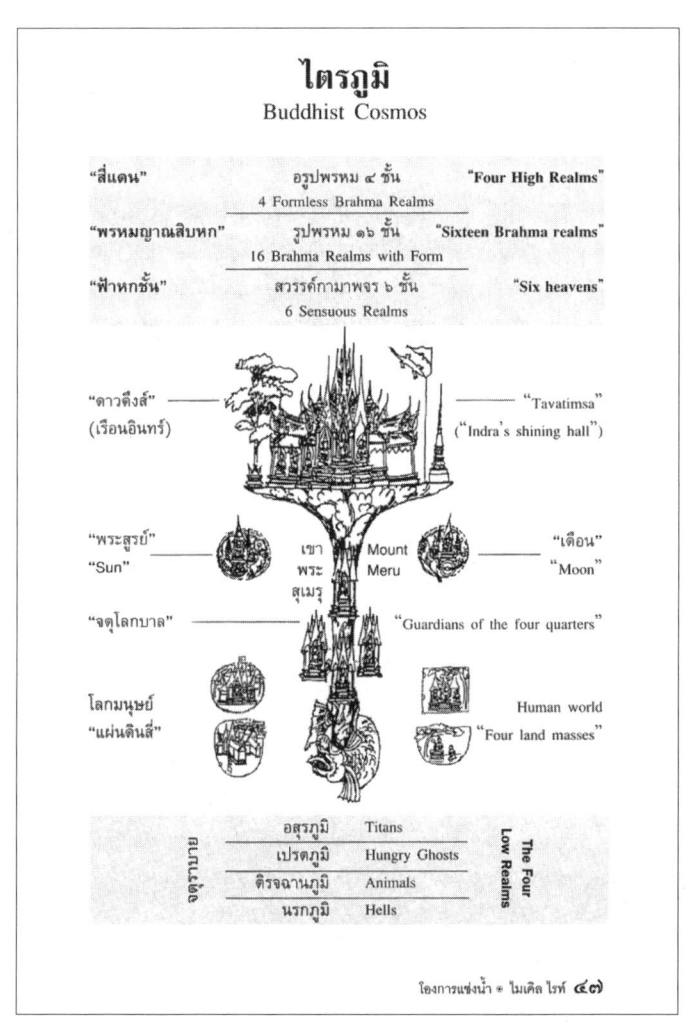

第1章　宗教、文学、統治（スコータイ時代）：「王は人民の父」

図Ⅱ-3　宇宙観：トライプーム（三界）

Ⅱ　国家統治とタイ古典文学

# 第2章　リリット詩『誓忠飲水の儀の詞』
（アユッタヤー時代）

　前述スコータイ時代、タイ社会は王国建設期の最中であった。事実、政治的権力は国王の手中に掌握されていたが、しかし、国王の人民統治は、「父が子を保護する」形態だった。国王は権力を天上界から引き出すのではなかった。

　ラームカムヘーン大王による作成とされているタイ国最初の碑文は、当時、国が「家族」形態から王国へと発達していく社会状況を描写しているが、そこには生産に従事して仕える奴隷や自由民が描かれている。

　ラームカムヘーン大王の治世後、タイ社会は制度化されて著しく発達する。特に『テープーム・カター』、つまり後に『トライプーム・プラルワン』と呼ばれた『スコータイ王の三界論』にみる宗教思想「天界と地界」、

図Ⅱ-4　『誓忠飲水の儀の詞』

第2章　リリット詩『誓忠飲水の儀の詞』

「前世と来世」、「天国と地獄」の観念が広く浸透していった。国にとってこれらの思想は、民衆が低い地位に甘んじるよう、広く普及させて洗脳してしまう重要な手段だったという見方も、後の時代に出てくる。

　アユッタヤー王朝（1350 − 1767）初代の王、ラーマーティボディー1世の治世時代、リリット詩[1]『誓忠飲水の儀の詞』（図Ⅱ − 4）が書かれた。定型詩の形をとるこの詞は「浄水宣言詩」ともいわれ、行政に携わる者が首長、つまり国王への忠誠を誓う「誓忠飲水の儀」のとき、バラモン教の掟に従って天界の神と霊に対して朗詠されるものである。（図Ⅱ − 5、6）

図Ⅱ − 5　誓忠飲水の儀式の一場面：儀式用の聖水にするため、宝剣を挿しているバラモン僧

Ⅱ 国家統治とタイ古典文学

図Ⅱ-6 誓忠飲水の儀式の一場面：
『誓忠飲水の儀の詞』を朗詠するバラモン僧（1969年）

　誓忠式は年2回、陰暦5月と10月に行われ、象の精霊を招来し供養する儀式にあわせて、すべての官吏が浄められた水を飲んで国王へ忠誠を誓った。約30ほどの版（コーイの樹皮から作った手冊本の形式）があり、国立図書館、プラーム寺院（バラモン教寺院、サオチンチャー地区）に現存している。
　リリット詩『誓忠飲水の儀の詞』は定型詩の一つ、リリット詩形で書かれたタイ古典文学において非常に重要な文学であり、タイ文学史上、最古の「文書」とされている。しかしながら、文学、言語面においても最も重要な文書であるにもかかわらず、言語の不明確性と国の近代化に適切でないと考えられていたためか、最も看過されていた文書ともいわれている。リリット詩、5言クローン*詩とは、定型詩の形体の一つである。現代にみるタイ文学の始まりは、韻文、それも定型詩であり、押韻が踏まれていた。リリット詩とは定型としてある5種の詩形のうち、クローン*詩とラーイ詩を交互に組み合わせた詩形をさすものである。
　『誓忠飲水の儀の詞』のオリジナルはタイ語、クメール、クルン文字

## 第2章　リリット詩『誓忠飲水の儀の詞』

（南インド系タミル文字：タイ、モン、クメールでバラモン教経典の筆写に用いられた）で書かれているが、作者の名前は記されていない。これは誓忠飲水の儀（誓忠式のときに水を飲む）において朗詠される内容であるためである。もっとも、作者は宮中のバラモン僧と推定されている。

　リリット詩『誓忠飲水の儀の詞』の成立については諸説がある。サクディナー制（後述）を確立したトライローカナート王（治世1448－1488）の時代にクメールより取り入れたという説もあるが、多くの文学者がアユッタヤー初期に成立とみている。またラーマ5世は『宮中歳時記』でその起源をナーラーイ王時代と述べながらも、一方では自分の見解に疑問を抱き、それ以前に書かれたのではないかと疑問視し、つまりアユッタヤー王朝初期の王ラーマーティボディー1世、あるいは2世ではないかと述べている。また「歴史の父」といわれているダムロン親王によれば、その成立はラーマーティボディー1世、即ち、ウートーン王時代（治世1351－1369）であろうと考えている。

　時代性と言語上の問題から極めて数少ない『誓忠飲水の儀の詞』に関する資料によれば、以下のことがまとめられる。

＜儀式のときに朗詠される詞の順序と内容＞

　第1　三大神称賛（図Ⅱ－7、図Ⅱ－8、図Ⅱ－9）
　第2　宇宙
　第3　誓忠の詞：〈序〉
　第4　証人招来
　第5　誓忠の詞：〈始まり〉
　第6　証人
　第7　土着の霊招来
　第8　国王の統治権の権利（絶対統帥権）
　第9　誓忠の詞：〈完〉
　第10　国王の栄誉、徳望、臣下の忠誠への報奨と裏切りへの処罰

Ⅱ 国家統治とタイ古典文学

第1：3大神称賛

〈ラーイ詩形で3大神への跨拝朗詠〉

　当時、バラモン教において最も重要視されていたナーラーイ神[2]、即

図Ⅱ-7　宇宙の維持を司るヴィシュヌ神

図Ⅱ-8　宇宙の破壊を司るシヴァ神

図Ⅱ-9　宇宙の創造を司るブラフマー神

第2章　リリット詩『誓忠飲水の儀の詞』

ち、ヴィシュヌ神から始まり、次いでシヴァ神（破壊を司る神）、ブラフマー神（宇宙の創造神）と続く。例えば次の詞がそうである。

　　至高の位にあるお方を王にお選びする
　　大御位にあるお方
　　天界の神と御想定し
　　天下を治める王とならせ賜う[3]

第2：宇宙
〈この世の始まりについて記述〉
　　火、水　風、しかる後、人間界と天界の新生、ブラフマー神により人間が生まれ、太陽、月、星、夜と昼、しかる後、大地の主という地位につく「国王」が生じたと述べ、国王、王制の重要性を説く。
第3〜6：省略
第7：土着の霊招来
　　その他の神々、森の神、土地の神、三宝（即ち、仏、法、僧）、そして天界の最下層の四方を守る武将でインドラ神に仕え仏法を護る神、さらには証人として諸々の土着の霊を招来する。
第10：（1）国王の栄誉、徳望、臣下の忠誠への報奨と裏切りへの処罰
　　〈国王に忠誠ならず者へ苦を与え処罰（重病に苦しませたり死に至らしめる罰など）について記述〉

　　善人ならず、誠実ならぬ者
　　己れの名を何と申すのか
　　主君に謀く心歪んだ者
　　アユッタヤーを統治する人
　　ラーマーティボディー・シーリンタラボーロム・マハー・チャックラパットソーン・ラーチャーティラート王
　　　＊

Ⅱ　国家統治とタイ古典文学

炎となって燃え上がれ
命尽きるまで決して水に頼らせるでない
漂う水路の水は毒
命尽きるまで、苦しみ、もがけ
もだえろ、あがけ
苦しみうめくんだ、そうしてうずくまれ
目を開け、顔を上げ、命尽きるまで天を仰げ
天を押しつぶさんばかりのしかかり
頭を下げさせ
遂に命尽きて大地の塵埃と化す[4]

　　　＊

（嗄れた喉を）炎の如く燃え上がらせよ
口に水を含んでも鎮(しず)められないほどに
運河(クローン)の水を喉に流し込み毒に変えるんだ
床についたら屋根の下敷きにして殺せ……（中略）
後生米を食べさせるんじゃないぞ
代わりに火を食べさせるんだ[5]

　(2) 国王の栄誉、徳望、臣下の忠誠への報奨
　〈忠誠を誓う者への報い（権力、栄光、繁栄・安定、長寿、危険、病のない安泰）について記述〉

　これらの詞は、誓忠式の国儀で国王の面前で飲む聖水は、国王に二心をもつ者、謀叛を抱く者が飲むと毒水に変じるという処罰、あるいは国王に忠誠を誓う者は祝福されるという意を述べるものである。数としては「祝福」より「呪い」の方が多いとされている。バラモン僧によって執り行われるこの儀式は、チット・プーミサックによれば、その詩形よりトライローカナート王時代以前、北方のタイ領土で既に存在したのではないかと、彼の著『誓忠飲水の儀の詞とチャオプラヤー河流域史に関する新考察』(1981)[6]で語る。彼はまたこの誓忠飲水の儀の詞がタイ文学で最も重要な地位を占め、詩で書かれた最初の古典文学とみなす固定観念が、タイ文

第2章　リリット詩『誓忠飲水の儀の詞』

学界にあると評論「タイ文学の遺産……5言クローン*詩」[7]の中で述べる。

1932年、立憲革命によって誓忠飲水の儀の制度は廃止されたが、リリット詩『誓忠飲水の儀の詞』がタイ文学における重要な作品の一つであることには変わりない。その理由は次の点にある。つまり、

1. 興味深い内容とその形式

    特に専制君主制の時代、王制、国王に対する忠誠心を生み高揚させるという重要な役を果たしていた。現代において、この儀式の継承として、新内閣発足のときには「飲水」の儀こそないが、首相率いる全閣僚が国王に拝謁、国王の任命を受ける儀式がある。

2. タイ社会における思想、信条、そして国家統治に有益であるべく創作した当時の知力水準を如実に反映

    ―― 精霊信仰、ヒンズー教、仏教の混淆

    ―― バラモン文化、クメール文化と土着のタイ文化の混淆

    ―― 国家統治に有益な文学創作

3. 当時使用されていた言葉、言語、作詩の特徴を反映

上述のように、誓忠飲水の儀の制度は廃止されたものの、しかし、成立（1300年頃とすれば）から約600年の長いあいだ、このリリット詩『誓忠飲水の儀の詞』にみるように、特に専制君主制の時代、王制、国王に対する忠誠心を生み高揚させる文学作品がその間ずっと存在し、実際に朗詠されていたということは、タイ文学に及ぼしてきた政治の一面を語るものである。

注
1) 巻末「タイ文学概史」参照。
2) バラモン教ヴィシュヌ神のこと。シヴァ神（破壊を司る）、ブラフマー神（宇宙の創造）と共に三大神の一つ。このヴィシュヌ神（ナーラーイ）は人間に慈愛、恩恵を与え、救済のため阿修羅、ラーマ王子（『ラーマキエン物語の

Ⅱ　国家統治とタイ古典文学

主人公』）などに権化した。
3) Sathian, 1974, p.4
4) Ibid., p.5
5) Chit Phumisak, "Ongkan chaengnam", *Bot wikhro moradok wannakam thai*, Satawat, 1980, p.112
6) Chit Phumisak, *Ongkan chaengnam lae kho khit mai nai prawatsat thai lum nam chaophraya*, Duang Kamon, 1981, pp.7-21
7) _____ (as Kawi Sisayam), "Khlong ha......moradok wannakhadi thai", *Bot wikhro moradok wannakhadi thai*, Satawat, 1980, pp.135-158

# 第3章 「サクディナー文学」をめぐって

## 1 古典批判「サクディナー文学」

「サクディナー」の字義はサンスクリット語で「力」を意味する。15世紀、アユッタヤー時代トライローカナート王（治世1448－1488）が歴史上最初に定めた制度で、王を除くすべての国民に「位」として土地を与えた。その地位により名目的に国王から下賜される土地所有の限度を制限するいわゆるこの「位田制」は、皇太子10万ライ（1ライ＝1,600㎡）、官僚貴族400～1,000ライ、一般人10～25ライ、奴隷、乞食5ライとそれぞれ定められ、自分で開墾し登記したうえで自己の所有地となしえる権利田である。これは、タイにおいて専制君主制を持続させてきたもう一つの大きな社会制度ともいえる。

ここでいう「サクディナー文学」とは、文学が、特に400ライ以上の位田の権力を有する特権階級（クンナーン）や王族から構成される「サクディナー階級」に支配されていたという見解に立った側からの造語である。この制度も前述誓忠飲水の儀と同様、1932年、立憲革命によって廃止された。しかし、今日に至ってもタイ民衆の意識の中には深く潜在する。サクディナー制は、身分の上下を顕著に示す前近代的身分制度であったことから、学生民主革命（1973）が起きた当時、1960年代末～70年代初め、「封建的身分制」の同義語として旧体制を批判する学生たちに使われた。また、文学界においても、この制度が確立した時代、隆盛を極めた古典文学を「サクディナー文学」、あるいは「封建官僚の文学」として厳しい批判をあびせ物議をかもしたのである。

その一例が評論家サティエン・チャンティマートーンの次のような評である。

## Ⅱ　国家統治とタイ古典文学

……スコータイ王朝創始期から以降、タイ社会は時を経るに従って、ますます「庇護者」的性格、「王は人民の父」を濃厚にし、封建官僚による統治、及び経済体制を強めていった。実際、奴隷や自由民が国の大勢を占め、先述の期間、生産の担い手であり、なおかつ歴史の車輪の推進役でもあった。とはいえ、奴隷の主人や地主たちが世産の要を握っており、また、国の権力をも有していた。

従って、彼ら少数階級は文化面の思想傾向をも完全に手中におさめ、統制することができた。そのため、詩人や作家たちの務めは、ただ"高徳な賢き偉大なるお方に全てを捧げる"ことだけだった。たとえ誰かが、例えばシープラートのように、時代の枠を越えて闘い、創作活動を行ったとしても、結局は虐待され、遂にはナコーンシータマラートで命を取られ棄てられてしまうといった運命に終わった。

このような政治状況下、封建官僚の文学は、リリット詩『プラロー物語』にせよ、あるいは『イナオ』、『プラアパイマニー物語』、『クンチャーン・クンペーン』等にせよ、その何れを問わず、二つの顕著な特色が描き出されている。つまり、

(1) 支配階級に対して

　支配階級 ―― 十中八、九、それは王であるが、その王の偉大さを称賛して表現しなければならない。一例をあげると、

　　幸いあれ、太陽の如き偉大な王よ
　　天使としてあなた様の家来に
　　幸いあれ、偉大なるインドラ神の力をもつ王よ
　　あなた様の御徳があまねく領域を勝ちとらせますように

あるいは、リリット詩『ニットラー・チャークリット』にみられる"言葉に尽くせぬ王の御盛徳"は、先に述べた支配階級の偉大さを表すだけではなく、登場してくる男女の主人公が全て労働の必要もなく、また生産に従事する必要もなく安穏の裡に、日々の生活を送っている様子を物語る。彼らの唯一の務めは、愛と戦争だった。とりわけ、愛である。

封建官僚社会では女性抑圧主義のほうに価値がおかれていたため、大方は女性を愛欲の対象として、または家事に携わる奴隷としてみなしていた。

第3章 「サクディナー文学」をめぐって

だから、"イナオ"や"クンペーン"、"プラアパイマニー"の勇者たちは、領土を争って巧みに戦うだけではなく、さらに愛にかけてもまた才長けなければならなかった。

(2) 民衆に対して

　封建官僚社会の文学において、国王は天上界からの代理人としての神、と想定されているが、一方、民衆に対しては彼らの役目を歪曲し、生産と歴史を動かす推進役とする。また、それだけではなく、文学を利用して民衆を洗脳し、現状に屈従しあえて闘わないようにし向けた。民衆に対する真実歪曲の意図の裏面には、庇護者に対してはこの上もない賛辞と栄光を写し出している一方、民衆に関する描写はおもしろおかしく、滑稽に表現されているからである。

　例えば、詩劇『イナオ』の中で、平民たちが"国王のお出まし"を待っている情景について語るとき、民衆の姿は次のように表現されている。

　　女どもは口を大きく開けて言い争い
　　わあわあと叫んではまわりの人を押しやって
　　押された男は怒り責めたて大騒ぎ
　　ここはお前の場所じゃない
　　静かにみることかなわぬか
　　騒々しい声が湧き起こり
　　かんしゃく玉が破裂して大喧嘩
　　だが、どうだ
　　国王を一目みて
　　まるで天使のようなその美しさ
　　驚嘆のあまり、まばたきもせず
　　民衆こぞってただただ驚嘆

　文学だけではなく、音楽さえも同様の状況にあった。民衆はサクディナー階級の音楽のもとで呼吸をし、日々の暮らしを送っていた。サクディナー階級の音楽は、当然、封建官僚の人生像を主として表現した。例えば、タイ古典曲の題名をあげると、歌『プラヤーの悲しみ』、歌『プラヤーの夢』

61

Ⅱ 国家統治とタイ古典文学

　或いは、テープ、即ち天人という語に始まる古典曲『テープ・ニミット（天人の創造）』、『テープ・リラー（天人の律動）』等がある。しかし、民衆の生きざまを反映した歌は、ほとんど皆無といってよい。仮に民衆について歌った作品があるとすれば、それはタイ古典歌曲の一つとされる『クッタラート・ジアップクルアット』、『サイドゥアン・チョッカタワット』といったほんの数編にしかすぎない。

　封建官僚文学は、生産の担い手であり、なおかつ社会の推進役でもある民衆の現実を歪曲しただけではなく、民衆に闘争の考えを起こさせないよう屈従の精神を吹き込んだ。それはなにも芸術面のみにとどまらない。宗教までが全く同じ目的で引きずり込まれ、利用された。

　民衆は非科学的な信条を思考の中に植えつけられた。例えば、『トライプーム・カター（スコータイ王の三界論）』の中で奇異な説明がなされている宿命や前世の観念を、信奉させられた。なぜなら民衆に対して、「今被っている不平等と窮乏は、前世の巧徳の積み方が少なかったからで、決して封建官僚による搾取が原因ではない。同時にまた、サクディナー階級が享受している幸福は、前世に巧徳を多く積んでいるからであって、公正な権利である」と証明を必要とすることなく容認させなければならなかったからである。しかも、主君、つまり庇護者は天上界の代理人、天人と想定されている。舟こぎの競争は考えても、権力と威信をかけた争いは決して考えるなという思想、ひいては作られた宿命観までが広く世間に吹聴された。封建官僚制度下の代弁者や臣下たちは、彼らの文学が純粋な芸術であると宣伝に努めた……[1]

　サティエンによれば、サクディナー文学は誰のために役立つことを目的としているか、その内容について考えられていない、真に生産の担い手であり、歴史推進の車輪である一般民衆の描写が無視されているとき、文学がどこまで純粋な芸術でありえるのかと問う。そしてスコータイ時代から1932年立憲革命までのタイ社会にみる政治及び統治の特質を次のように述べる。

1. 政治権力は全て国王の手中に掌握。
2. 国王は庇護者、「王は人民の父」という体制をとって人民を統治。

第3章 「サクディナー文学」をめぐって

3. ナーラーイ王、ラーマーティボディー王という命名が示しているように、王は天上界の神の代理として巨大な権力を保有。

　当時のタイにはまだ散文の文体はなく、すべて韻文で書かれていたが、20世紀初頭、散文文学が生まれ、散文が主流を占める現代においても、次第に複雑化してくるタイ社会の発展過程を、詩から陰に陽に窺い知る作品は少なくない。古典詩においても現代詩においてもタイの政治、あるいは社会の変革の力をみるのである。
　時代の流れとともに、タイ文学にも新しいうねりが生じ、書き手はやがて「王宮」と「寺」を出て民衆の手へと移り、主題も天上界から現実の世界へと移る。

　　さてさて、兎は首を伸ばして
　　月をめで
　　高く、ずっと高く、空を見上げ
　　歓喜の季節
　　動物たちは交尾の季節
　　私といえど、そなたといえど
　　同じ人間、（交わるときは）同じ地に立つ[2]

　これは師への詞も国王称賛の詞も冠頭に添えずにチャン詩『アニルット』を書いたアユッタヤー時代の異端詩人シープラートの作である。ここにみるように、彼は当時タブーとされていた度肝を抜く型破りの詩を書き、己れの心情をありのままに詩った。詩の世界の「革命」はさらに続く。アユッタヤー王朝末期に誕生し、現ラッタナーコーシン王朝初期に栄えたラコーン・ナイ（王宮内演劇）、感情表現を新しい詩形の紀行詩で綴ったり、「市井詩」と非難されながらも8言クローン詩を確立させ、その傑作の数々がシェークスピアのあの道化役とプロットの妙味を彷彿させる詩聖スントーンプー、そして主人公に犬と乞食を登場させた異色の風刺詩劇『ラデンランダイ』の作者プラ・マハーモントリー（サップ）やクン・スワン

Ⅱ　国家統治とタイ古典文学

の作品など、これらはいずれもステレオタイプの技巧から脱出を反映するものである。チット・プーミサックは評論の中で「プラ・マハーモントリー（サップ）の文学的役割」と題し、ラーマ3世時代、宮廷文学一色に染められた時代に、タイ最初の風刺文学『ラデンランダイ』がなぜあれほどまでに民衆に広まっていったか、社会思想や時代背景の観点から克明に分析する。

　詩にみるタイ文学の新しいうねりは、二つの要因が考えられる。第一に内面的要因、即ち、書き手自身による創意工夫、第二に外的要因、政治経済面における西洋の勢力拡大、商業経済の誕生と生産を担う中産階級の発展である。例えばこういう詩も生まれてくる。

　　先端が切れたねじれた柱の御殿
　　荘厳な城壁は、今や鋭い荊のみ
　　見張りの吠え声がとどろき渡り
　　悪しき敵の鎮圧をひたすら待つ[3]
　　　　＊
　　原告と被告、一組の訴訟事件
　　つまりは裁判官へ差し出す鶏豚（ワイロ）
　　いったい、どちらが有利な米魚（ワイロ）を差し出して
　　裁判官に正しい判決を下させるのか[4]

　韻文（詩）はかつて二度、黄金時代を築いた。アユッタヤー王朝ナーラーイ王時代（1656-1688）と現ラッタナコーシン王朝ラーマ2世時代（1809-1824）である。1257年（スコータイ時代）から1851年（ラーマ4世時代）、作品131の内、韻文109、散文、論説22という数字[5]も韻文の隆盛を裏づける。

　タイ最初の教科書とされる『チンダマニー』や現代でも子供たちに語り伝えられる数々の民話もその多くがこの時代に生まれた。たとえばチャン詩で書かれた最初の民話、プラ・マハーラーチャクルー『スア・コー（虎と牛）』、ラーマ2世『サントーン（金のほら貝王子）』、スントーンプー

『プラアパイマニー物語』、スントーンプー他『クンチャーン・クンペーン』などがそうである。

　しかし、時代の変化の中で西洋の自由主義思想が詩作に大きな影響を与えた。クルーテープの詩のように、詩人たちはこれまでの定型詩の「殻」をつき破って、詩形も主題も自由に心情を詩うようになり、現代詩という新しいジャンルを切り開いた。そして極めて皮肉なことに、詩人をとりまく環境が苦しければ苦しいほど、あるいは詩人の精神的苦悩が深ければ深いほど、琴線に触れる詩が生まれた。1952年、1958年の「暗黒時代」、さらには1976年軍クーデタの時代、短い言葉は、民衆に代わって政治変革を求める「タイの心」を伝えた。

## 2　国家統治変革と詩

　600年の伝統をもつ詩の国、タイに散文という新しい文体が登場して約100年、翻訳、翻案文学から始まったタイ文学も、今や独自の地歩を築き今日に至っている。数の上では韻文と散文が全く逆転した現在ではあるが、しかし、タイ現代文学において「詩」のもつ力が決して失われているわけではない。詩には国家統治変革の力も秘めている。

　1973年学生民主革命後、真の民主主義の道を目指して歩き出したかにみえたタイ国であったが、それもつかのま、1976年10月6日、軍事政権が復活、民主主義の政治は一歩遠のいた。ジャーナリズムや文学界は、1952年、1958年に続いて、またもや暗黒の時代に陥った。新聞社の閉鎖命令、印刷・出版物の検閲が当局によってなされ、1977年3月には内務省によって禁書リスト（国家統治改革団布告第43号）が発表されるに至った。

　国の安定が揺るがされ、政治不安の暗雲が低くたれこめるこの頃、人々は新しい「クントーン」の歌を耳にした。詩人スチット・ウォンテート、ナオワラット・ポンパイブーン（1980年東南アジア文学賞）らが、かつてビルマ（現在のミャンマー）に奪われた国の危機を救うため、自らの命を捧げたという幻の英雄「クントーン」を呼び起こし、大きく揺らぐ当時

Ⅱ　国家統治とタイ古典文学

のタイ社会を詩に映し、国の統治変革を訴えたのである。

　　　　寺よ
　寺よ、ああ寺よ
　砂糖ヤシの木が7本茂る
　クントーンは国を取り戻しに行ったけど
　今になってもまだ戻らない
　待ちわびる妻は
　ご飯をよそおい包みに入れて
　棹さし舟を進め
　クントーン探しの旅に出た
　風の便りはこういうよ
　クントーンは死んじまったとね

　愛しの妻は
　ガラスに入れた骨だけを携えて弔いの舟にのる
　クンシーは傘蓋をもち上げ
　ヨッククラバットは旗を高々と掲げ
　御座舟の長は棹をさし
　クントーンの野辺の送りに出で立つ[6]

「クントーン」とは、古都アユッタヤーに伝わる上述の子守唄「寺よ、ああ寺よ」で唄われる、一人の砂糖ヤシ農民の名である。自らの命を賭けてビルマから国の奪回に闘った勇者クントーンを探しに旅立つ妻の悲しみを唄ったこの子守唄の主人公「クントーン」を、当時の作家や詩人たちは、「不正と闘う英雄」に象徴化し、彼らの作品に取り入れた。上述二人の詩人の詩作のほか、ジャーナリストであり作家でもあるアッシリ・タマチョートの短編『クントーン……お前は暁に戻るだろう』(1981年東南アジア文学賞)も、不穏な国家情勢のもとにあった当時の民衆の心情を揺り動かした。

　アユッタヤー時代、タイは二度、ビルマ軍の侵攻によって首都アユッタ

第3章 「サクディナー文学」をめぐって

ヤーが陥落した。しかし、いずれもナレースワン大王（治世1590－1605）とタークシン王（1768－1782）の二人の王が、それぞれビルマの占領下にあったタイを奪回し、独立を取り戻した。ここで唄われる子守唄は後者の時代に生まれたものである。詩人スチット・ウォンテートは1766年、民兵が奮戦した古戦場、バーンラチャン（シンブリー県）を取り上げ、子守唄の冒頭を取り入れてこう詩う。

  寺よ、ああ寺よ
  砂糖ヤシの木が7本茂る
  クントーンは国を取り戻しに行ったけど
  今になってもまだ戻らない
  待ちわびる妻は
  ご飯をよそおい包みに入れて
  棹さし舟を進め
  クントーン探しの旅に出た
  風の便りはこういうよ
  クントーンは死んじまったとね

  セミの鳴き声の車に乗って
  透きとおったさえずりで泣き叫ぶ
  クントーンやあい！　クントーンやあい！
  燦燦と太陽が照り輝くとき
  おまえは家を出ていった
  自由の権利のために
  バーンラチャンの人民の栄誉のために
  兄さんは何日も家を留守にするからね、と
  妹弟たちにそう言い残したまま
  ああ、鳥たちのさえずりは泣き声に
  ……7)

またナオワラット・ポンパイブーンも冒頭に子守唄「寺よ、ああ寺よ」を

Ⅱ　国家統治とタイ古典文学

とり入れる。

　　　　　田園に流れる笛の音
　　寺よ、ああ寺よ
　　砂糖ヤシの木が7本茂る
　　クントーンは国を取り戻しに行ったけど
　　今になってもまだ戻らない

　　悲嘆に暮れる私の笛は
　　物悲しい音色を奏でてすすり泣き
　　破棄に戦慄し怒りおののく
　　芳しい言葉は笛の調べにのって
　　空高くひらひらと風に舞い
　　ときの定めのままに
　　ゆっくりゆっくりと流れゆく
　　風の神は優しい風をおくり
　　生気を甦らせる
　　何を恐れるというのか
　　一言一言の主張が
　　……8)

さらに1992年には次のような詩も登場した。

　　……
　　政治は両面通行の売春
　　投票権買いは投票権売りへと通じ
　　売春を不道徳といって責めながら
　　不道徳な政治家をほめたてる
　　どんな問題がもちあがろうと
　　経済であろうと女性の権利であろうと
　　あるいはエイズであろうと

"ミダス*"の手をもった政治家は
巧みな宣伝によって汚ない利益にかえて
……9)

*ミダス:「ギリシャ神話」、手を触れる一切のものを金に変える力をもっている王。

　もともと人間の魂奥深くをみつめ思索する詩人であるモントリー・ウマウィッチャニーがこれまでと全く異なる作風 —— 社会風刺の詩を書き、国の政治を非難している。それほどまでに当時の政治(チャートチャーイ政権)が腐敗し、人々の怒りと不満がはけ口を見出せないまま、うっ積していたのだろう。1991年2月23日の国家平和秩序維持団のクーデタに続くその結末は、1992年「残酷な5月」の流血事件にみるとおりである。
　詩人の繊細な感覚は、社会の公正と真の民主主義を求めてこれまで幾たびか民衆に代わってオピニオンリーダー的役割を果たしてきた。「言語の神様」といわれるチット・プーミサックや1976年軍が政権を奪回した10月クーデタ後、言論の自由を奪われた重苦しいタイ社会を詩った『消えた葉っぱ』の作者チラナン・ピットプリーチャー(1989年東南アジア文学賞)、また「目覚めよ、自由の民／頭を垂れて耐え忍ぶな／槍、剣、銃が何だ／我々の勢いに耐えられるはずがない」と詩「目覚めよ、自由の民」10)で激しい言葉を投げつけた1973年学生民主革命の闘う詩人ラウィー・ドームプラチャン、あるいはナーイピー(本名アッサニー・ポンラチャン)など、当時多くの読者の心をとらえた詩人たちである。
　こうした歴史的背景の中で、今日に至るタイ文学の発展を総観すれば、戦後、大きく二つの「受難」の時代があったといえる。つまり、共産主義を恐れた時の政府が、反体制派を国家の平和案寧を乱す「アカ」と称し、一網打尽に投獄し言論の自由を奪った1952年(ピブーンソンクラーム政権)と1958年(サリット政権)、いわゆる「暗黒時代」である。そしてもう一つの受難は1976年10月6日、クーデタによって軍が再び政権を掌握し、学生と民衆の血によって克ちとった民主主義の芽をわずか3年で武力

II　国家統治とタイ古典文学

を圧しつぶした時代である。しかし、その暗黒の時代をのり超えて、現在のタイ文学が存在する。

## 注

1）Sathian, 1974, pp.6-11
2）Ibid., p.210
3）Ibid., p. 211（プラ・マハー・モントリー作）
4）Ibid., p.211（スントーンプー作）
5）Sathian Chanthimathon, *Khon an nangsu*, Dok Ya, 1982, p.48
6）Anek Nawikamun, *Nitanmibu,* Muan Boran, 1989, p.40
7）Ussiri Dhammachoti, *Khunthong chao cha klap mua fa sang*, Ko. Kai, 1983, pp.42-43.
8）Naovarat Pongpaiboon, *Pian khwam khluanwai*, Khlet Thai, 1980, pp.85-86
9）Montri Umavijani, " Prachathipatai Thai ", 1992
10）Sathian, 1974, p.240

# III　近・現代文学黎明期と国家近代化

図III-1　12歳でイギリスに留学したラーマ6世（当時ワチラーウット王子）

# 第1章　ラーマ6世の文学とイギリス、ナショナリズム

## 1　ラーマ6世（1881 - 1925、治世1910 - 1925）

> ……もし功徳を施させ、慈善の目的を達成させたいと望むなら、
> どうかこの私、国王に学校を建設させてくれ。
> 新しい寺を建設することは、私の望むところではない……
> 　　　　　　　　　　　　　　　　1911年、ワチラーウット王[1]

　ワチラーウット親王（ラーマ6世として王位継承後も幼名に因んで同名を使用）は1894年、国王継承者の王子、立太子として正式にその地位に就くが、それより以前、1893（12歳）年から9年間、イギリスに留学し、多感な青少年時代を時のビクトリア朝時代（1837 - 1901）の中で過ごした（1903年1月23日、帰国）。王（当時は王子）にとって青少年時代のこのイギリス留学経験は、その後の国家統治、即ち、政治、社会、教育、文化に様々な影響を及ぼした。中でも特に、冒頭の王の言葉が示すように、国民教育、女性の社会的地位向上においてその影響が顕著に表れるが、さらにイギリスは王の後の文学活動を開花させる土壌を作ることとなった。ラーマ6世における「イギリス」の存在は、国家統治においても、またタイ文学史にとっても看過できない重要な要因を含蓄しているのである。

　王の文学への関心とその才能は既にイギリス留学時代から傑出し、帰国後も王自ら執筆活動を続けるだけでなく、作家や文学クラブを擁護して広く文芸奨励に努めた。長年、韻文学の隆盛を誇ってきたタイ文学史に散文文学、タイ近・現代文学の基盤が築かれるのは、まさにこのラーマ6世、そして同時代に西欧留学から帰国した人々の功績に与るものである。

　主要作品には西欧文学のタイ語訳（シェークスピア『ロミオとジュリ

Ⅲ　近・現代文学黎明期と国家近代化

エット』、『お気に召すまま』、『ベニスの商人』）や、サンスクリット文学からの戯曲『シャクンタラー』、（王自身の創作）戯曲『愛しい我が子』（服役中に他人に預けた我が子に会いに行く囚人の愛が主題）、小説『若者の心』、カープ詩『ヘールア（御座船歌)』などがある。ジャンルが多様であるばかりでなく、その著作数も厖大で、これらの文学業績を記念して、1981年1月、ワチラーウット文学研究センターがタイ国立図書館構内に建設された。また1991年以来、シンラパーコーン大学（ナコーンパトム県）構内にあるマーリーラーチャラッタバンラン宮殿ではラーマ6世の原稿や遺品を公開している。

　特筆すべきは王の文学と国家統治の関連性である。膨大な数、多様なジャンルの王の作品を総合的に考察したとき、この双方の関係はタイ文学研究において実に様々な、重要な課題を提供する。その一つは、文学と国家統治における「ナショナリズム」である。タイ近・現代文学史においてナショナリズムという概念の最初が、国を守るため、戦士の団結と士気高揚を訴えるラーマ6世の著作、戯曲『戦士の魂』（図Ⅲ-2）や随筆『スアパーへの訓話』[2]（図Ⅲ-3）、「目覚めよ、タイ」の中にあり、タイ文学と政治の深いかかわりを明瞭に示している。

　アジアの国々の植民地化を目指して西洋列国の進出が顕著になってくる世界情勢のもと、ラーマ6世は演劇や著作活動を通じて「ナショナリズム」の意識を国民に喚起した。その一例が、後述「目覚めよ、タイ」である。随筆集におさめられたこの作品で、ラーマ6世は「自然はタイの大地に豊饒な恵みを与えている。タイ人一人ひとりが力を合わせ、産業を発達させ、自立せねばならない」と自立の精神を説き、国民への自覚を促している。

　短命であったがゆえに、王の文学活動は短い期間で終わったが、イギリス留学時代と帰国後に時代を分けて、国家統治の観点からまとめると以下のようになる。

第1章　ラーマ6世の文学とイギリス、ナショナリズム

図Ⅲ-2　ラーマ6世　戯曲『戦士の魂』　　図Ⅲ-3　同随筆『スアパーへの訓話』

## 2　ラーマ6世の作品全貌と特異性

　執筆の目的：帰国後のラーマ6世は純粋に娯楽、文学作品として執筆する以外に、教育と開発という国家的目的のため、特に演劇用の戯曲に関してはこの目的のために書いた。王子であったイギリス留学時代の作品にはその意図は顕著にみられないが、生来の文才と後の国の統治者としての意識の萌芽をみる。イギリス留学によって習得した西洋式のいわゆる戯曲、「しゃべる」演劇（話劇）を従来のタイの伝統演劇に導入した王は、今日では「『演劇（話劇）』の父」といわれている。

　タイにおいて、「劇」の歴史は古く、またその種類、用語も複雑であるため、本書ではタイの演劇について、次のように分類する。

Ⅲ　近・現代文学黎明期と国家近代化

## タイの演劇

1) 古典劇（古典詩劇）
2) 舞劇：舞踊に重点を置き、歌唱によって話の筋を進め会話を交える
   ①ラコーン・チャートリー：もとは舞台も楽団もない茶利芝居、アユッタヤー後期にはそれが発展し、楽団伴奏がついて舞台上で演じられる舞踊劇になった。
   ②ラコーン・ナイ（王宮内演劇）：王宮内で女性たちによって演じられる。
   ③ラコーン・ノーク（王宮外演劇）：王宮外、男性のみで演じられる。観客は一般民衆。
3) コーン（仮面劇）
4) 歌舞劇
5) 歌唱劇（タイオペラ）：近代、ナラーティッププラパンポン親王が創設した。道化以外はすべて女性が音楽の伴奏によって歌で話の筋を進める、いわゆるタイオペラ。ラーマ6世の『シャクンタラー』もその一つである。
6) 演劇：現代の芝居、話劇。直接的な西洋の影響を受けた新しいジャンルの演劇で、ラーマ6世が導入、発展させていった。プロット、場面、テーマ、登場人物の特性化、舞台演出、舞台監督など、すべてがタイの演劇史において初めての事柄である。

## 筆名

　古典、あるいは内容が固い作品には王自身の名前で、非公式な戯曲には筆名、シー・アユッタヤー、プラ・カンペートなどを用いた。また散文随筆では、ナショナリズムを内容とする場合、アッサワパーフ（騎手 horsemanの意）を用いた。あたかも王の政策を認めた一般市民が現にいたかのようにして、他人にそれらの国家政策を認めさせようとしたのである。同様の意図での筆名には「ラーマーチティ（ラーマの知恵、賢知）」、「スクリープ（『ラーマキエン物語』でラーマ王子を助けた猿の王）」などがある。

第1章　ラーマ6世の文学とイギリス、ナショナリズム

**多様性**
　テーマ；純粋に娯楽、文学作品として書いたテーマ以外に社会、政治、歴史、学校教育、学校外教育（児童から青少年、成人を対象）。
　ジャンル；翻案・翻訳、戯曲（古典劇、舞劇、歌舞劇、歌唱劇、話劇）、小説、随筆、評論など。

**戯曲**
　王が演劇を教育と自国の近代化を目指す国家開発のメディアとして革新的な活用をした背景には、いわゆる帝王学を学ぶためイギリスで学んでいたビクトリア朝後期のイギリスの社会、政治がある。この「イギリス」の中で幼少から青年時代を過ごしていた王は、将来、シャム（当時のタイの国称）の国王として西洋文化の習熟、西洋の知識、技術の習得や応用と同時に、自国の開発と近代化の洞察に献身的であろうと努めた。

　王の場合、様々なジャンルの執筆の中で特に戯曲（演劇用の戯曲のほかに、仮面劇や伝統的な詩劇も執筆）は多作で、国家的目的のために自ら執筆して活用した。その主な特徴をあげれば、

1) 作品数：治世期間中、西洋形式の戯曲（"しゃべる"芝居、ラーマ6世によって初めて紹介）の数は約60、内、創作戯曲34、翻訳・翻案戯曲26にのぼる[3)]。

2) 内容：西洋形式の戯曲には明らかに教訓的な内容、つまり、タイ国民に対して教示、啓蒙、結集を訴えているものもあるが、王が執筆したすべての戯曲がそうであるというわけではない。娯楽、メロドラマ、滑稽な道化芝居、あるいは客間コメディーなどもあるが、それらにしても何らかの目的に役立っている。王自身、執筆を楽しみ、芝居の演出、あるいは自らの出演も楽しんだ。しかしながら、それでもなお国家的目的が皆無というわけではなかった。例えば『悪魔の罠』（1916年12月12日初演、14日まで公演が続いた。妻が愛人と駆け落ちする男のストーリー）は、基金集めのために上演され、集まったお金はシャム赤十字の財源に、『マハータマ』は海軍の巡洋艦購入にあてられた。（図Ⅲ-4）

77

Ⅲ　近・現代文学黎明期と国家近代化

　また、「道徳」芝居は、直接にしろ、間接にしろ、王が国民にタイ・ナショナリズムをかきたてるのに大いに貢献した。
3）舞台セット、男女の役者導入
4）テーマ
　①ナショナリズム：
　　『プラルワン』（ナショナリズムが最も色濃く表現された作品である。後述）。
　　『戦士の魂』（最多上演、バンコクだけではなく地方、南タイのソンクラー、ナコーンシータマラート、プーケットでも上演された）。
　　『マハータマ』
　②政治的・社会的テーマ：
　　『クーデタ』
　③第1次世界大戦の連合国に対するプロパガンダ：
　　舞踊劇2作品　『友情の勝利』（1917年10月初演）、『善と悪の間の戦争』

図Ⅲ-4　ラーマ6世巡洋艦購入の募金キャンペーン

**随筆**

「目覚めよ、タイ」

「東洋のユダヤ人」

　王の反華僑論が最も強く書かれた随筆と考えられる。治世時代（1910年）、当時、バンコクの華僑たちのストライキ、暴動事件などが起きて社会不安をもたらしたこと、また、華僑たちは、華僑独自のナショナリズムをもち、彼ら独自の言語、文化・生活様式を維持し、タイ（シャム）社会から孤立、同化していない、タイ（シャム）の国家経済、産業を牛

耳り、タイ人労働力は彼らに従属している、というのがその理由の一つである。しかし、一方、王がタイの富と経済発展は中国人に負うところが大きいと、その存在と貢献を認めている点は看過できない。王の究極の目標は、あくまでも国民として統一され、タイ独自の、誇り高いタイ国民の育成にあった。

**新聞**
 投稿：*Siam Observer*や*Bangkok Times*、「タイ」に英語翻訳投稿
 王自身の刊行物：*Siam Observer*、「タウィーパンヤー」、「ドゥシットサミット」、「ドゥシットサッキー」、（留学時代）*The Looker-on*（英字紙）
 王後援の刊行物：「スアパー通信」、『サムッタサーン』（海軍リーグ発行）

 王にとって新聞は問題の一つであった。王は新聞の価値は評価していたものの、記者たちが示す彼ら自身の見解とシャムの発展を望む王の考えと正反対であったことがその理由とみられている。この時代、多種多様の新聞が発行され、内容も劣悪なものから*Bangkok Times*紙（経営者：イギリス人）のように、質が高く、公正、公平で信頼性の高い新聞があった。

## 3　ラーマ6世の「イギリス」

### (1)〈第1段階〉文学活動初期：イギリス留学時代（1893 - 1903）
 ワチラーウット王子は後の王の演劇の骨格を形成する下記6作品を英語で執筆した。留学時代のその足跡を追えば、17歳のとき、1898年から1899年にかけて軍事学校[4]に入学、愛国心、軍人としての英雄的行為、そしてイギリス精神、「神、王、国（"God, King and Country"）」に対する忠誠心と犠牲の精神を培った。その後、1900～1902年、オックスフォード大学クライストチャーチ校で政治、経済、地理を勉学、個人家庭教師Dr. Hassallにも学んだ。王が後に唱える「国王、及び国家」への忠誠と奉

Ⅲ　近・現代文学黎明期と国家近代化

仕の実施手段として、1911年5月に創設した直属義勇隊「スアパー」の精神はこのイギリスの伝統精神に、そして同年7月に具現化する「ルークスア」の創設は、ボーイスカウトに求めることができる。

また文学活動としては、留学時代、当時の王子はイギリスの文学クラブBullingdon, Cardinal ClubsやCosmopolitan Clubのメンバーとして加わる一方、自らもまた留学生クラブ「サマッキー・サマーコム」を結成した。

帰国後の治世時代、当時のシャムは外的、内的脅威、つまり、外にあっては植民地化の脅威にさらされ、国内にあっては政治派閥の闘争の問題があった。これらの危機に直面した王に、生来の軍国主義的精神は、国の内外の脅威にさらされた現実に対応すべく、ナショナリズム、即ち、国家主義政策を強く求めさせた。そして、これらを実現させる土台は「平和、自由、安定」であった。王は、後発国支配の権利を正当化するイギリス民衆の意識を、アジアの「若い王子」として、既に肌で実感していたのである。

当時のヨーロッパは、ナショナリストというイデオロギーとナショナリズムの解釈にイギリス、フランス、アメリカのあいだで相違がみられた。

　イギリス：議会制民主主義と立憲君主制を基盤に愛国心と「神、王、国（"God, King and Country"）」に対する忠誠
　フランス：人類すべての団結と人権
　アメリカ：自由、民主主義的、人道的、国際主義的教義
　ドイツ：保守的、独裁主義的、孤立主義的ナショナリズム

ラーマ6世は当時のこうした国際情勢をすばやく察知し、国の内外が危険にさらされている現実に対して、これらすべてのナショナリズムを取り入れた。そして、タイの政治伝統に融合させ、王独自のナショナリズムを打ち出して「王は人民の父」たる務めを果たそうとした。

## 留学中執筆した戯曲（英語）

内敵、外敵にさらされていた時代背景があるためか、王のこの時代の作品は、戦争、闘いのテーマが主となっている[5]。

第1章　ラーマ6世の文学とイギリス、ナショナリズム

1. *Traitor*（1898）筆名 Tom Toby、ジェスチャー・ゲーム（当時、ビクトリア朝のイギリスで屋内、戸外で役を演じて遊ぶ "charade"）、フランスとメダンの国境戦争が背景に描かれる。
2. *Evelin*（18-　）筆名 Carlton H.Terris、1幕劇。
   王自身軍事訓練を受けた Aldershot の町を Evelin と Hector 卿の会話の中に挿入。
3. *A Turn of Fortune's Wheel*（18-　）筆名 Dilton Marsh、6場、ボア戦争。（図Ⅲ-5）
4. *Lord Vermont, V.C.*（1899）筆名 Marcus Virginius、インドの物語、2場、インド戦争。
5. *Plotters and Victims*（1899）筆名 M.V., *Lord Vermont, V.C.* の書き直し。
6. *The King's Command*（1901）筆名 Carlton H.Terris、1幕コメディー、国王ルイ15世のもとのフランス社会が背景。
   ・愛する女性がいるにもかかわらず、国王の命令によって会ったこともない女性と結婚させられる男性主人公フランソワと、同様に母親の権威によって母親が選んだ貴族と結婚させられる女性、ガブリエの話。結婚相手の選択について王の兵士たちに影響を与える。
   ・イギリス留学最後の年、送別会で演じられる。自ら出演、演出、監督。（図Ⅲ-6、7）
   上記の他、随筆（英語）では *The War of Polish Succession* がある。

## (2)〈第2段階〉帰国後：文学の政治的活用

　王子時代のイギリス留学経験は啓蒙、自己開発、特に文化、芸術、演劇においてその成果はめざましく、後のタイの政治、社会、文化基盤にも大きな影響をもたらすことになった。王にとってイギリスの存在が無形にも有形にも様々な面で深く吸収されていったからである。

　幼年期より9年にわたる〈第1段階〉の帝王学教育、生のイギリス吸収はやがて1903年、帰国によって「修了」するが、問題はこれら学んだものをタイ文化の土壌に、または国家近代化の過程にいかに有効に応用する

Ⅲ　近・現代文学黎明期と国家近代化

図Ⅲ-5　ラーマ6世直筆原稿　筆名 Dilton Marsh, *A Turn of Fortune's Wheel*（戯曲）

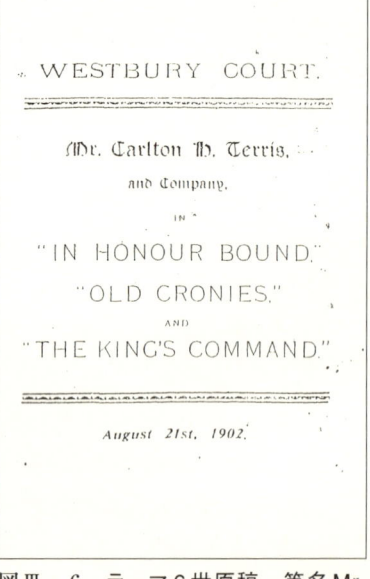

図Ⅲ-6　ラーマ6世原稿　筆名 Mr. Carlton.H.Terris, *The King's Command*（戯曲、自作自演）プログラム。1902年8月21日、ウエストベリー・コートで上演

図Ⅲ-7　同上作品で「モービアンのフランソワ公爵」として出演

第1章　ラーマ6世の文学とイギリス、ナショナリズム

か、統治者として問われることとになる。ここにおいて王の回答は、即ち、「演劇」であった。演劇に幅広い教育的メッセージの力があると確信していたのである。その背景には実際にみて楽しみ、また体験したビクトリア朝時代の演劇の影響があることはいうまでもない。(図Ⅲ－8、9、10、11)

　当時のイギリスは、ヨーロッパをナショナリズムが席巻する国際情勢にあって、国内では産業革命が起こり、社会的にも政治的にも大きな変革のときにあった。市民社会、娯楽・文化面では産業革命によって台頭してきた中産階級のあいだに演劇が広まり、劇場、観客数が著しく増加していた。なかでもシェークスピアの作品や18世紀の戯曲に大人気がある一方、片や演劇の新しい波も生まれた。チエーホフやイプセンなどの社会派芝居も上演されていたのである。もっとも、王の場合、後者よりも前者、当時、イギリス社会の劇場で最も人気があったいわゆる客間芝居、"drawing-room drama"に強い刺激を受けた。

　王はイギリスのこのような環境の影響を受けて、王子時代も、王に就い

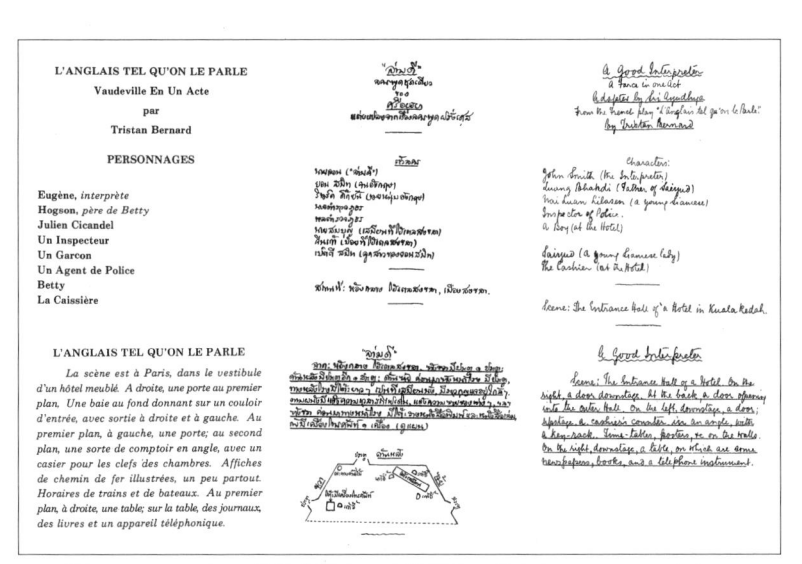

図Ⅲ－8　ラーマ6世舞台演出の直筆原稿　筆名シー・アユッタヤー
（英、タイ翻訳戯曲）『上手な通訳』

Ⅲ 近・現代文学黎明期と国家近代化

図Ⅲ-9 ラーマ6世自作自演の戯曲 *Lines and Rudd*（アスコットのノース・ロッジで上演、当時16歳の王にとって初出演の舞台、王執筆戯曲第2番目の作品と推定されている）

てからも数々の戯曲を執筆したが、上述のとおり、これらの作品は決して王の個人的趣味や家庭娯楽のためにのみ書かれているわけではない。帰国後の王は、社会、政治思想に強い影響力を与え、シャム人民の統一、教育、近代化をはかる一つの手段として、戯曲活用の実験的試みを行い、やがてその試みは国家統治の政策実行手段となっていく。換言すれば、王は演劇を政策実行のメディアとして活用したのである。王にとって演劇の意味は次の点にあった。
  1. 教育、国家開発、社会、政治的概念をテーマとしたプロパガンダのメディア
  2. 西洋の危機に対する警告

王座に就いたラーマ6世は自国シャムに対して統治者として、1. 文明、近代的諸政治制度の必要性、2. 平等であるべき西洋文化とタイ文化の関係、また双方の民族関係、3. 強固な民族意識と国民文化基盤の確立、この3点を痛感した。特に植民地化の危機が迫っている情勢にあって、自国の近代化には教育の必要性を強く認識し、その普及と改善に取り組まなければならないと考えた王が、教育に優先順位をおいたことは次の言葉からも明らかである。

第1章　ラーマ6世の文学とイギリス、ナショナリズム

図Ⅲ-10　ROYAL KENT THEATER（ケンジントン）
と同劇場上演「ベニスの商人」プログラム

……文明化をはかるにあたって、教育は非常に重要で必要条件である。もし我々が国の教育向上にいかなる努力も惜しまないならば、国は大いに発展するであろうし、もし無視すれば、国は依然としてジャングル状態のままであろう……[6]

　王の考えはまず、1921年、初等義務教育法を公布することによって実施された。小学校4年間、当時の7歳から14歳のすべての男女児童を対象にしたこの法令によって、小学生の数は10,000人から一挙に385,000人に増加した[7]。また仏教徒として功徳を積む行事の時には、寺を建設した従来の王と異なって、学校を建設した。

85

Ⅲ 近・現代文学黎明期と国家近代化

図Ⅲ-11 同劇場内部

## 4 演劇とナショナリズム

　西洋に劣らない自国の文化基盤の啓蒙と確立が統治者としての責任であると認識する王は、政治の主たる目的であったナショナリズムを演劇のテーマにも取り入れた。しかし、事実、「近代演劇」の生みの親である王が、近代演劇（話劇）の導入のみならず、一方ではタイ伝統の古典劇の維持と改善にも熱意を注いだことも無視できない。なぜなら、王のナショナリズムを把握するうえで、タイ古来の「伝統維持」という王の考えが重要な要因となっているからである。西洋の近代知識、文明を吸収した王ではあったが、王の国家統治、国家近代化は「西洋」のそのすべてを受け入れ

第1章　ラーマ6世の文学とイギリス、ナショナリズム

たというわけではなかった。西洋文明を採り入れて自国の近代化を進める一方、同時にまた王はタイの宗教、伝統文化、慣習、愛国心の重要性を説いたのである。たとえば王が執筆した『スアパーへの訓話』の中で「訓話1　宗教の必要性」（注2）、pp. 1-4）、「訓話5　宗教への忠誠」（pp. 33-39）、「訓話7　国家のものとしての宗教」（pp. 50-58）と題して説く王の訓話が示すように、王はタイの国体を構成する仏教の擁護をはじめとして、歴史遺跡保存や過去の伝統行事であった春耕祭（豊作を願うヒンズー教徒の伝統儀式）を復活させた。そして名作の一つとされる戯曲『プラルワン』（後述）は、過去の歴史上の人物をモデルとした。これらはいずれも王のナショナリズムの中にある「過去」の復活、あるいは「過去」の模範を示すものである。

前述のとおり、タイの古典劇とはコーン（仮面劇）（『ラーマキエン物語』）、舞劇、歌唱劇（タイオペラ）を指し、近代演劇とはいわゆる現代の芝居、話劇である。王の場合、翻訳、翻案の演劇作品のテーマは西洋演劇から導入し、セットはタイという形をとり、王自身のオリジナル作品の演劇はせりふもセットもタイ、タイ語でしゃべり、タイのセットで上演、ときとして自ら演出、登場することもあった。特に下記（＊）20の王のオリジナル作品は、ほとんどが帰国後書かれたものである。

さらにそのテーマを追えば、社会、政治的テーマには王の主たる政治目的であったナショナリズムが色濃く表れる。従って、古典劇とはその内容も大きく異なってくるが、宗教教育の一環として釈迦生誕物語（ジャータカ物語）を取り入れている相似性が存在していることは、王のナショナリズムとつながってくる。なぜなら、青少年時代、イギリスの「神、王、国（"God, King and Country"）」の精神を学んだ王は、今度は自国シャムにおいては、もう一つの、タイ独自の三つの柱、「国家、宗教、王」という、三位一体のナショナリズムをその基盤に置くからである。

〈帰国後の作品　戯曲（演劇用）〉
（＊）主なテーマ：結婚、法の正義、非行・犯罪物、愛国心

Ⅲ　近・現代文学黎明期と国家近代化

1. 1幕作品
    1. 『愛しい我が子』(1910)　テーマ：愛、結婚
    2. 『決して白くすることはできない』(1913)　テーマ：愛、結婚
    3. 『行幸準備』(1913)　テーマ：法の正義
    4. 『復讐』(1914)　テーマ：法の正義
    5. 『法廷侮辱』(1914)　テーマ：法の正義
    6. 『魚網』(1915)　テーマ：非行・犯罪物
    7. 『悪人』(1915)　テーマ：非行・犯罪物
    8. 『双方共に均衡がとれて』(1920)　テーマ：法の正義
    9. 『軍曹殿！』(1920)　テーマ：非行・犯罪物
    10. 『クーデタ』(1923)　テーマ：愛国心、ナショナリズム
2. 3‐4幕作品
    11. 『徳行の勝利』(1908)　テーマ：ナショナリズム
    12. 『戦士の魂』(1913)　テーマ：愛国心、ナショナリズム
        タイで最初のナショナリズムのテーマを掲げたシャム最初の演劇、団結、国家への愛と犠牲を訴えた。また王が創設した文学クラブ（ワンナカディー・サモーソーン）の本として選定され（1914）、王自身最も気に入り、最も多く上演された。
    13. 『マハータマ』(1914)　テーマ：愛国心
    14. 『ノーイインターセーン』(1914)　テーマ：結婚
    15. 『盾』(1914)　テーマ：愛、結婚
    16. 『悪魔の罠』(1915)　テーマ：結婚
    17. 『幸運への期待』(1917)　テーマ：結婚、愛国心、ナショナリズム
    18. 『失敗に終わった冒険』(1919)　テーマ：結婚
    19. 『犠牲』(1921)　テーマ：結婚
    20. 『勇敢な行為』(1925)　テーマ：結婚

これらの演劇はバンコクだけではなく地方でも上演された。
劇　　場：

第1章　ラーマ6世の文学とイギリス、ナショナリズム

〈バンコク〉サランロム宮殿に建てられた最初の劇場タウィーパンヤー劇場。ヨーロッパのいわゆる"ロイヤル劇場"に等しく、後に国立劇場となる。建築様式はルネサンス様式とネオクラシカル様式が見事に調和した壮麗な劇場である。
〈地　　方〉バンパーイン宮殿内（アユッタヤー県）
　　　　　　サナームチャン宮殿（ナコーンパトム県）
　　　　　　マルーカタイヤワン宮殿（プラチュワップキーリーカン県ホワヒン郡）

登場人物：
役者は友人や宮廷内の家臣、あるいは宮廷外の貴族たち、また彼らが演ずる役は観客の社会的地位、層によって大きく次の3種に分けられる。
　　1）上流階級：称号をもち、ほとんどが西洋の教育を受け、洋服着用。
　　2）（上層）中流階級：西洋の影響を受け、専門知識をもった高級官僚・軍人。
　　3）規律正しくて勤勉な中央、地方役人。

観　　客：
・当初は上流階級のエリートや在住の西洋人。
・演劇が社会、政治的テーマのメディア、即ち、教育（国家政策として学校など教育施設を通じた正式な教育と学校以外での教育双方を含む）と開発の目的にされるようになると、観客の層は年齢層もその背景も幅広く多岐にわたるようになる。特に、教育に乏しい、あるいは文盲の大衆に対して、演劇は有効な教育開発の手段となった。役者も上演される劇の内容、目的によって変わり、一般大衆から募ることもしばしばだった。
・バンコクにおいて観客は上流階級を対象、後に中産下級の役人、軍人、将校生徒、スアパー隊も加わる。

舞台演出：
・タイ伝統演劇と、ビクトリア朝演劇の影響を強く受けた近代演劇に芸

Ⅲ　近・現代文学黎明期と国家近代化

　　術的調和をはかろうと模索した王は、衣装、舞台用具（大道具、小道具）、舞台デザイン、照明、演出効果等、すべて王自身で考案した。
劇　　団：
　・私設劇団「シー・アユッタヤーロム」創設。

　西洋に双肩するシャムの文化基盤を思索し、その確立を求める王の考えの特徴は、次の点に凝縮できる。
・「東洋」と「西洋」を結合させたタイ独特の文化アイデンティティを模索した。
・王は、西洋の技術、社会、政治機構を取り入れる必要性があることを強く認識していたが、その導入にあたってはタイ文化の成長と国家発展、開発を損なわないように、非常に慎重にやらなければならないと考えていた。そして、当時、帰国留学生にあった無意味な西洋の模倣を厳しく非難した。

　　……私は決してすべての西洋の知識に反対ではない。なぜなら、私自身が西洋の知識に負うところが大きいからだ。従って、西洋人が提供しようとしている多くの技術、能力に異議は唱えない。しかし、たとえ西洋人にとって良いものであっても、それが必ずしも他の誰かにとってもいいとは限らないのではないかと、疑問に思うのである……[8]

・国家開発の理想を演劇の会話の中に用い、国民に「国家」、「宗教」、「王」に対して忠誠と奉仕を訓説した。
・女性の地位向上、西洋の女性と同等の地位までに引き上げ、男女平等であるべきだと確信していた王は、特に結婚、家族（一夫一妻制等）に関して「公正、公平」を女性に与えるべきだと考え、演劇を通して性の解放と地位向上をはかった。
・女性の衣装についても西洋式のファッションを推奨。パーヌン（腰から下に巻く一枚布の端を前から股間を通し腰の後ろに挟み込むチョーンカ

ベーン）からパーシン（宮廷内の女性に対し巻きスカート形式）を、上部にはブラウスとタイ式ストールの着用を勧めた。

西洋式近代化によって損なわれようとしている危機に対してタイ社会・文化のアイデンティティの維持に努めようとした王の考えの一端は、さらに次の随筆「目覚めよ、タイ」にも表れる。

> ……真のタイ人よ、自立するのだ。シャムはタイ人による利益を追求しなければならない。タイの武器はタイの領地を守らなければならない。そうして、タイ人一人ひとりの真の愛国心の力に頼ってこそ、タイの国家は将来に続く安泰を希望することができるのである。特に、我々の国が繁栄を築くにあたって、外国援助を受けるのは、それはそれで結構なことだ。しかし、困窮に瀕しているとき、外国援助に頼って安穏とあぐらをかいて座っていようなどと考えるのは言語道断も甚だしい。それは国を危険にさらし、ひいては国家破壊へと通ずるだろう……9)

上述のように、西洋式の近代演劇をタイに初めて導入し、さらにはメディアと政治目的に活用しようとした王であったが、結果的にはこの近代演劇の大衆化に成功しなかった。その原因には次の点が考えられる。
1. 近代化推進にあたって、王の理想、概念を実現するための堅固な社会・文化基盤が欠如していた。
2. 演劇の限界：
   ① 教育、開発の手段として演劇を利用するには、この手段を国全体に及ぼすまでには至らなかった。
   ② 下層階級との接触に限界があった。
   ③ 一般民衆の好みはタイ伝統の古典劇にあった。

## 5　「過去」への回帰：英雄、歴史、古典文学

王の歴史への関心は、自分の執筆に際し、単に文学上の必要性、例えば

背景とか言及するにあたって必要だったからだけではなく、過去の歴史上の人物が王に国家政策をめぐらせる助けになったからである。これらの人物は民族の統一をはかった王とか、敵軍との戦いに活躍した軍の指導者とか、必ずしも「英雄」ばかりではない。軍人であったり、普通の男性であったり、中には少数ではあるが女性であったり、いずれにしても、その時代の「挑戦者」、彼らの人生とその価値がタイの近代化に貢献した人たちであった。これらの歴史上の人物の中で、王が最も注目した人物が3人いる。つまり、1. ビルマの宗主権に終止符を打ったナレースワン大王、2. トンブリー王朝タークシン王（晩年の出来事はともあれ、国の再統一に貢献したと、王はその功績を称え、タークシン王の名誉を回復、復活させた）、3. プラルワン、である。名作の一つとされる史劇『プラルワン』は、時代をはるか遡り、スコータイ時代去の歴史上の人物「プラルワン」をモデルとした作品である。

「プラルワン」とは、スコータイ時代の作品『スパーシット・プラルワン（スコータイ王の金言集）』にみるように、一般的にはスコータイ時代の歴代の王のことを意味するが、その名前の由来には、スコータイ王朝成立以前のタイ北方の二つの伝説がある。『タイの事典』[10]によれば、一つはモン人の王国ハリプンジャヤ（ランプーン）に生まれた「曙（アルン＝ルワン、同義語）王子」が後に、「プラルワン」と称してこの地を統治したという説である。もう一つは現在のカンボジア、クメールの献上水を運ぶ役人の息子がスコータイで出家し、奇跡を起こしてこの地の王となり、「プラルワン」と称した。プラルワンが亡くなると、ポークン・シーナーオナムトムが国王になり、その王子がポークン・バーンクラーンハーオと共に1257年、クメールの支配からこの地の住民を救い、ポークン・バーンクラーンハーオをスコータイ王朝初代の王としたという。ラーマ6世が崇拝したのは、超人的能力をもって奇跡を起こした「プラルワン」である。『北王朝年代史』では後者、スコータイ王国の独立を確立した初代スコータイ王、即ち、石碑文にあるシーインタラーティット王（ポークン・バーンクラーンハーオ）とされ、クメールからの独立を打ち立てたとその栄光

第1章　ラーマ6世の文学とイギリス、ナショナリズム

を称えている。

　史劇『プラルワン』は、王のナショナリズムの中にある「過去」の復活、あるいは「過去」の模範を示すものであるが、さらに王はときとして、自分の時代をはるかに凌ぐタイの国力拡大をはかった同王朝ラームカムヘーン大王（第3代王）にも言及する。そしてこれらの過去の英雄以外に、王が称える歴史上の人物の中に2人の女性がいる。その一人は、自分の夫である王を救うために自らの命を犠牲にした16世紀のヒロイン、スリヨータイと19世紀初期、侵入してきたラオス軍を撃退したコーラート県知事夫人クンジン・モーである。

　タイの伝統文化を重要視してナショナリズムを推進する王は、演劇においても「過去」を模範とした作品を書いた。王のこうした考えと行動の背景には、これまでのタイ文学に顕著な変化が目にみえてきたからである。つまり、従来のタイ古典文学の危機である。西洋文化が徐々にタイへ浸透してくる社会状況の中で、散文文学への人気が高まり、これまでの古典文学が危機に直面していたのである。

　王は『プラノン・カムルワン（王の言葉、詩の楽しみ）』（1913年9月13日執筆開始、1914年5月9日、初稿完成、その後2年後に編集、改訂され出版）の中で、その序に以下のような恩師への言葉を添えている。

　　……すべての学者たちが現在、そして未来のシャムの詩の真価を尊重してくれるように
　　そして失わないように
　　ナーラー王の物語に基づいて作詩したこの作品の著者の目的は
　　我が国の若い人たちに様々な詩形にある面白い詩の手本をみせることにある
　　彼らの作詩に利用できるように、と

　　聞きたまえ、タイの国の若人たち
　　我々の国はいまや燦々と光輝いている
　　もし我々に詩というものがなかったならば

Ⅲ　近・現代文学黎明期と国家近代化

　我々は甚だ恥じ入り、我々の国には学者はいないのだと笑い者にされるだろう

　偉大な詩はきらめく宝石さながら
　美しい言葉は宝石が散りばめられた飾帯

　いかなる人種とも競うでない
　いまこのとき、タイのことのみ考えたまえ
　しからば我が国は文明化され、当然そうあり続ける
　諸君を惑わす饒舌な話し手たちに決して耳を貸すではない

　良きことを選ぶにあたってはよくよく注意せよ
　諸君の指針として詩を選べ
　懸命に働き良き市民たれ
　しからばタイの国は光り輝く宝石のように栄誉と尊敬を受けるだろう……11)

　王のこの序には「詩を選べ、シャムの過去の栄えある古典を選べ、タイ文学を文明の印(しるし)とせよ、文学の伝統を朽ちさせることなく、汚すことなく守り続けよ」12) という、王の強い希求がにじみ出ている。
　事実、タイ伝統文学への威嚇、古典の危機は深刻となってきていた。19世紀、タイ伝統の古典詩は印刷技術の導入やこれまで読者層であった王族、エリート階級を超えた読書の普及、散文文学の人気拡大、という新しい時代の社会現象によって、韻文のタイ古典文学にも変化の兆しが現れ始めたのである。
　「今やシャム人は古い詩(うた)を忘れつつある」と嘆く学者（*Bangkok Times*, December 1911）もいれば、王自身もまた、「シャムには偉大な本物の文学天才がたくさんいながら、多くの人々は西欧の "penny-dreadful and shilling shocker13)" の翻訳を好んで読んでいると批評している。中でも、王として最も怒りをかったのは「タイには書物も記録も全く無い」（国立図書館開館記念国王スピーチ1917年1月6日、*Phraratchadamart nai*

94

第 1 章　ラーマ 6 世の文学とイギリス、ナショナリズム

*phrabatsomdet,* p. 205) という外国人たちの当時の見方だった[14]。

　これらの解決策として、王はタイ文学の真価とその危機を広く世に知らしめるほかに、古典の保護と自らの執筆のほか、外部に向かっても執筆を奨励した。また言語への破壊的、致命的な影響に激しく抗議、言語の純正維持のため活動を推進した。西欧諸国に対して、「タイには書物もなければ、文学と呼べるものもない」という彼らの悪評を一掃しようと努めた王の努力の結果、古典の保護は古典詩の出版や古典劇上演の奨励、促進によって著しく進んだ。例えば、

・王立劇団によって古典詩上演（シープラート『アニルット』（チャン詩）、『イナオ』、『ラーマキエン物語』）
・古典詩の出版
・葬式配本を通じて古典文学の普及
・国立図書館選定の教科書配布
・その他出版奨励；チットラダー宮殿開所記念に自費を投じ、ラーマ 2 世版『ラーマキエン物語』完全本印刷、また王自身の『ラーマキエン物語』研究
・文学クラブ　ワンナカディー・サモーソーン創設（1914）
　文学普及のため創設したこのクラブは評価の高い作品にクラブの紋章使用を許可した。（図Ⅲ-12）王自身の作品で同クラブの紋章を得ているのは『戦士の魂』（1914）、『プラノン・カムルワン（王の言葉、詩の楽しみ）』（1917）、『マッタナパーター』（1924）（図Ⅲ-13）
・ラーマ 5 世創設の「ワチラヤーン」（1884、月刊、新聞・文芸誌）、古代学クラブ（1907）を継承

　王自身の執筆からは、一見、古典の純粋主義者とみまがうほど、多くの作品を古典のテーマに基づき、古典韻律、古典形式で組み立てた。さらには、紀行詩、民話、物語詩（リリット詩形）、諺、ヘールア（御座船歌）などの執筆もあり、王が全く手懸けなかったジャンルはほとんどないといってよいほどである。

　長紀行詩　リリット詩『パヤープ』（タイ北部の旅をもとに執筆）

Ⅲ 近・現代文学黎明期と国家近代化

図Ⅲ-12 文学クラブ（ワンナカディー・サモーソーン）推奨の書簡と紋章

図Ⅲ-13 文学クラブ（ワンナカディー・サモーソーン）推奨作品 ラーマ6世『マッタナパーター』

物語詩『ナーラーイ（ヴィシュヌ神）10の権化』（1923、自分自身のラーマ王としての化身やクリシュナ神、仏陀の化身などを描く）

ヘールア（御座船歌）（アユッタヤー時代、タマティベート親王が創始した「御座船歌」を継承

定型詩『プラノン・カムルワン（王の言葉、詩の楽しみ）』（当時、インドで人気があった『ナーラー王とタマヤンティー』に基づく長い恋愛詩。王の作品の中では最長の詩。原文サンスクリット語叙事詩を数種のタイ定型詩（クローン*、チャップ、カープ、クローン詩形）で翻訳する）

第1章　ラーマ6世の文学とイギリス、ナショナリズム

『ラーマキエン物語』挿話（英語版）
『シャクンタラー』など、サンスクリット文学より3戯曲
　史劇　『プラルワン』（1917）
　詩劇　『ターオセーンポム』（上記と並んで、ラーマ6世の代表作品の一つ。アユッタヤー王朝の建国の父の歴史を現代風に解釈して執筆したが、しかしながら、ここでは主人公を愛国心の強い英雄には仕立てなかった）

## 史劇『プラルワン』

　古典形式で書かれた膨大な数の王の著作のなかで最多を占めるのは、「演劇の父」といわれるように、劇場用の作品である。その中でも最もナショナリズム意識が表出するのは、『プラルワン』、『戦士の魂』、『マハータマ』である。

　特に前者の作品、北方伝説に出てくる偉大で勇敢な英雄の王の名に因む主人公プラルワンが勇猛な民を率いて、囚われていた人民を解放、クメール（カンボジア）人を知力で負かす筋書きの『プラルワン』は、『戦士の魂』と双璧をなすほど有名で、頻繁に演じられた。劇の最後はスコータイとロップブリーの民が合併、プラルワンが新しい独立国の君主として忠誠を誓い、すべてのタイの人民に愛国心を喚起させる訓話で終わる。これはまさしく主人公プラルワンに代弁させる、外敵に戦う力と団結を求めた王自身の国民への訴えである。

　王は観客である義勇部隊スアパーのグループたちにとって理解がやさしいように、また他の素人出演者にとっても演じやすいような文体で書くという工夫をした。またこの劇は中学校の標準教科書（1958年、学校使用第17版）にもなっている。王はまたこの英雄の名を題にした紀行文『プラルワンの国』を書いた。「愛国」の目的で演劇化したという王の意図はこの物語の中にふんだんに表出し、序においても過去の教訓を強調している。大成功を収めたこの史劇『プラルワン』には次の3種の版が存在する。

　①　伝統的舞踊劇　1912
　②　近代演劇（話劇）1914

Ⅲ　近・現代文学黎明期と国家近代化

③　歌唱劇（タイオペラ）1924年初演

　王はさらに「プラルワン」の名を冠する巡洋船購入のための寄付金集めのためにもこの劇を上演したが、そのために発行した海軍リーグのジャーナル『サムッタサーン』に『スパーシット・プラルワン（スコータイ王の金言集）』として知られる古いタイ諺集を韻文に直して投稿した。この金言集には「タイ人は自由な民であり、奴隷ではない」という有名な諺があるが、王は英雄「プラルワン」を称え、またその道徳的教えは現在（当時）においても適切性があり、真価があると称賛している[15]。
　王はこのように演劇を中心とした自らの執筆活動を通して、タイ人民に自国の歴史を見つめさせ、自分自身の民族が決して新しい民族ではなく、栄光の歴史を持った伝統ある古い民族であることを自覚させていった。

## 6　ラーマ6世のナショナリズム

　ラーマ6世は芸術、文学分野で貢献した劇作家、教育者としてその業績は高く評価されるものの、財政、行政上の失敗が王への非難を招いたというのが一般的な説である。しかし、別の見方をすれば、「劇作家、教育・開発者、社会・政治改革者」としては時代の先端を行過ぎていて、王生存中にその進歩的な、ときとして空想的な思想はほとんど理解されなかったともいえる。しかし、「国家（チャート）、宗教（仏教）、王」を根幹にした王の堅固な政治目的は揺るがず、そのナショナリズムの概念の本質は次の点にまとめられる。即ち、
　・すべての国民が共にする共通のアイデンティティ
　・すべての国民の団結
　・すべての国民が捧げる国家、宗教、君主制への崇高な忠誠
　宗教に関して、王はその重要性を「訓話1　宗教の必要性」（『スアパーへの訓話』）で説いた。政治については国の教育、開発に演劇（特に近代芝居の様式である「話劇」）をメディアとして利用し、王の政治、社会に

第1章　ラーマ6世の文学とイギリス、ナショナリズム

ついての思想、あるいは文学のテーマを執筆作品を通して国民に伝え、国家近代化をはかろうとした。そして自らはタイの伝統政治、「王は人民の父」たる務めをはたそうと努力し、国民へは愛国心、君主制への忠誠を求めた。教育の充実化のために父、ラーマ5世の功績を称えて、その名に因みチュラーロンコーン大学を創設したほか、初等義務教育制度導入、太陽暦やメートル法の採用、フットボール振興、第一次世界大戦にタイの参戦、ベルサイユ講和会議出席、国際連盟への加入など様々な施策を講じ、またアメリカ、日本、香港なども訪問した。加えて、現在もその一部は継承されている王の次のような政策も、タイの国家近代化を考える上で、無論、欠くことはできない。

- 国家行事として国王即位記念日に加え、ナショナルデー創設
- 新国旗採用（現在の3色旗採用、紺は国王、白は仏教、赤は国民を象徴する。君主、宗教、国民から成る国家の概念を国旗にも表した）
- 苗字制導入
- 議会制モデル都市「ドゥシットターニー」の建設（1918）
  政治、社会、経済の多種多様な機能を備えた自治市として建設したが、巨額の費用を投じた王の遊び、国の現実を逃れ、実際の政府を無視した空想上の政府だと厳しい批判をあびた。
- 学校外教育：児童、青少年、成人を対象に教育演劇や「ゲーム」遊びを奨励。それぞれが役者、演出家、あるいは観客になることによって、一個人として一人の人間の成長をはかる。一人間が自信、自己認識、創造性、革新力、想像力を向上させ、社会関係を認識、国家、世界に対する意識を高めた。
- 成人に対してはナショナリズム、青少年教育の一環としてはボーイスカウトを創設（1911年7月1日創設、イギリス、アメリカに次いで世界で3番目）。王の目的は、国家市民としての責任遂行と国の防衛のための成人教育をはかるため創設した前身の王直属義勇部隊「スアパー」（1911年5月）のそれと同じである。王の意図は、王自身が"The King Who Is A Scout"（スカウトである王）と題して英文で執筆

99

したジャーナル The Scout にも明瞭に表れている。

> ……シャムはまさに時代の先端を行く国だ。少年たちは良い教育を受け……政府自体もまた彼らの教育に熱意をもっている。しかも、一般の臣下たちに加えて、少年たちもまた正義と悪の原則、自分自身に対する義務、隣人たちに対する義務、そして国家に対する義務の原則を教えられている……16)

・児童には「ゲーム」を奨励

いわゆる読み書き算盤の知識を教える学校教育の限界を認識していた王は、国が青少年に必要としているのは雄々しい若人、誠実で信頼感があり、生活、心身共に健康で清い青少年と考えていた。机上の教育だけに偏らず、子供たちの個性と創造性を伸ばし成長させるためにも、王は演劇を奨励したり、ジェスチャー・ゲームを応用して試み、勧めた。

王は、さらに文化面では西洋文化を導入する傍ら、タイ固有の伝統文化の重要性を訴え、タイ文化の継承を推進した。換言すれば、結果的には「西洋の知」と「タイの精神」の融合、教育・開発のメッセージを携えて、近代化された文化と未近代化（後発国）の文化の二つの文化を結ぶ架け橋的役割を果たしたといえる。

〈君主制と民主主義〉

ラーマ5世、ラーマ6世は西洋の方針、主義、あるいは観念にそって国家の近代化と発展を推進するものの、憲法を基盤にした新たな政治的組織形態を必要としなかった。シャムにおける君主の役割そのものが合法的な規則によってその義務を負い、国民の要請にかなっている、また実際、立憲君主制という名にほとんど等しいとみなされうると確信していたのである。ラーマ6世はイギリスのヴィーミス氏との書簡で次のように語っている。

## 第1章　ラーマ6世の文学とイギリス、ナショナリズム

……私は最善を尽くす。一人の人間としてそれ以上はできない。私の人生は私の民衆の意のままだ。確かに名前においては私は彼らの王だ。しかし、私は彼らに仕える召使だ……[17]

しかしながら、ラーマ5世、6世の二人の王は西洋の近代的政治観念、特に民主主義はタイの国民にいずれは大きな影響を及ぼし、タイの君主制は挑戦を受けるだろうと予測はしていた。自由、博愛、人類平等主義、立憲君主制という概念にさらされた西洋で教育を受けたエリートたちの間で、民主主義政治形態を求める声が高まってきていたからである[18]。ラーマ6世の場合、高まりつつあった上記の政治改革を求める声を拒んだ。シャムの国民の教育レベル、政府の民主主義形態に対する準備など、まだ時熟せずと考えていたこと、また彼らエリートたち、上流階級たちの考えを西洋妄信、新物を求める流行とみなしていたのである。

王の著作、演劇『プラルワン』、『クーデタ』で示されるように、王にとって政治的変革は、国が内外の脅威にさらされている今このときになすべきではない、それこそシャムの破壊につながるとし、現時点において最善の政治解決策は、「強い君主制を中心にした国の団結と愛国心」にほかならないと確信していた。時熟しないこの時点のシャムにあっては、絶対君主制における強い統率者の存在が、最上の暫定的政治体制だったのである。「王は人民の父」という13世紀以来の伝統的国家統治の観念の表出と考えられる。

民主主義政府を個人的には良しとするものの、国の指導者としては今このときではないと考える王は、王自身の「公」と「私」の立場に悩み、あるいは当時の王族内の派閥争い、政治体制をめぐる王族、高級官僚、上流貴族たちの論争に巻き込まれていく。

注
1) Vella, Walter Francis, *Chaiyo!*, University Press of Hawaii, 1978, p.161
2) Vajiravudh, King, *Thesana Suapa*, Bannakit, 1998

III 近・現代文学黎明期と国家近代化

　　　　Suapa（スアパー）は王自身が創設した直属義勇隊。
3) Vella, 1978, p.248
4) ・Royal Military College of Sandhurst, The School of Musketry, Hythe
　　・Durham Light Infantry（North Camp, Aldershot）帰国後の第一次世界大戦中、王は多額の福利厚生基金をかつての自分が学んだこのイギリス連隊に寄金し、ビクトリア女王から勲章、Knight Grand Cross、またジョージ8世から英国軍名誉大将、Honorary Generalの称号を受けた。これはタイ史上、初めてのことである。
5) Vilawan Svetsreni, "Vajiravudh and Spoken Drama: His Early Plays in English and his Original Thai Lakhon Phut with Special Emphasis on his Innovative Use of Drama", University of London, 1991
6) Ibid., p.148
7) Ibid., p.148
8) "Sapsat" (King's Speech), *Samutthasan*, 9 (September 1915): 122
9) Chua Satawethin, *Prawat wannakam thai*, Khrusapha, 1973, p.237, 初出は1914年7月、*Siam Observer*紙。
10) 石井米雄、吉川利治編『タイの事典』同朋舎、1993、pp.294-295
11) Vella, 1978, pp.236-237
12) Ibid., p.237
13) ビクトリア朝末期のイギリスで人気を呼んだ1冊1ペニーの大冒険小説や犯罪事件を扱ったスリラー小説。
14) Vella, p.237
15) *Samutthasan*, 8 (August 1915) 1-29
16) Art, "The King Who Is A Scout", *THE SCOUT*, Jan.27, 1912
17) Correspondence between Mr. Vemyss and Crown Prince King of Siam, Country Record Office, Gloucestershire: Document Reference: 2/22 Bangkok November 25th, 1910
18) ラッタナコーシン暦130年反乱（陸軍少壮校による王制打倒反乱未遂事件）

# 第2章　文学と国家建設
## 「文学君主」ラーマ6世
## 「文学司令官」ピブーンソンクラーム首相

## 1　ナショナリズムにおける共通性と相違

　タイ文学をラーマ6世のナショナリズムとピブーンソンクラーム首相、そして同首相のブレイン、ルワン・ウィチットワタカーンらが唱えたナショナリズム、国家建設という一つの大きな政策を、文学の視座に置いて考察すると、特筆すべき共通性と相違がみられる。第一に、両者の共通点は「文学」、そして「言語」をプロパガンダとして政治目的に利用した点があげられる。

〈ラーマ6世のナショナリズム〉
・文学：文学クラブ（ワンナカディー・サモーソーン）の創設（1914）
　文学奨励を目的として、古典、現代を含む文学作品の公式評価を与える機関として創設した。この発想の背景には、タイ文学の存在を西洋に知らしめるという王の強い願望があった。モデルは前国王ラーマ5世が創設した古代学クラブで、評価の高い、すぐれた作品とクラブが認めた作品には紋章（デザインは芸術の守護神）の使用を許可した。メンバーは国王を首席として学者たちから構成される。
・タイ文字改革：言語・正字法協会（サパー・ポッチャナーバンヤット・レ・アッカラウィティー）
　西欧化される言語、文法的に破格な言語を嘆き、タイ語の純正維持をはかった。外国語、外国語の慣用語によってタイ語が汚されると懸念した王は、1921年頃、外国語科学技術用語やタイ語のローマ字表記に対して正

Ⅲ　近・現代文学黎明期と国家近代化

しい言語を検討する「言語・正字法協会」の設置を真剣に考えたが、結局、設立までには至らなかった。いわば言語上のナショナリズムともいうべきもので、あまりに急進的なタイ文字表記（タイ語一行表記、）で、全く評判が悪く、放置された。この思考は、「新旧」、即ち、「現実と伝統」という二つのあいだに、微妙なバランスをはかろうとしたラーマ6世のナショナリズムを奇妙な形で示しているが、あくまでも発想のみであり、勅令公布にははるか及ばなかった。この言語・正字法協会は、タイ語の水準維持をはかるという意図でタイ語退化阻止援助機関としてラーマ5世が設立した「語源協会」に倣ったものである。当時王子だったラーマ6世、ダムロン親王、ナリット王子らがメンバーとなったが、有能なメンバーとはいえ、みな多忙であったため実質的には機能しなかった。これはラーマ4世が試みた仏教経典の綴り字改革、後述ピブーンソンクラーム首相のタイ国字国語改革が失敗した理由と酷似している。

・メディア：

「メディアはメッセージ」と考える王にとって、ナショナリズムの概念は勅令、法令などで公式に国民に公布されたわけではないが、ナショナリズムを推進するキャンペーンのメッセージは、様々なメディアを駆使して国民に伝えられた。もっとも法令化によってナショナリズムを発展させた施策が皆無というわけではない。

〈利用したメディア；「言語」〉

① 王のスピーチ、訓話等。
② 文芸活動
　　随筆：「目覚めよ、タイ」、「我々の車輪の邪魔者」、「模倣礼賛」、「真の国家になるために」、「勝利」、反華僑論「東洋のユダヤ人」、「中国事情」、「東洋における教育と不安」等、ほとんどすべての随筆がその内容にナショナリズムを含んでいる。特別な言葉に関する綴り方や文学評論『ラーマキエン物語の淵源』に関して散文の執筆もあるが、それらの大半は読者ではなく、多くの

聴衆を対象にして書かれたもので、多かれ少なかれ国を強化するために、国民に対し、献身、忠誠、道徳を求めている。また王は自分が執筆した随筆をいろんな形で出版、無料配布してナショナリズムの普及をはかった。例えば「スアパーの心意気」や「美徳の定義」は印刷して学校に無料に配布した[1]。またシャム在住の外国人にも自らの執筆を自ら英訳して彼らの賛同を得ようとした。

演劇：前述のように王は演劇を教育、開発の政治目的に利用した。しかし、当時のタイ国民は伝統的な舞劇や近代的な歌唱劇（オペラ）を好んだため、ラーマ6世が演劇や執筆などを通じて求めた政治、社会、文化、教育、開発の理想と政策は、王の生前にはほとんど評価されず、妄信的「西洋式近代化」への危機に対する王の警告とは逆行するかのように、その後、タイの西洋式近代化が進んだ。

経済ナショナリズム：訓話「懸命に働け」、タイ製品購買キャンペーン

対華僑政策：反華僑論「東洋のユダヤ人」

文化：言語の純潔性維持、過去の歴史の栄光継承、仏教擁護、青少年育成として直属義勇部隊「スアパー」やボーイスカウト「ルークスア」の創設

　文明化、近代的諸政治制度の必要性を認識し、強固な民族意識と国民文化を求めたラーマ6世の政治ではあったが、王の死後、「スアパー」や議会制モデル都市ドゥシットターニーをはじめ、王が治世時代に創設したこれら諸々の制度は、ボーイスカウトを除き、ことごとく廃止された。ただ「ナショナリズム」という概念は、王の死後、ピブーンソンクラーム首相の政治や同首相の政策ブレインであったルワン・ウィチットワータカーンの思想、あるいは戯曲に再びみることができる。しかし、国王と首相の両者の「ナショナリズム」が本質的にどのようなものであるか、今後さらに追究すべき課題である。

III 近・現代文学黎明期と国家近代化

　ラーマ6世の場合、国家意識高揚をはかるために用いられた手段は、著作や芝居であった。しかもその対象は国のエリート層、官僚、王侯貴族階級という狭範囲に限られていた。一方、ルワン・ウィチットワータカーンの場合、プロパガンダで用いた手段は、愛国心をかきたてるために歴史的事件を基にして書いた「戯曲」(『スパンの血』、『タラーンの戦い』) という共通点はあるものの、その対象が国中の国民であり、広範囲にわたっていた。
　チャーンウィット・カセートシリがこの時代を「ラジオ放送の黄金時代」[2]と語るように、時代の流れも与し、ラジオ対話、芝居、あるいはその中で歌われるルワン・ウィチットワータカーン自作の歌を広く全国ネットで放送するという新しいメディアが大いに活用されたのである。つまり、ラジオという科学の所産の時流にのったピブーンソンクラーム政権は新たに政府宣伝局を設置し、このラジオを通じて「国家建設」プログラムを国民の中へ広く浸透させていった。その最たるラジオ番組は、「マン氏、コン氏の談話」であろう。正式には「マン・チューチャート氏とコン・ラックタイ氏の談話」という番組名で、この2人が政府宣伝局が作った原稿を語って話を進めていくという内容である。2人の名「マン」、「コン」、即ち「マンコン」は「安泰」という意、姓「チュー・チャート」とはルワン・ウィチットワータカーンの造語、つまり、「国威高揚」、「ラック・タイ」は「タイを愛する」の意で、その時どきの話題をとりあげ2人で会話をするというこの番組は、まさに当時の政府スポークスマンの役目を果たしていた。
　例えば1941年10月5日〜同年11月6日にわたる番組原稿本(『トゥワ・ラパーヌクロム経済臨時大臣葬式配本』、1941)[3]からその主な内容をあげると、

　　〈国の政策について〉
　　マン氏　「こんにちは」
　　コン氏　「こんにちは」

第2章　文学と国家建設

マン氏　「(中略)、今日は国の政策である"自立"と"国家建設"について話を始めよう」
コン氏　「それはいい。国の政策は即ち、国中すべてのタイ同胞たちの政策だからね。それに"自立"と"国家建設"は我々すべての永遠の発展のためだから」(中略)
マン氏　「我々国民は国の子供だ。だから国の遺産である土地の一部を所有するんだ。休閑地の所有を申請したり、あるいは土地の所有者から土地を購入して自分の所有地としたりしてね」
コン氏　「つまり、自立、そして国家建設にあたっては、まず第一に食糧生産と収入を得る手段として土地を保持するということか」(中略)
コン氏　「「共に助け合って」という政府のお達しに従おうと思って詩をつくっていたんだが、そこへ君(マン氏)がやってきた」
マン氏　「ああ、これか、
　　　　我々は共に助け合い
　　　　仕事に懸命に精を出し
　　　　残ったものはすべて共に分かち合い
　　　　毎日の田畑の仕事、商いの仕事も
　　　　末長く共に助け合い……」[4]

〈国家建設、「タイ」について〉
コン氏「今日は"国家建設"についてもっと話をしよう」
マン氏「それはいい。"国家建設"と"国家維持"は対になっているからな。我々は国家を建設しなければならないし、国を守らなければならない」(中略)

図Ⅲ-14　ラジオ番組『マン・チューチャート氏とコン・ラックタイ氏の談話』の脚本

107

Ⅲ　近・現代文学黎明期と国家近代化

　　マン氏「我々の祖先は実に賢い。彼らがつけたタイ族の名、タイの意味は"自由"という意味だ」
　　コン氏「そうだ。この語がもっている意味は広いが、佳きこと、吉兆ということには間違いない」
　　マン氏「この言葉は3つの意味に分かれる。つまり、(1) 誰の奴隷にもならない自由という意味でのタイ、(2) 自由を失わないために闘うという意味、そして (3) 食べるのに誰の世話にもならない、飢え死にをよしとしない、我々タイ人はすべて自由でなければならないという意味だ………」5)

　1941年10月～11月のこの番組原稿本は、日本軍タイ上陸の12月8日直前の放送分であるが、仏領インドシナ失地回復運動に揺れるタイの政況はもとより、政府広報そのものの目にみえぬ「国家の力」を行間にみるものである。

〈ルワン・ウィチットワータカーンのナショナリズム〉
　ルワン・ウィチットワータカーンの場合、ラーマ6世による演劇をメディアとした教育の影響を1934～1940年の期間に追うことができる。彼はラーマ6世と同様、演劇や著述をメディアとして国家主義、ナショナリズムの思想、政治、社会的プロパガンダを国民に向けて伝えた。作品のテーマはラーマ6世の著作と近似する。つまり、政治、社会的テーマはラーマ6世の数々の演劇（話劇）に、愛国心、国への犠牲、歴史的英雄の主人公、国の統一といった国家主義的テーマは史劇『プラルワン』に多くの点で似ており、片やラーマ6世の作品と同様、愛、誠実、結婚といったロマンス性をもったテーマもある。舞台上演に関してはラーマ6世の演劇より、ルワン・ウィチットワータカーンの作品が大いに国民の人気を博した。その理由は時代と国民性にあると考えられる。つまり、
　　・歌唱劇（タイオペラ）：演劇（話劇）ではなく、歌唱劇（タイオペラ）や歌舞劇として上演した。
　　・音楽挿入：音楽が好きな国民性とラジオの時代という時流に乗った。

・せりふ：低、中産階級の観客を対象としたため簡潔でわかりやすい。一方、ラーマ6世の場合、教訓的で長く、観客は主として上流階級やエリートたちだった。
・時代：第二次世界大戦中ということもあって、当時のタイは時代的に暗い雰囲気に包まれ、精神的に沈下、輸入映画も不足し唯一の娯楽が劇場であった。
・作品：『スパンの血』、『セーンウィー王女』、『チャムパーサックの天の花』、『愛の淵、深い谷』

## 2 ピブーンソンクラーム首相のナショナリズムと国家建設

1932年の立憲君主革命後、1938年、首相の座に就いたピブーンソンクラーム首相はナショナリスト、つまり、国家主義者のモデルとしてラーマ6世の概念を取り入れた。もっともそれはラーマ6世のナショナリズムを踏襲するというわけではなかった。社会、政治思想、あるいはプロパガンダを伝達した演劇にせよ、ラーマ6世のナショナリズムはあくまでも「シャム」という国に対して導入された。しかし、ピブーンソンクラーム首相、およびルワン・ウィチットワータカーンのナショナリズム、あるいは国家主義者としての政策はもはや「絶対君主制」を支持するために用いられたのではなく、軍事独裁者を装った専制政治を支持するために利用された。

国王と首相、両者の共通性をあげるならば、それは国家安全と繁栄のために強い統率者の重要性を強調した「指導者」という認識であろう。しかし、ピブーンソンクラーム首相の「指導者」が「独裁君主」としての指導者であったことは、彼のスローガン「指導者を信じれば、国家は安泰……」、あるいは対仏領インドシナ政策の一環として、ラオスの人々に呼びかける歌詩「……メーコーン河を渡っていらっしゃい。タイの領地に向かって、さあ、いらっしゃい……そうよ、我々タイ人とともに……」、「帽子をかぶろう、されば大強国のタイに」などからも明らかである。

タイ・仏領インドシナ国境紛争の時代を物語るこの歌詞の内容は、一説

にはアメリカの歌「スワニー河」をもじっているともいわれているが、当時、タイ政府は民族の独立を誇示するために、チャオプラヤー河口周辺にタイ記念碑を建設する政策をもっていた。作家サクチャイ・バムルンポンの解説によると、ニューヨーク湾頭リバティー島にある自由の女神像を模倣してつくろうとしたに違いないが、失地回復をめぐる当時の情勢のもとに、そのための歌まで生まれたという。しかしながら、歌だけが先行し結局、このタイ記念碑建設は実現までには至らなかった。

ピブーンソンクラーム首相はアジアで最も強い国を目指し、タイの国は無論、隣国ラオスなどの近隣諸国に住むタイ民族、タイ語をしゃべる民族の統一という、汎タイ政策に奮闘した。同時代を生きたサクチャイ・バムルンポン（筆名セーニー・サオワポン）は、作家の鋭い目で、この時代の政治、社会、「文化」[6]、そして一人の人間の人生を名作『死の上の生』(1946)、『地、水そして花』(1990) に映し出す（Ⅳ参照）。

ピブーンソンクラーム首相の場合、軍人としての生来の性格、イタリアのムッソリーニやドイツのヒトラーの感化、日本軍人の規律、そしてラジオ、という当時の文明の利器によって、ルワン・ウィチットワータカーン同様、彼のナショナリズムがラーマ6世の時代よりはるかに広く国民にゆきわたった。さらに国王と首相の共通性と相違は、次の点に表れる。

〈ラーマ6世〉

・ナショナリズム政策：
　大方は自主性に任せて法令化までには至らず、演劇や訓戒など、「言語」をプロパガンダのメディアとした。対華僑政策も意見、論評にとどまる。

〈ピブーンソンクラーム首相〉

・ナショナリズム政策：
　次第に軍独裁者の性格を強め、権力、軍事力に頼るようになった。反体制派に対しては極めて厳しく、その生命までも脅かし、文学に暗黒時代 (1952 - 1958) をもたらした。

第2章　文学と国家建設

・対華僑政策：
シャム在住の華僑に対する狂信的愛国主義ともいうべき態度で臨んだ。上述仏領インドシナ政策の歌が示すように、華僑のみならず在住の「タイ」人ではない異なった民族に対してもタイ文化を強制して全国民のタイ人化をはかろうとしたため、中国語の新聞、学校に弾圧を加えるという排外措置も講じた（1939）。

・文化：
国民文化法制定（1942）。ラーマ6世同様、西洋と肩を並べるためにより強いタイの文化運動（ラッタニヨム（国家信条））を推進した。しかし、ラーマ6世と異なって西洋式近代化の脅威と危険については熟慮せず、むしろ、タイ伝統の民族衣装の一つであるチョーンカベーンの着用やキンマを噛む生活習慣を禁止するなど、タイ伝統文化を無視し、帽子着用にみるように、「西洋」を取入れようとした。（図Ⅲ-15-3）
　　　国立文化院設立（1942）
　　　タイ国語・文化促進委員会設置（1942）
　　　タイ国字国語改革（タイ文字の改革に関する総理府布告）（1942）
　　　演劇取締法公布（1942）

・文学：
タイ国文学協会設立（ワンナカディー・サマーコム・ヘン・プラテート・タイ）（1942）。ピブーンソンクラーム首相自身が自らを会長として設立し、同協会編集文芸誌『ワンナカディーサーン』（Ⅳ参照）を発行した。創刊号は1942年8月。（図Ⅲ-15-1、図Ⅲ-15-2）
〈発行趣旨〉
　　「タイ言語、及びタイ文学を広く奨励し、タイ言語、タイ文学の創造・育成をはかる。また、タイ言語、タイ文学分野において団結を支援し意見の交換をはかる」
〈役員構成〉
　　タイ国文学協会（ワンナカディー・サマーコム・ヘン・プラテート・タイ）会長　プレーク・ピブーンソンクラーム首相

111

Ⅲ　近・現代文学黎明期と国家近代化

『ワンナカディーサーン』
　編集人　ワンワイタヤーコーン親王、宣伝責任者　チェーイ・スントーンピピット
　理事
　　プレーク・ピブーンソンクラーム首相、および同夫人
　　ヨン・アヌマーンラーチャトン
　　ルワン・ウィチットワータカーン、ほか

　創刊号によれば、ピブーンソンクラーム首相にとって、『ワンナカディーサーン』編集人は司令官、『ワンナカディーサーン』はタイ文学の口であり、ここに書かれた作品はタイに究極的に勝利をもたらす、いわば鋭い武器であると考えていた。同誌がタイのために「文学勝利記念塔」を築くと何度か繰り返して述べるこの創刊号祝辞には、1938年以来、彼がとってきた国家政策の一端を顕著にみるものである。

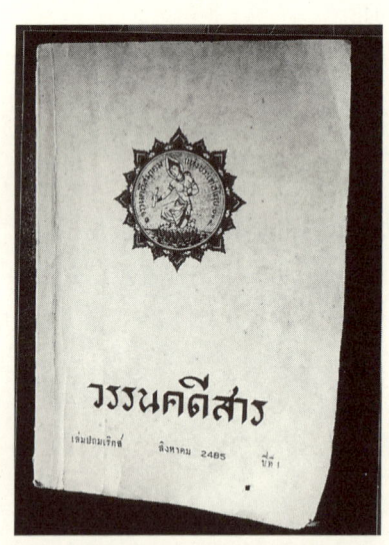

図Ⅲ-15-1　月刊文芸誌『ワンナカディーサーン』創刊号（1942年8月発行）

　『ワンナカディーサーン』の発行は、以後毎月1944年まで続くが、翌1943年ピブーンソンクラーム首相の誕生日7月14日を祝して発行された『ワンナカディーサーン』の目次は首相への祝辞、また彼の国家政策への称賛で埋め尽くされている。

　また、1943年、ピブーンソンクラーム首相はタイ国民であることの意識、アイデンティティを喚起する目的で極めて民族主義的な国家プログラム、いわゆる「国家建設政策（Nayobai sang chat）」を打ち出した。しかしながら、タイ国民に国家主義の精神、国民としての誇り、偉大さ、

112

第2章　文学と国家建設

あるいは西洋諸国に対する対等意識を鼓舞するために講じたこの政策は、結果的には当初の目的を逸れて、タイ国民の生活、さらにはタイ社会に様々な形で深い影響を与え、タイ文化に公然と「政治の権力」をみせつけることとなった。しかも『ワンナカディーサーン』の号を追っていくと、これまでのタイ社会にみられなかった「国家（Chat）」という概念がより顕著に表出している。

　上述のように「文学君主」ラーマ6世と「文学司令官」ピブーンソンクラーム首相のナショナリズムのあいだには共通性と相違がみられるが、ピブーンソンクラーム首相は1949年1月、ルンピニー公園で挙行されたラーマ6世記念像の建立除幕式で、ラーマ6世を「比類まれな君主」と称賛した。

> ……タイ国とタイ国民に授けられた最も重要で高貴な慈悲深い恩恵は、国の栄光と向上のためにタイ国民を眠りから目覚ませ、愛国的な行為、善の行為の重要性を認識させたというラーマ6世の国民の鼓舞にある……[7]

図Ⅲ-15-2　同誌1943年7月号（左）、同誌巻頭ピブーンソンクラーム首相とメッセージ（右）

113

Ⅲ　近・現代文学黎明期と国家近代化

図Ⅲ-15-3　服装に関するタイ「文化」の規則、禁止（左）、遵守（右）

注
1) Vella, Walter Francis, *Chaiyo!*, University Press of Hawaii, 1978, p.161
2) Manas Chitkasem, "The Nation Building and Thai Literary Discourse", Chulalongkorn University Press, 1995, p.33
3) *Bot sonthana: nai man chuchat kap nai khong rakthai,* Phim Chaek Nai Ngan Phrarachathan Ploengsop, Dr.Tua Lapanukrom, 1941
4) Ibid., p14
5) Ibid., p.62-65
6) タイ国文化発展法（1940）に基づく国家政策の「文化」を指す。（本文p.111、及び図Ⅲ-15-3参照）

# 第3章　近・現代文学の発展と新聞、文芸誌

　タイ近・現代文学の夜明けは1855年、ラーマ4世が、イギリストとの正式な外交条約、バウリング条約を締結し、西洋諸国への門戸を開けたことに与かる。なぜなら、この条約締結後、ラーマ5世、6世が西洋文明を導入し国家近代化をはかっていく政治のもとで、いわばその副産物として西洋に学んだ王族や帰国留学生らがもち帰った新しい形体の「散文」がタイ文学史に登場するからである。

　これまで宮廷を中心に韻文文学が栄えていたタイであったが、この新しい形体の散文は先ず新聞に、あるいは帰国留学生らが中心になって、自ら翻訳し発行した文芸誌に翻訳作品として紹介された。当時は新聞といっても日刊ではなく、週刊、旬刊、あるいは月刊が普通であったが、この時代、特に読者の人気をさらった作品の一つに、ルワン・サーラーヌプラパン（1896-1952、筆名メー・サート）が発行したセーナースクサー・レ・ペー・ウィッタヤーサート誌に掲載した自作の探偵小説「黒い絹布」や、彼自らが翻訳したシャーロックホームズの作品、あるいは「幽霊の顔」などがある。（図Ⅲ-16、17、18、19、20、21、22、23）

　印刷技術がまだ普及しない当時、タイ現代文学の発展に果たした新聞、文芸誌の役割は実にはかりしれないものがある。また翻訳の対象となった作品の原著は、王族や留学生らが学んだ地、イギリスやフランスの文学が主であったが、ここにおいても、つまり、タイ近・現代文学の黎明期においてもラーマ6世同様、「イギリス」の存在を看過できない。

　19世紀末から20世紀初頭、いつ、誰がどのような新聞、文芸誌を発行したかについては末尾に付した「タイ文学概史」が示すとおりである。ラーマ3世の時代（治世1824-51）、タイで初めてタイ字紙「バンコクレコーダー」が、アメリカ人Dr. Dan Beach Bradleyによって発行されて以

Ⅲ 近・現代文学黎明期と国家近代化

## タイの定期刊行物 (1913 - 1935)

| 名　称 | 種　類 | 期　間 | 編集人 | 主な所属作家 |
|---|---|---|---|---|
| シークルン<br>(3,000部/月) | 月刊 | 1913年9月～<br>27年 | スッカリー・<br>ワスワット | シースワン、<br>セーントーン |
| セーナースクサー・レ・<br>ペー・ウィッタヤーサート | 月刊 | 1916年1月～<br>29年 | ルワン・サンラヤウィー<br>ターンニウェート、<br>ルワン・<br>サーラーヌプラパン | ノー・モー・ソー、<br>サティエンコーセート、<br>シーワン、<br>セーントーン |
| サップ・タイ | 月刊 | 1921年9月～<br>27年 | (タイ紙印刷所) | セーントーン、<br>メーサアート、<br>シーワン |
| タイ・カセーム | 月刊 | 1924年5月～<br>25年 | パン・ラクサナスット | サティエンコーセート、<br>モラコット、<br>シワサリヤーノン、<br>ナーカプラティープ、<br>アーヤンコート、<br>ドークマイソット |
| サーラーヌクーン<br>(3,000部/週) | 週刊 | 1922年2月～<br>35年 | ルワン・<br>サーラーヌプラパン | ノー・モー・ソー、<br>クルーテープ、<br>シーワン、<br>ナーカプラティープ |
| サマーナミットラ<br>パンターン | 半月刊 | 1926年7月～<br>28年 | チャルーム・<br>ウッティコーシット | オップ・チャイヤワス、<br>ウィブーン・ロートスワン |
| ルーンロム | 半月刊 | 1926年11月～<br>29年 | サーイ・<br>チャーモーラマーン、<br>ポーンプリーチャー | マーライ・チューピニット<br>(筆名メーアノン)、<br>サノー・ブンヤキヤット |
| スパーブブルット(＊) | 半月刊 | 1929年6月～<br>31年 | クラープ・<br>サーイプラディット<br>(筆名シーブーラパー) | シーブーラパー、<br>メーアノン、<br>ボー・ネットランシー、<br>ソット・クーラマローヒット、<br>アーカートダムクーン・<br>ラピーパット、<br>ポーンプリーチャー |

(＊) その後、スパーブブルット派とタイ国文学協会 (ワンナカディー・サマーコム・ヘン・プラテート・タイ) 派に分かれる。一方、ソット・クーラマローヒットとワンナシットは文芸クラブ「チャックラワットシンラピン (芸術家帝国)」を設立し、機関誌『エーカチョン』、『スワン・アクソーン』、『シンラピン (芸術家)』を発行する。また、クラープ・サーイプラディットはサニット・チャルーンラットと共に「スパーブブルット―プラチャーミット」を設立する。

(出所: Phonlasak Chirakraisiri, *Wannakam kan muang*, 1979, pp. 115-156 より編成)

来、印刷技術の進歩に伴って今日にみる発展を続けてきた新聞や文芸誌であるが、国の政策によって言論、表現の自由が禁じられた暗黒時代もあった。

以下は、後のタイ現代文学を考察するうえで、今日においてもなお大きな影響力をタイ文学界や読者に及ぼしている定期刊行物とその概要である。

『スワン・アクソーン』(1926年発行、シーブーラパー、メーアノンやそのほか、当時の作家たちが活動の場とした)

## 1935年以降の主な新聞、文芸誌

プラチャーチャート紙

『サヤームサマイ』(ブルーリボン短編賞の受賞作、オー・ウダーコーン「死体病棟」の初版(1948)所収)

『ワンナカディーサーン』(月刊、前述)

『アクソーンサーン』(編集人スパー・シリマーノン、シーブーラパー、セーニー・サオワポン、イッサラー・アマンタクン、オー・ウダーコーン、ナーイピー、プルアン・ワンナシー等、執筆)

Ⅲ 近・現代文学黎明期と国家近代化

図Ⅲ-16 月刊誌『セーナースクサー・レ・ペー・ウィッタヤーサート』1922年12月特別号（韻文学の師ノー・モー・ソーの誕生日を祝して）

図Ⅲ-17 同誌目次（ルワン・サーラーヌプラパン「黒い絹布」など掲載）

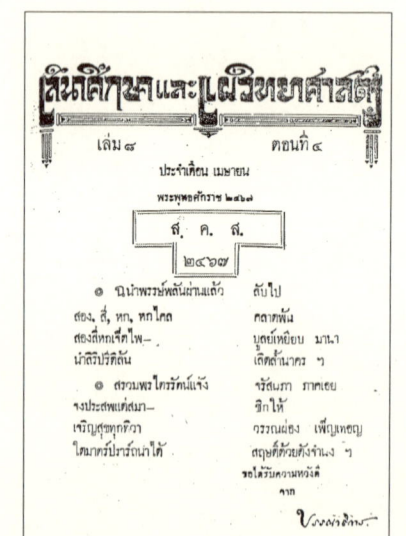

図Ⅲ-18 同誌『セーナースクサー・レ・ペー・ウィッタヤーサート』1924年4月号
表紙：編集人新年挨拶（定型詩、当時は4月13日がタイ仏暦の元旦）

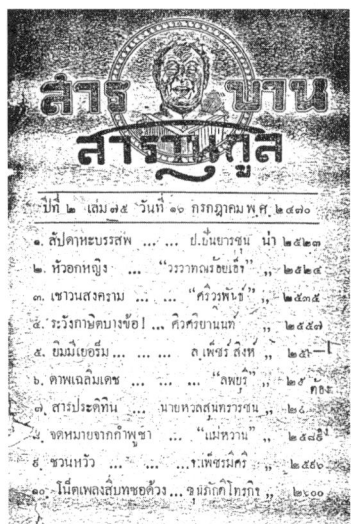

第3章　近・現代文学の発展と新聞、文芸誌

図Ⅲ-19　週刊誌『サーラーヌクーン』
（年数不明）第70号（左）、1927年7月号（右）

図Ⅲ-20　ルワン・サーラーヌプラパン　探偵小説「黒い絹布」（月刊誌『セーナースクサー・レ・ペー・ウィッタヤーサート』掲載）

119

Ⅲ　近・現代文学黎明期と国家近代化

図Ⅲ-21　同挿絵
　　　　画家ヘーム・ウェーチャコーン

図Ⅲ-22　ルワン・サーラーヌプラ
パン翻訳「シャーロック・ホームズ」
（週刊誌『サーラーヌクーン』掲載）

図Ⅲ-23　ルワン・サーラーヌプラ
パン　小説「幽霊の顔」
（月刊誌『セーナースクサー・レ・ペー・ウィッタヤーサート』掲載）

# Ⅳ　イデオロギーの相克

図Ⅳ-1　M.R.ニミットモンコン・ナワラットの作品：
タイ最初の政治小説『理想家の夢』初版（左上）、後に改題『幻想の国』（真中）、
『幻想の国と二回の謀反の人生』（右上）、戯曲『エメラルドの亀裂』（左下）、
『M.R.ニミットモンコン・ナワラットの人生と作品』（右下）

# 第1章　政治イデオロギー：共産主義

## 1　立憲革命と政治小説『幻想の国』

　……現行憲法では権力は人民党閥のみに帰し、人民が選挙した代表の手にはない。……私が人民の意に適う真の民主主義のために改憲を求めても閥族政府は応じず、絶対君主制時代の私でさえ行使したことのない絶対権を用いて不当な秘密裁判で政治犯を裁いている。彼らが国王の名を用いて統治することを許すことはできない。私はかつて私のものであった主権を人民すべてのためには喜んで放棄する。しかし、人民の真の声を聞かず絶対権を行使しようとする個人や党派に与えるつもりは毛頭ない。人民に真の参政権を与えようとする私の意図は成就できなかった。人民を保護する私の手だてが失われた今退位する他ない……[1]

　これは1932年立憲革命後、34年、眼病治療のためイギリスへ渡っていたラーマ7世が1935年3月2日（現地時間）、国民に向けて発表した退位声明である。

　専制君主制から民主主義確立を求めて憲法のもとに国王を戴くという志のもとに、1932年6月、人民党によって統治変革、いわゆる立憲革命が実行された。この革命によって、13世紀、スコータイ王朝成立以来、連綿と続いてきた専制君主制は終止符を打った。ラーマ7世はその最後の王となり、同時にまた立憲君主制最初の王となった。以後、政体は現在にみる立憲君主制をとることになるが、その立憲革命が起きた1932年以前、タイでは意外に早く、ラーマ7世の治世時代（1925－1935）に共産主義のイデオロギーが既にもたらされ、共産主義者の初めての組織運動も1924年、華僑によって起きていた。また、立憲革命そのものも、実は、背後には共産主義という一つの政治イデオロギーの存在が皆無ではなかった。

## Ⅳ　イデオロギーの相克

　立憲革命成功という、一見、輝かしい政治史を残したかにみえるものの、国王が冒頭の退位声明で心中を露わに述べているとおり、その背後では国家統治をめぐる政治イデオロギーの相違から対立、権力闘争による政敵の衝突、排除など、醜い争いが繰り広げられ、立憲君主制の新政府は人民党の寡頭政治と化しつつあった。その権力闘争に勝ち、政敵を排除する最も恰好の、大義名分の理由の一つに用いられたのが「共産主義」、「共産主義者」であった。事実、ラーマ7世自身もこの共産主義を非常に恐れ、反共政策を講じた。

　革命後1933年、人民党新政府の要人、プリーディー・パノムヨンは政策の一つとしてして自ら起草した「国家経済計画」案を閣議に提出した。これは前年革命当日に配布された人民党宣言、及び6項目の政策綱領（1.政治、経済、司法の独立　2.国家の平和安寧擁護　3.全人民に職を与え、人民の経済福祉を増進。民族経済計画の立案　4.人民に平等の権利付与　5.人民に自由を付与、ただし、この自由は前述4項目に抵触してはならない　6.人民に完全な教育を付与）をさらに実現化していくものであった。しかし、現状のタイではおよそ理想の社会であり、社会主義国家の政策に等しかった。結局、プリーディーは国王、およびプリーディーを政敵とするピブーンソンクラーム一派から「共産主義者」とみなされ政界から追放される結果となった。後述『幻想の国』の作者が謀反の咎として悲惨な人生を送ることになったボーウォーラデート親王の叛乱も、人民党宣言、政策綱領、国家経済計画などを打ち出す共産主義傾倒の新政権を打倒することがその理由であった。

　プリーディー・パノムヨンが提出した「国家経済計画」は、その表紙の色から「黄表紙」、一方、この案に反論するラーマ7世は文書「ルワン・プラディット・マヌータム（プリーディー・パノムヨン）の経済計画案に関する裁定」を発表、「プリーディーがスターリンを模倣したのでなければ、スターリンがプリーディーを模倣したのだ」と、有名な行を記すこの文書は表紙の色から「白表紙」と呼ばれていたという[2]。

　以来、革命によって失墜した王の権力と威信を取り戻そうとする国王と

第1章　政治イデオロギー：共産主義

「共産主義者」プリーディー・パノムヨンの対立は周知のこととなるが、しかし、ここに興味深い論稿の一説がある。

> ……たとえルワン・プラディットがシャムにとって危険な人物だとしても、彼ら（人民党指導者たちを指す）の中で私が心から信頼できるのは、彼、一人だけだ。私に対して彼一人だけが、悪化したシャムの状況の改善をはかる計画をもっていた。たとえこの計画が愚か極まるものだとしても……[3]

専制君主制の王として、ラーマ7世もまたルワン・プラディット（プリーディー）と同じように真の民主主義確立とシャムの繁栄を求めていたのである。だからこそ、世界の状況を察知する賢明な王は、革命前、既に1927年9月、枢密院委員議会創設（40名の任命議員から構成）、地方自治制への行政改革、1932年、憲法公布（バンコク遷都150周年式典日、4月に公布予定）等、王自らその準備をしていたのである。しかしながら、革命後の人民党による寡頭政治と相容れず、眼病治療のためイギリスへ渡った地より退位を宣言した（1941年客死）のである。

**ラーマ7世**（1893 - 1941、在位 1925 - 1935）。ラーマ5世の第76子、ラーマ6世の弟。1906年、イギリスに留学（当時13歳）、イートン校で中等教育終了後、軍事学を学び1915年帰国。1929年の世界恐慌、立憲制への移行を求める国内の顕著な動きなど、国内外の政治、社会が大きく変動するただ中に在位した。

やがて第二次世界大戦後、1951年、タイの「赤」化を恐れ、親米政策をとるピブーンソンクラーム首相の軍事政権は反共法を敷くが、タイにおける共産党結成以後の経過は次のとおりである。

1930. 4　華僑とベトナム人によってシャム共産党結成
1933　　共産主義活動取締法公布
1942　　タイ共産党結成
1946. 6　共産主義活動取締法廃止
　　　12　タイ国共産党、正式に発足
1949. 10　同党は中国共産党の成立によってその支援を受け始め、次第

Ⅳ　イデオロギーの相克

　　　　　　に力を増していく。
1952　　　共産主義活動取締法公布
1958　　　革命団布告第17号公布（新聞取締令）、政党法廃止

　しかし、ここで特記すべきは、民主主義確立という名のもとに13世紀以来のタイの政体を一変させた立憲革命が、上述のように決して「聖なる革命」とはいえなかったことである。そして、国家という巨大な組織のもと、権力闘争と政治イデオロギーの衝突は、国王という地位に君臨する一人の人間の人生を変えた。さらに、この国の統治変革を文学という視座におけば、ある一人の人生と尊厳を奪った。しかし、その大きな犠牲はかけがえのない一冊の貴重な政治小説をタイ文学史に残した。1930年代、タイの未来を担うタイの若者に、自国の発展と繁栄を託した、一人の"政治犯"の物語、M. R. ニミットモンコン・ナワラット『幻想の国』である。本書はまさにこの1930年代に書かれた。当時のタイ政治、社会を具に、鮮明に映し出し、時の隔たりを超えて現代人の琴線に触れる名作である。

　　　……（著者である）父が書き残してくれた本を、私は何度も何度も繰り返
　　　して読んだ。この一冊の本は、子供の私に様々なことを教えてくれた。見
　　　解、思考、理想、そしてさらに多くの真実を。それは人間としての価値を
　　　認識させ、自分自身に対しても、また他人に対しても、さらには社会に対
　　　しても有意義な人間になるよう諭してくれた。（中略）しかし、父のこの本
　　　は、ただ私一人だけのものではない。父の本意は、この本がタイの若者す
　　　べてにとって羅針盤となることであった……[4]

　これは作家の子息M. L. チャイニミット・ナワラットの言葉である。一人の人間の命の重さは、限りなく等しいにもかかわらず、国という巨大な組織は、ときとしてその命、そして人生を翻弄する。

## 2　作家M. R. ニミットモンコン・ナワラットの時代と作品

　　『幻想の国』
　　……残酷な苦しみに耐えなければならないのは
　　私の業か
　　頭をうな垂れ敗北に伏す
　　男に生まれてきて無念だ
　　宿善は助けも励ましも与えてくれない
　　学んできたのに活かす機会はない
　　軍人の一族に生まれて無念だ
　　戦いに出くわすと退却して逃げる
　　無念だ、幸せも愛も失った
　　もはや生命(いのち)尽きても、惜しくはない……5)

　本書のルーツを辿れば、その生まれは1939年、バーンクワーン刑務所、生みの親である作者は1933年、政治犯として投獄された"囚人"である。しかし、没収された原稿 "The Sight of Future Siam"（未来のシャムの展望）が出版の日の目をみたのは、第二次世界大戦後の1946年に出版された *Khwam fan khong nak udomkhati*（理想家の夢）においてであった。

　その後、1951年、本作品は *Muang nimit*（幻想の国）と改題された。作者の妻の希望によるもので、夫、ニミットモンコンの名を"幻想の国"の中に永遠に留めておきたからである。また1970年、本作品は *Muang nimit lae chiwit haeng kan kabot song khrang*（幻想の国と二回の謀反の人生）という書名で、同じく獄中で執筆された *Chiwit haeng kan kabot song khrang*（二回の謀反の人生）と併せて1冊の本として出版された。

　作者が投獄されている間、世界はヒトラーやムッソリーニが政治の表舞台に登場し、激動の最中にあった。そしてタイはといえば、13世紀以来の国の政体が一変するという事態に大きく揺れていた。1932年、専制君主制から立憲君主制へと、タイの政治史にかつてない統治変革が記された。

## Ⅳ　イデオロギーの相克

　本書はその統治変革の背後で蠢(うごめ)いていた権力闘争に翻弄され、一人の人間としての生存と尊厳を奪われた政治犯を主人公とする作品である。

　物語は主人公ルンの恩赦、釈放から始まり、国家転覆計画の容疑による再逮捕で終わる。わずか8ヵ月ほどの物語であるが、本書に記された内容はスコータイ王朝成立から階級制度が確立するアユッタヤー時代を経て、ルンが2度目に逮捕される1938年に至るまでの700年余にも及ぶ。確かに小説ではあるが、しかし、物語の主人公ルンが平民出身の役人であるという虚構を除けば、謀反の容疑で投獄された作者自身の人生そのものが描かれている。作者ニミットモンコンはモーム・ラーチャウォン（M. R.）を冠する尊称が示すとおり、王族の血統を継ぐ空軍将校であった。しかし作者は、立憲革命の翌年に起きたボーウォーラデート親王の叛乱に関与したとして、被告の権限が制限された一審制の特別裁判で裁かれた。謀反の罪を着せられ、禁固刑9年の判決を受け、作者は真実を語った。

　　……私は今日に至るまで断言してきました。つまり、裁判で禁固刑を言い
　　渡されるまでは、私はまだ謀反者ではありませんでした。獄中で生活を送
　　るようになった今、初めて謀反を起こしたい気にかられています……

　　私は国の軍人です。国王に忠誠を誓いました。
　　私はいかなる政権の軍人でもなく、いかなる政治グループの軍人でもあり
　　ません……[6)]

　本書は統治変革に揺れ動く当時のタイ政治、社会の史実を忠実に織り込みながら展開する。作者は政敵、反体制派とみなす権力に微々たりとも屈服せず、たとえ生命を犠牲にしても、国のあるべき姿に高い理想を掲げ、己の信念を貫き通す一人の人間の生き方を描いた。主人公に仕立てた"政治犯"の生物研究者ルンに、理想の国家、科学、教育の重要性と尊さを語らせ、タイの未来を担う若者に自国の真の発展と繁栄を託するのである。

　　……政権はやがて変わる。俺だってやがて死ぬ。しかし俺の本は若い世代

への生き方に対する羅針盤として存続するだろう。それは生物学者の使命であるし、俺の使命でもある……俺が謀反を起こそうとしていると誤解する者がいるかもしれないと恐れながらも、俺が本を書く理由はそれだ……[7]

一度のみならず二度も謀反の咎で投獄された作者の人生は、ことの真実に審判がくだされぬまま、謀反人のラベルを貼られて閉じられた。本書をはじめ、作者の小説、戯曲、回顧録等、書き残された原稿だけが唯一、真実を明らかにして天の審判をくだす。

**時代背景**
〈立憲革命とその後、ボーウォーラデート親王の叛乱（1933年）〉
　1932年、立憲君主制を成功させ、無血革命、名誉革命とも呼ばれてタイ政治史に金字塔を打ち立てた立憲革命が、事実としてはどのようなものであり、その後のタイ（シャム）の政情や社会はどうなっていったのか。金字塔の名のもとに押しつぶされた一人の政治犯の物語は、ややもすれば革命成功の輝かしい一面のみをみていた読者に、その革命の裏面を新たに認識させる。

　　……1932年、ラーマ7世からの権力掌握は、ルンに昇格をもたらした。これはおそらく彼が立憲革命を起こした、ある人物の友人であり、また彼のこれまでの行動が王党派ではないことを示していたからだろう。しかし、ルンは人民党の政策に従って協力することがどうしてもできず、1933年、辞職した。農業に従事し、趣味で科学実験をやるつもりで、ロップリー県にある生家に帰った。その後、謀反の知らせを遠く耳にするや否や、彼はナコーンラーチャシーマーまで駆けつけた。ほとんど時を同じくしてボーウォーラデート親王もそこに着いた。
　　1933年10月11日朝、民衆召集の知らせに応じてチュンポン門に集結した群衆を前に、ルンは説得力のある言葉で熱心に演説した。彼の演説はナコーンラーチャシーマーの群衆の気持を燃え上がらせた。群衆は国防省の地方本部に押し寄せ、「国家に奉仕する」と署名した。彼の演説はこうであ

## Ⅳ　イデオロギーの相克

る。

「諸君が一連の事態の変化に沈黙し、無関心でいるのは、状況が改善すると予想しているからではないのか？　統治変革を実行した紳士たちは確かに誠実で名誉ある人たちだと私は確信している。しかし、彼らは秩序の代わりに大混乱を、団結の代わりに分裂を国にもたらした。彼らは身の安全をはかるために、パールソックカワン宮殿に陣営を張り、秘密警察を設けては巡察にあたらせ、同志になろうとしない人物を逮捕した。あるいは軍の将校の人事異動を行い、軍団を再編成した騒乱鎮圧部隊の管理職にその資質、能力など無視して自分のお気に入りを任用した。これらはすべて「人民」という名のもとになされた。彼らはこれらの行為の実行にあたって、諸君もまた「人民」という名の使用を彼らに認めさせた。従って、私は諸君に尋ねる。諸君はパールソックカワン宮殿の紳士たちを本当によいとみなしたのか、彼らを承認したのか否かと。現在のこの政府は、人民のために人民党によって成立したと主張している。もし本当にそうであったなら、諸君はただ大臣やその仲間だけの利益のためだけではなく、我々すべての民衆にとって共通した、有益な行政をこの政府に命じて実行させる権限をもっているはずだ。もしそうでないとするならば、我々が政府を新しく変えなければならない……」

ルンの熱気をおびた激しい口調の演説はさらに30分ほど続いた。演説が終わりにさしかかった頃、何千人もの聴衆から歓声が上がった。帽子を空中に高く投げる者もいれば、ハンカチを盛んに振る者もいた。一人の青年が握り拳を高く掲げて叫んだ。

「そうだ、あいつらを追い出せ！　さあ、みんな列を作って市場まで行進しよう」

そうしてルンは勇敢な二人の男性の肩車に乗せられ、まるでナーラーイ王が神鳥クルットに乗っているかのように、上下に身を揺すられながら市場の周辺まで運ばれた。後には笛を吹き太鼓やクラップ、あるいは石油カンを打ち鳴らす群衆の長い行列が続いた。

事態は特別裁判にもちこまれた。警察係官がノートに詳細に記録したそのときの演説がバンコクに報告され、明らかになったのである。ルンは弁明して罪を免れる扉を閉ざされていた。だから、終身刑の判決を聞いても、

第 1 章　政治イデオロギー：共産主義

何の驚きも悲しみもなかった。その後、罪を認め、20 年に減刑された。6 フンの足枷を両脚にはめられて以来、科学者というルンの名声に代わって政治家という名声が生まれた。しかしルンは自分が政治家であると、自分自身思ったことは一度もなかった。

　肉体が最も壮健な 30 代、彼の頭脳の知識の箱は、ほとんどの引き出しが学問の知識であふれんばかりに詰め込まれているというのに、それらを引き出して使う機会が断たれた。ルンの心が「勝利によってお前の名誉を求めよ」と繰り返し忠告しているとき、この間において、ルンの中に眠っていた闘争家の本能は謙遜という意味を知らず、次第に大きくなっていった。そしてこの新しい気性が「お前の未来は、つまり、艫で櫂をこぐ船頭の旅、その船頭が行く手を決める。全く同じように国の未来は民衆の手の中にある」と、彼に入れ知恵をした。この闘争家の本能は、人間の本能の中で最も強い利己心から芽を出して大きくなっていく。ちょうどジュリアス・シーザーやナポレオン・ボナパルト、アドルフ・ヒトラーのような人物を生み出したように。

　謀反事件の前、ルンはすべての人が「国の所有主」の一人であり、その一部を分担して国を共有していると考えていた。国の発展がもし妨げられたら、国に忠誠を誓う国民が無関心でいられようか？　どうしてそれを国そのものの運が悪かったからだと責めることができるのか？　国の運命はタイ人すべての手の中にあるのではなかったのか？　もしルンのような人間が沈黙と無関心を続けていたら、いったい誰に力や資金、そして精神的勇気を求めたらいいというのか[8]。

前述のように政治犯とされたのはまぎれもなく作者自身であった。革命成功の裏に、"人間"を剥奪された作者は、決して二つとない真実を物語として記し、自分がはたして謀反人であるか否か、後世の人にその判決を委ねた。

　立憲革命を成功させた人民党はその後、王族を始め旧権力層の徹底的排除をはかり、目指した民主政治は人民党の独裁政府、寡頭政治へと化した。しかし、その中で王族派と非王族派の対立、さらには次第に実権を増して

## Ⅳ　イデオロギーの相克

いくピブーンソンクラームが革命の同志、プリーディー・パノムヨンを仇敵視するなど、人民党内部の権力構造の変化も顕著になった。ピブーンソンクラームは若くして軍人としての頭角を現し、一方、プリーディーは、提出した国家経済計画から共産主義者の烙印を押されることになった。プリーディーが理想社会の構築のために起草した統治綱領「人民党革命6原則」の骨子、「国家は全人民に職を与え、全国民を公務員化し、国民に平等の給料を配分する。また効率的な経済運営……」（備考参照）は、主人公ルンがヴィジョンとして描く"幻想の国"の形でもあった。本書にはまた王、王族、官僚貴族、そして平民、というこれまでのタイの堅固な階級社会が揺らぎ始める当時のタイ社会の胎動も映し出される。

こうした政治混乱の最中に生じたラーマ7世告発事件を契機に、ボーウォーラデート親王の叛乱が起きた。1933年10月11日、ボーウォーラデート親王は、一党一派に偏重した立憲革命後の政治を王制侮辱の共産主義であると非難し、軍の政治不介入、複数政党制、王党派による王政復古をはかるため、3人の将官と5人の大佐と共に蜂起した。コーラート、アユッタヤーなど地方から軍を率いてバンコクに迫り、ドーンムアン空港周辺でビラをまき、クーデタを決行した。しかし、同月13日、時のピブーンソンクラーム中佐を総指揮官とする政府軍に鎮圧されて、結局、失敗に終わった。

辛酸をなめた作者の人生の悲劇はここから始まった。つまり、叛乱鎮圧の功績によって、ピブーンソンクラームは昇格し、さらに国防大臣から首相の座へと、8回も政権を執る独裁政権の土台を築いた。一方、王党派のこうした計画を一切知らず、また謀反支援のための空軍集結とも知らず、テニスの試合参加を求める招待状に応えてバンコクに飛行した空軍将校の作者は、クーデタに関与したという政治犯の罪で投獄される。そうして物語の最後では、作者自身の投影でもある主人公ルンは獄中での執筆活動や、出所後の書き下ろし原稿「未来のシャムの展望」（英語）が国家転覆を謀るものとして、再び謀反罪で連行されていく。その悔しさをぐっと胸にしまい込むルンの言葉は、無論、作者自身の無念の思いの表れであるが、そ

れはまた、その後、自分の政敵や反体制派を共産主義者として徹底的に排除していくピブーンソンクラーム首相の軍事独裁政権下において、言論、発言の自由を奪われた暗黒時代の作家たちの悲痛な叫びにほかならない。

……ルンは刑務所を造る者が誰もいない、動物たちの自由が羨ましかった。たとえ人間に時々捕らえられても、吠えるなとまでは命じられない（中略）。

「申し訳ありません。私の逮捕がどれほど確たる証拠があってなされたのか、『閣下』からほんの少しだけお聞きしたいのです」
「もちろんです。証拠がなければ逮捕するはずがない。私はあなたのことを一部始終知っています。たとえ獄中でもあなたは絶えず同志を募って政府転覆を企て、新聞にも頻繁に寄稿していました。私は常にあなたを監視していました。私の名はサウェーンです。もしかしたら耳にしたことがあるかもしれません」
「一度、バーンクワーン刑務所ですね」
「そうです」
「サウェーンさん、私を監視している方とお話できて嬉しいです。私を謀反の罪で逮捕すれば、政府はきっとあなたに感謝して昇格させるでしょう。政府が国民の金を使って、このように国を滅ぼす人に褒美を与えることが、本当に惜しまれてなりません」
「言葉に気をつけなさい、再び告訴されますよ」
警察大尉は怒って言った。しかし、警察中尉は笑って尋ねた。
「あなたは間違ったことはしていないと、自分の罪を否定するのですか？」
「否定します」
ルンは声を強めて答えた。警官はルンにしゃべらせることを認めただけではなく、彼自身もルンの会話の相手になっていることを忘れてしまったかのようだった。
「否定してはいけません。友人として忠告しますが、この件が裁判所にもちこまれたときには、罪を認めたほうがいい。刑が軽くなります。もしあなたが拒めば重い刑を受けるでしょう。あなただって既に知っているとお

Ⅳ　イデオロギーの相克

り、謀反罪が重罪で、刑はただ一つ、つまり、死刑しかないのです」
　「私には非はありません。裁判所もきっと私を釈放してくれるはずです」
　他の警官たちから一斉に大きな笑い声があがった。警察大尉が口を開いた。
　「あなたには釈放の望みはありません。私の言うことを信じなさい。あなたが選択できる道はわずかに二つだけです。罪を認めるほうがいいに決まっている。恩赦によって10年程度の禁固刑か、最大で終身刑になるでしょう。しかし、もしあなたが罪を否定すれば、あなたはきっと墓穴に落ちていくに違いないと、私はひどく心配しているのです」
　大尉はそう言うと、その心配を笑いにした。
　ルンは車の窓の方に顔を向けた。彼は歯を強くかみしめた。サウェーン警察大尉の言葉が彼に激しい心理的動揺を与えた。この国、そして他の国において、法的根拠も正義についてもなんら考慮されずに、敵を粉砕した例は過去にある。
　タイ国は毎日、何百、何千人という子供を生み出してきた。これから先、ある者は聡明な政治家に、科学者に、あるいは哲学者になるだろう。彼らは学び、見て、考え、そうして進歩的な考えを新たに生み出していくだろう。しかし、もし国の統治がなおも独裁体制を続け、政府の敵を権力で弾圧するならば、進歩的な考えはしかるべき実行の機会を得られない。
　もしたった一人の個人が逮捕され、投獄され、あるいは銃殺されても、天と地がひっくり返るほどの特別な驚きではない。その人の死は大海の一滴の水として蒸発するようなものだ。もしルンが銃殺され、そして彼の「未来のシャムの展望」の原稿が破棄されるようなことになると、彼の努力は無に帰する。しかし、未来の世代の中に、その考えを広める任務を担う他のタイ人がいるだろう。タイの国民はルンがもたらしたほんの少しの恩恵を失うが、多くの小さなものを一緒に集め合わせると、大きいものになれる。国の"指導者"の政権は次第に数多く、己の敵を逮捕し、残虐行為を行っている。政府は偏見、愛、欲、怒りで目隠しをされ、このような行為が国の発展を妨げているということをおそらく知らない。
　いずれにしろ"指導者"の政府は民衆によって設立されたのではない。また周囲の極めて重要な力の支援なしに、政府として自らできたものでも

第1章　政治イデオロギー：共産主義

ない。このように考えると、少なくとも一定期間、改善も改革もできないこのような政府をもたざるを得ないのは、国民の運命だとルンは思った。
　世界各国の友情と協力によって、未来の繁栄と幸福に向かって前進しているタイにとって、あらゆるものが既にもう揃っている。タイ国民自身の方も準備万端だ。その頭脳があり、力があり、そして決意もある。
　ルンは読者に別れを告げて死へと向かう。祈りはただ一つ、どうかタイ国がすみやかに暗黒時代から解き放たれますように<sup>9)</sup>。

　作者の場合、1938年釈放された後の再逮捕の理由は、先の獄中での執筆活動が国家転覆を謀り、国家の安寧にとって極めて危険だということにあった。しかし、作者にとっていずれの獄中も、そこは"大学"であり教師の役を務める場でもあった。作者は今まで疎かった政治、経済の研究に励む傍ら、同様の罪で獄中にいる仲間に週刊"Nam ngoen thae"（真の紺色）や小説"Bun tham kam taeng"（善行悪行の報い）、英語のテキスト、政治に関する論説「闘争の条件」などを執筆した。1939年、ピブーンソンクラーム首相が指揮する政治粛清の状況下、反対勢力鎮圧のため設置された特別裁判で提示されたのは、小説の原稿「善行悪行の報い」と、当局が内容を曲解したシリラットブッサボン王女への私信だった。そして、弁護士も許されないこの裁判で、同首相の政敵であるプラヤー・ソンスラデートの陰謀計画にも作者は関与したとされ、さらに証人の偽証も加わり終身刑の判決がくだったのである。
　後に名作とされる3作は、この2度目の獄中で生まれた。作者は小説「未来のシャムの展望」、回顧録"The Victim of Two Political Purges"（二回の政治粛清の犠牲者：『二回の謀反の人生』の原題）、戯曲"The Emerald's Cleavage"（エメラルドの亀裂）を英語で書き上げた。しかし、1939年、「未来のシャムの展望」の存在が発覚し、タイ湾南、チュンポーン県タオ島での流刑に処せられた。その後1944年、作者は文民内閣の成立によって釈放された。

## Ⅳ　イデオロギーの相克

"幻"

　作者が生きた時代はまさに国体が一変した政治史上の一大転換期であった。13世紀以来、連綿と継承された専制君主の国において、初めて憲法のもとに国王を戴く国家形態に統治変革がなされたのであった。民主主義に覚醒され激動するタイの政治状況下、資本主義経済の力が徐々にタイ社会を覆い、物を生産する労働によって平民の力が増してきた。知識層はアユッタヤー時代に遡る階級制度に疑問を抱き始めた。王族、官僚貴族の没落と中産階級の台頭が交差する時代である。登場人物の位階と欽賜名は、当時のタイ社会をまさに無言で語っている。後に厳しい反共政策で共産主義者を撲滅していくピブーンソンクラーム首相の独裁政権の萌芽も看過してはならない。

　作者はこうした変動の最中にあり、様々な問題を抱えている自国のあるべき姿を獄中で空想した。作者はその理想国家を生物学と関連づけて構築する。国家と人間という生命体が同一であるとみなすのである。体内の小さな生命、一つの微小な細胞が人間を作り、家族、人種、国、そして世界を構成する。ゆえに万人皆同一の祖先であり、対等である。それなのに、なぜ世界に平和が来ないのか。作者の目は小さな細胞から広く世界へと向けられる。

　さらに作者の思想は経済、科学、心理学、遺伝学、教育、芸術、そして愛、と空想の世界を駆け巡る。世界の著名な人物も次々に登場する……H. G. ウェルズ、アダム・スミス、アドルフ・ヒトラー、カール・マルクス、レーニン、ウィリアム・ジェイムス、パブロフ、ヴァイスマン、ソディー、エドウィン・キャナン、レイモンド・フェスディック、シェークスピア、ベートーベンら、語られる作者の深い知識はときとして難解である。しかし、"シャム"の時代にこれほどの碩学がと思わせる作者が、作中の主人公ルンに代弁させる、それぞれの分野の知識は、決して浅く薄いものではない。作者自身が政治家であり、心理学者であり、思想家であり、そして詩人であったと言っても過言ではないだろう。作者は主人公の恋愛の中で、シェークスピアの詩をとりあげ、人間の真の愛について語る。そ

第1章　政治イデオロギー：共産主義

して愛をとおして人間の平等を語り、タイ古来の階級社会をはじめ、タイ国内のみならず、世界中の民の、すべてが平等で公平、公正がもたらされ社会を主張する。作者は常に世界をみることを忘れてはいない。

作者はひとりタイだけではなく、世界的な視野で政治、経済、社会、そして教育の改革の必要性を唱え、人間社会の平等、対等、公正や国の経済発展と平和を希求した。作家でもあり仮面劇の舞踊家でもあるM. R. ククリット元首相は原著の前文で次のように述べている。

> ……確かに作者の政治理想は現実化が不可能な"空想"で占められている。作者がこの作品を"幻想の国……理想家の夢"と呼んでいるのは、その意味でとてもふさわしい。作者が本書で取り上げた政治問題は現在では既に過去のものとなったかもしれないが、しかし、当時においては事実、存在していた。だからこそ、歴史的価値をもつ本書を読むべきだ……[10]

1944年、2度目の逮捕から釈放された作者は、政党結成を認めるクワン・アパイウォン文民内閣の政策のもと、政治犯の仲間ソー・セータブットと共にM. R. ククリット率いる進歩党を設立して政治活動を行った。自由の身になったからには、国の繁栄を願う作者の理念を、実際に行動に移して現実化したいという強い思いからであった。しかし、作者の政治活動は短く、獄中で書き綴っていた原稿の執筆に専念した。

獄中体験記、あるいは法廷記録文書ともいえる回顧録『二回の謀反の人生』(1946)はボーウォーラデート親王の叛乱についてこれまで一般に知られている経緯とは異なる史実を明らかにしていた。逮捕から警察尋問、裁判に至る経緯、判決、政府の政策、政治粛清の犠牲者たちなど、史実が詳細に記されている。作者が投獄された6号収容所には当時著名な知識人のほか、イギリスに留学したソー・セータブットも囚えられていて、彼の辞書編纂に協力していたことも原著を通じて明らかになる。獄中での辞書編纂とはいえ、後世の人々は、今日でも重版を続けている英タイ辞書 *The New Model English-Siamese Dictionary* (1937)に、はかりしれない恩恵を受けている。

Ⅳ　イデオロギーの相克

　……作者の死は、タイ国民に、またタイを統治する政治家にとってかけがえのない価値を与えている。彼の死はタイの大地に数少ない偉大な思想家を刻んだ。彼の生命は決して無駄に燃え尽きたのではない。思想家の人生は決して統治権力者の偏見、感情、そして復讐の奴隷となってはならない。
　M. R. ニミットモンコンは一人のちっぽけな人間である。しかし、この小さな人間は人類の自由を希う理想を高く掲げて死んだ。彼の死は、彼がいったい何を考え、何を望んだのか理解する友の、そして人類同胞の追悼の言葉なくして葬らせてはならない……11)

　これは作家ソット・クーラマローヒットが原著前文で語った言葉である。作者は死刑によって亡くなったのではない。しかし、事実上は、時の権力によって死刑を受けたのも同然であった。流刑地タオ島での厳しい投獄生活が徐々に作者の身体を蝕み、釈放されてわずか3年半、結核にマラリアを併発し亡くなった。もうまもまく、45日後に生まれる我が子の顔を一目もみることもなく。
　本書はタイ文学史上、最初の政治小説とされる。しかし、単純にタイの政治小説として範疇化できない普遍的な文学の本質があることを決して看過してはならない。ここに本書の核がある。文学史において、忘れ去られようとしている暗黒時代の犠牲者としての作者は、今日でも稀有な思想家でもあった。理想の国を幻の中に描きながらも、崇高な真善美、そしてたとえ貧しくとも一人の人間としての誇らしい生き方を語る本書は、幻影として宙に消えることなく、時空を超え、国の垣根、民族の隔たりを超えて読まれるべき真価を、その行間に秘めている。

**備考**
1. ピブーンソンクラーム首相は1939年、国家政策として公布したラッタニヨム（国家信条）第1号で国名"シャム"を"タイ"に変えた。その背景には国境周辺地域のラーオ人、シャン人など全タイ族を勢力下に含めようとする汎タイ主義があった。この政治的な国号変更に現在でも反対、批判する人がいるほどであるが、作者の獄中執筆時と釈放後の執筆

までには9年間という時の隔たりがあり、この間、国号が二転三転したため（後述9.）、国名及び国民の呼称、シャムとタイが混在している。本訳書では原文尊重の翻訳方針をとり、原文どおり、タイ、シャムと訳している（ラッタニヨム（国家信条）については、本文Ⅳ参照）。

　また前述のとおり、本訳書原著の最初の執筆は1930年代の獄中であった。しかし、英語で書かれたこの原稿は当局に没収されたため、元原稿の記憶を頼りに改めて書き直し、*Khwam fan khong nak udomkhati*（理想家の夢）と題して戦後1946年から翌年にかけて出版された。従って、日進月歩、いや、秒刻みといっても決して過言ではない現代の科学の進歩によって、初版当時はたとえ作者にとっては画期的な、現実の最先端の科学であっても、日本語訳書が出版される2009年の今日では、ごく周知された知識となっている内容もある。また主人公、つまり作者の"幻"はもはや現実から遠くかけ離れた夢のまた夢ではなく、現実に目にみえるものさえある。

2. **ボーウォーラデート親王**（1878 – 1953）　イギリス留学（10〜22歳）で軍事学を修めた後、陸軍参謀長、同大臣などの要職を歴任。立憲革命後の人民党（後述6.）による一党一派に偏重した政治を共産主義であると非難し、軍の政治不介入、複数政党制、王党派による王政復古をはかるため、3人の将官と5人の大佐と共に蜂起した。ナコーンラーチャシーマー、アユッタヤーなど地方のから軍を率いてバンコクに迫ったが、時のピブーンソンクラーム中佐を総指揮官とする政府軍に鎮圧され、カンボジアに逃亡、その後、サイゴンなどで15年間亡命生活を送った後、帰国した。

3. **"指導者"**　ヒトラーやムッソリーニの例に倣って、ルワン・ピブーンソンクラームは自分自身を"指導者"と呼び、首相就任後の国家政策には「指導者を信じれば、国家は安泰」という標語まで作り、国中に広めた。

4. **立憲革命**　タイ国の政体がそれまでの専制君主制から立憲君主制へ移行した1932年6月24日の政変は一般に立憲革命、あるいは無血革命とも呼ばれる。同日未明、陸軍首班プラヤー・パホンポンパユハセーナー

Ⅳ　イデオロギーの相克

大佐、海軍首班ルワン・シン・ソンクラームチャイ少佐、文官首班ルワン・プラディット・マヌータム（本名プリーディー・パノムヨン）等、総勢90名の人民党グループは、王族12名を人質としてアナンタサマーコム宮殿に軟禁、ホワヒンに滞在中のラーマ7世に最後通牒を送った。内容は「今や人民党が政権を掌握し、王族を人質としている。目的は立憲君主制の実現にある。よって立憲君主制の王としてラーマ7世の在位を求める」と要請するものであった。彼らは同宮殿を司令部として陸軍首班を委員長とする軍事首都管理委員3名を任命した。

　6月24日午前6時　人民党宣言、及び6項目の政策綱領発表（前述）。
　6月25日　憲法公布を自ら既に考えていたラーマ7世は軍事首都管理委員宛、自筆書簡で立憲君主制の王としての在位要請を承認した旨告げ、帰京。

5. **王党派**　立憲革命によって統治、支配の座を奪われ、革命後の人民党の寡頭支配体制に反発し、その体制を崩し王政復古を求める王族の一派。

6. **人民党派**　"人民党"を結成し、立憲革命を成功させた一派（陸軍、海軍、文官、民衆の党員たち）。人民党の発端は、1927年2月、ヨーロッパ留学中のプリーディー・パノムヨン、ピブーンソンクラーム中尉、ネープ・パホンヨーティンら、7名がパリで会合し、立憲革命を目的として"人民党"を秘密裡に結成したことにある。彼らは帰国後、立憲革命実行にあたって同志を募り、また革命後は政権維持のために新しい党員を募った。1932年8月26日、"人民党協会（サマーコム・カナ・ラーサドン）"（タイ最初の公認政党）として登録したが、1933年4月、政党ではなく親睦団体"人民党クラブ（サモーソーン・カナ・ラーサドン）"に改称した。

7. **ルワン・ピブーンソンクラーム**（1897～1964年6月11日、亡命先の日本で客死、本名プレーク・キータサンカ、ピブーンソンクラームは欽賜名）立憲革命の中心人物の一人、軍人政治家（国軍元帥1941－1957）、タイ国第3代首相。革命当時少佐であったが、年若くして次第に政治権

力を増し、初代内閣国務大臣、国防大臣（36年、ボーウォーラデート親王の叛乱鎮圧の功績）などの政府要職につき、1938年12月、首相に就任した。その後、首相の座につくこと8回、人民党結成以来約30年にわたってタイの国政を率いてきた。しかし、1957年、サリット元帥によるクーデターが成功し、カンボジアに脱出、その後日本に亡命した。この間、「指導者を信じれば、国家は安泰」というスローガンを掲げ、ラッタニヨム（国家信条）公布（1939－1942）、文化運動の法令化等、国家主義の政策を強く推進し、愛国精神を鼓舞した。国名の変更は国境周辺のタイ民族（ラーオ人、シャン人など）を統合し勢力下に入れようとする汎タイ主義の一端であり、華僑同化政策（華人学校、華字新聞廃止、中国人職業規制）など、次第に国粋主義を強める傍ら、政敵を排除し、反共政策をしき、独裁軍事政権を固めていった。具体的には国民文化法制定（1942）、タイ国文学協会（ワンナカディー・サマーコム・ヘン・プラテート・タイ）創設、会長ピブーンソンクラーム首相、文芸誌『ワンナカディーサーン』発行（文芸誌と称するものの、発行の意図、内容は"強いタイ"を求めるプロパガンダの性格をもつ）、タイ国字国語改革（同）、演劇取締法（同）、政治面では反共法公布（1952）、政党法公布（1955）などがあげられ、日本の南方進出に関してはタイ国への平和進駐に関する協定締結により日本軍のタイ進駐を認め、米英両国に宣戦布告した。

8. **人民代表議会**　1932年立憲革命後の6月28日、人民党が任命した議員70名からなる第1回人民代表議会が開かれ、議長にチャオプラヤー・タマサックモントリーを選出した。議会の目的は暫定国家統治者を決定することにあった。また人民委員会議長（首相）に元大審院長で枢密院議員でもあったラーマ7世の側近、プラヤー・マノーパコーン・ニティターダーを指名、同氏によって人民委員会委員（閣僚）とルワン・プラディット・マヌタム（本名プリーディー・パノムヨン）等、7名の憲法起草委員を任命した。8月24日、政府はタイ国最初の政党とされる"人民党協会（サマーコム・カナ・ラーサドン）"の結成を承認した。

Ⅳ　イデオロギーの相克

## 9. 立憲革命当時の主な出来事

1932.　6.　24　立憲革命
　　　　　　27　最初の暫定憲法公布
　　　　　　28　人民代表議会開催、プラヤー・マノーパコーン・ニティターダー内閣成立
　　　12.　10　最初の恒久憲法公布
1933.　6.　22　プラヤー・パホンポンパユハセーナー内閣成立
1933.　9.　　　国王告発事件
1933. 10.　11　ボーウォーラデート親王の叛乱
　　　　　　13　ピブーンソンクラーム中佐総指揮官の政府軍鎮圧
　　　　　　〈作者M. R. ニミットモンコン、政治犯の咎で禁固9年の刑（恩赦により5年の服役で釈放された）〉
1934.　4.　　　ラーマ7世、イギリスへ
　　　　9.　22　ピブーンソンクラーム中佐総指揮官、ボーウォーラデート親王の叛乱鎮圧の功績により国防大臣に昇格
1935.　3.　　　ラーマ7世、イギリスより退位宣言、ラーマ8世即位
1938.　4.　　　恩赦下賜、ピブーンソンクラーム国防大臣により恩赦宣誓式典挙行
　　　　　　〈作者M. R. ニミットモンコン・ナワラット、恩赦により釈放されるが、（同年）8ヵ月後、1939年、再逮捕される〉
1938. 12.　26　第1次ピブーンソンクラーム内閣成立
1939.　～（42）ピブーンソンクラーム首相　ラッタニヨム（国家信条）公布
1939.　1.　29　プラヤー・ソンスラデートの叛乱鎮圧
　　　　　　〈作者M. R. ニミットモンコン・ナワラット、特別法廷で終身刑の判決〉
1939.　6.　24　(1.に記述) 国名「シャム」から「タイ」へ改称（ピブーンソンクラーム首相）

第1章　政治イデオロギー：共産主義

1939. 9. 3　第2次世界大戦勃発、タイ、中立宣言
1944. 7.　　遷都法案と仏都建設法案が国会で否決され、ピブーンソンクラーム内閣総辞職
1944. 8.　　クワン・アパイウォン文民内閣成立
　　　12. 20　〈作者 M. R. ニミットモンコン・ナワラット釈放〉
1945. 9. 17　"タイ"から"シャム"に戻す（セーニー・プラモート内閣）
1949. 5. 11　"シャム"から"タイ"に戻す（ピブーンソンクラーム首相）
1952. 11. 17　反共産主義取締法公布
1957. 9. 16　サリット元帥、クーデターによりピブーンソンクラーム内閣打倒。ピブーンソンクラーム首相、日本に亡命

**10. M. R. ニミットモンコン・ナワラット**　1908年4月21日、軍人である父の赴任先ナコーンサワン県で生まれた。1948年4月11日、結核にマラリアを併発して病死。父や兄二人の後を継いで陸軍士官学校で教育を受け、1927年に卒業。成績優秀で特に英語に秀で、政府の奨学金を受けた。同年ナコーンサワン親王（当時国防大臣）の護身役を務め、その後、ペッチャブリー県に赴任し、精鋭戦闘パイロット団の一員として訓練を受けた。1932年に同訓練を終了。1933年10月11日、招待されたテニス試合に参加するため、バンコクへ飛行したが、同日ボーウォーラデート親王の叛乱が起きた（13日、政府軍鎮圧）。10月28日に成立した1審制の特別裁判所設置法により、同叛乱関与の罪で禁固刑9年の判決を受け、1938年恩赦によって釈放された。8カ月後、国家転覆計画の容疑で再逮捕され、終身刑に処せられた。その後、獄中で英語で書いた小説の原稿 "The Sight of Future Siam" が発覚し、タオ島へ流刑となったが、1944年、文民内閣の成立によって釈放された。2度に及ぶ獄中生活で、様々な分野の専門書を読む傍ら、執筆活動を続け、釈放後は没収された原稿の書き直しや回顧録に健筆をふるった。

Ⅳ　イデオロギーの相克

〈主要作品〉

"Nam ngoen thae"（真の紺色）1933

政治犯で捕らえられた仲間に政治の基礎知識を与える目的で、知識人ソー・セータブットや著名なジャーナリストらと共に執筆し、秘密裏に配布した。週刊のニュース版形式で、17回発行後停止。

*Phak kan muangsayam lae tang prathet*（シャムと外国の政党）1938、テキスト

政府が政党結成直後に執筆。政治犯、獄中の仲間への政治教育のために使用した。

"Bun tham kam taeng"（善行悪行の報い）1939、小説原稿

共産主義者が政権を奪取するというストーリーで、政治イデオロギーを盛り込んだ物語。

*Chiwit haeng kan kabot song khrang*（二回の謀反の人生）1946、回顧録

2度の逮捕とその特別裁判に至る体験記。

*Khwam fan khong nak udomkhati*（理想家の夢）1946、小説

獄中、英文で書いた "The Sight of Future Siam" の原稿が没収されたため、出所後、記憶を頼りに1946年、タイ語で自費出版、翌47年にワラシン社とニパーン社から改めて出版された。
1951年、*Muang nimit*（『幻想の国』）と改題された。

"Lilit thewarat phitsaphap bon lan asok"（アソーク園のピッサパープ守護神）詩作年不詳、リリット詩

1948年12月5日、作者の葬儀のときに配られた追悼本に所収。

*Muang nimit lae chiwit haeng kan kabot song khrang*（幻想の国と二回の謀反の人生）1970

『幻想の国』と『二回の謀反の人生』の合冊版。

*The Emerarld's Cleavage*（エメラルドの亀裂）1981、戯曲

2度の獄中体験を1930年代のシャムに設定した戯曲。1幕4場。
（その他、速成英語テキスト、論説「闘争の条件」など。）

## 3 ジャーナリスト、作家たちの社会的役割

　タイにおいて、新聞、文芸誌がはたした役割を時代的にみると2点が考えられる。第1は前述のとおり、タイ文学黎明期における散文形体の文学の紹介である。第2はまさにタイの現代文学の基盤が築かれた時代、20世紀初頭、具体的には1929年、シーブーラパー、M.C. アーカートダムクーンらが中心となって文芸グループ「スパープブルット」を創設し、同名の文芸誌を発行した時代から1950年代、後世に名作の数々を残した作家たちの活動の場であったということである。その間、共産主義を恐れたピブーンソンクラーム首相の反共政策によって、言論、思想の自由が奪われたタイ文学暗黒時代（1952－1958）という厳しい時代があったものの、真の民主主義と人間の平等、社会公正を求めて闘った作家たちがいる。

　タイのこのような歴史、政治環境がそうさせるのか、この時代のタイの作家たちは"新聞記者にて名作家"というケースが多い。シーブーラパー、イッサラー・アマンタクン、セーニー・サオワポン、プルアン・ワンナシー、ソット・クーラマローヒットらがそうである。

　長年、反共政策を敷いてきたタイ政治史の中でも、共産主義に寛容だった時代があったことは、政治と文学の観点からも重要な要因である。つまり、1944年8月1日～1947年11月7日の文民内閣時代、ジャーナリストたちは言論、思想の自由を享受した。

　1944. 8. 1－1945. 8　　第1次クウォン・アパイウォン内閣
　1945. 8－1945. 9　　　タウィー・ブンヤケート内閣
　1945. 9－1946. 1　　　M.R. セーニー・プラモート内閣
　1946. 1－3　　　　　　第2次クウォン・アパイウォン内閣
　1946. 3－5　　　　　　第1次プリーディー・パノムヨン内閣
　1946. 8－1947. 5　　　タワン・タムロンナーワーサワット内閣

この文民内閣はタイ社会に大きな変化を与えた。

Ⅳ　イデオロギーの相克

- 政府と新聞の関係は前政権に比較するとかなり穏やかだったため、「ペンが隊列を作る時代」ともいわれた。つまり、シーブーラパーのタイ国際平和委員会運動にみるように、隊列を組んだデモ行進など、作家たちの様々な社会活動が自由になされた時代であったことを意味する。
- 新聞に思想、言論の自由が与えられた（第1次クワン・アパイウォン内閣）。政府広報局は「すべての新聞に完全な（思想、言論の）自由を与える」と通達した。その後の政権も新聞の自由について認識し、M. R. セーニー・プラモート首相時代には新聞記者の首相官邸への出入りも認められた。
- ピブーンソンクラーム前政権時代（1938 - 1944）の諸々の政策、法令廃止（種々のラッタニヨム（国家信条）通達、タイ国字国語改革法等）。
- 1945．8　戦後、世界のいろんな国々が国際連合への加盟を希望し、加盟が果たされた。しかしながら、タイの場合、条件がつけられた。即ち、常任理事国であるソ連から、①1917年10月革命以来断絶されていた大使交換、及び②仏暦2476（西暦1933）年共産主義活動取締法廃止が人権に関する国際法に抵触するとして同法の廃止、という条件の承認が求められた。
- 1946．5　タイ王国憲法第14条に政治、出版、広報の自由を明記し、仏暦2476（西暦1933）年共産主義活動取締法を廃止した。この結果、出版業界、新聞の一部、一般書物に大きな動きが生じ、民主主義、社会主義、さらには共産主義者拡大のための出版活動が幅広く公然とできるようになった。

　共産主義思想の普及が認められるようになった結果、共産主義宣伝の印刷物が一般に出回るようになった。新聞でいえば、「チョンチャンカマアチープ（労働者階級）」、「ロークマイ（新しい世界）」、「ムワンチョン・ラーイサプダー（週刊全人民）」、その他、タイ共産党支持を促す様々なチラシ、さらにはタイの新聞記者によるドキュメンタリー記事、長編小説、短編小説、翻訳などのいろんな書き物、作品が出版された。
　また、当時のタイの作家に対して共産主義思想の影響を与えているこ

第1章　政治イデオロギー：共産主義

とを示す定期刊行物、文芸誌『アクソーンサーン』(1949 – 1952)、小説『また逢う日まで』(シーブーラパー作)、論説『タイ・サクディナー制の素顔』(ソムサマイ・シースートパン；チット・プーミサックの別筆名)、「ニティサート」(仏暦2500 (西暦1957) 年新世紀版) なども、この時代に出版された。

〈文民内閣の憲法の特徴〉
1. 2議院制（国民選挙による人民代表議員とその議員による間接選挙で選出される任命議員から構成される）
2. 公務員の政治職禁止
3. 政党結成における個人の自由を保障

〈この間の選挙結果の特徴〉
当選議員：
・文民政治家が台頭した。
・タイ東北、イサーン出身の議員グループ、その大部分は第二次世界大戦中、自由タイ運動のメンバーとして抗日運動を行った活動家たちであった。
・サハーチープ（生活組合）政党と憲法連合政党が結成された。
・1946年、タイ共産党はタイ南部スラーターニー県からプラサート・サップスントーンを国会議員として送り出した。

文民内閣の成立によって、当時の新聞記者たちはその大方が民主主義体制を支援する記者としての任務と役割を認識した。しかしながら、戦後の自由な新聞界の環境は1946年6月9日、ラーマ8世の急死によって混乱を招くという事態になった。明らかにされない急死の原因をめぐって様々な意見、議論、批判が続出、結局、時の首相プリーディーは8月23日、一時外遊、ルワン・タワン・タムロンナーワーサワット内閣が成立して一大混乱の事態は鎮まった。その後、1947年11月8日、ピン・チュハワン元帥

Ⅳ　イデオロギーの相克

を首領に陸海警察将校によるクーデタが発生し、プリーディーは亡命した。

〈ジャーナリスト、作家たちの活動〉
　1947～1958年、この時代の新聞記者、ジャーナリスト、作家たちは、政府の行政に対する批判、換言すれば、国民に対し民主主義的統治の思想を提示する役目を担っていた。同時にまたこの時代、社会主義思想が新聞記者たちの中に大きな影響をもちはじめた。しかし、これらの動きを望まないピブーンソンクラーム首相は1952年、サリット首相は1958年、新聞の取締りをはかり、言論、思想の自由を厳しく抑圧した。新聞記者や作家たちが一網打尽に投獄されたという暗黒の時代である。
　当時、マルクス主義を作品に紹介した代表作家、編集人には、シーブーラパーやスパー・シリマーノン、プルアン・ワンナシー、イッサラー・アマンタクン、オー・ウダーコーン、ソット・クーラマロヒット（1931年北京大学留学）らがいる。

〈作家たちの社会活動〉
　1. 救国運動（東北地方へ救援物資）
　2. タイ国際平和委員会の運動推進
　3. 執筆によりマルクス主義の拡大普及
　　シーブーラパー「マルクス主義の哲学」（文芸誌『アクソーンサーン』に寄稿）（図Ⅳ-2）
　　　シーブーラパーはこのほか、論説「人間であること」をタイマイ紙（1931年12月8日、11日）、シークルン紙（1932）に連載したが、上流階級を批判し階級闘争を促すような過激な内容ということで、後者の新聞は発禁処分を受けた。
　　同　ゴーリキー『母』翻訳
　　ウバーソック（同別筆名）『ウドムタム』（1955）、さらに人間社会の研究に関する評論「人間の家族の発生」、「人間社会の秩序」を週

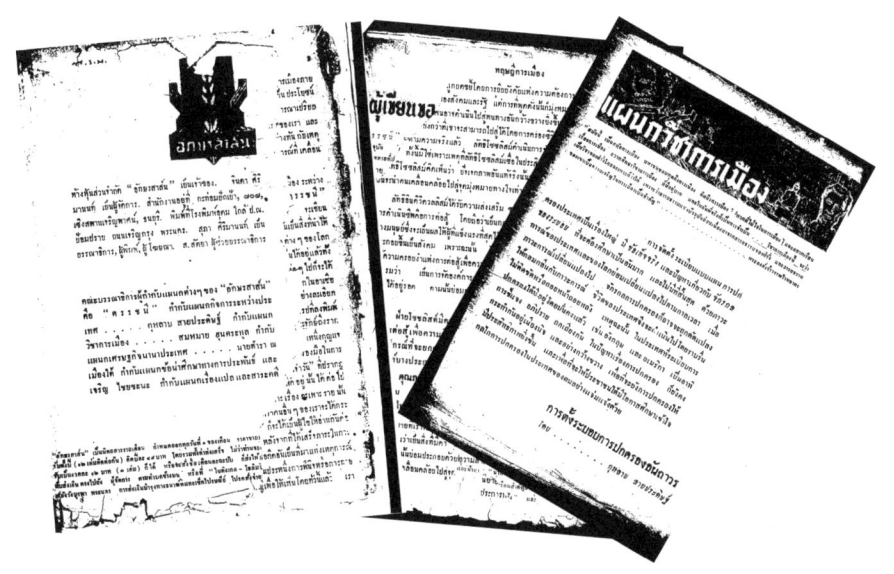

第1章 政治イデオロギー:共産主義

図Ⅳ-2 シーブーラパー「マルクス主義の哲学」等掲載誌
『アクソーンサーン』内容一部

刊誌『ピヤミット』(1944)に掲載。しかし、こちらはカール・マルクス、フレデリック・エンゲルスの名は一切出さなかったため、終始、検閲を受けることはなかった。
4. タイ国際平和委員会における新聞記者の役割啓発と活動推進

また上記以外に、"新聞記者にて作家"の一人にマーライ・チューピニット(筆名の一つ、メーアノン)がいる。彼はマルクス主義を受け入れたわけではないが、新聞の自由、言論、思想の自由を求めて、彼独自のペンで闘った。

注
1) 村嶋英治『ピブーン 独立タイ王国の立憲革命』岩波書店、1996、p.219
2) 赤木攻「黄表紙と白表紙の闘争(黄白闘)に学ぶ——パイパイマーマー(24)——」『タイ国情報』Vol.43, No.3, 日本タイ協会、2009, p.54
3) Surasak Chusawat "Phraracha wichan sathankan banmuang thai khong

IV　イデオロギーの相克

図IV-3　ブルーリボン短編賞受賞オー・ウダーコーン「死体病棟」初出掲載誌『サヤームサマイ』1948年5月号

図IV-4　オー・ウダーコーン「タイの大地の上で」初出掲載誌『アクソーンサーン』1950年5月号

rachakan thi 7 lang songsala rachasombat", *Sinlapa watthanatham*, Matichon, No. 7, 1998, p.101
4) M.R.Nimitmongkol Navarat, *Muang nimit lae chiwit haeng kan kabot song khrang,* Aksonsamphan, 1970, postscript
5) Orasom Suttthisakhon, "Winya itsara nai phanthanakan", *Chiwit lae ngan M.R.W.Nimitmongkol Navarat,* Khlet Thai, 1991, p.414
6) M.R.Nimitmongkol Navarat, 1970, preface
7) Ibid., pp.191-192
8) Ibid., pp.13-17
9) Ibid., pp. 290-294
10) Ibid., pp. i-vii
11) Ibid., pp. xix-xxxi

## 第2章　文芸誌の存在
国家の代弁者：文学勝利記念塔『ワンナカディーサーン』
国民の口：思想、言論の自由『アクソーンサーン』

　タイ文学の展開・発展を歴史的に顧みると、13世紀に創始されたタイ文字から生み出された定型詩の約600年の伝統文学に画期的な影響を与えた要因が幾つか考えられる。その中でも国の内外の政治がタイ文学に与えた影響は、今日にみるタイ文学の展開・発展を考察するとき不可欠の要因である。とりわけ1）第二次世界大戦前から戦中、戦後にかけてのピブーンソンクラーム[1]政権時代、即ち、1938～1957年、8回も首相の座について執った国家政策とその後のサリット政権時代（1958 - 1963）、そして2）戦後アメリカとソ連の「冷戦」に巻き込まれ、共産主義という新しいイデオロギーによってもたらされる国際情勢の外圧の中でタイがとった国家政策、この二つの政治要因が当時はもちろんのこと、今日に至るタイ現代文学の発展に与えた影響ははかりしれず、無視することはできない。
　一方、タイ文学史の視点から今日にみる現代文学の基盤を遡及すれば、それは上記の時代にほぼ一致する。つまり、第二次世界大戦前から戦中、戦後にかけて、1930～1950年代にタイ現代文学の基盤が確立されたといえる。換言すれば今後、タイ現代文学を研究、考察する上でこの時代の、いわゆる「タイ文学の源流」の研究なくしては、その後のタイ文学の展開・発展の歴史を語ることはできない。しかもこの時代は上述のように第二次世界大戦を挟み、ピブーンソンクラーム政権下、思想、言論の自由が抑圧されたときもあり、タイの国自体が政治的に、社会的にも非常に不安定な時代の最中にあった。政治粛清によって投獄や亡命を余儀なくされた作家もいる。事実、当時の文芸誌や文学作品はこれらの状況を様々な角度から陰に陽に投影し、タイ現代文学の展開と発展の歴史を記している。

## Ⅳ　イデオロギーの相克

　このような国の状況下、つまり、時代的に、また経済的に1冊の本としての出版が困難な時代にあって発行された数々の文芸誌の存在は、タイ文学史において非常に大きな意味がある。その中でも特に次の3冊の文芸誌はそれぞれに異なった特色をもち、タイ現代文学の発展過程を如実に示すものである。即ち、第二次世界大戦前、1938年から戦後のピブーンソンクラーム政権下に発行された二つの極めて対照的な文芸誌、1)『ワンナカディーサーン』と2)『アクソーンサーン』、3)『エーカチョン』[2] である。1)『ワンナカディーサーン』がピブーンソンクラーム首相の国家政策を語る代弁者とすれば、2)『アクソーンサーン』は民衆が思想、言論を自由に表現する場、つまり、第二次世界大戦後、激動する国際情勢の中で世界の動き、新しい思想の息吹、政治イデオロギーや世界文学の流れをタイに吹きこんだ文芸誌であったといえよう。そして3)『エーカチョン』はその名のとおり、まさに「個人（エーカチョン）の声」の存在であった。これらの文芸誌はタイ現代文学の基盤を築く作家たちの活動が、いかに当時の政治に大きな影響を受けていたか、またどのようにタイ社会と深くかかわっていたか、政治と社会の観点からタイ文学を洞察できる極めて重要な要因を包含している。

　以上のような観点から、ここでは次の3点に焦点を当てる。
1. 学術資料として看過されていた文芸誌の見直し
　　タイ文学の展開、発展において不可欠の文学媒体であり、貴重な文献であったにもかかわらず、これまでその存在が看過され、放置され、時の流れの中で埋没の危機に瀕していた1930～1950年代のタイ文芸誌の所在が、一部分ではあるがで明らかになった。ここでは1)『ワンナカディーサーン』と2)『アクソーンサーン』（初期）について、両文芸誌の創刊に至る背景、展開など、比較・分析する。
2. 当該文芸誌のタイ文学への影響
3. 当該文芸誌をめぐる作家たち

# 第2章 文芸誌の存在

## 1 創刊に至る背景

### (1) 文学勝利記念塔　『ワンナカディーサーン』

　……私は軍人である。しかし、すべての国家の仕事を愛する。私の今の地位は司令官として国家を統率し、戦争を指揮する職務を担っている。従って私は貴下、『ワンナカディーサーン』の編集人を司令官とみる。ただしそれは『ワンナカディーサーン』を指揮する司令官である。『ワンナカディーサーン』はタイ文学の口であり、ここに書かれたタイ文学の内容は、我々の国に究極的に勝利をもたらす、いわば鋭い武器と考える。これらすべての文学作品は我々のために「文学勝利記念塔」を築いてくれることだろう。そして壮大なフィナーレは、この「文学勝利記念塔」を通過するパレードの観兵である——ちょうど詩の末尾に音便上、1語を加えるように。ただこの場合、唯一の相違は行進しながら「タイ文学万歳！」と我々が歓呼の声をあげることにあろう……[3]

　これは1942年『ワンナカディーサーン』創刊号に寄せた、時のピブーンソンクラーム首相のメッセージである。「文学勝利記念塔」という奇異な言葉を発したピブーンソンクラーム首相であるが、その経緯は1938年に遡る。この年、同首相はタイ国民のあいだに、タイ国民であることの意識、アイデンティティを喚起する目的で極めて民族主義的な国家プログラム、いわゆる「国家建設政策 (Nayobai sang chat)」を打ち出した。しかし、タイ国民に国家主義の精神、国民としての誇りや偉大さ、あるいは西洋諸国に対する対等意識を鼓舞するために講じたこの政策は、当初の目的を逸れて様々な形で、タイ国民の生活、ひいてはタイ社会のすべてに深い影響を与え、タイ文化にも公然と「権力」の姿をみせつける結果に至った。

　興味深いのは「国家 (Chat)」という言葉に、今までみられなかった概念が、ピブーンソンクラーム首相によって加えられたことである。ラーマ6世 (治世1910 - 1925) の随筆「目覚めよ、タイ」にみられるように、確

## Ⅳ　イデオロギーの相克

かにこれまで「国家」、「国民」、「民族」という政治概念が国家統治者のあいだになかったわけではない。しかし、ピブーンソンクラーム首相の場合、国号をタイ族、シャン族、モーン族、華僑、ムスリム系の民族から成り立つ「シャム」（タイ語発音はサヤーム）から、「タイ」に変え、タイ民族の優越性を誇示し、「タイ」への団結をはかろうとしたのである。ピブーンソンクラーム首相が目指す「国家建設」は、教育と愛国主義だけでは不十分で、さらにラッタニヨム（国家信条）の名のもとに、国が「文化」を国民に課すことによって補われると考えた。そのため首相は委員会を設立、委員長に外交畑のルワン・ウィチィットワータカーンを任命し、ラッタニヨム（国家信条）の起草を委ねた。

　1939年6月24日から1942年1月28日、3年間にわたって発布された計12のラッタニヨム（国家信条）とは以下の内容を骨子としている。

(1) 国名を「シャム」から「タイ」へ改称
(2) 国家安全
(3) 北部タイ人、南部タイ人、東北タイ人、タイムスリム、という呼称をすべて「タイ」人と呼称
(4) タイ国旗、タイ国家、国王賛歌への敬意表示
(5) タイ国産品愛用
(6) タイ国軍によるタイ国歌、及び国王賛歌の承認
(7) タイ国民による国家建設
(8) 国王賛歌の改正
(9) タイ国語維持、高揚の任務
(10) しかるべき服装
(11) タイ人の日常生活
(12) 老人、子供、病人へのいたわり

　ラッタニヨム（国家信条）の名を借りて、国家主義を唱え、文化政策を推進していくピブーンソンクラーム首相であるが、ここで彼のブレインとして文化政策を構築するルワン・ウィチットワータカーンの存在が、この

時代の文学を理解する上でもう一つの重要な鍵である。地方に生まれ、バンコクの寺でパーリ語を学んだ彼が、やがて外務省に勤務、外交官として経歴を重ねていく過程において、ムッソリーニ、ヒトラー、ナポレオンなどの独裁政治家を深く崇拝し、さらに日本の大久保利通、新渡戸稲造、あるいは"ブシドー"(武士道)に強い関心を抱いていたことは、その後のピブーンソンクラームの国家政策や彼自身の作品をとらえるときに、幾つかの興味深い視点を与えてくれる。

後に『世界史』全12巻、『世界の宗教』全5巻、『王朝年代記集成』全8巻、「タイ経済史」、随筆、評論など数多くの著作を残すルワン・ウィチットワータカーンであるが、さらに、短、長編小説、歴史小説、戯曲もある。例えば長編の恋愛小説『愛の淵、深い谷』、あるいは『人生の嵐』、『落日』など、歴史小説には『チャムパーサックの天の花』、『サルウィン河の天の花』、『モールメンのバラ』などがある。歴史小説の場合、題が示しているようにその大部分はタイ国境の周辺、ミャンマー(ビルマ)、ラオス、あるいは中国雲南省といったようにタイのみならず「インドシナ」を舞台としている。現在ラオス領のチャムパーサックはラオス南部、メーコーン河右岸の町である。『チャムパーサックの天の花』はトンブリー王によってタイの属領となり、その後フランス領に、そして1941年インドシナ戦争によって奪還、再びタイ領に、しかし結局は戦後1946年、フランスに返還という複雑な歴史を経たチャムパーサックを舞台に、一人の位の高い女性(「天の花」:王女)、そして自分にとってその女性ははるか彼方のあこがれの人、しかし国のためには忠誠を誓うという誠実な若者を登場させ、愛とロマンス、そして一昔前の歴史を織り込んで物語が展開する。本書は「国に対する忠誠」という意図が最も強く浮き彫りにされた歴史小説の一つといえる。

さらにルワン・ウィチットワータカーンは「ウィチットワータカーン・ドラマ」と名をつけられるほど、戯曲も数多く書いた。しかしこれとても『スパンの血』を代表するように、ラッタニヨム(国家信条)公布下にあった当時のタイ人に、タイ民族の愛国心を鼓舞したテーマが主流を占め

Ⅳ　イデオロギーの相克

る作品であった。

　1998年8月11日、生誕100年を記念して出版された『100年の回顧　陸軍少将ルワン・ウィチットワータカーン』[4]によると、著作の数は小説類110、戯曲、特に3時間以上を超えるものとして25、その他の戯曲類37、という数をあげている。彼自身の人生論、国家政策、スピーチ原稿、さらにはラジオ番組原稿、歌などを入れると、執筆は実に厖大な数にのぼる。ルワン・ウィチットワータカーンのこうした一連の作品をとおしてみると、その背景に仏領インドシナ失地回復運動、そしてピブーンソンクラーム政権の国家政策があり、これらが作品と深く関係していることがわかる。

　ラッタニヨム（国家信条）公布後、ピブーンソンクラーム首相の国家建設政策は、さらにルワン・ウィチットワータカーンのブレインを得て文芸の分野にまで「国家」の役割を言及し、前述「文学勝利記念塔」という言葉を発するに至る。その過程を追えば、まず彼は1942年、タイ国文学協会（ワンナカディー・サマーコム・ヘン・プラテート・タイ）、並びにタイ国語・文化促進委員会を設立する。会長は無論、彼自身、即ち、当時タイ文化推進委員会の委員長の地位にあったピブーンソンクラーム元帥である。そして副会長にプラヤー・アヌマーンラーチャトン、ルワン・ウィチットワータカーン、顧問にライアト・ピブーンソンクラーム首相夫人らを加えた同協会は同年8月31日、月刊誌として『ワンナカディーサーン』を発行する。編集主幹はワンワイタヤーコーン親王、委員には前述副会長、顧問に加え、ウォラウェート・シワサリヤーノン、トー・サーンプラサートら10名の名が並ぶ。

　タイ国文学協会（ワンナカディー・サマーコム・ヘン・プラテート・タイ）の紋章を付し、180頁からなる創刊号『ワンナカディーサーン』であるが、その経緯において看過できないのは、1940年、タイ国文化発展法の公布である。なぜなら『ワンナカディーサーン』は、このタイ国文化発展法の所産ともいえるからである。同法の骨子は「文化」とは即ち、国家と国民の道徳を発展させ、秩序と調和をはかるものである。従って国民は

「国の文化」を遵守し維持することによって国家発展に協力する義務がある、と同法は「文化」に対する国民の義務を定めている。ここにピブーンソンクラーム首相のいう「文化」を垣間みるが、「法」が「文化」を定めるというこの奇妙な力はその後、1942年、「文芸局」を含む5局からなる「国立文化院」を設立したことにも、より明瞭にみてとることができる。

「国」という国家体制の枠の中にやがて「文化」、「文芸」が組み入れられていく極めてファッショ的な、文化危機の時代を整理すれば次のような国家政策の流れがある。

1939〜42年　　　ラッタニヨム（国家信条）公布
1940年　　　　　タイ国文化発展法制定
1942年　　　　　国立文化院設立
　　　　　　　　タイ国語・文化促進委員会設置
　　　　　　　　タイ国文学協会（ワンナカディー・サマーコム・ヘン・プラテート・タイ）設立
　　　　　　　　『ワンナカディーサーン』創刊号発行
　　　　　　　　国民文化法公布

　言語は自ら進化し、変化する。そして文学とは本来、個人の自由な思想と言論によって表現され、また文化とはその地に住む人々の中で自ら生まれ、継承され、ときとしては淘汰されていくものである。しかし、タイ文学の歴史において、この思想、言論の自由が権力によって抑えられ、文化が強制された時代があったのである。問題はなぜピブーンソンクラーム首相が「文化」、「文芸」にまで国家権力を及ぼしたのかという点にある。
　「指導者を信じれば、国家は安泰」というスローガンをも大々的に掲げて国家建設プログラムを強力に推し進めていった一連の施策からこの答えを見出そうとすれば、首相は何よりも「強いタイ国」を求めていたからだと考えられる。そしてこの強いタイ国への希求がときとして形を変えて国家主義に、あるいは国家的独立、そしてアイデンティティへの希求をより色濃く出してくる。ピブーンソンクラーム首相がいかに「強いタイ国」を

Ⅳ　イデオロギーの相克

望んでいたか、その背景には当時の緊迫した近隣諸国との外交関係がある。つまり仏領インドシナ失地回復運動やビルマ領シャン州での戦いである。そしてこの「強いタイ国」への希求こそが形を変え、とどまることを知らず文学の分野にも「力」を及ぼしていった。

　文学にも力を及ぼすピブーンソンクラーム首相のこの「強い国づくり」の思いは、「タイ文学の精神は今や息を吹き返した。これはおそらく生涯において最初のことであろう……」という言葉で始まるタイ国文学協会（ワンナカディー・サマーコム・ヘン・プラテート・タイ）発行『ワンナカディーサーン』の創刊号（1942年8月）が何よりも端的に示す。

　「ジャーナル編集人は軍の司令官、寄稿者は首相おかかえ兵士、書かれた言葉は文化戦争と闘う武器、戦争の勝利は栄光の象徴として記念塔に、そして手に手を取ってタイ国家の創造と文化の勝利を」という内容の巻頭言の中で、彼は生涯においてこれまで4回、深い感動と感激に酔いしれることがあったと語る。その（1）は1940年失地回復の戦いに勝利した知らせを受けたとき、（2）ブラタポーン県の領土委譲のニュース、（3）ビルマ領シャン州ケントゥンでのタイ軍勝利、そして4回目の感動が『ワンナカディーサーン』の本を読んだとき、と述べ、その感動の理由を次のように語る。

　　……（先の3回の感動と）同じ感動を受けたのは、本誌編集人の招請の辞を読んだときだ。なぜならタイ文学が我々の大地にしっかりと、永遠に根をおろしていく様を目にしたからだ。本誌は永遠の発展の証の枝として、やがてタイ語が我々の真の母国語であることを明瞭に示す証拠となるであろう。ここ母国において勝利は達成された。今やタイ語は繁栄の極みなくタイ国家の拡大として遍く拡がっていこうとしている。タイ語がどこまで拡がりをみせていくか、その勢力は当然のことながらタイ国家の発展とかかわっている。国家と言語は当然一対をなすものであり、お互いそれぞれの影となっている。

　　『ワンナカディーサーン』はタイ国の言語、タイ語の拡大の一機関であり、国家政策のもとに発展へ向かう性格と特徴をもっている。だからこそ本書

## 第2章　文芸誌の存在

にはふさわしかるべき指揮官、文学に才長けた人物を必要としたのである（中略）……強大なタイ国家の建設とタイ文化の成長、発展において、文学を永遠に朽ちることのない勝利として国家にもたらそう。またその実りをあまたの功績として国家にもたらそう。世界中の人々の称賛の的となるべく……（中略）[5]

　さらにピブーンソンクラーム首相は文化、タイ語という言語の分野で国家の完全な勝利を得、目的を達成した暁には、自分の人生において「5度目」の深い感激に浸ることができるだろうと述べ、タイ国家の光り輝く永遠の繁栄と同じように、本書の末長い存続を期して巻頭言を終えている。
　この巻頭言において考察すべきは、首相の構想では、「国家発展」と「文化、言語」の発展が同一視されているということ、そしてなぜ同一視するに至ったかという過程の一端を把握できることである。それはまた翌1年後、即ち1943年7月14日、首相の誕生日を祝して献呈された同書7月号の彼の巻頭言にもより鮮明に表出してくる。
　つまり、前述創刊号巻頭言から1年後、彼はタイ国文学協会（ワンナカディー・サマーコム・ヘン・プラテート・タイ）設立と同誌創刊1周年を祝し、こう述べるのである。

……文学は美しい、よい言語を広く人類に普及させる任務を担っている。……（中略）社会一般において、それが政界であろうと経済界であろうと、文学の支えがあればこそ立派な成功をおさめることができる。もっともその社会がしゃべる必要もなく、書く必要もない社会であれば別だが……（中略）。これほどまでに文学の重要性を重くみるわけは、タイ文学を最大限までに遍く広めたいからだ。そして我が同胞たちに我々タイの文学を奨励し、文学を創造し愛することは、即ち、国家を愛することだと、天下にとどろかせたいからだ……[6]

　「文学を愛することは国家を愛すること」と語るピブーンソンクラーム首相の意図は同誌巻頭言に記す彼の自作詩がより強く示している。（図

159

Ⅳ　イデオロギーの相克

Ⅲ－15－2）

　　　団結の勝利の国家
　　　それぞれに私が心から愛するものは二つ
　　　一つは草花の手入れ
　　　もう一つは誠実な心から生まれるもの
　　　文学を愛すること
　　　換言すればタイ国を愛すること
　　　　　　　　　　（1943年6月27日）（タイ国文学協会設立記念日）[7]

「より強いタイ国」を目指すピブーンソンクラーム首相の野心が指揮官である編集人にいかに伝えられ、首相おかかえの兵士である寄稿者にどのように反映されているか、『ワンナカディーサーン』創刊号目次と1年後、ピブーンソンクラーム首相誕生日に献呈された同誌目次の対比が明らかにする。

　〈創刊号（1942年8月）〉
　巻頭
　タイ国文学協会（ワンナカディー・サマーコム・ヘン・プラテート・タイ）の設立趣旨
　　1．タイ語、及びタイ文学を広汎に奨励、宣伝、普及
　　2．タイ語、及びタイ文学の創造と内容の育成
　　3．言語、文学面における団結支援と意見交換
　内容
　　　1．言語
　　　2．文学
　　　3．国文学評論
　主な役員
　　タイ国文学協会会長　　プレーク・ピブーンソンクラーム首相
　　『ワンナカディーサーン』責任者
　　　編集人　　　　　ワンワイタヤーコーン親王

第2章　文芸誌の存在

　　編集部責任者　　チャニット・ユッポー、スチット・シッカサマット
　　宣伝責任者　　　チェーイ・スントーンピピット
　　事務局長　　　　スダー・チャンタナシリ
『ワンナカディーサーン』委員
　プレーク・ピブーンソンクラーム首相
　同夫人
　ヨン・アヌマーンラーチャトン
　ウィチット・ウィチットワータカーン
　プラユーン・タモーンモントリー　他
目次
　1. 『ワンナカディーサーン』への歓喜……ピブーンソンクラーム首相
　2. 編集人の言葉……編集人
　3. 軍への思い……首相夫人
　4. 幸福とは……ラクサミーラーワン王女
　5. ペン……モーム・コープケーオ・アーパーコーン
　6. 私の幸福……ウィチット・ウィチットワータカーン閣下
　7. トーイタリン*……モラコット　　　　（*タイ古典曲名の1つ）
　8. 3種の戦争……チェーイ・スントーンピピット
　9. 詩の美徳……ピヤン・ラーチャタムニテート
　10. 国と国民は樹木……ノー・サーラーヌプラパン
　11. テーミー王子の教え……サニット・サタクーンマ
　12. タイ人に生まれて……プラサート・サップスントーン
　13. 『ワンナカディーサーン』の幕開き……アッチャラパン
　14. 私が好きなこと……トーン・スープ・スパマーク
　15. クローン*・スパープ……プルアン・ナナコーン
　16. タイ詩の歴史……ウォラウェート・シワサリヤーノン
　17. タイ文学……トー・ユーポー
　18. 『カーウィー』で考えること……サガー・カーンチャナーカパン
　19. タイ国文学協会の業務……事務局長

前述創刊号発行後約1年後の1943年、ピブーンソンクラーム首相の誕生

161

Ⅳ　イデオロギーの相克

日（7月14日）を祝して発行された『ワンナカディーサーン』の目次をみてみると、以下のようになっている。

〈1943年7月号目次〉
1. 文学の価値……ポー・ピブーンソンクラーム元帥閣下
2. 序言……編集人
3. （首相へ）報恩感謝の念を捧げて……文化院事務局婦人部
4. 我々の国家指導者……ウォー・ウィチットワータカーン閣下
5. タイ国文学協会（ワンナカディー・サマーコム・ヘン・プラテート・タイ）の創設者に捧げて……トー・タムロンナーワーサワット閣下
6. 7月14日を祝して……チョー・ロー・セーリールーンリット閣下
7. 随想……コー・ケーンラドムジン閣下
8. ピブーンソンクラーム首相へ敬礼して……ワンワイタヤーコーン親王
9. 指導者に従って……チョー・スントーンピピット
10. 文学の言葉……ポー・ラーチャタムニテート
11. 崇拝するピブーンソンクラーム首相……ノー・サーラーヌプラパン
12. 首相へ慶祝の辞……ウォー・シワサリヤーノン
13. 太陽……ソー・チャンタナシリ
14. 永遠に……ソー・シッカサマット
15. 吉祥……モー・トラーモート
16. 吉日……ソー・フアンペット
17. 稲と陽光……ポー・ナナコーン
18. 国家の繁栄……ポー・パンヤーラチュン
19. 最愛の文学……プラパン・パイラットパーク
20. 文学の花……タイ国文学協会創立記念日に寄せて
21. 首相へ敬礼して……トー・ユーポー
22. 文学クイズ……文学クイズ懸賞委員会
23. タイ国文学協会の業務……事務局長
24. タイ国文学協会創立記念日祝辞……首相並びに同協会委員

(2) 思想、言論の自由　『アクソーンサーン』
1949年から1952年という短い期間ではあったが、第二次世界大戦後、

## 第2章 文芸誌の存在

　タイにこれまでのジャーナル、文芸界には全くみられなかった1冊の新しいジャーナルが刊行された。その名も『アクソーンサーン』、即ち、「文学誌」という意の月刊誌である。発行人はジャーナリスト、スパー・シリマーノン（1910年7月15日生）である。父は位階を与えられたルワン・ナルマーンサンウティ（本名ティヤプ・シリマーノン）、法務省役人であった。発刊に至る経緯の前に彼の経歴をみれば、チュラーロンコーン大学文学部卒業後、通信教育によってジャーナリズム学科で学び、その後1935年、プラチャーチャート新聞社に記者として入社、1937年サヤームニコーン紙共同設立、1939年日中戦争特派員など、ジャーナリストの道を歩み始める。第二次世界大戦中は自由タイ運動[8]に参加、連合軍司令部東南アジア第136部隊の一員として海外に派遣され、戦後1946年、外務省に入省、ソ連、スウェーデン、スイス、フランスに駐在した。しかし、当時外務省高官であったプリーディー・パノムヨンの弟、アッタキット・パノムヨンと懇意だったということが原因で1947年クーデタ後、帰国を命ぜられ、翌1948年7月、外務省を退官する[9]。

　ジャーナリストから外交官、再びジャーナリストという彼のこうした経歴の中で注目すべきは第二次世界大戦中、自由タイ運動の隊員であったこと、そして戦後、外務省高官の任務を解かれた理由がプリーディー・パノムヨン一族との交流にあったということである。なぜならこの背後にピブーンソンクラーム政権の影をしかと察知するからである。1942年12月、日本はピブーンソンクラーム首相と「タイ国への平和進駐に関する協定書」に調印し、タイへの侵攻を公然と開始する。一方、この日本軍のタイ進駐に抵抗するタイ知識人（M. R. セーニー・プラモート駐米公使、プリーディー・パノムヨン摂政ら）を中心にした抗日地下運動、自由タイ運動が結成された。つまり、スパー・シリマーノンは当時のピブーンソンクラーム政権からみれば反体制派の一人となったわけである。また、プリーディー・パノムヨンに関しても同様である。ピブーンソンクラームとプリーディー・パノムヨンは1932年、共に同志とし立憲革命を起こしながら、その後、政治家プリーディー・パノムヨンはピブーンソンクラーム政

163

Ⅳ　イデオロギーの相克

権にとっては仇敵となり、遂には共産主義者というレッテルを貼られたまま北京、パリへと亡命せざるをえなくなった。

　こうした経歴の中にジャーナリスト、スパー・シリマーノンの鋭い政治感覚を既に見出すことができる。めまぐるしく流動する当時の国際情勢の中でタイを離れ外の世界に立ち、世界の新しい息吹を直に肌で感じ取った無形の資産が、ジャーナリストとしての後の彼の人生を創っていく。H. P. フィリップス[10]によれば、タイ歴史における本格的な最初のマルキシズム分析は1956〜1957年、チット・プーミサック[11]によるとしているが、実はそれより前、1949年、スパー・シリマーノン発行の『アクソーンサーン』によってなされているのである。タイにこのイデオロギーがもたらされたのは、前章で述べるように、1932年立憲革命以前である。そして、共産主義、あるいはマルキシズムという言葉そのものも、既にセーニー・サオワポン作『敗者の勝利』(1943)（後述）や政治小説 M. R. ニミットモンコン・ナワラット『幻想の国』(1946-1947、執筆は1939年)の中で使われている。

　外交官の職を退いていたスパー・シリマーノンは、1949年初め、タイ国内の見識を高め、タイ人に知識を普及させるために定期刊行誌『アクソーンサーン』の出版を決意した。そしてこの年の3月、試刷りを行い、翌4月、創刊号発行にこぎつけた。1冊4バーツ、発行部数1,000部、表紙はかつて日曜版ニコーン紙[12]時代の同僚であったセーンアルンに頼んだ。経費節減のために表紙は色だけ変えて同じデザインを使用、もっとも発行日、内容の題目は当然異なるが、出版にあたっては友人の薬品販売会社（経営者：R. T. ウタイ）の製品（「孔雀印」）を広告掲載することで資金援助をしてもらった。同社からは創刊号から最終号に至るまで資金援助を受けたが、いずれにしても出版に関しては常に赤字経営であった。

　1949年に発行された『アクソーンサーン』創刊号は、先ず発行の趣旨、目的を以下のように巻頭に高らかに謳いあげ、その内容を大きく3分野に分けている。

第 2 章 文芸誌の存在

発行の趣旨
……真剣な読者のために、この月間定期刊行誌を作らなければならない。現在のタイにおいて彼らのためのこの種の刊行誌は今なお不足している、あるいは極めて少ないからだ。従って、本誌『アクソーンサーン』の目標はタイ国民の市民権の価値を促進させるために、また民主主義の国民の地位にふさわしいものにするため、知識を普及させることにある……[13]

内容
　1. 創刊号の役割
　2. 政治解説（国際政治、国際経済）
　3. 文学解説、文学評論

　上記3分野の内容に関してはさらに「(1) 偏見のない理論に基づく政治評論、(2) 政治知識に関する論説、世界の様々な統治原理、政治綱領の解説、(3) 政治ニュース紹介」と基本方針を掲げ、例えば具体的には『アクソーンサーン』5月号では1) 国際情勢、2) 政治評論、即ち、統治体制、統治理論、政治制度、諸々の政治経済綱領、政治思想・哲学の発展等、これらに関する解説、3) 討論の基本理論に基づく政治情勢及び政治問題討論、4) 経済・社会情勢及びそれらの問題解説、以上4項目から構成されている。また文学に関しては1) 文章作法研究（職業作家、アマチュア作家を問わず、文学作品や新聞執筆に関する文章作法解説）、2) 作品と作家、3) 中編小説、4) 短編小説、5) 詩、その他芸術分野などの「知識」、という構成で、総頁161頁に及ぶ。
　これらの分野の編集にあたっては、後にそれぞれの分野で著名な業績を残している作家（シーブーラパー）、文学者（ナーイタムラー・ナ・ムアンタイ）、経済人（ソムマーイ・フントゥラクーン）など、次のような専門家が担当した。

編集人
　　国際業務部門　　　ダッチャニー

Ⅳ　イデオロギーの相克

　　　政治部門　　　　　　クラープ・サーイプラディット（筆名シーブーラパー）
　　　国際経済部門　　　　ソムマーイ・フントゥラクーン
　　　文章作法研究部門　　ナーイタムラー・ナ・ムアンタイ
　　　翻訳、ノンフィクション、ルポタージュ部門
　　　　　　　　　　　　　チャルーン・チャイチャナ

　因みに同5月号（第2号）の目次から主な項目を抜粋すると次のような内容が取り上げられている。

〈世界〉
　ERP, ECA, OEEC　　　　　　　ソムマーイ・フントゥラクーン
　新生ビルマの精神、仏舎利塔　　ソー・サッタヤー
〈政治研究〉
　永続的な統治体制の確立　　　　クラープ・サーイプラディット（筆名シーブーラパー）
　GEOPOLITIC　　　　　　　　　セーン・セーナートローン
〈文章作法研究〉　　　　　　　　ナーイタムラー・ナ・ムアンタイ
〈作品と作家〉
　エミール・ルートヴィックの人生における天使と魔女　チットディン・タマチャート
　ジョンソンの人生と世界観　　　an.
　ロー・チャンタピムパの作品執筆方法
〈新聞〉
　国際ジャーナリスト理事会（ブタペストにて）　クラッサナイ・プローチャート（図Ⅳ-5）
〈中編小説〉
　子守娘の子守唄　　　　　　　　ロー・チャンタピムパ（図Ⅳ-6、7）
〈短編小説〉
　セーニー・サオワポンへの手紙　イッサラー・アマンタクン（図Ⅳ-8）
〈手本：世界の物語、短見〉　　　ワーステープ
〈詩〉

166

第2章　文芸誌の存在

　　　プッサカリン　　　　　　　　ナーイピー（図Ⅳ-9）
　　　血色の月　　　　　　　　　　タウィープウォーン
　　〈地図〉
　　　ヨーロッパの工業地帯
　　　ビルマの少数民族村落
　　　世界の勢力分布図（図Ⅳ-10）

　上記文学関係で執筆している作家ロー・チャンタピムパ、イッサラー・アマンタクン、ナーイピー、タウィープウォーン、またブタペストで開催された新聞・報道関係の世界会議を現地報告として送っているセーニー・

図Ⅳ-5　〈新聞〉国際ニュース：国際ジャーナリスト理事会　クラッサナイ・プローチャート（セーニー・サオワポン）

図Ⅳ-6　〈中編小説〉ロー・チャンタピムパ「子守娘の子守唄」

167

Ⅳ　イデオロギーの相克

図Ⅳ-7　＜中編小説＞
ロー・チャンタピムパ
「子守娘の子守唄」

図Ⅳ-8　＜短編小説＞
イッサラー・アマンタクン
「セーニー・サオワポンへの手紙」

サオワポン（当時記者として海外駐在していた）らの存在は、『アクソーンサーン』のみならず、タイ文学のその後の展開を辿る上でも特筆すべきである。

スパー・シリマーノンが創刊号序言で述べているとおり、事実、それまでの出版界において国際政治や国際経済、そして国の内外の文学紹介や文学解説、文学評論、芸術などこれらの分野を総合的に包含し、解説や評論まで扱ったジャーナルは全くなかった。その意味でも「民主主義国家の市民」のための画期的なこの『アクソーンサーン』がタイで初めて発行された意義は非常に大きい。特に政治分野に関し、「個人とは関係なく、偏見のない評論」をと強調していること、また「社会主義思想」、「共産主義」など、タイにとっては初物であった当時の世界の政治思想、イデオロギー

168

第2章　文芸誌の存在

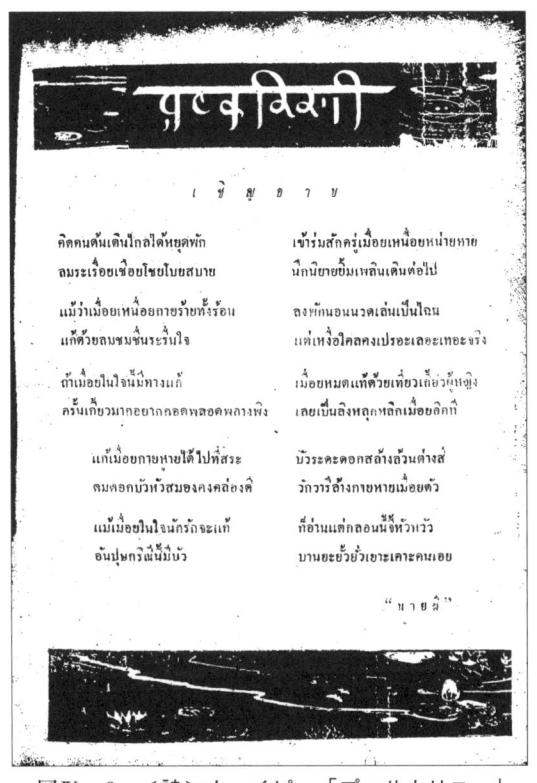

図Ⅳ-9　＜詩＞ナーイピー「プッサカリニー」

が時代の波にのって次々と紹介されていったことは、他の文芸誌との比較の上でも多くの研究課題を残す。

　例えば、前述のように戦前、ピブーンソンクラーム首相自身が自らを会長として1942年に設立したタイ国文学協会（ワンナカディー・サマーコム・ヘン・プラテート・タイ）が同年8月に発行した文芸誌『ワンナカディーサーン』とはその発行趣旨も内容も全く異なっている。同誌創刊号冒頭では、同誌発行を目的の一つとするタイ国文学協会（ワンナカディー・サマーコム・ヘン・プラテート・タイ）の設立趣旨を「タイ言語、及びタイ文学を広く奨励し、タイ言語、タイ文学の創造・育成をはかる。

169

Ⅳ　イデオロギーの相克

図Ⅳ-10　＜地図＞ヨーロッパ諸国の複雑多岐な
諸問題の原因：世界の勢力分布図

また、タイ言語、タイ文学分野において団結を支援し意見の交換をはかる」
と掲げている。そして「文学勝利記念塔」と何度繰り返して述べ、その内
容も1943年、ピブーンソンクラーム首相の誕生日7月14日を祝して発行
された『ワンナカディーサーン』の目次（1. 文学の価値、3.（首相へ）
報恩感謝の念を捧げて、4. 我々の国家指導者、5. タイ国文学協会（ワン
ナカディー・サマーコム・ヘン・プラテート・タイ）の創設者に捧げて、
等々）[14]にみるように、首相への賛辞、国家政策への賛辞が大半を占め
ているのである。

170

第2章　文芸誌の存在

　以上のように『アクソーンサーン』と『ワンナカディーサーン』の2冊の文芸誌の明らかな相違をここに見出す。それぞれの発行人の見解の相違が大きな理由の一つであることはいうまでもないが、留意すべきは、発行の趣旨も内容も全く異なる文芸誌のそれぞれの時代背景である。「指導者を信じれば、国家は安泰」とピブーンソンクラーム政権が唱えるスローガンのもとに、「タイ」の覇権作り、国家建設、ナショナリズムの高揚に邁進した時代背景にあった『ワンナカディーサーン』に対し、片や戦後、政治意識に目覚め、民主主義国家、国民の権利、自由、平等などを考えるようになった時代に、国民の啓蒙を目的として発行されたのが『アクソーンサーン』である。のみならず、こうした異なる時代背景の文芸誌に執筆した作家、あるいは掲載された文学作品はタイ文学の発展過程、そしてタイ文学と政治との関り合いが皆無でないことをはっきりと示している。

## 2　特質とその後の展開

### (1)『ワンナカディーサーン』

　1943年7月14日、ピブーンソンクラーム首相の誕生日を祝して創刊号から1年分の『ワンナカディーサーン』12冊が同首相に献呈されているが、翌1944年にも同様に1年分12冊が献呈されている。創刊号、そして翌年7月14日献呈本のこの2冊の内容から、以下に示す注目すべき点が幾つかあげられる。

　① 大半が詩の作品で、その内容は国の文化促進政策にそって「国家建設」、「愛国主義」、「団結」を謳う。なかでもスントーンピピット（「3種の戦争」）、プラサート・サップスントーン（「タイ人に生まれて」）、サーラーヌプラパン（「国と国民は樹木」）らは定期的な寄稿者とし独立国家としてのタイ、あるいは「タイらしさ」——タイ人としての義務、道徳、生活を強調した。

　　またサーラーヌプラパンはラッタニヨム（国家信条）第8号によって改正された国歌の歌詞改正の理由づけを、「タイ国歌の歌詞

Ⅳ　イデオロギーの相克

82」と題して述べている (Vol.1, No.11, pp. 32-54)。この国歌は1939年12月10日（憲法記念日）、従来の曲と共に国歌として公示され、現在に至っている。改正された歌詞とは次のようなものである。

　　　タイ国歌
血肉をわかつ、わがタイは、皆の団結　あるゆえに
国土は固く　守られて、天地と共に　窮みなし
平和好むも　銃とらば、独立誰にも　侵させず
生命を捧ぐ　民族に、わがタイ国に、栄えあれ　　（安藤浩訳）

②　随所に、たとえば「国と国民は樹木」（ノー・サーラーヌプラパン）あるいは、「我々の国家指導者」（ウォー・ウィチットワータカーン）にみられるように、「指導者」の言葉がみられる。

　　　国と国民は樹木　　　　　　　　　　ノー・サーラーヌプラパン
我々人間と国は「樹木」という言葉に譬えられる。いろんな主根、重要な幹、枝、実、花、葉 —— 即ち、主根は国家指導者、小さな繁多な根は強大な政府、一般の幹、枝、葉柄は政府役人、葉、花、実は国民である。もし根が腐らず良い根であれば、樹木は時と共に成長し、枝を伸ばし、花も咲き実を結ぶ……（中略）
指導者が先頭に立っていく根であるとき、我々国民は決して恐れることなく後に従っていく。閣下に従って歩いていけば、たどりつくところは文化勝利、即ち、タイ国の目指すところ —— 万歳、チャイヨー！
　　　　　　　　　　　　　　　　　　　　　　(Vol.1, No.1, pp. 38-39)

　　（首相へ）報恩感謝の念を捧げて　　　　　文化院事務局婦人部
7月14日この佳き日
英雄の生誕日、タイ国指導者閣下
勇者ピブーンソンクラーム元帥……　　　　　(Vol.1, No.1, pp.6-7)

我々の国家指導者　　　　　　　ウォー・ウィチットワータカーン
　　大小の仕事を奮励努力し行う人
　　苦難に耐えて国を導く
　　国が友愛の心を託す人
　　我々は共に愛するがゆえに苦しみをのりこえる　　　(Vol.1, No.12, p. 8)

③ 首相命令第24／2485号によってタイ国語・文化促進委員会を設置し、タイ国字国語改革をはかった経緯とその内容を、首相自ら説明している。
④ タイ文字綴字法（1942年）による綴字が本書においても当然使用されているため、タイ国語史という観点からみても非常に重要な文献である。
⑤ 創刊号、及び誕生日に献呈された『ワンナカディーサーン』は刊行の趣旨が趣旨だけに、ピブーンソンクラーム首相称賛の辞一色である。(Vol.1, No.1, No.12)
⑥ ウォラウェート・シワサリヤーノンは「タイ詩の歴史」(Vol.1, No.1, pp. 78-104) の中で、ピブーンソンクラーム首相とラームカムヘーン大王とのあいだに共通点を見出し、同首相の施政を「偉業」として称えている。つまり、彼によればスコータイ王朝第3代ラームカムヘーン大王は、
　1) タイ文字創始（1283年）によって、それまでクメール文字に支配されていた民族に、「民族的独立」を与えた。同王の命によって刻まれた石碑文は、従って、タイ民族が遺した最も古いタイ語と考えられる。
　2) 領土拡大のみならず、近隣国と友好関係を保つ（史実では1294年、中国のクビライ即位典礼に参加。1300年、再度中国へ、陶工を伴って帰国し、スワンカロークに焼物工場を作らせたとあるが、いずれも中国史との整合性はない。また、1299年、クメールを征伐、属国とする）。

Ⅳ　イデオロギーの相克

　　3) ラーイ・スパープの詩形で書かれた『スパーシット・プラルワン（スコータイ王の金言集）』はパーリ、サンスクリット語の影響下にない純粋にタイの教えである —— と述べ、ラームカムヘーン大王の大王たる徳がその才智、勇気、正義にあるとして、ピブーンソンクラーム首相を大王に譬え、称賛する。ピブーンソンクラーム首相の場合、それは次の点にある。
　　　1) タイ国字国語改革
　　　2) 仏領インドシナの領土失地回復に成功
　　　3) ラッタニヨム（国家信条）公布によって「タイ文化」を奨励促進
⑦　トー・ユーポー、モー・トラーモート、ウォー・シワサリヤーノン、ポー・ナナコーンら学者は、国家建設の主題に歴史性をもたせ、現時点の「国家建設」を述べる。例えば、前述のウォラウェート・シワサリヤーノンのほか、トー・ユーポーも「タイ文学」(Vol.1, No.1, pp. 105-132) の中でタイ民族の独立、国家建設が始まったスコータイ時代と今のこの時代、即ち、独立を維持し、憲法のもと民主政体によって統治されている現在の状況とよく似ていると述べ、ピブーンソンクラーム首相のラッタニヨム（国家信条）を支持する。彼の著述の中で注目すべきは、ナーラーイ王時代（在位1656 - 1688）に来タイしたフランス人ルベールの言葉「……彼ら（タイ人）は吐く息が詩、天性の詩人である……」を引用し、彼の論を展開している点である。
⑧　土俗の文学、あるいは文化の排除。モーラムやノーラーなど地方の伝統文化、伝承説話に関するものは掲載されていない。タイ古典の代表『ラーマキエン物語』さえもウィチットワータカーンによれば、インドからの借用でパーリ語の文学として排除、内容はあくまでも「タイ」に固執する。
⑨　前述(3)に関する言語文化の奨励促進をはかって、「タイ文学クイズ」という賞金付きのコラムを設け、一般読者の参加を募っている

(Vol.1, No.12, pp. 69-83)。また同誌には同様の目的でタイ国文学協会（ワンナカディー・サマーコム・ヘン・プラテート・タイ）が主催した文学賞（公募）の受賞者が発表されている。受賞者には協会創立記念日、ピブーンソンクラーム首相の手から賞金が渡された。

〈タイ文学賞〉
公募作品（詩）「文化勝利の10年」
題「文化勝利の10年」
形式　定型詩（クローン＊・スパープ）
2,000語以上、3,000語以下
賞金　最優秀賞　4,000バーツ
優秀賞　1,000バーツ
応募資格　作家一般
応募期間　1942年7月～1943年3月
審査結果　最優秀賞　該当者なし
優秀賞　サウェート・ピヤムポンサーン
　　　　ソムロート・サワッディクン・ナ・アユッタヤー
　　　　サムレット・セーカナン

〈タイ文学クイズ〉
問題（計30問、口答、制限時間5分）
問（13）　タイ文学において
　　　　胃の中に入れるものに出くわすか
　　　　排出物に出くわすか
　　　　答えてごらんなさい。　（出題者　アルン・ブンヤマーノップ）
問（22）　「子供のために木は死ぬ」
　　　　長く言い伝えられているこの古い諺
　　　　実は、ある詩作の中の一節
　　　　さて、その一節とは？　（出題者　ノー・サーラーヌプラパン）
問（3）　スントーンプーはタイ国の誉れある詩人
　　　　詩に関する知識は限りなく深い
　　　　しかし全く不思議に思うのは

Ⅳ　イデオロギーの相克

　　　　スントーンプーが物語に引用する地理の知識に疎いこと
　　　　恥ずかしい話だが
　　　　『プラアパイマニー物語』では
　　　　いったいどの部分が誤っているか。
　　　　　　　　　　　　　（出題者　ノー・サーラーヌプラパン）

　強大な国づくりを目指すピブーンソンクラーム首相の目的は、このように自ら発行した文芸誌をとおして、言語、文学の分野にまで明瞭に表われてくる。文学の知識は精神を、そしてよい言語の使用は行動、礼儀を向上させる、という彼の考えはさらに「文学は国の文化の中で最も重要な一分野である」とよりはっきりと、信念をもって主張されていく。彼によれば「昔のタイの賢人、詩人たちは既にいかなる民族に負けるとも劣らない高い水準の、そして揺るぎない文学をタイ国家に対して創造してきた。我々が現在もっている様々な詩形、クローン*詩、チャン詩、カープ詩、クローン詩はタイ文化において国の名誉として高く誇る文化の一つであり、これらはますますその質を高め、量的にも増やしていくべきものである」(Vol.1, No.12, pp. 93-94) というのである。
　「文化の中にこそタイの精神がある」と考えるピブーンソンクラーム首相の信条が、ここで強大な国づくりの願望と1本の糸につながってくる。

## 3　変化と批判

### (1)『ワンナカディーサーン』

　「強大な国家建設のための言語・文化プログラム」政策に編集人として就任を求められたワンワイタヤコーン親王は、首相の政策に賛同し、編集人として同誌掲載内容を当初大きく3分野、つまり (1) 言語、(2) 文学、(3) 国文学評論とし、さらに次のように定めた。
　(1) 言語（文法、意味論、綴字論を含む）
　(2) 文学　詩（クローン*詩、チャン詩、カープ詩、クローン詩の定型

## 第2章　文芸誌の存在

詩、ただし、その主題は問わない)、散文（随筆、短編、格言、諺、翻訳、いずれもその内容は問わないがタイ国語・文化促進の刊行趣旨にそった作品であること）

(3) 文学関連作品（歴史、地理、芸術〈絵画、造形芸術、楽器演奏、舞踊〉、挨拶表現、その他文化に関する作品を含む）

(4) 文学評論（文学評論理論、作家史、文学史、作品評論など）

マナット・チッタカセームによれば、同誌で最も興味深い人物はピブーンソンクラーム首相やその仲間から最も称賛され高庇にあずかった編集人自身ワンワイタヤーコーン殿下だと述べる（Manas Chitakasem, 1991, pp. 40-41）。同誌はこうして1942年以来刊行を続けていくが、注目すべき点は、ピブーンソンクラーム首相一色に塗られたこの文芸誌も、純粋に学者という立場で、あるいは研究者、作家という立場で寄稿した人たちもいることである。

前者には同誌委員の一人でタイ国文学協会（ワンナカディー・サマーコム・ヘン・プラテート・タイ）副会長も務めているヨン・アヌマーンラーチャトン、後者は後に「ナーイピー」のペンネームで知られる反体制派詩人アッサニー・ポンラチャンである。言語、文化（特に民俗学）の碩学、ヨン・アヌマーンラーチャトンは学者としての姿勢を決して崩すことなく、同誌への寄稿は彼の専門分野、つまり、「タイ語の近代化（*Khwamkhlikhlai khong kham thai*)」、「タイ文学の灯明（*Khruangprathip nai wannakhadi thai*)」などのように言語、文学、民俗の主題に限られていた。一方、アッサニー・ポンラチャン（ナーイピー）は、その後、国の政治に相容れず、結局1987年、ラオスで客死したその生涯が示すとおり、真の民主政体にほど遠い彼が生きた時代にあっては、いわゆる「反対制」の思想の持ち主だった。サンスクリット文学の研究家であり、同時にまた詩人、かつ文芸評論家でもあった彼が、ピブーンソンクラーム政権によって作り出された「国家建設」のイデオロギーの中で誕生した新世代の作家の論説に反対したのは当然であろう。

つまり、彼は『ワンナカディーサーン』の中で、ピブーンソンクラーム

## Ⅳ　イデオロギーの相克

へ絶対的な称賛と尊敬を捧げる詩人ソムロート・サワッディクン（タイ国文学協会（ワンナカディー・サマーコム・ヘン・プラテート・タイ）コンテストで1943年、44年、2回にわたって受賞、2回目の受賞作は「7月14日（ピブーンソンクラーム首相誕生日）」）と彼女の論説「タイ文学原文の精密な講読」をめぐってと激しい議論を戦わせたのである。アッサーニーの弁によれば、「タイ」の審美観が非常に高い水準にあるため、一般の人にはその価値を理解されず、過小評価されるときもあるとするソムロートの論には、学術的にも誤った点があるというのである。

同誌はやがて「タイ」的なものをあくまでも維持し、擁護していこうとする、いわゆる保守派の論説が、学者や研究者から反論されるという傾向をみせてくる。例えば、

(1) 文芸評論家チョンティラー・サッタヤーワッタナーによる西洋心理学を応用したタイ文学分析に対して、「タイの伝統」を最重要視するスポーン・ブンナークの反駁

(2) 文学と社会経済史の関連性を示すニティ・エーオスリウォンの学術的な、かつ洞察力鋭い論説「貴族階級の文化とラッタナコーシン王朝初期の文学」に対して、スマリー・ウィラウォンの反駁

時代の流れの中で、上記のように宮廷文学をなおもタイ文学の知識、あるいは基盤とし、同誌の権威の傘下にあった古典文学保護主義者は、新しい思想を取り入れた学者や研究者からときとして反論された。特にタイ語、タイ文学に関してあくまでも「タイ的」なものを保護し、防御しようとしたソムロート・サワッディクンらの著述は、1973年学生民主革命後、「サクディナー文学」（Ⅱ参照）として文学界に物議をかもした。

ピブーンソンクラーム首相、そしてウィチットワータカーンの死後、その実権消滅と共に『ワンナカディーサーン』も即、衰亡したかというと決してそうではない。幾たびか反論を受けるものの、彼らが唱えた「国家建設」のイデオロギーは、「国家」の概念、そして「タイ的」なもの、いわゆる「タイのアイデンティティ」の精神をタイ国文学協会（ワンナカ

ディー・サマーコム・ヘン・プラテート・タイ）の会員や委員たちに推しはかれないほど深く吹き込んでいた。その意味から考えると、反論を受けた前述3人、スポーン・ブンナーク、ソムロート・サワッディクン、スマリー・ウィラウォンはまさにピブーンソンクラームの「新しい国家」が生んだ優等生であり、タイ文学を通じてピブーンソンクラームの「国家」に勝利の歓声「万才！」をもたらした歴史の生き証人であろう。

### (2)『アクソーンサーン』
〈タイ文学への影響〉

　第二次世界大戦の結末は様々な影響を世界中にもたらした。タイにおいても無論例外ではない。自由タイ運動の功も奏し、タイは辛くも敗戦を免れることができた。ヨーロッパではドイツ、イタリアの独裁政権崩壊、アジアにおいては蒋介石に対する毛沢東の勝利、ホーチミンやハッタ、そしてスカルノらによる救国闘争の勝利などが相次いだ。これらは自国の自由と主権、真の民主主義を求めるタイの知識人や作家たちを大いに鼓舞した。彼らはこのような国際情勢に、悶々として解決を見出しえなかったタイの状況に一つの出口を見出した。

　戦前から戦後にかけてのタイの国内情勢といえば、1932年立憲革命が理想の民主主義とはほど遠く、しかも世界の民主主義の流れと逆行するかのように、1938年、首相に就いたピブーンソンクラームは「指導者を信じれば、国家は安泰」とスローガンを掲げ、軍の独裁政権時代に入っていった（1938－1957）。この間、虐げられ不利を蒙っている一般民衆の求める真の民主主義、公正を尊しとする社会への希求は、行動手段を見出せないもどかしさに苛立ちながらも一部の作家、知識人たちのあいだでますます強くなっていった。その一人がジャーナリストのスパー・シリマーノンであり、作家シーブーラパーであった。『アクソーンサーン』の発行趣旨が示すように、武器をもたない彼らにとって必要なのは民衆の啓蒙であった。タイ文壇に現実社会を直視する「場」が枯渇していた現状に、彼らはやっと一つの行動に出て理想を具現化した。

Ⅳ　イデオロギーの相克

　以後、『アクソーンサーン』はタイ文学の新しい波を次々に生んでいく。タイ文学のみならず、ソ連（ロシア）や中国の文学、ヨーロッパの時代の先端をいく新しい文学、あるいは世界の名作や古典を紹介、解説し、また政治、経済に関しては社会主義思想、マルクス主義など、国際政治、経済の動向を解説、評論した。後にタイ文学史において一つの大きな思潮とされる「人生のための芸術」論を生み出したのもまさにこの『アクソーンサーン』からである。

　もともとこの思想「人生のための芸術」は当時以上に文芸評論はなおさらのこと、評論らしきものさえまだなかった頃、つまり立憲革命の年と同じく1932年、当時の新聞としては画期的な文芸評論を紙面の半分を割いて掲載した日曜版ニコーン紙にそのルーツを見出す。『アクソーンサーン』と同様ジャーナリスト、スパー・シリマーノンが創始したこの新聞では作家や各書物の文芸評論をそれぞれ異なった5つの観点から紹介した。即ち、

1. 「本市場」（新刊紹介も含めた文学界の動向や読者との対話）
2. 「書棚」（文芸評論を中心に、タイ、ヨーロッパの古典文学評論。後の『アクソーンサーン』でも文学分野の編集人を担当し、詩作も掲載していたナーイピーは古代インドの叙事詩『マハーバーラタ』第6巻の評論を執筆）
3. 「作家の世界観」（インタビュー形式で作家の考え、作品の背景などを紹介）
4. 「論壇」（現代文学を忌憚なく批評。評論という分野が未熟な当時、本誌の発行はプラス、マイナスの双方の影響があったが、このコラムによって「文芸評論」という一つのジャンルが切り開かれたことは特筆すべきである。さらに、ナーイピーがこのコラムで「文芸評論」を始めたことは、その後のタイ文学発展に大きな影響を与えた）
5. 「日曜版ニコーンの書斎」（古典文学に関する理想、見解を討論形式で紹介）

　スパー・シリマーノンが手懸けた日曜版ニコーン紙はこのように文芸評

論の生みの親、そしてそこに国際感覚、世界の政治、経済、芸術分野を取り入れた新しい顔の『アクソーンサーン』の源であるといえる。しかし、当初、今で言う普通のジャーナルであった『アクソーンサーン』は次第にそのカラーを変え、社会主義思想の色彩が強くなり、遂にはマルクス主義普及のジャーナルとみられるように変化の道を辿る。

　これらの思想の影響がタイ社会にもたらされたのは戦後、1947～1956年、「冷たい戦争」の始まりと時を同じくする。そこにはアジアにおける国際情勢が少なからぬ重要性をもっている。即ち、上述のとおり、当時のアジアの国際情勢は、独立を果たした国、あるいは独立闘争中の国、さらには中国の例にみるように毛沢東率いる共産党と国民党の国内闘争が結局、1949年中国共産党の勝利に終わるという激動の時代にあった。マルクス主義の理想を掲げた政党が古い社会体制を一掃し、革命を可能にしたというこの中国革命の勝利が、タイ社会にマルクス主義を普及させる直接的な要因と考えられる。

〈『アクソーンサーン』をめぐる亡命作家たち〉
　スタチャイ・ジムプラサート[15]によれば、この新しい社会主義思想、マルクス主義思想は『アクソーンサーン』第1号、第2号においてはまだみられないとするが、その萌芽は既に充分にうかがいしれる。なぜなら、第1号、第2号においては確かに明瞭に社会主義思想、そしてその文言も出てこないが、当時のタイの「現実社会」を深くみつめ、社会公正、よりよきタイ社会を求め、悲惨な結末をもたらした第二次世界大戦後の世界平和を希求する政治への焦点が向けられているからである。そして第2号では政治分野でクラープ・サーイプラディット（筆名シーブーラパー）が「永続的な統治体制の確立」と題し、現実のタイの政治、社会を見据えて望ましい政治体制を論じているほか、「国際ジャーナリスト理事会（ブタペストにて）（主催 International Journalists Organization)」（クラッサナイ・プローチャート、別筆名セーニー・サオワポン）、「セーニー・サオワポンへの手紙」（イッサラー・アマンタクン）、詩「血色の月」（タウィー

## Ⅳ　イデオロギーの相克

プウォーン）など、これまでの文芸誌にはない世界の政治体制、政治イデオロギーなどが読み取れるからである。また同号地図、ヨーロッパの工業地帯や世界の勢力分布図には今や崩壊した「ソビエト連邦」がヨーロッパ大陸の中に場を占め、冷戦時代の国際情勢を視覚で読者に伝える。同年7月号に掲載された地図「アジアにおける3列強国の勢力範囲」も同様で、戦後の国際政治状況を優に物語る。（巻末「タイ文学概史」参照）

『アクソーンサーン』に「社会主義」、「マルクス」、「マルクス主義」の名がはっきりと出てくるのは1949年第6号（9月号）からである。ここでソー・サッタヤーは「共産主義者の二つの戦略」、またシーブーラパーは次号で「カール・マルクスの二つの理論」、同第9号（12月号）で社会主義者の政策を解説、アッサニー・ポンラチャン（ナーイピー）は毛沢東の『芸術と文学』を翻訳・論評している。

『アクソーンサーン』が刊行を続けた1949～1952年、同誌に執筆した主な思想家、作家たちには編集人自身のスパー・シリマーノンを始め、クラープ・サーイプラディット（筆名シーブーラパー）、アッサニー・ポンラチャン（ナーイピー）、イッサラー・アマンタクン、サノー・パーニットチャルーンらがいる。後にサマック・ブラワート、サマーン・ウォーラブルック、スパット・スコンターピロム、タウィープ・ウォーラディロック（筆名タウィープウォーン）、オー・ウダーコーン、プルアン・ワンナシーらが加わるが、他に執筆回数が少ないとはいえ、セーニー・サオワポン、ロー・チャンタピムパなど、いずれもタイ文学史に足跡を記す作家たちである[16]。そして彼らの多くの作品が10月14日学生民主革命後、何度も繰り返し出版されて読まれ、再びこの時代の社会主義思想普及の主要な基盤となったことは、その後の現代タイ文学の展開、発展を考察する上で看過できない。ピブーンソンクラーム政権の言論統制により1952年、発行禁止を余儀なくされた『アクソーンサーン』であるが、彼らの作品は1973年学生革命を起こした若い世代に共感を呼び甦ったのである。

上記作家の作品が、30年ほどの時の流れを経て再び若い世代に深い関

心を寄せられるようになった理由は、特に 1) マルクス主義の経済、政治理論、さらには外国、特に共産主義国の政治、統治、2) 社会主義リアリズム文学の評論・思想、3) タイ文学及び外国文学の評論・解説、4) 1950年代後半、チット・プーミサックによって生み出されたタイ文学における大きな文芸思潮「人生のための芸術、民衆のための芸術」の源となるタイ、および外国の文学作品、これら4点を主とした内容の掲載にあった。

1960～70年代、経済発展が進む傍ら、社会公正、人間の平等、自由を後の世代の学生や作家たちに求めさせるタイ社会の現実がそうさせたのである。「搾取するもの」と「搾取される者」、「持てる者」と「持たざる者」の格差、貧富の差が拡大していく資本主義経済構造への体制批判が生じ、富の平等、分配、社会公正、人間の平等、自由を求めて社会体制の変革を彼らは切望した。そこで出会ったのが体制の変革を訴える『アクソーンサーン』に掲載されていたかつての作家たちの作品である。

例えば、発行中期～後期の『アクソーンサーン』では中国文芸への関心が深まってくる。当時活躍した著名な詩人たちの詩（翻訳プルアン・ワンナシー、1951）や中国の進歩派作家魯迅の『阿Q正伝』翻訳・解説（翻訳デーチャ・バンチャーチャイ、1952）などをはじめとして中国文学が次々に紹介されていく。なかでもナーイピー、タウィープウォーン、プルアン・ワンナシーなどは次第に明瞭な社会主義思想を表面に出して文学活動を続けた。タウィープウォーンは「創造のための破壊」（1950年3月号）、プルアン・ワンナシーはマーファーントーの詩を翻訳紹介する傍ら、自らも詩作「誰かの手でなされなければ」、オー・ウダーコーンは「流れのほとりで」を書く。

スタチャイ・ジムプラサートは「社会主義思想のもとに執筆した彼らが、当時、社会主義思想の普及に果たした役割は決して少なくない」と述べる[17]。確かに、彼の言うように、新しい思想のパイオニアとして社会主義を普及させた彼らの役割は大きい。しかし、ここで誤解してならないのは、彼らは事実、社会主義、マルクス共産主義を頭に置いて執筆したが、決して真の民主主義を否定はしてはいないということである。彼らはむしろ真

Ⅳ　イデオロギーの相克

の民主主義を切望し、人間の自由、平等、社会公正を限りなく求めた。共産主義を恐れる時の政権に抵抗し、当時のタイの現実社会に「変革」をもたらしたい、その一念であった。彼らが求めたのは社会公正であり、人間の平等、自由であった。彼らの数々の名作がそれを如実に物語る。しかしながら共産主義を「赤い幽鬼」として脅えるピブーンソンクラーム政権にとっては不気味な危険分子であった。

　結局、『アクソーンサーン』は反共法を公布したピブーンソンクラーム首相によって閉鎖命令を受け（1952年11月）、上述作家たち、シーブーラパー、ナーイピー、プルアン・ワンナシーらは「共産主義者」と目され、以後、亡命の人生を送ることとなる。プルアン・ワンナシー、シーブーラパーは中国へ、ナーイピーは晩年1976年軍事クーデタ後ラオスへと亡命し、政治によって言論の自由を奪われ、作家活動を閉ざされた。

〈『アクソーンサーン』の意義〉

　ピブーンソンクラーム政権下、編集人スパー・シリマーノンは、たとえ社会主義思想を広めたとしても「国内の政治批判をしない、革命団統治、及びピブーンソンクラーム政権に言及しない」という信念をもって『アクソーンサーン』の出版体制維持に努力した。国内外の激しい時流の中、1952年11月まで刊行が可能だった理由もそこにある。平和反乱事件に端を発する政治粛清のため廃刊となった末路ではあるが、世界的視野にたって新しい思想、哲学、文学、芸術の新風をタイに吹き込み、「人生のための芸術」の思潮をタイ社会にもたらした。そしてその思潮は次の世代の思想家であり言語学者であり歴史家、作家、詩人というタイ文学史稀有な人物、チット・プーミサックに継承され、彼がその著作で説く文芸思潮「人生のための芸術、民衆のための芸術」（『人生のための芸術、民衆のための芸術』1957）を生んだ。さらにその波は1970年代の若者や作家グループに、今度は「人生のための文学」の思潮へと一つのタイ文学の流れに脈々と続いた。

　こうしてみると、極めて短命ではあったが、新しい社会思想のパイオニ

第2章　文芸誌の存在

1979年1月号

1978年10月号

1979年9月号

1979年7月号

1980年1月号

図Ⅳ-11　文芸誌『人生のための文学』(月刊)より

185

IV　イデオロギーの相克

アであり、後の1970年代、文芸思潮「人生のための文学」(図IV-11)の源流となった『アクソーンサーン』は、タイ文学に一つの遺産を残したと呼べるほど、その意義は深く、大きい。

## 注

1) 1897〜1964年。軍人政治家。国軍元帥(1941-1957)、首相(在任1938-1944、1948-1957)。長年にわたる首相在任中、国家主義政策、反共政策、汎タイ主義の民族運動を通じて国境外に住むタイ民族の大同団結を唱えるなど独裁政治をとったが、1957年、サリット・タナラット陸軍最高司令官が率いるクーデタによって終止符が打たれた。(III参照)
2) 新聞記者であり作家であったソット・クーラマローヒットを編集人として戦後に発行された文芸誌。
3) Wanwaithayakon, Prince, ed., *Wannakhadisan*, Wannakhadhi Samakhom haeng Prathet Thai, Vol. 1, No.1, 1942, p.2
4) Sansan Books, ed., *Ramluk 100 pi Pontri Luang Wichit Wathakan*, Sansan Books, 1998
5) Wanwaithayakon, ed., Vol. 1, No.1, 1942, pp.3-5
6) Ibid., Vol.1, No.12, 1943, pp.1-3
7) Ibid., preface
8) 第二次世界大戦中、日本軍の占領に抵抗する抗日運動の秘密組織。タイでは摂政プリーディー・パノムヨン、アメリカではM.R.セーニー・プラモート公使、イギリスではプオイ・ウンパーコーンらが指導者となって連合軍に協力した。
9) Chinda Sirimanon, *Anuson nai Supa Sirimanon, 24 March*, Amarin Publishing, 1986, pp. 47-48
10) Herbert P. Philips, *Modern Thai Literature*, University Hawaii Press, 1987, p.23
11) 1930〜1966年(銃殺)。1958年、サリット首相による政治粛清で6年間の獄中生活を送る。言語、文学、歴史に関する評論、著作も多く、その代表作に *Sinlapa phua chiwit, sinlapa phua prachachon* (人生のための芸術、民衆のための芸術)があり、当時、一つの大きな文学思潮となっただけでなく、後の世代の作家や学生に大きな影響を与えた。
12) スパー・シリマーノンを編集責任者として、1932年発行。
13) Supa Sirimanon, ed., *Aksonsan*, Vol.1, No.1, 1949, p.2

14) Wanwaithayakon, ed., Vol. 1, No.12, 1942, pp. k-kh-kh
15) Suthachai Yimprasert, "Nakkhit sangkhomniyom thai klum aksonsan (2492 - 2495)", Bangkok, 2000, p.6
16) シーブーラパー(代表作『人生の闘い』、『憲法よ、さようなら』他、亡命)
　　セーニー・サオワポン(代表作『ワンラヤーの愛』、『妖魔』、『敗者の勝利』他)
　　イッサラー・アマンタクン(代表作『笑いと涙』他)
　　プルアン・ワンナシー(詩人、「みえるのは貧しき者ばかり」、亡命)
　　ナーイピー(詩人、「東北(イサーン)」、亡命)
　　ロー・チャンタピムパ(『ラオリキット――ワーシッティーの墓の上で』他)
17) Ibid., Suthachai, 2000, p.14

IV　イデオロギーの相克

# 第3章　国家主義の政策とタイ社会、文学界

## 1　「文化」統制下の作家と作品

　1938年、首相の座に就き「強いタイ国」を目指したピブーンソンクラームの国家主義の政策は、タイ社会に様々な影響を与えた。ナショナリズムいう語義の定義は難しいが、ここでは民族主義、国家統一という観点でとらえることにする。タイ近・現代文学史においてその国家主義の政策、即ち、ナショナリズムの概念はラーマ6世（在位1910－1925）の文学作品に見出すが、ラーマ6世にみたそのナショナリズムとは本質的に異なっているといえるピブーンソンクラーム首相のナショナリズム、つまり、国家主義の政策、国民文化法（1942年公布）が当時のタイ社会、文学界にどのような影響を与えていたのか、作品が当時の「タイ」を映し出している。

　言語も文化も自ら進化し変化するのであって、国家が支配するものではない。しかし、その分野に国家権力が入り込んできたとき、タイ文学界には三つの大きな反応がみられた。第1は、ピブーンソンクラーム首相が創設したタイ国文学協会（ワンナカディー・サマーコム・ヘン・プラテート・タイ）のように、国の政策に迎合、あるいは迎合こそしないが、同協会発行の文芸誌『ワンナカディーサーン』をとおして作家活動を続けたグループ、第2は国が定める「よい小説」の規準、つまり、よい小説とはよい言語を用い、精神にとってもよいもので、また礼儀作法、行動にとってもよいものであるというお仕着せに対して、強い不満を表明し、さらにタイ国字国語改革によって使用言語まで決められた国の統制に抵抗し反対した作家グループ、第3は、政府政策に迎合せず、批判的ではあるにせよ、客観的に現況をみつめ、作品の中に取り入れた作家グループである。

　ピブーンソンクラーム首相が1942年総理府布告をもって実施したタイ

第3章　国家主義の政策とタイ社会、文学界

国字国語改革運動は、その一部は現在も実行されているが、結局、2年後、タイ文字の改革に関する総理府布告（1944年11月2日）によって、同布告を取り消し、旧に復した。その国字国語改革とは次のような内容を骨子としているものであった。
1. サンスクリット語、パーリ語からの借用詞のみに使用する使用頻度数の少ない子音文字を廃止
2. タイ数字を廃し、アラビア数字を使用
3. 1人称単数代名詞と2人称単数代名詞に関して、使用語句を限定。

　それぞれの代表作家を第3のグループからあげれば、ドークマイソット、スワンニー・スコンターが当時の状況と一人の国民としての心情を作品の中に盛り込んでいる。
　例えば、ドークマイソットは、第二次世界大戦後に書いた作品『最後の文芸作品』の中で、"指導者閣下"の文化政策「帽子をかぶろう」を主人公タウィットとユパーの中に取り入れ、またラジオ番組「マン・チューチャート氏とコン・ラックタイ氏の談話」（Ⅲ参照）を随所に取り入れている。
　あるいは同時代を生きたスワンニー・スコンターは『サーラピーの咲く季節』（原題『動物園』）の中で、この時代のことは1冊の本が書けるほどと述べ、彼女独特の手法で歴史性とユーモアをたっぷりと随所に滲ませて、時の国家政策が庶民の生活に、それも地方の人々にまでどれほど深い影響を与えていたか、当時の社会を小説の中に投影している。

　　……この"指導者を……"の時代には、1冊の本が書けるほどおもしろいことがいろいろあった。バンコクに洪水[1]が起きたのも、この時代と時を同じくしている。この頃、大いに流行ったものといえば、舟を漕いでのクオイティオ商売とか、朝、夫が働きに出かけるとき妻へキスをする、といったファッションがあげられよう。（図Ⅳ-12）
　　当時、私はまだ幼い子供であった。しかし、その頃の出来事が鮮明な記

189

## Ⅳ　イデオロギーの相克

憶として頭の中におさめられている——。

　父は毎週水曜日（もしかすると、金曜日だったかもしれない）になると、必ず輪踊[2]りの練習をやらなければならなかった。というのは、その輪踊りが、即ち、タイ文化の一つを示すものであり、衰退しないよう保存していかねばならなかったからである。

図Ⅳ-12　1942年9月の大洪水（国会議事堂前、チュラーロンコーン大王騎馬像）

　公務員たるもの、輪踊りを踊ることができなければならなかった。それだけではない。歌も歌わなければならなかった。

　　……麗しき月の光よ
　　そなたの光こそ、この大地へ注がれ
　　大いなる大地を皓皓と照らす
　　…………

さらには、すらすらと口から出るように、歌詞を暗記しておく必要があったあの歌、

　　……わたしは愛する
　　あなたさまを愛し
　　あなたさまに思い憧るる
　　あなたさまは勤勉な方
　　あなたさまは仕事に励まれる
　　…………

　時のピブーンソンクラーム首相夫人が作曲された歌とかいわれているが、父は仕事から帰ってくると、くる日もくる日も歌を歌っては私たちに聞かせていた。そして、しばらくのあいだ、自分のお気に入りだったポーラドック鳥の歌声をすっかり忘れてしまっていた。

　　ホークポック

第3章　国家主義の政策とタイ社会、文学界

　　どこから聞こえるのか
　　ポーラドック、おまえのさえずりは
　　ああ
　　あそこだ
　　あのペカーの樹の枝
　　…………
　　緑色の体は翔び去った
　　空に大きな輪を描いて

　ポーラドック鳥が、どうしてあんな奇妙な声で鳴くのかわからない。
　輪踊りを踊っている父の姿を思い起こすたびに、私は父のことが気の毒に思えて仕方ない。
　ある日、父が輪踊りをするというので、私はみに出かけた。父は似合いもしないだぶだぶの制服を着込んでいた。肩のところには、ピカピカの金色の肩章もついている。背が高い父の姿は、踊りの輪の中でひと際目立った。他の役人たちもそれぞれ距離をおいて、直立の姿勢をとっていた。いよいよ踊りが始まった。ところがなんと、父が踊るその身振り手振りといったら、どうみても一座の笑いの的とならざるをえなかったのである。
　一方、母はいわゆる「文化」なるものを、一切身につけようとしなかった。他の役人の奥様連中が皆、輪踊りに熱をあげているというのに、母といえば無関心もいいところだった。そんな踊りをして遊ぶくらいなら、死んだほうがましだと、そう思っていたに違いない。
　母に尋ねてみると、「いや」の一言。さらに「たとえ命を取られることになっても？」と聞いてみても、同じ答えしか返ってこなかった。母のこの頑固な気質は、そのまま私が受け継いでいる。

　チョーンカベーンが少しずつ姿を消していったのは、ちょうどこの「文化運動」[3] 全盛時代にあたる。それというのも、大事な装身具として、帽子と名のつくものが入り込んできたからだ。またこの時代、私たち国民は、当時の学者グループが改革した新しいタイ文字アルファベットを練習して使いこなさなければならなかった……[4]

191

## Ⅳ　イデオロギーの相克

　そのほかコー・スラーンカナーンの『パンティパー』や『テーパラート（神王村）』においても"指導者閣下（ピブーンソンクラーム首相）"がとった政策、「人口の地方拡散、家畜の飼育や家庭菜園の奨励」を作品の中心として物語が展開していく。

　一方、第2グループの中には、「よい小説」の規準の一つであった「作品の道徳性」に反対して、むしろ人間のありのままの姿、人間本来の感情に重きをおいた作品『我々の大地』を書いてお仕着せの文化政策に抵抗したメーアノン（本名マーライ・チューピニット、本書『我々の大地』の執筆は抵抗の自己表示として一時中断）や、イッサラー・アマンタクン（『笑いと涙』）、セーニー・サオワポン（本名サクチャイ・バムルンポン）、あるいは当時鋭い分析で文学評を論じ、自らも作品を書いたヨット・ワッチャラサティエンらがいる。

　例えば、セーニー・サオワポンの場合、『死の上の生』の中で、第1章冒頭からこの問題を真正面からとりあげ、当時、作家、芸術家がいかに苦悩したかを率直に語る。

　　……彼もまた、戦争によって人生の美しい祈願を粉々に壊されてしまった多くの青年の一人だった。彼は激しい勢いでどっとあふれてくるような時の流れに立ち向かって立ち、懸命に耐えた。そして必死で逆った。必死で……しかし、とうとうその激しい流れは、彼を無意味な人生の大海へと押し流し去ってしまった。彼はまるで別人のようだった。彼はどうすることもできない自分の人生を、前後の見境もなく、なりゆきまかせで放り出さざるをえなかった。

　　彼は政治が「文化」という美名を借りて彼の「文学」の人生に介入してきたとき、作家という職業を捨てた。いや、彼は自分が書く、取るに足らぬ作品を「文学」とか、あるいは芸術作品と呼べるほどの誇りも驕りも今までもったことはなかった。なぜなら、芸術は芸術家の作品であり、その芸術家とは芸術局の資格証書をもった者に限られていたからである。つまり、誰であろうと厚顔無恥にも自分自身を芸術家と呼んだり、あるいは呼ばれたりすることはできなかったからである。

第3章　国家主義の政策とタイ社会、文学界

　そればかりではない。彼は執筆に制限を加える新しい規則にも出くわした。それはまるで捕らえられて檻の中に入れられた作家のような心情だった。自由な大空のもと、広々と広がる樹立ちの中に解き放たれるのではなく、鳥籠の主人たった一人のためにクークーと鳴いて歌を聞かせる鳩のように——。しかもこの大戦時、本はどれをとっても傲慢で、奇妙なほどにヒステリックな登場人物が出てくる内容ばかりだった。
　彼はバンコクの人生に嫌気がさしていた。人間として生まれてこの方、これほどまでに精神的抑圧を感じたことはなかった。彼は今まで他人の裕福を妬んだことは1度とてなかった。しかし、国中いたるところ貧困にあえいでいるとき、新世代の金持の偉ぶった態度は、痛いほどに彼の胸に突き刺してきた。もしほかの何百万人もの人が、かやつり草のござをまとっていることで、あるいは着るものが何もないということで威嚇されたりしなければ、金持ちがきれいなものを好むのも当然だと考えるだろう。しかし、彼は配給券をもらわんがために税金も払っているし、申請書の代金も払っている。ぎゅうぎゅう人にもまれ、怒鳴られ、威され、命令も受け、しかもひとたび配給券を得ても、また怒鳴られ、威され軽蔑される。彼はあたかも耐えられないほどにひどくだまされ、搾取され、横領されるために存在するお人好しの庶民であるかのようだった。あれやこれや……権利を、平等を、公正を与えるから……ありとあらゆるものを与えるからという契約で、これからもずっと我慢を強いられたまま、置きざりにされたかのようだった。ああ、神よ、もしもこの世に神が存在するとすれば、あなたは少なからぬユーモア精神をおもちなのだ。だから、こんなにも長くこれらのことを放置しておられるのだろう。
　彼はまた大抵の人間がそうであるように、自分が頽廃した社会を浄化することなど、とてもできないちっぽけな人間だと、自らをよく知る人間の一人だった。ただ彼ができる唯一の方法は、現状から我が身を抜け出させることだけだった。そして彼は実行した。彼はバンコク郊外のとある小さな社会に抜け出し、永遠に変わることのない、裏切りのない自然と共に暮らし、汚れなき人生の再出発をはかるときをじっと待った……[5]

1946年に初版、94年に第3版を重ねる本書は、自由タイ運動（後述）を

## IV　イデオロギーの相克

テーマとする作品である。本書では、作家の使命を自らの人生哲学としているセーニー・サオワポンの生き方も充分にうかがいしることができる。彼は社会に対する作家の使命を「作家は社会に、そして民衆に対して価値のある仕事を行うことができる。作家は社会発展の実体とその展開から目を離さず、洞察しなければならない。そうしてこそ、現在のみならず未来に対しても、物事の動き、変化の中で真実、正しい姿を与えることができる。作家はまた古きものと新しきもの、静止しているものと前進しているものとの相違もみなければならない……」と、タマサート政治大学（現タマサート大学）の講演「作家と社会」で述べている。（1952年3月31日）

上記はラッタニヨム（国家信条）、国民文化法を通じて国民に課された上からの「文化」が、当時の作家たちにいかに深い苦悩を与えていたか、セーニー・サオワポンの作品の中では珍しいほど厳しい口調でその真情を吐露する一節である。

セーニー・サオワポンはまた、自由タイ運動を主題とする『地、水そして花』の中で、『死の上の生』に比べるとやや客観的ではあるものの、冷徹に当時の人々の心情を代弁する。

　　……ラジオのスピーカーから国営放送の歌が流れてきた。
　　　8時だよ、さあ　旗を揚げる時間
　　　直立し　国旗に敬意を
　　　ポー・ピブーンソンクラーム元帥を支持し
　　　"国の指導者" に従い
　　　"国の指導者" に……
　　歩いていた子供、そして空地や通りにいた子供たちが、どの子も駆け込まんばかりの足取りで片流れ式の差し掛け屋根の長屋へ向かっていくのが、男の目に入った。時刻を告げる時計の音が大きく鳴り響いた。
　　　ケン　ケン　ケン……
　　国歌がスピーカーから流れた。彼らは皆、帽子を脱ぎ、下腹のところに両手でもっていた。全員身動き一つせず直立していたが、歌が終わると、ざわざわと動き始めた。

第3章　国家主義の政策とタイ社会、文学界

　男は砂利道を渡り、小さな市場によくある出店へ向かっていった。床板もなく、土の上にじかに建てられた間に合わせの差し掛け屋根は、とても長く10ワーほどもあった。そして、コーヒー屋、食堂、菓子屋、飲料水店あるいは雑貨店などがそれぞれ柱で仕切って軒を並べていた。
　彼はテーブルとベンチが備えつけてあるコーヒー屋へ入った。粗削りの1枚板のベンチの座は、結構新しいとみえて、客のお尻で表面のささくれがすり減った痕があるにはあったが、まだ完全に磨滅しているわけではなかった。
　彼は1杯のコーヒーを注文して飲んだ。テーブルについているのは彼一人だけだった。隣の店のほうを向くと、若い菓子売り娘がこちらをじっとみつめていた。
　「カーオトムパットを1個おくれ」
　菓子売り娘と目と目が合った。娘は注文の品を彼に渡すと、目をそらした。彼は熱いコーヒーと一緒に食べるつもりでカーオトムパットをしばっている竹帯を解き、2本に分けた。そして、口に入れて噛むとき手を汚すまいと、バナナの葉の上のほうだけを少しめくった。娘は、それをみて、アルミのスプーンを差し出した。
　「おお、これはまた。スプーンのおまけ付きか」
　男は微笑を浮かべて言ったが、娘は無関心を装った。彼は前開きで丸首の半袖シャツを着ていた。濃紺色のシャツと同じ色の未ざらし綿布の半ズボンは、むこうずねが半分隠れるほどの長さで、ごくありきたりの田舎の人のように見受けられた。しかし、観察力の鋭い娘は、テーブルにおいた帽子から、この男が決して普通の人でもなければ、土地の者でもないと見抜いていた。くすんだ灰色の羅紗の帽子は、黒い細いリボンが巻かれ、短いつばの縁は、黒い布で包み縫いがしてあった。つまり、舶来品で高価な品であることを示している。ステンレスの腕時計も、かなり新しい品物だった。多少日焼けしているとはいえ、彼の肌の色も、ものごしも、彼が肉体労働者や平凡な田舎の人ではないと告げる輝きがあった。
　実際、娘の目が見抜いたように、帽子の内側の裏地をよくみれば、金色のマークが印刷してあり、薄茶色の皮の縁取りには英語の文字が記されてあった。

## Ⅳ　イデオロギーの相克

　　"オースティン・リード・オブ・イングランド"
　　彼は自分の田舎風の身なりが、相手に違和感を与えているとは、全く気づいていなかった。
　　彼が他の人と同様帽子をかぶっていたのは、半ば強制的ともいえる標語に従ったまでである。
　　多少とも都合がよいように──。
　　『帽子をかぶろう、されば大強国のタイに』
　　この標語は歌詞として書かれていた。何であろうと、どんな標語であろうと、何だって政府は歌にしてしまった。クオイティオを食べるのも、『農工商奨励スローガン』[6]の輪踊りも、あるいは出勤前に妻にキスするのも……メーコーン河を渡れ[7]と言ったり、あるいはタイ記念碑[8]はまだできていないというのに早々と前もって知らせるのも……。
　　ただ帽子をかぶろうと謳う標語だけは、やがて"規則化"された。役所が帽子をかぶらない者に当局の出入りを禁止したのである。
　　『帽子をおかぶり
　　精いっぱいめかしこんでね
　　メーコーン河を渡ってタイの領地にお入りよ
　　………
　　みればみるほど記念碑は高く
　　まるで手を引いて連れていくかのよう
　　よくみればみるほどうっとりさせられて
　　タイ記念碑は……（中略）』[9]

　両親が命名した自分の名さえ「国」によって変更を強制させられたセーニー・サオワポンは、また同書でタイ国字国語改革について、登場人物に次のように語らせる。

　　「あなたの鼻はとても鋭く、しかも正確だな」
　　ラーメートが即答した。
　　「河はここから120メートルほどですよ」
　　彼は少し間をおいて、

「それにしてもどうしてあなたの鼻がそんなに鋭いんです？　まさか特別仕立ての鼻をもっているわけじゃないでしょ？」

「だって子供のときから大人になるまで、ずっと河辺で生活してきましたもの」

「なるほど。じゃあ地方の出身なんでしょう」

「バンコク生まれですわ。でも地方を転々とまわって大きくなりましたから」

「どんな河を知っているんですか？」

「メーコーン河やピン、ナーン、パーサック、そしてチャオプラヤー河」

「北部の河ばかりですね、ぼくなど南部の、それも小さな川を2、3しか知りません。それで、一番好きな河は？」

ロッスコンは首を少し横に振った。

「どの河も人間と同じですわ。自分だけの個性があり、皆が皆、全く同じというわけじゃありませんもの。私、どの河もそれぞれに好きですよ」

「同感です。ロッスコン先生」

「短くロースと呼んでくださいな」

「でも、そう呼んだらそれぞれ種類が全く違った花になってしまうじゃありませんか。ロッスコンはタイの花、ロースはバラの一種なんですから」

「ロースは愛称なんです」

「じゃあローズマリーにしたらいい。歌ってみましょうか。Oh, Rosemary, I love you, I'm always dreaming of you, No matter what I do……」

「簡単にロースよ……ローズマリーではないわ……」

ロッスコンが言葉をはさんだ。

「もともと愛称はただのロットだったんです。でも、例の"文化運動"でタイ文字までとばっちりを受けて……。ロットの"ト"はまだ今も残っているけど、友だちの中には私の名前に自動車の"ト"とか味の"ト"を使って書いてくる人もいますわ」

ペーオ先生は静かに微笑した。

「つまりは"ラッタニヨム"がタイ人の名の呼び方まで決めてしまったと、こうなんですね。先生？」

ラーメートはペーオのほうを向いて尋ねた。

## Ⅳ　イデオロギーの相克

「そうです。第3号ラッタニヨムはタイ人の呼び方に規則までつくったのです。例えば、花を咲かせる樹木の植物名は、すべて女性の名前にだけ使うというふうに。"ラッタニヨム"という単語そのものだって、同じです。"タイ文字改革"後、ラッタの"タ"の綴りに本来の"ターン（礎台）"のタが使えなくなり、代わりに"トゥン（袋）"の"ト"を使わなければならなくなったのです。そりゃあ、発音するだんには構いませんよ。同じラッタと発音するんですから。でも文字にして書いたり、印刷された文字をみると、なんとも奇妙でね、文字から受けるイメージは全くなくなりました。それに思うのですが、同じ発音になるのだったら、なぜ"トゥン（袋）"を使用して"デック（子供）"の文字を使っちゃいけないんです？　綴りを簡単にするのが目的というのなら、こちらにしても同じ"ラッタ"と読むのですからね。聞くところによると、この文字改革のために多くの有名な作家がペンを折ったとか。そうじゃないですか？　ね、先生」

ロッスコンは頷いた。

「それで先生はどうお考えですか？」

田舎の先生はいかにも先生らしく四角四面に尋ねた。

ロッスコンの答えは笑いだけだった。

「指導者を信じれば、国家は安泰」

ラーメートはロッスコンが答えないのをみて代わりに答えた。

「こうしてしゃべっている私たちの言葉は、改訂版のタイ文法からすると、すべて誤りということになりますね」

「チャ（はい）、じゃない。クラップ（はい）、そうです」

ペーオ先生が平然と答え、説明を続けた。

「最初、タイ国語・文化促進委員会は応答や肯定の言葉に"チャ（はい）"を使用するよう制度化しました。しかし、それから3ヵ月後、男性は"クラップ（はい）"、女性は"カ（はい）"を使用するよう変更したのです」

「じゃ、次は日本語の"ハイ"に変わるんじゃないか」

ラーメートは唇の端に微笑を浮かべながらそう言うと、ふと思い出したように、

「ところで、先生はさっき河のことをおっしゃっていましたね。いって自分の目でみたくないですか？」

第3章　国家主義の政策とタイ社会、文学界

「はい。いえ、ハイ」
　一同笑った。ラーメートがからかって、
「先生はおもしろい人だな。こんなふうだったら、共同生活も長くできますよ」
　彼は目を細めて嬉しそうな顔をした。しかし、いたずら生徒のような彼を、きっとにらんでいるロッスコンの視線に気づいたとたん、あわてて口早に言った。
「じゃあ、誰かにお供をさせましょう」
「べつに、いいですわよ。このあたりなんでしょ？　一人でいっても、道に迷うなんて考えられませんもの」
「迷うはずがない。なにせ一本道なんですからね。もっとも先生が道を外れて、あちこちさまよって遠くまでいけば別だが」
……10)

　ここでいう『タイ記念碑』は、前述『ワンナカディーサーン』でピブーンソンクラーム首相が唱える、いわゆる「文学勝利」の線上にあるものと考えられる。
　作家ヤーコープも政府の文化政策に抵抗した作家の一人であるが、評論家でもあるヨット・ワッチャラサティエンは政府が求める「よい小説の規定」に抵抗して次のように語っている。

……新時代の通俗読物や小説で、妻のある男が他の女に性的関係でちょっかいを出すような行為を語るのは絶対に駄目であった。妻ある男がもう一人、妻として女性がほしいと心の中で想うのもいけなかった。そのほかにも人称代名詞はわたし (*chan*)、あなたさま (*than*)、きみ (*thoe*)、彼・彼女 (*khao*) という代名詞しか使えなかった、これは全くニュアンスを無視してしまうものであった。これがもとで小説の創作で、今まで作家であった人々もそれぞれ筆を折ってしまった……11)

　また、性至上主義作家として知られるウッサナー・プルーンタムも彼な

199

Ⅳ　イデオロギーの相克

りに抵抗したことが、サティエン・チャンティマートーン『本を読む人』の中で、次のように記されている。

　……「指導者を信じれば、国家は安泰」と提唱した首相ピブーンソンクラーム元帥の時代、同首相はまた国家信条の一つに、男性と女性の名を明瞭に区別しなければならないとするおふれを出した。
　プラムーン・ウンハトゥープの良友で、当時、大蔵省官僚の職にあったプラヤットシー・ナーカナートは、勇気ある男性にふさわしい名に変えるよう上司から懇請された。しかし、彼は自分の名は両親が付けてくれたものだからといって頑として譲らず、ただシーという末尾のタイ字子音だけをとって、その綴り字をソーとした。結局、プラヤットシーの名が、プラヤット・ソー・ナーカナートとなったわけである。
　「ところで、お前はペンネームをウッサナー・ポー・プルーンタムとしないのか？」
　「俺は元帥ピブーン様のポーが嫌いさ。その大嫌いなポーを使うなんて、とんでもない。だから、俺としては、ウッサナー・モー・プルーンタムとするよりほかに仕方なかったんだ……12)

　この逸話は、ピブーンソンクラーム独裁政権に対するウッサナー・プルーンタムなりの、ささやかな抵抗を表わしたものといえる。
　第1のグループについては前述『ワンナカディーサーン』創刊号、及び1年後の同誌の目次が示すとおりの面々が並ぶ。
　ピブーンソンクラーム首相は「タイ文学万才！」と歓呼の声をあびながら「文学勝利記念塔」を通過する観兵を夢みて文学の分野に国家権力を行使した。その影響は一端ではあるが、上述タイの小説にみるように、タイ社会、文学界の様々な分野に深く、かつ広く及んだことがわかる。しかしながら、やがて10年も経ぬ1950年代、この「文学勝利」の政策も一転、世界の政治情勢の変化と共に「抑圧」へと変わっていく。つまり、統制する「文学称賛、奨励」、「文化」から「抑圧」へとその政策内容が変化し、思想、言論、表現の自由を奪っていくのである。

## 注

1) 1942年9月の記録的な大洪水を指す。バンコクの道路は約2ヶ月間、冠水状態にあったと様々な記録に記されている。
2) ラオス、東北タイで古くから行われていた大衆娯楽の一つ、男女各組が相対して（身体は触れ合わせない）、各組が一つの大きな輪を描くように進んでいく。第二次世界大戦中、ピブーンソンクラーム首相の推奨でバンコクでも大流行した。
3) 第二次世界大戦中、時のピブーンソンクラーム首相が国をあげて提唱した政策。タイ国字国語改革もその一環で、ほかに檳椰子を嚙むことの禁止、6時までの外出に帽子着用、映画館には背広着用などを強制した。これに違反すると「文化がない」ということで罰金まで科せられた。
4) Suwannee Sukhontha, *Suansat*, Duang Ta, 1976, pp.148-150
5) Seni Saowaphong, *Chiwit bon khwamtai,* Praeo, 1994, pp. 19-20
6) 時の政府（ピブーンソンクラーム政権下）は、いわゆる"コー・ウ・パー・カム（農工商奨励）"政策を重要視し、スローガンに掲げて推進した。そのため、当時輪踊りの歌詞にまで、"コー・ウ・パー・カム"が唱えられた。家庭菜園が呼びかけられたのもこのスローガンから。
7) タイ・仏領インドシナ国境紛争の時代を物語る歌。歌詞の内容はタイ、ラオスの国境部分を流れるメーコーン河を渡って、我々と一緒にタイで住もうよとラオスの人々に呼びかけている。
8) Ⅲ参照。
9) Sakchai Bamrungphong, *Din nam lae dokmai*, Matichon, 1990, pp.21-23
10) Ibid., pp.39-41
11) Yot Wacharasathian, *Chomrom nakkian*, Ruamsan, 1956, p.539
12) Sathian Chanthimathon, *Khon an nangsu,* Dok Ya, 1982, pp.92-93

# V 文学の力

図Ⅴ-1-1 セーニー・サオワポン随筆『時の一滴』(表紙内人物は作者)

図Ⅴ-1-2 随筆集『サモーンマイ (新しい知恵)』(執筆者 ボー・バーンボー、シーブーラパー、タウィープウォーン、ローム・ラッタナー)

# 第1章　現代文学、〈その後〉の展開、発展

　タイの政治、社会、そして文学の歴史に記された「暗黒の時代」を乗り越えた現代文学の展開を辿ってみると、幾つかの課題、〈その後〉が表出してくる。
1. 〈その後〉、今日に至るタイ経済、社会の変化と文芸思潮の変化。
2. 第二次世界大戦後まもなく、スパー・シリマーノンの文芸評論『アクソーンサーン』(1949) によって紹介されたマルキシズム、社会主義思想がタイ文学に与えた影響のその後、あるいは『アクソーンサーン』の主幹でもあり、スパー・シリマーノンの片腕でもあったシーブーラパーの作品によって喚起された民衆の政治意識、社会意識のその後。
3. 1973年学生民主革命に大きな影響を与えた文芸思潮の一つ、「人生のための文学」のその後、さらには1976年軍クーデタによってジャングルへと逃げた作家たちのその後。
4. 「澱んだ文学」と批評を受けながらも、1960年代を風靡した女性作家たちのその後。
5. ベトナム戦争時代、「白い危機」を社会腐敗という視点でとらえた作家たち、また同時期に顔を出した性文学のその後。
6. 稀少ではあるが、M. R. ニミットモンコン・ナワラット『幻想の国』(1946) を最初とする政治小説のその後。

## 1　経済、社会の変化と文芸思潮の変化

〈文芸クラブ「スパープブルット」創設から、文芸思潮「人生のための芸術」、「人生のための芸術、民衆のための芸術」、「人生のための文学」へ〉

## V 文学の力

ドストエフスキーは「我々はすべてゴーゴリの『外套』から出た」とかつて語ったという。そうだとすればタイは？ タイにその答えを見出すなら、それは「すべてはシーブーラパーの『スパープブルット』から出た」といっても過言ではない。

1929年、世界は経済恐慌のさ中にあったが、ここタイにあっては一つの「自由」のシンボルが誕生した。即ち、文芸クラブ「スパープブルット」の結成である。それは厳格な押韻の規律に固執する定型詩を中心とした旧来の古典文学からの解放であり、また民主主義を求める専制君主政治からの解放であった。一般民衆の声なき声、そしてヨーロッパ留学経験者らの一部エリートの政治意識は結果的には1932年「立憲革命」に至ったが、この頃よりタイ文学のテーマに大きな変化の兆しが表れた。つまり、「スパープブルット」の創設者の一人、シーブーラパーの短編「少し力を」、あるいは『我々庶民』や「農民こそ力の源、国の背骨」(1929)と詩うクルーテープ (1876－1943) の詩にみるように、彼らによって農民、労働者、そして「労働」の価値が文学をとおして初めて表現されてきたのである。

「サクディナー文学」(II参照) と批判された宮廷文学に終始していた旧来の殻を打ち破って姿を現したその後の文芸思潮、あるいはその「胎動」を時代と共にみてみると、次のように大まかに把握できる。

1) 文芸クラブ「スパープブルット」の創設 (1929)、同クラブ機関誌の発行
2) 文芸クラブ「チャックラワットシンラピン (芸術家帝国)」の創設、同クラブ機関誌『シンラピン (芸術家)』の発行 (1944－1952)、「芸術のための芸術」

同誌はこの中で「芸術のための芸術」論を主唱するが、ヨーロッパからの思想そのものではない。タイの場合、王侯、官僚貴族社会に仕えている古典芸術の作品と闘うことから生まれた理論であり、独裁政権、あるいは芸術家の汗水の上にあぐらをかいている資本家への抵抗を象徴するものであった。もっとも芸術や文化を理解しない新しい階級、資本家への抵抗と

## 第1章　現代文学、〈その後〉の展開、発展

いう意味ではヨーロッパのそれと共通するものがある。創設者ソット・クーラマローヒットは創設の意義を次のように語っている。

1. 今や打ちひしがれて絶望寸前にある芸術を復活させ、高邁な希望をもって創作活動に専念できるよう協力する。また、芸術家の創造力を抑圧している資本家と充分に闘いうる力をもてるよう援助する。
2. 今回、芸術家をも参入させたことは、芸術家の汗水の上にあぐらをかいて生きている資本家への警告である。彼らが芸術家の力を貪り食い、いかに分がいい立場に立っているかを認識させる。そして彼らの利潤追求の方法をより公正に改善すべきだと警告する……[1]

　サティエン・チャンティマートーンによれば、「芸術のための芸術」という主義主張の言葉が、タイ文芸界に初めて登場したのは、「チャックラワットシンラピン（芸術家帝国）」グループの月刊誌創刊号『シンラピン（芸術家）』の中で、クルーテープが書いた「芸術のための芸術」という評論であったと考えられる。そして「チャックラワットシンラピン（芸術家帝国）」とは、俗にいう「コップ霊遊び」[2]で、パラマーヌチットチノーロット親王の霊をガラスコップに呼び寄せたとき、「芸術は芸術家の宝石」という言葉が出てくるという逸話に、その語源を発する。

　ナーイピー、あるいはインタラーユットの筆名で多くの著名な詩作、評論を書いたアッサニー・ポンラチャンは評論「詩人の高慢」で「詩人は高慢であって当然とする。「詩人の高慢」とは、理不尽で不公正な抑圧に屈しない精神である」と述べ、この「芸術のための芸術」に賛同した。

　またソット・クーラマローヒットは芸術に関して「……かつて芸術は市場に従属するといった人がいた。確かにこれは真実である。しかし、これ以上にもっと興味深い真実がある。それはもし芸術を市場に従属させたままに放置し、志の高い人のしかるべき行動もなく、また市場を導くための闘いも苦しみもないとすれば、芸術の水準は、わずかの向上さえも困難であろう……芸術の未来は芸術を創る人の手に委ねられるべきであって、市場の手に放任されてはならない」と述べている[3]。これは単に資本家階級

## V 文学の力

や「市場」を支配している出版社への抵抗という意味以外に、さらにピブーンソンクラーム政権が文学に介入した当時のファシズム独裁政権の権力に抵抗する姿勢を、暗に示すものである。

3）「人生のための芸術」（1949‐1952）
　　この思想を主唱したジャーナル『アクソーンサーン』（Ⅳ参照）は、社会的不利を蒙っている人々の「人生のための芸術」の場を提供。スパー・シリマーノン、シーブーラパー、インタラーユット（別筆名ナーイピー）らが中心となった。

4）進歩派文学（1947‐　）
　　労働者階級の科学的思想、進歩的思想の流れを汲む作品が主体である。

5）タイロマンティシズム（1950年代）とリアリズム
　　セーニー・サオワポン「現実主義と空想主義」（1952）など。

6）「人生のための芸術、民衆のための芸術」
　　チット・プーミサック（筆名カウィー・カーンムアン、あるいはティーパコーンなど）『人生のための芸術、民衆のための芸術』（1957）。

7）模索の時代（1963‐1973）

8）『人生のための文学』発行（1971）
　　スチャート・サワッシー、ウィッタヤーコーン・チエンクーンら執筆。

9）「澱んだ文学」（1972年頃）
　　チュア・サタウェーティンがワン・パターンのストーリーの小説に対して用いた造語であるが、この範疇に入る作品が主体である。

10）「クルーンマイ（新しい波）」グループ
　　1970年代にできた新しい作家グループで、ほかに「ヌムナオ・サオスワイ（若い男女）」や「プラチャンシオ（三日月）」など、若い世代の文芸グループが誕生した。

こうした展開の過程で、タイ文学において社会主義、共産主義の影響は

第1章　現代文学、〈その後〉の展開、発展

具体的にはどのような形で表われ、また民衆はそれをどう受け止めたのだろうかという問題が出てくる。なぜなら、タイの場合、民主主義と社会主義、共産主義がイデオロギーとして相対立するのではなく、民衆の側に立って民主主義を求める過程で、作家たちがこれらの思想的影響を強く受けているからである。

　タイ文学において最初にロシア文学を紹介したのは、ほかならぬシーブーラパーである。もっともそれは『人生の闘い』という作品に形をみた、ドストエフスキー『貧しい人々』のプロット導入であった。めでたしめでたしで終わるこれまでの宮廷物語の主人公、王女や王子から労働者、庶民へと移る背景には、国の経済、社会構造の大きな変化があった。つまり、13世紀スコータイ王朝成立以来の稲作農業社会に、西洋の資本主義経済が入り、タイは社会構造の変革を余儀なくされたのである。時代はといえば1855年、イギリスとの正式な外交条約とされるバウリング条約締結後、西洋諸国の交流が緊密化し、社会的には教育制度の確立や中産階級の成長をみるのである。

　以来、1997年7月、バーツ切り下げという経済危機に遭遇するまでは、特に1980年代には、タイは年間経済成長率8パーセントというアジアの「優等生」たる経済発展を遂げた。しかし、それは決してタイの万人全てに平等の、公正な富をもたらしたわけではなかった。飛躍的な経済発展を遂げれば遂げるほど、貧富の差は拡がるばかりという皮肉な結果を生んだ。それだけではない。農村の貧困はさらに売春、エイズという社会問題を引き起こし、21世紀の今日、「微笑みの国」の裏に「ゆがんだ顔」を呈するタイの現実と化しつつある。

　旧来のタイ社会体制、因習の不条理に反撥し、「国」という枠を超えてヨーロッパを舞台にした最初の異国小説『人生の芝居』（M. C. アーカートダムクーン、1929）や、公正を求め「階級」の枠を外そうとするシーブーラパーの時代にはおよそ考えられなかった「エイズ」が小説の中に登場してくるのも、現代社会の否めぬ事実である。

V　文学の力

## 2　作家の政治、社会活動と民衆の意識

　タイの作家が世界に目を向け、文筆活動のみならず、自ら起ち上がって行動した最初の人物はシーブーラパー（本名クラープ・サーイプラディット、1905－1974）である。「少し力を」（1950）、『人生の闘い』（1931）などの作品をとおして労働の価値、人間の平等を訴え続けた彼は、1950年代、核実験に抗議する「タイ国平和委員会」を結成（副会長）し、同時代

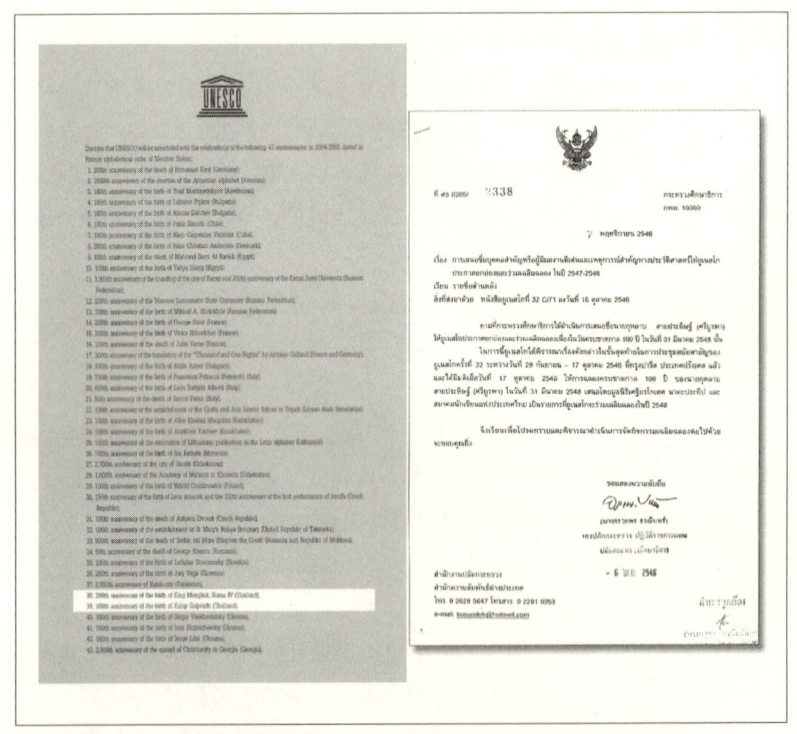

図Ⅴ-2　国際連合教育科学文化機構（UNESCO）リスト（左）と
　　　　 タイ教育省通達（2003年11月7日）書簡（右）。
　このリストには2004～2005年、没後、あるいは生誕の記念年を迎える世界の偉大な人物があげられ、生誕200周年のラーマ4世と並んで、生誕100周年を迎えるシーブーラパーもその業績を称えられることになった。

第1章　現代文学、〈その後〉の展開、発展

の作家たちに社会意識を喚起した。しかし時の権力に屈することなくペンを執り、また自ら「行動」したシーブーラパーのゆきつくところは13年4ヵ月の実刑（1957年「仏暦2500年恩赦」で釈放）、中国亡命、客死という末路であった。ただ一つの救いは、たとえ肉体がいかなる形で滅びようとも、数々の作品に残された自由と平等、民主主義を真に愛するシーブーラパーの精神である。それはまた同胞の一人、スパー・シリマーノンと発刊した文芸評論『アクソーンサーン』の文芸思潮と共に、後々のタイ文学、ひいては学生や民衆の政治、社会意識に甚大な力を与えることになった。換言すれば、後の1973年学生民主革命を引き起こす推進力の一つとなったともいえるのである。

　国際連合教育科学文化機構（UNESCO）は、シーブーラパーのこれまでの多面にわたる業績に対し、2004～2005年、生誕100周年を迎える世界の偉大な人物の一人として、その功績を称えることを決定した（2003年）。（図V-2、3、4）

　1950～1963年、つまりピブーンソンクラーム首相、サリット首相政権下、作家たちにとっては言論と表現の自由が奪われ、肉体的にも思想的にも抑圧された時代であった。しかしながら、抑圧の中で作家としての社会意識を作品に強く打ち出した名作も、この時代に生まれた。前述シーブーラパーのほか、ナーイピー、プルアン・ワンナシー、セーニー・サオワポン、チット・プーミサックらの作品である。そして、一人の平等な人間として社会公正と正義を求

図V-3　生誕100周年記念出版本『シーブーラパー』

211

V 文学の力

図V-4 バーンクワーン刑務所投獄中（1952－1957）に書かれたシーブーラパーの無韻詩「鳩を放した罪人」（上）
獄中で執筆するシーブーラパーの様子（スケッチはハ・セーリム元「チュワンミンパオ」編集人）（下）

め続けた当時の彼らの作家精神は、こうして書かれた数多くの作品によって、1970年代甦り、新しい文芸思潮「人生のための文学」の中へ継承されていった。公正な社会と人間の平等を求める一昔前の作家たちの精神が、若い世代に吹き込まれ、結果的には1973年10月、タノーム独裁政権を学生と民衆が団結して打倒する学生民主革命に至るタイ民衆の政治意識に、大きな影響を与えていたのである。（図V-5-1、図V-5-2、図V-6）
　政界の汚職、経済不況と不安な社会状況にあった1970年代前半、貧困、労働、売春、社会公正、正義、搾取、抑圧──これらを訴える作品が当

第1章　現代文学、〈その後〉の展開、発展

図Ⅴ-5-1　文芸誌　シーブーラパー編集『スパープブルット』

時の知識層、学生活動家、作家たちによって数多く生み出された。この新しい文芸思潮が上述の、いわゆる「人生のための文学」と称され、機関誌『人生のための文学』もスチャート・サワッシーらの手によって発刊された。そしてタノーム政権打倒後、「自由」を得たタイ文学界に、このジャンルの作品がどっとあふれ出したのである。

　一方、タイ古典は「特権階級の道楽、イデオロギーの欠如」、「サクディナー文学」と酷評され、暴徒によって焼かれるという過激な事件まで起きた当時の状況であるが、ともかくも国民は民主主義スタートの喜びにひたった。しかしそれもつかのま、わずか3年後、再び軍が政権を掌握し（1976年10月6日）、またもや言論統制が敷かれた。そして今度は「アカ」（共産主義）の本が焼かれ、さらには「禁書リスト」（1977年3月100項目、同年10月104項目）がターニン政権下、内務省によって発表された。言論の自由を奪われ、生きる場を失った知識層、作家、学生活動家たちはジャングルへ逃げた。この中には東南アジア文学賞を受賞する詩人チラナン・ピットプリーチャー、シラー・コームチャーイ、あるいはどんな環境にあっても自己を失わず間断なく作家活動を続けているワット・ワンラヤーンクーンらがいる。

213

Ⅴ　文学の力

図Ⅴ-5-2　シーブーラパーの作品の数々

第1章　現代文学、〈その後〉の展開、発展

図V-6　1973年10月14日、学生民主革命（民主記念塔周辺）

## 3　タイ文芸思潮、ジャンルの変容、1973年学生革命〜1976年軍事クーデタ

　「学生革命から20年、タイ文学の衰退は国の衰退の兆し」と文芸評論家ラッサミー・パオルアントーンは述べる（*Nation*紙、1993年10月20日）。1973年学生民主革命から20年を顧みたときの彼女の評であるが、この間、特に国の政治、社会が安定を見出し経済が飛躍的に成長した1983〜1993年の10年間を文学不毛の時代とラッサミーは嘆く。中産階級の台頭、電子工学製品をはじめ、「物」の市場氾濫、より多くより簡便な「物」を求め、より多くの収入を求めるようになったタイ社会の変化がそうさせたのであろう。それとも文学は精神的に、また経済的に困難なときにのみ傑作を生むのだろうか。
　ワン・パターンの恋愛小説、その多くは女性作家の「澱んだ文学」の類いは書店の隅に追いやられ、代わりに社会革命、政治革命を訴える作品が市場を席巻した1970年前半のあの勢いは確かにこの時代にはみられない。1973年学生革命直前の7月に発行された機関誌『人生のための文学』も、

215

V 文学の力

当時の人々が変革を求めていかに熱く燃えていたか、タイ社会の変化、そして文芸ジャンルの変容を充分に語る。その号の主な見出しは、
　　── 抑圧された人間の抵抗の像（表紙も重荷を背に担う老人の像、図V-7）
　　── 政治小説
　　── 短編小説（スチャート・サワッシー）
　　── 現代文学の真価を評して

そして次号予告としてシーブーラパーの作品、詩「人生のための歌」などを紹介している。1976年軍事クーデタ後は地下に姿を消す同誌であるが、ここには「民衆の裁き」をはじめ、当時の学生に広く読まれた詩人、ラウィー・ドームプラチャンの詩作もある。

1980年、プレーム新内閣のもと、「過去の政治的罪を問わない」という旨の総理府布告が出され、1976年軍事クーデタによってジャングルへ逃げた作家たちも帰還し始めた。ジャングルでタイ共産党に参画したものの、その主義、主張に矛盾を感じ失望したというのが帰還の理由の一つであるが、政治の嵐が吹き去ったとき、「人生のための文学」の思潮の役割は終わったのかもしれない。

しかし、彼らが訴えた貧困、社会格差は決してなくなったわけではない。政治改革に鋭い鉾を向ける作品は確かに少なくなった。代わってタイ社会全体、あるいはごく身近な日々の生活の中に作品のテー

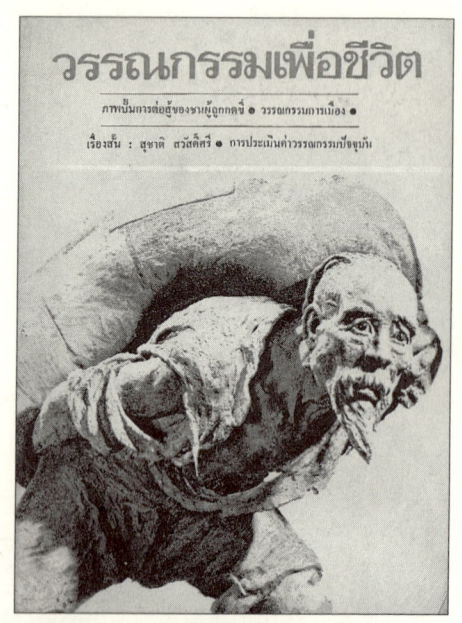

図V-7　文芸誌『人生のための文学』1973年7月号

第1章　現代文学、〈その後〉の展開、発展

マを見出す傾向が強くなった。「人生のための文学」から「リアリズム文学」へと、タイ文学の思潮は大きな変化をみせる。もっともこれらの動乱の政治、社会状況から常に離れることなく、しかし、一線を画して客観的に社会、そして人間をみつめてきた作家たちがいる。シーダーオルアン、アッシリ・タマチョート、チャート・コープチッティらのグループと、1960年代から今に至るもテーマはワン・パターン、恋愛、家族、広く（上述「人生のための文学」とは異なった）「社会」一般を扱ってきた女性作家たちが並存した事実も看過してはならない。後者のグループには、1960～1970年代であげれば、シーファー、コー・スラーンカナーン、クリッサナー・アソークシンなどがいる。彼らの場合、そのテーマゆえ、幸か不幸か「政治の嵐」は免れることができた。

　文芸評論家パイリン・ルンラットは1976年軍クーデタから1982年までの文学状況を、次の3期間に分ける（タマサート大学文芸クラブ主催セミナー「タイ文学発展の未来」、1982年8月20日～21日）。

（1）沈黙、暗うつ、悲しい期間（1976年10月クーデタ～1977年11月）
（2）目覚め、清澄な期間（1977年11月～1979年5月）
（3）精神的バランス均衡、調整の期間（1980年～1982年）

　（1）についてはいうまでもなく、軍が言論の自由を奪った時代、（3）は「人生のための文学」の作家、あるいはジャングル作家（「傷ついた作家」）たちの作家活動再開始、そして（2）の期間は数々の名作が生まれた時期としてスワンニー・スコンター（『サーラピーの咲く季節』（原題『動物園』）、『蒼い月』ほか）、カムプーン・ブンタウィー（『東北タイの子』）、ドゥワンチャイ（『女性大臣』、『業の罠』）、ヨック・ブーラパー（『中国じいさんと生きる』）などの作家をあげ、のみならず文芸誌『サクンタイ』、『サトリーサーン』、『ファームアンタイ』が名作を続々紹介し、タイ文学発展に貢献したと述べる。さらに、軍クーデタから6年後、1980年代前半の文学状況を「融合」の時代と説くが、現状からみると、それはむしろ「混在」、「テーマの多様化」と考えられる。それぞれの作家の個性が作品の中により強く主張され始め、いわば雑居の様を呈しているからである。

V　文学の力

　1990年、世界を大きく揺るがしたソ連共産党崩壊とソ連邦の消滅は、タイ社会、さらにはタイ文学に及ぼしたソ連の影響を回顧させ、現時点へと視点を移させる。加えてタイ経済のバランスを欠いた飛躍的な過去10余年の発展は、タイ社会の歪みを徐々に露呈し、詩や小説にもその歪みが様々な角度から顕著になってきた。確かにかつて政治改革、社会改革を声高にして訴えた「人生のための文学」の文学活動は次第に先細りになり、ジャンルとしての名も消えた。しかし、一人の作家としてそれぞれの個性を出すことによって、また出せる状況下にあって現在のタイ文学界は「万華鏡」をつくり出している。

## 4　「澱んだ文学」

　「澱んだ文学」とは1972年頃、文学者チュア・サタウェーティンが紋切り型の作品に「澱んだ小説」と造語を命名したのが始まりである。以後、この言葉が、新しい水の流れがなくじっととどまっている水路の「澱み」(Namnao：字義は腐った水) のように、新鮮さがなく、物語の最初を読んだだけで結果がすぐわかるような、陳腐な小説を指して用いられるようになった。この傾向の書き手は主として女性作家たちである。1960年代を風靡したこの主の作品は政治の嵐に何ら巻き込まれることなく、現在も存続している。ただ当時と異なって、その勢いは翳りをみせ、リアリズムの小説におされがちであることは否めない。

## 5　「白い危機」、性文学、政治小説

　冒頭の課題の一つ、「白い危機」の〈その後〉、つまりアメリカ帝国主義によってもたらされたタイ社会の崩壊をテーマにした作品の行方であるが、ベトナム戦争の終結を経て早や30余年の今日、時代の変化と共に自然消滅し、死語と化しつつある。代わって経済発展がもたらす自然崩壊（ソムチャイ・ソムキット『嵐と足跡』1991、スチャート・サワッシー編

第1章　現代文学、〈その後〉の展開、発展

『腐った水の都』1992）や社会の廃頽、人間を内からみつめなおす作品が目立つようになった。また性文学もなりを潜めた感がある。しかしながら、ロン・ウォンサワン（1995年国民芸術家賞）が描くエロティシズムあふれる作品は、彼が師と仰ぐ性至上主義作家、ウッサナー・プルーンタム『チャン・ダーラー物語』（プラパンサーン、1966、初出は週間論評『サヤームラット』1964）の、肉欲の迷路に陥った人間の哀さを描いた小説と共に、文学史においても特異な存在である。

図V-8　シーブーラパー短編集『憲法よ、さようなら』

また、政治小説の〈その後〉であるが、タイ文学史においてもともと数少ない政治小説は、民主政治の路線が敷かれ安定してくると、また経済指向の時勢の流れの中で、その力を失いつつある。もっとも、政治の安定化といっても、タックシン政権の崩壊後、不穏な政治、社会状況を呈する2009年であるが、そのなかでもウィン・リオワーリン『平行線の民主主義』（1994）は、政治史の裏面を描き、単なる政治史の裏話に終わらない虚実皮膜の小説の世界を展開する傑作である。本書は1998年国民図書週間賞（小説部門）、1997年東南アジア文学賞の受賞作となった。

図V-9　詩、短編、評論集『ペンの謀反：民衆のための文化的謀反』

Ⅴ　文学の力

図Ⅴ-10　シーブーラパー、北京での日々。満州国溥儀帝とシーブーラパー（1961年）（上左）、周恩来首相との会見（上右）、中国で荼毘に付された遺骨（下）

注
1) Sathian Chanthimathon, *Khon an nangsu*, Dok Ya, 1982, pp.148-149
2) 文字を書いた紙の上にコップを伏せ、2、3人が指でそのコップに触れていると、霊がコップにのり移り、コップが質問に応じて紙上を移動し回答が出されるという、遊びの一種。
3) Sathian, 1982, p.150

# 第2章　戦争、社会、人間：セーニー・サオワポン

　1943年、第二次世界大戦のさ中、最初の小説『敗者の勝利』を発表して以来、現在に至るまで長きに亘って執筆活動を続け、タイ文学の重鎮に座するセーニー・サオワポン（本名サクチャイ・バムルンポン、筆名は他にボー・バーンボーなど）であるが、戦乱の絶えない激動する国際政治、そして揺れる国内政治の状況下にある現在、時代は遡るが、1950年代、当時の文学界において「旗手」的存在であったセーニー・サオワポンの作品が再び現代の人間に静かに問いかけてくる。
　文学はいったいどんな力をもっているのか、そしてどのような社会的役割を果たすことができるのだろうか。
　アナクロニズムと揶揄されるようなこの問いは、しかし、国の内外を問わず、めまぐるしく激動する時代であればこそ、改めて文学の存在について再考を促すのである。それはちょうど彼やシーブーラパー、イッサラー・アマンタクンなど同世代の作品を中心にタイ文学史において一つの文芸思潮を作った1950年代の「人生のための芸術」が、1970年代初期、「人生のための文学」という新たな文芸思潮となって甦り、当時の若者、学生たちのあいだに大きな影響を与え、ひいては学生民主革命、民主主義の確立へと政治面にも大きなうねりをもたらすこととなった文学の静かな力を彷彿とさせるからである。タイ社会の変革をペンの言葉で強く希求した名作『ワンラヤーの愛』(1952) と『妖魔』(1953) がその作品である。（V第3章参照）
　ここでは戦争という不条理、そして表現の自由を奪われたタイ文学暗黒時代の危機を乗り越え、2005年、「不滅の文学賞」受賞に至るセーニー・サオワポンの文学活動をとらえ、政治、社会、歴史への鋭い洞察、そしてヒューマニズムあふれる彼の文学の世界から、文学の存在とその力を垣間

V 文学の力

みる。

## 1 萌芽『敗者の勝利』

　　……私たちは失うためにあらゆるものをもっている。私たちは転ぶために
　　立っている。私たちは死ぬために生きている。そして失うために愛をもっ
　　ている……[1]

　タイ作家たちの中には幾つかのペンネームをそれぞれの作品の内容によって使い分けている例が多い。セーニー・サオワポンの場合も同様に、1941年、もともとジャーナリストとして出発した彼の文筆活動は短編から長編、翻訳、コラム、詩と多岐にわたり、それぞれのペンネームで発表している。主として小説に用いられた代表的なペンネーム、セーニー・サオワポンの名で書かれた本書『敗者の勝利』[2]はタイ現代文学史の中で特異な位置を占め、切子ガラスにも似た異彩を放っている。登場人物を通して「人間」と「愛」という普遍的なテーマを取り上げながらも、そのテーマの中にそれまでのタイ小説にはみられなかった新しい風を送り込んでいるからである。特異な位置を占める理由は、大きく二つの側面、目にみえる描写と目にみえない描写、つまり、作品の底流に流れる行間の双方から考えられる。つまり、前者の観点で本書をみると、1) 作品の時代性、2) 物語が展開する舞台設定、3) 国際情勢と世界の新しいイデオロギー、また後者の観点では、無言で語られる当時のタイの政治状況である。

　　「満州国に行ってくれ。我が新聞社の特派員としてノモンハン事件の取材だ。
　　それも即刻、できるだけ早く頼む」
　　……（中略）
　　チンタオ丸は黄浦江の蛇行に沿って進んでいった。私は舷側にある鉄製の手すりに身をもたれて立ち、黙ったまま川岸にそそり立つ巨大なビルディングをじっとみつめていた。それはまるで移動できる衝立（ついたて）であるかのように、少しずつ、ゆっくりすべり動いた。港の香りが風に漂い、空中に

## 第2章　戦争、社会、人間：セーニー・サオワポン

広がった。港……。

　人は港に対して何らかの特別の感情を抱くものでないだろうか。

　たしかにそうだ。私たちの人生は言ってみれば一つの旅である。それは非常に強大な、そして神秘的な力をもっていて、私たちを押し、動かし、あるいは苦しみから逃れるために必死の努力を強いてくる。私たち人間が抵抗し闘うことのできない運命によって自らの意志で喜んで向かう旅、不承不承ながら進む旅……私たちの人生の旅は墓穴の入り口に辿り着くまで多くの港に寄る。そしてまさにこれらの港でこそ私たちは身を休め、私たちの身体の中で磨耗し欠如した部分を直し、健全にする。さらに旅を続けていくために新たな希望を加え、新たな力、関心を補填する。もしこれらの港がなかったら、私たちの人生はより苦しく、困窮し、私たちにとって今までの何百倍もよりむごい旅になっているだろう。私が言っている人生のこの港、それは他でもない、友情の意味である！

　上海は私に人生を教えてくれた。しかしそれは悲しい面においてである。旅の道程で私が出会ったありとあらゆることがすべて悲しい出来事ばかりだった。私は冬の季節、上海のあの気候の厳しさが忘れられない。上海ではシベリアからモンゴルを通って襲来した「寒波」が充分に身を包む衣服、宿る拠り所をもたない貧乏人の命を抉り取っていった。一度に何千人もの人が死んだ……いや、そうではない。上海においてそれらは求めることができたし、独り寂しい生活をしなければならないということはなかったからだ。

　死なざるをえなかったこれらの人はすべて貧しい人たちばかりで、衣服も宿る拠り所もなかった。彼らは社会との交わりも希薄だった。そして息も詰まるような狭いところに多くの人が住んでいた。もしこれがタイだったら、もし突然急に一度に何千人もの人が死ぬようなことがあれば、私たちはおそらく何年もの長いあいだずっと悔やみ続けているにちがいない。私たちの心に深く入っている仏教がそのような感情をもつよう私たちに教えてきた。上海ではそのような感情をもつ人は誰もいない。しかし彼らはこの世界にはもっと大きな格差があると感じている。そして残されたたくさんの食べ物は生きている人のためだと……[3]

V 文学の力

　物語はこうして始まる。1900年代初頭、西洋文学の翻訳から始まったタイ現代文学の発展の過程でタイ独自の本格的な小説が始まるのは、M. C. アーカートダムクーンの『人生の芝居』(1929)とされる。以後、現代に至る発展を遂げていくのであるが、その展開の中で本書（スワンナプーム紙[4]に1943年連載として初出、翌年に一冊の本としてミットラナラー[5]から出版）について何よりも先ず特筆すべきは、日本とソ連の国境をめぐる紛争、ノモンハン事件（1939）をはじめ、当時の満州（現在中国東北部）の現実が正確に組み込まれているということ、さらに、タイの小説でありながら小説の舞台がタイではなく、満州を中心とする異国の地であるということである。自国タイでの展開はまったくない。ジャーナリストとして登場する主人公の思い出として語られるだけである。主人公の足取りは上海に始まり、ノモンハン、山海関、奉天、ハルビン、大連へと続き、日本への船出で終わる。

　異国を舞台にしたタイ小説は他にもある。対華21か条要求後の日本の満州進出も物語の背景の一つとして描写されるソット・クーラマローヒットの『在りし日の都、北京』（1943）、前述『人生の芝居』の第一次大戦直後のヨーロッパ、シーブーラパーの『絵の裏』（1937）の日本などがそうである。しかし、満州国における利権をめぐる当時のきな臭い国際情勢を、読者がしかと読み取ることができる小説は本書をおいてほかにはない。本書によって、読者は日露戦争、ロシア革命、ノモンハン事件、張鼓峰事件、満州事変、さらにはこれらの史実に絡む「人間」の営みの姿を学び知る。中国人はもとよりハルビンにおける白系、赤系のロシア人、奉天（瀋陽）の満州民族、そして満州国のこれらの都市に移り住んできた日本人……当然そこには民族、宗教、国家の問題も伏線として敷かれている。

　ここで看過できないもう一つの時代背景は、「大東亜共栄圏」という、後の日本の軍事政策をうかがわせる日本の満州進出である。あからさまには語られないが、「日本」の姿が見え隠れしている。本書執筆当時、タイは既に日本の「大東亜共栄圏」政策に巻き込まれていた。しかし、作者は時代をそれ以前の1939年に設定して物語を始め、当時の日本の満州進出

第2章　戦争、社会、人間：セーニー・サオワポン

を描くことによって「大東亜共栄圏」に至る過程を暗示する。こうして日本の読者は、皮肉にも外からの書物、タイの小説によって歴史の真実を学び、過去から学ぶ重要性を認識する。

　一方、タイ文学史からみれば、本書において世界の新しいイデオロギー、「共産主義」が述べられていることも注目すべき点である。なぜなら、現在に至るタイ文学の発展を把握するとき、タイ政府がとってきた反共政策は、タイ文学に、さらには作家たちに大きな影響を与えてきたからである。

　第二次世界大戦後、中華人民共和国の成立、そしてソ連、アメリカ両陣営の冷戦によって、その波及でタイに入ってきた共産主義思想がもたらす「赤い幽鬼」は、時の政権を脅かすが、作者は既にその前に当時の国際政治の流れを敏感に感知していた。本書では自分の愛する人、マーニャが「共産主義者」であったという事実を、逮捕された後、大連警察本署の警察官の口から主人公が知るという物語の展開で、共産主義が導入されている。また逮捕以前、二人の会話の中に、マーニャが「共同社会の利益のために自分の全人生を捧げる」と、その揺るぎない信条を主人公に語る。「共産主義」という言葉がこのような形でタイ小説の中に出てくるのは、おそらく本書が初めてであろう。原稿執筆の段階では、1939年、M. R. ニミットモンコン・ナワラットの"The Sight of Future Siam"（後の『幻想の国』）があるが、この原稿は当局に没収されたために、出版の日の目をみるのは1946年だからである。現在追究中であるが、いずれにしても、本書はこれまでのタイ小説にはみられなかった新しい政治イデオロギーをはっきりと示している。

　作者は登場人物を通して芸術、宗教、民族の問題、さらには運命をも支配する「自然」への畏怖を語る。あるいはショーペンハワーの哲学を介し、結婚と人生、結婚と職業を読者に考えさせる。主人公は結局、愛する女性と結婚という形の結びつきができないで、互いの愛に終止符を打つ。しかし、決してそれは互いに愛するもの同士が愛を失ったのではない。そうではなく、最もかけがえのない崇高な精神的な愛を互いに克ち取ったのであ

V　文学の力

る。

　結婚を阻んだものは民族と国の違い、そして二人がそれぞれの国で従事している仕事にあった。結婚に至ることができなかった主人公が、一人の人間としての女性の生き方に尊厳を与えていることは、後の作品を理解する上でも留意すべき点である。当時のタイの時代と社会を考えれば、女性の自由と自立を認めている作者の考えは、極めて進歩的であった。しかし、作者のこの女性観は『ワンラヤーの愛』(1952) をはじめ、その後の作品にも一貫して表れている。もっとも作者は女性解放論者として声高に訴えているのではない。一人の人間として等しく尊厳を与えている彼の考えが、自ずと作品中に表出するのである

　……
　　私たちの人生は、一冊の本のようなものだ。歳月が過ぎ去っていく人生は、一頁、一頁、頁がめくられ、最後に終章を迎えその話を閉じる本と何ら違いはない。
　　私は再び大連に下って来て、前と同じようにオリエンタルホテルにいた。マーニャと再会できるかもしれないという希望が、五分五分の期待感の中になかったわけではない。もしマーニャが彼女の言葉どおりに天津にまだ行っていないとしたら、きっと今夜、カザペック・レストランでもう一度会えるはずだと信じて疑わなかった。
　　1時間ほど部屋ですわっていると、ドアをノックする音がした。
　「どうぞ」(中略)
　「すみません。お邪魔しなければなりません」
　　彼は名刺を取り出して私に差し出した。名刺の一面は英語で彼の名前と役職が記されていた……大連警察署長！
　……
　(中略)
　　私はタバコの箱を閉め、上にかざして彼らに自慢して言った。
　「これはタイの銀製品で手細工なんですよ。実際、私のタバコ箱は安物なのであまりきれいではありませんが、細工品を作るタイの技術は、人前で

## 第2章　戦争、社会、人間：セーニー・サオワポン

優に自慢できるものです。そうでしょう？」
　私はタバコ箱を最後の紳士にまわして見せた。彼はそうするより仕方ないというふうに受け取って見た。短いあごひげの男の顔にすこぶる不満の色がありありと表れているのを私は見てとった。私のタバコ箱を見る気なんてさらさらない、ばかげていると言わんばかりだった。
　「芸術はいつの時代にも生まれてくることができるものです」
　私は客である紳士の態度など一向気にも留めないで話を続けた。
　「地球の一部が太陽の明るい光線を受けて回転するようなものです。燦燦と輝く明るさから暗い闇、衰退へと変化する。古代から現代に至るまで芸術の発祥の源は時代と共に変化してきました。だから、過去においてチグリス河、ユーフラテス河、そしてナイル河流域から芸術が生まれているときに、なぜチャオプラヤー河流域から東洋の芸術が生まれることができないといえるのでしょう」
　私の客はますます不機嫌な様子をあらわにした。それで私は言葉を続けた。
　「すみませんでした。ちょっとおしゃべりが過ぎたかもしれませんね。皆さん」
　私は自分でも辟易する感情を抑えられないほどのやさしい礼儀正しい声音に変えた。
　「ところで、あなたがたのために私に何ができるのか、どうぞおっしゃってください」
　私に名刺をくれた男がポケットから一つのものを取り出して私に差し向けた。私は受け取って見た。それはマーニャ・サノフスカ・イワノフナの写真だった。上半身、正面から撮ったもので、鮮明さや、美しくみせるための焼付けの技術を欠いていたので、彼女のきれいな顔が実物に比べると甚だ損なわれていた。写真の下方には英語の文字があった。それはレンズに書かれた後、焼付けして写真にくっ付けたものだった。"M. Z. Ivanovna"と書かれてあった。私は写真をもっている腕をできるだけピンと伸ばし、首をかしげながら食い入るようにじっとみつめた。（中略）

　私はいま留置所の中にいます！　どうか驚かないでください。セーニー

227

Ⅴ　文学の力

　　……私の愛する人。私はあなたと星ヶ浦で別れた日の真夜中に逮捕されました。もし私たちが自分自身の運命を前もって知ることができたなら、私はきっと星ヶ浦であなたと別れたりはしなかったでしょう。そして、今度の別れがお互いの顔をみる最後になるのだと、そんな気が次第にしてきました。（中略）

　　尋問が終わった後で、私は最後にある行動をとらせてくれと許可をお願いしました。これ以上お願いすることは一切ないと彼らに誓いました。私がお願いしたものは、つまり、一通の手紙を書くための用紙とインクでした。そしてあなたのもとにその手紙を届けてくれと！　一生自由の身になることはおそらくないと感じたとき、これこそが私がこの上もなく心満たされて行うことができる最後の行為にほかなりません。

　　自由をもった人の未来は、知ることができず、また不確かでもあります。そのようなとき……私のような身の未来がどれほど暗いというのでしょうか。これから先、とても狭い窓の格子から射しもれてくる太陽光線を私自身がこの目で見ることはおそらく何回もないだろうと考えたとき、私は孤独感に襲われます。しかし、処刑による死は、決して自信なげにためらいながら死ぬことではありません。人は生まれてきて、たった一度だけ死の機会をもちます。そして、理想のための死は価値あるものです。だからこそ……私は自分の手の中に自分の命を握りしめているのです。このまま維持していくのか、それとも解き放つのか、機会次第です。

　　でも……私のセーニー、私の幸せが壊されてしまったと感じることに等しい凶悪が他に何かあるでしょうか……。その幸せとは、つまり、機会毎にあなたの顔の上に私の視線を置くことでした。今までの私の人生は、理想への信条以外には何もありませんでした。私は宗教をもたない人間です。私には神もありません。また、天国も地獄も信じていません。私が信じるのは人間の科学と物質です。秀れた科学とは共同体に有益をもたらすものでなければなりません。立派な人間は働く人でなければなりません。そして物質とは様々な形で余すところなく人々の役に立たなければ、物質とは呼べません。あなたの場合……セーニー、あなたは私にとって殊のほか大

## 第2章　戦争、社会、人間：セーニー・サオワポン

切な方です。なぜなら、あなたは他のどんな人よりも私の心に近づくことができたたった一人の男性だからです……！

　私が今受けている最も苛烈な心の痛みは、最期の別れの前にあなたの顔を見に出かけることがおそらくできないだろうと、そう考えることから生まれるものです。ほかの何から痛みが生じるというのでしょう。それは残酷なほどに辛い痛みです。死に別れ同然の私たちの別れの前に、最期にあなたの顔をみる機会がないと思うと、考えに窮し、再会の希望も尽きるのです。

　精神的、そして肉体的な苦しみはこれがすべてです。これだけなのです。どうか心配しないでください。そして、私のことで気弱にならないでください。私の愛する友よ、おそらくこの手紙は私が書くことができる最後の手紙となるでしょう……もし、私が死ぬようなことになれば！　これは私が最後に行うただ一つのことです。狭い部屋の光線もだいぶ弱くなりました。天に高く位置する太陽が小さな窓の格子を通して入る光以外に、ちょろちょろ走り回るネズミの目の光があります。
　この世が私に行動させることができた最後の機会に、私は自分が書きたいと思うほどたくさんのことをどうしても書けませんでした。なぜなら、私の目がとてもひどく痛むからです。光線をできるだけたくさん吸収するために普通以上に虹彩を広げ、終始じっと目を凝らしていなければならないからです。そのため筋肉が疲れ、弱くなり……この手紙の上に2、3の涙の滴がこぼれ落ちました。どうかこれが弱さの涙だと思わないでください。そうではなく、その涙は強いられた仕事を耐えられるだけ耐えて行った眼窩から流れたものだと考えてください。

　今まで私の人生は、理想への信条と自分自身の身体を除いては何もありませんでした。私は宗教をもたない人間です。私には神もありません。また、天国も地獄も信じていません。でも、いずれにしても、私は一人の人間です。肉体も精神もあらゆる普通の人がもっている自然の四大元素から構成されています。私の血の色はみんなと同じように赤い色をしています。

V　文学の力

　　そして感情においても……私は普通の人がおそらくもっているような感情を感じることができます。私は紛れもなく自分のものである肉体と魂をもっています。それは私が最も信頼する人に預けるものです。でも、私が最も信頼する人に対して……私はその人に自分の肉体を預けることができないでしょう。そして私の肉体を預けることができる人は……私が最も信頼できる人ではありません。このような状況のとき……私は自分の肉体を仕事と理想に捧げたのです。そうであれば、私はたとえそれが死であったとしても、私はありとあらゆるもの立ち向かうことになるのです！[6]

　タイ文学史における本書のもう一つ特異性は前述のように「みえざる描写」にある。即ち、当時のタイ国内の政治状況が一切語られていないことである。しかし、実は作者は当時のピブーンソンクラーム政権下のタイ国内の社会を明白に語っているのである。つまり、それは1942年から敷かれた文化政策によって、タイ国字国語改革が行われたために、本書（1944年出版）がその規制下で書かれているということである。当時の国字改革がどのようなものであったか、本書はまさに生き証人である。人称、文字の綴りが当時のままなので、ときとして現在の辞書にないという言葉にもぶち当たる。みえないタイ社会がここにみえてくるのである。そして本書においてはまったく黙していた作者の自国の政治と戦争に対する憤りがとうとう外に噴き出し、その思いを吐露したのが後の『死の上の生』[7]（1946）、『地、水そして花』[8]（1990）である。これらの作品には第二次世界大戦中、タイの救国と独立のために結成された抗日地下組織、自由タイ運動の一員を主人公にして物語が展開する。作者自身、その一員であっただけに、物語の中の出来事は極めて正確であり、その展開も真に迫るものがある。

　「私の血に素晴らしい信念と理想を与えてくれた父へ、私の最初の本を父の法要に捧げます」（父の法要にて）と、作者の父への献辞で始まる『敗者の勝利』は作者が25歳のときに手懸けた初めての長編小説であった。心身共にまさに若さあふれ、萌え出ずるときである。それだけに若いエネルギーはいろんな新しい知識を吸収し、様々な体験を経て作者の言う人生

第2章　戦争、社会、人間：セーニー・サオワポン

の「船旅」の航海を続ける。そうして積み重ねられたこれらの知識と体験は彼独自の作法と感性豊かな美しい筆致でそれぞれの作品の中に織り込まれていく。

　作家人生の出発となった本書が、後の数々の作品の核となる要因を含蓄している点は、セーニー・サオワポンの文学の世界を把握する上で、特筆すべきであろう。なぜなら、政治、イデオロギー、そして戦争という国家の大きな流れの中に呑み込まれる一人の人間の姿、またそこから生じてくる「救国」精神、あるいは階級社会の中で求める社会的公平、公正、一個人としての平等、愛、そして真、善、美、セーニー・サオワポンの後の作品にみるこれらのテーマの原点が、本書にすべて含まれているからである。

　……私がこの目で見たものは、1940年代の満州国（現・中国東北部）における異国の人々の人生と社会である。私が当時書き留めていた事柄は、すべて時の流れによって歴史の中に葬られてしまった。古い通りの名、村や町の名、行政の省名は外され、代わりに新しい名称が表示されている。多くの市民の生活でもそうである。もしまだ誰か生きている人がいたとしたら、その人は朝のさわやかな陽光をあび、昔と同じ地に新しく造り直されたばかりの花咲き乱れる公園の中を、杖で我が身を支えながら散歩していることだろう。

　それぞれの人が、それぞれに時代の記憶を背負い、心に刻んだ。心安らかな幸せの思い出もあれば、相反する力の衝突によって生じた離別と喪失の悲しい辛い思い出もある。発達してきた歴史の一部の発展もただそこまでにしかすぎなかった。そしてそのとき人類に辛い悲しみが襲い、人は誰もが耐えられなかった。

　先の老人はおそらく時の流れによる癒しを受け、胸の中の苦しみを薄めて溶かすだろう。そして彼は、咲き乱れる公園の花をこのように見る機会をもてた新しい時代に感謝するに違いない。たとえ自分がその花を楽しむことができるのは短い時間に限られているとしても……。

　創造されつつある人類の新しい歴史が、未来においてもどうか現在より

もより良きものでありますように。

けれども、悲しみはどうか今よりも少ないものでありますように。

そして、それらがすべての人間にとって享受すべきふさわしいものでありますように……[9]

これは『敗者の勝利』翻訳出版（筆者訳）にあたって、2004年10月、作者セーニー・サオワポンから読者に寄せられたメッセージである。本書を読めば、青年時代、この地を踏んだ経験のある作者が、「先の老人」に自分の人生を重ね合わせていることも充分に察せられる。戦争という辛い、厳しい、残酷な歴史の傷痕の教訓から、作者が次の世代へ残すメッセージでもある。今なお健筆を振るうその作家魂は、戦争のみならず、さらに思想、言論の自由を奪われたタイ文学界暗黒時代の危機を乗り越えた強靭な精神力、そして社会公正、人間のやさしさを求める彼の人生哲学に支えられているといって決して過言ではない。

## 2  大東亜共栄圏、自由・平等、美
『死の上の生』『アユッタヤーの勇者』『地、水そして花』
『ワンラヤーの愛』『妖魔』

セーニー・サオワポンの作品を総括してみれば、年を経るごとに政治と戦争に対してより厳しい目を向けていることがわかる。若いジャーリスト時代に書いた『敗者の勝利』にみせた彼の政治、国際感覚は、外交官に転じたその後の執筆活動の中でさらに敏感にうかがえる。彼の作品に表出する政治は、同時代を生きたピブーンソンクラーム政権下の独裁政策である。大東亜共栄圏にタイを組み入れ、タイ領土への日本の平和進駐を認めさせた外交政策、あるいは国民文化法の公布やタイ国字国語改革の断行など、国家という巨大な力がいかに一人の人間の「生」を奪ったか、その不条理にどうすることもできない個人の哀れな無力さを、作者は『死の上の生』(1946) で、「政治が『文化』という美名を借りて彼の『文学』の人生に介

第2章　戦争、社会、人間：セーニー・サオワポン

入してきたとき、作家という職業を捨てた」と語る。(Ⅳ参照)

　作家としての輝かしい未来に己の人生を賭け、情熱を燃やしていた主人公の青年の夢は当時、国が推し進めていた前述ピブーンソンクラーム首相の「文化」運動によって、脆くも、無残にも打ち壊された。そして自分の生き方を見失い、自暴自棄になった青年に残された唯一の道は、タイ人として、「救国」に奉仕すること、つまり、1941年、日本軍のタイへの進駐を認めたピブーンソンクラーム首相の政策に反対し、連合軍を支援する抗日組織、自由タイ運動への参加という行動だった。主人公のこの行動は、とりもなおさず、「生」を抹殺された作者セーニー・サオワポン自身の憤りである。

　前述のように、彼の最初の小説『敗者の勝利』では、自国の政治に関しては暗示はしていても、一切語られなかった。しかし、『死の上の生』においては、自由タイ運動の隊員となって、独立を脅かされるタイの「救国」に加わる青年が主人公となり、物語を編んでいく。そしてこの「救国」精神がさらに大きなテーマとなったもう一つの小説が最近年作『地、水そして花』(1991)である。

　かつてセーニー・サオワポンは「一人の人間の人生を描く長編を書いてみたい。それも子供時代からずっと……。1932年立憲革命、第二次世界大戦、ピブーンソンクラーム元帥時代の1948年前後、そしてあの学生民主革命10月14日政変（1973）に至る社会の変化を投影した『タイの物語』だ……」とその抱負を語っていた。その抱負は本書によって具現化されたといえる。

　「この物語は終章から始まる。しかも40年余の時の隔たりを経て」[10]という冒頭の言葉で察せられるように、本書は戦後40年余の1990年、作者72歳のときに発表された。作者にとって40年というその歳月は、「ちぎれ、消えうせ、もはや見出すことのできない鎖の輪」である。そして作者は語る。

　　……
　　過去は赦すことができる。しかし忘れることはできない。そうでなければ

233

## V　文学の力

人間に歴史はない……11)

　作者が語る「過去」は戦争だけではない。自分が生きてきた時代の非合理な政治、社会をも含まれている。当時のラジオ番組「マン・チューチャート氏とコン・ラックタイ氏の談話」（III参照）で語られているように、対インドシナ半島諸国や日本の大東亜共栄圏政策にみるピブーンソンクラーム政権の外交政策や国内政治も、作者の脳裏にあってはもはや「過去」の一つであろう。

　大東亜共栄圏政策の下、自国に入ってきた日本軍は、たとえ「平和進駐に関する協定書」（1941）に基づく平和進駐であったにせよ、タイ人の目には「侵略」であり、「占領」であった。物語は泰緬鉄道の要衝カーンチャナーブリー、クウェー（クワイ）の河岸を舞台に、自由タイ運動に青春を投じた男女の若者の人生を「日本軍」を絡ませながら展開する。作者は当時の内政と日タイ両国関係の史実を織り込みながら、戦争という大きな歴史の荒波に翻弄される人間の運命を描く。そして当時のタイ人が日本を、日本人をどうみていたか民衆の偽らざる心情を作品に投影し、人間として、愛とは、人生とは、そして戦争とは何かと問いかける。

　現代史の証言を組み込んだ本書は、青春期の『敗者の勝利』、『死の上の生』とは対照的に、晩年の最近年作である。作者執筆の年齢を問わず、これらの小説が単なる史実書、あるいは自由タイ運動のスパイ活動の物語に終わらないところに、作者セーニー・サオワポンが創造する文学の世界の深さがある。それは歴史と人間を見る目である。

　ジャーナリスト、自由タイ運動の一員、外交官という経歴を経た作者は、『地、水そして花』に自分が歩んできた人生の体験と思いのすべてを盛り込む。戦争は同じ人間同士を敵味方に分けて争わせ、何の罪もない人間の命と生を奪う。今、時の隔たりを経て過去を静かに回顧する作者は、国家という体制がいかに強大な牙をもったものであるか、また戦争がいかに愚かなものであるかを切実に語り、歴史の教えを読者に伝える。

第2章　戦争、社会、人間：セーニー・サオワポン

　……一国の選択は自発性と理解によってなされるべきであって、決して外部からの強制とか抑圧によるべきものではない（中略）。銃を手にして攻め入ってくる人間一人ひとりが、もしその銃口より先を見通す視力をもっていて、外部からの人によって、あるいは彼らのあいだの力関係によって領土を略奪され、徹底的にいためつけられている民衆の心の中までも見通すことができたら、人はもっと民衆の心情というものをよくみられたに違いない……12)

　タイも否応なく巻き込まれた戦争は、自由タイ運動がもたらしたタイの独立を死守して終わった。そして物語は、自由タイ運動の隊員たちによる勝利の行進がチュラーロンコーン大王騎馬像広場に着き、列を解いて幕を閉じる。
　「救国」は逆に言えば「愛国」である。無論、ピブーンソンクラームが主唱したラッタニヨム（国家信条）でもなければ、ナショナリズムの「愛国」でもない。加藤周一はナショナリズムと愛国について、詩人ハイネの生涯から語る（「愛国心について」『夕陽妄語』朝日新聞夕刊、2006年3月22日付）が、セーニー・サオワポンも一人の民として「国」を愛するのである。それは必ずといっていいほど、彼のどの作品にも表出するタイ文化への誇りと慈しみの情に表出する。タイの民話や古典文学、民族楽器、即興掛合歌（ラムタット）などが登場人物をとおして、さりげなく語られる。タイの土壌に培われてきたタイ固有の文化を決して消失してはならないという、作者の祈りと警鐘である。
　タイ作家たちは、ときとしてタイの肥沃な大地を南北に悠々と流れるチャオプラヤー河をそれぞれに深い意味をもったシンボルとして用いる。詩人プルアン・ワンナシーにとって、それは主権、自由、そして歴史の中に継承されていく「タイ」のアイデンティティを求めて闘う、偉大なタイ国民を象徴する。詩人にして評論家ナーイピーにとっては、人民の幸せのために社会のあらゆる悪、悪徳、堕落を洗い流す変革の流れを、あるいは詩人タウィープウォーンにとっては、唯物主義を説明する背景として、そ

## V 文学の力

れぞれの意味をもっている。そしてセーニー・サオワポンは、チャオプラヤー河を『敗者の勝利』の中で芸術の揺籃地と語る。また学生時代、筆名ボー・バーンボーで書いた随筆「母へ」ではチャオプラヤー河を、物語を進める軸として、またシンボルとして使っている。カシアン・テーチャピーラによれば[13]、セーニー・サオワポンの場合、そのシンボルは次の3点を象徴している。つまり、1）大自然の変化、2）経済であれ、芸術、文学、文化、あるいは宗教であれ、社会の中で人間が生き延びていくための、たゆまぬ探究と向上の努力、また生きていく人間の生を司る肉体のあらゆる器官、3）自由と平和、そして過去から現在に至るタイ人民の国のための闘争の歴史、である。随筆は次のような言葉で終わる。

> ……たとえ王が誕生し、そして崩御しても、それでもタイ人民だけは生き延びることができ、ありとあらゆるものがなおもタイ人民のものである。これらは決して消え去ることはない。いや、むしろよりますます発展し、繁栄し、より美しくなる。我々、タイ人民の祖先の継承者は、すべてのものを、我々のタイの大地を、我々の河を、そしてタイの主権、平和、自由、タイの芸術、文化を護っていかなければならない。我々タイ人民が生きている限り、これらは絶対消失することはないのだから……[14]

セーニー・サオワポンの「救国」精神は、歴史小説と『アユッタヤーの勇者』（1981）にあふれんばかりに充溢している。本書はまさに「アユッタヤーに勇者は尽きず」と古来よりタイに言い継がれてきた言葉を想起させる。国が存亡の危機にさらされたとき、国を救う勇者が必ず出現するというのだ。題が語るように、18世紀、ビルマの攻撃からアユッタヤーの救国に人生を捧げる男性一人と女性二人の主人公で展開していく物語であるが、本書で特に注目すべきは、序章に書かれたセーニー・サオワポン自作の詩 "Mae si muang"（麗しい国の麗しい女性）と全36章、それぞれの章の初めに作者自身がタイ古典から引用した文、句を掲げて物語を進めている点である。換言すれば、歴史や古典文学に対する作者の深い造詣と行動する「女性」の創造である。公のために、あるいは救国のために人生を

第2章　戦争、社会、人間：セーニー・サオワポン

投じる「女性」を、『敗者の勝利』においてはマーニャ、『妖魔』ではラッチャニー、『地、水そして花』では自由タイ運動の一員、ロッスコンが演じている。女性に対する作者の憧憬と尊敬、というより、女性を一人の人間としてみる作者セーニー・サオワポン自身の人生哲学の表出であると考える。

「作家は社会に、そして民衆に対して価値のある仕事をすることができる……」と自らの使命を課して作家活動を続けてきたセーニー・サオワポンの目は、常に民衆へ向けられ、作家活動を続けてきた。特に、タイ社会に根を深く下ろすアユッタヤー時代に確立した階級制度、つまり、サクディナー制からもたらされる人間の不平等、地方と都市の社会格差、あるいは男女の差別について、作品の中にこれらの問題性を提起していた。彼のタイ社会に対する批判は戦後、1953年に書かれた『妖魔』（Ⅴ第3章参照）に結晶化される。この作品の前年、1952年に書かれた『ワンラヤーの愛』（同上）も、タイ社会をタイの外からみつめて問題提起をする。また、短編では1973年学生民主革命前後の時代を背景に、芸術家の社会の中での存在を語る名短編「涙も涸れ果てて」（"Phom mai mi namta charonghai ik"）がある。

こうした、セーニー・サオワポンのすべての作品に一貫してみられるのは、「普遍性」、即ち、真、善、美である。愛、人生、芸術、自然とは、と人間の永遠の問題に問いかけ、作家としての答を、彼独自の手法で作品に示しているのである。

文芸評論家トリシン・ブンカチョーンは、セーニー・サオワポンのこれまでの作品をとおして、「実験小説」理論に基づき、フランス第二帝政期の社会を描いた自然主義作家ゾラに譬える[15]が、セーニー・サオワポンにはゾラにない別の顔もある。争いを憎み、正義を愛し、人間の尊厳、そして人類に永遠に存在する崇高なものを求めた長い作家活動の中で、数々の名作を生み、タイ文学史に揺るぎない一角を築いている一人のセーニー・サオワポンである。

V　文学の力

**注**

1) Seni Saowaphong, *Chaichana khong khon phae,* Sun Nangsu Chiang Mai, 1977
2) 筆者訳『敗者の勝利』（財）大同生命国際文化基金、2004
3) Seni, 1977, pp.5-11
4) 当時、作者サクチャイ・バムルンポン（本名）が働いていた新聞社の新聞名で、同社はパーククローンタラートにあった。この新聞は国際記事、特に戦争記事に関しては正確であるという定評があった。
5) ナラー・プルティナンによる出版社名で、当時、安価（10バーツ）で良書をポケット版で出版し、文芸界の中では評論家スパー・シリマーノンをはじめ作家たちにとっても、また読者や書店にとっても人気があった。しかし、経営難のためわずか15、16冊ほどの出版で閉鎖した。
6) Seni, 1977, pp.5-11
7) Seni Saowaphong, *Chiwit bon khwamtai,* Praeo, 1994
8) Sakchai Bamurungphong, *Din nam lae dokmai,* Matichon, 1990
9) 筆者訳前掲書、pp.3-5
10) Sakchai, 1990, p.13
11) Ibid., p.16
12) Ibid., p.29
13) Kasian Techaphila, "Seni Saowaphong nung nai tonthan wathakam faisai thai", *84 Pi Seni Saowaphong, fai yang yen nai huachai,* 2002, p.54
14) Bo Bangbo, "Dae ……mae", *Samonmai,* Pak Ruam Phalang Samakkhi, Mahawitthayalai Kasetsat, 1954, p.69
15) Trisin Bunkhachon, "Khukanchong lae khomchai: phanthakit khong nakkian to sangkhom nai wannakam khong Seni Saowaphong", *84 Pi Seni Saowaphong, fai yang yen nai huachai,* 2002, p.86

# 第3章 The World of Seni Saowaphong

## Seni Saowaphong (Sakchai Bamrungphong) (12 July 1918 - )

Mineko YOSHIOKA

**SELECTED BOOKS:**

*Mai mi khao chak tokio* (Bangkok: Ruamsan, 1945);

*Fa maenchu* (Bangkok: 1945);

*Chiwit bon khwam tai* (Bangkok: 1946);

*Phon thalae* (Bangkok: Kritsada, 1946);

*Khwam rak khong Wanlaya* (Bangkok: 1952); translated by Marcel Barang as *Wanlaya's Love* (Bangkok: TMC, 1996);

*Pisat* (Bangkok: 1953 - 1954); translated by Barang as *Ghosts*, translated by Yujiro Iwaki as *Yoma* (Ghosts) (Tokyo: Imura Bunka Jigyosha, 1980); <http://thaifiction.com/ english/7ghosts.htm> [accessed 2 March 2009];

*Bua ban nai amason* (Bangkok: Praeo, 1961);

*Yot nung khong kan wela* (Chiang Mai: Sun Nangsu Chiang Mai, 1968);

*Chaichana khong khon phae* (Chiang Mai: Sun Nangsu Chiang Mai, 1977); translated by Mineko Yoshioka as *Haishano shori* (Loser's Victory) (Osaka: Daido Seimei Kokusai Bunka Kikin, 2004);

*Than tawan dok nung* (Bangkok: Dean Thap, 1980); translated by Yoshioka in *Nang ram* (A Woman Dancer) (Osaka: Daido Seimei Kokusai Bunka Kikin, 1989);

*Khon di si ayutthaya* (Bangkok: Matichon, 1981);

*Tai dao maruttayu* (Bangkok: Matichon, 1983);

*Phom pen khon yodio* (Bangkok: Kanya, 1987);

*Din nam lae dokmai,* as Sakchai Bamrungphong (Bangkok: Matichon, 1990); translated by Yoshioka as *Chi mizu soshite hana* (Earth,Water and Flowers) (Osaka: Daido Seimei Kokusai Bunka Kikin, 1991);

**SELECTED PERIODICAL PUBLICATION UNCOLLECTED:**
"Tin na na bang", as Kratsanai Prochat, (Bangkok: *Sayam Samai*, 1951);
"Phom mai mi namta cha ronghai ik" (Bangkok: *Bangkok Readers*, 1980).

Under the pen name Seni Saowaphong, Sakchai[1] Bamrungphong brings to his works a strong sense of idealism, mature reflection, and artistic integrity. His experiences as a journalist, a member of the Free Thai movement during World War II, and a diplomat, as well as his love of literature, music, and art, inform many of his works. His first novel appeared in a magazine in 1943, and he was still writing half a century later; but he is best known for *Khwam rak khong Wanlaya* (1952; translated as *Wanlaya's Love,* 1996) and *Pisat* (1953-1954; translated as *Ghosts,* n.d.).

Bunsong Bamrungphong was born on 12 July 1918 in a village in the Bang Bor district of Samut Prakarn province. He was the youngest of the six children of rice farmers Hong and Phae Bamrungphong; his father later became the village headman. His mother passed on her love of music and literature to her son. Since there was no school in his village, Bunsong was sent to a temple school in Bangkok when he was nine. He completed his secondary education at Borphitphimuk School, where he learned English and German. He entered the Department of Architecture at Chulalongkorn University in 1936; but his father died a month later, and he was forced to leave because of a lack of funds. He took a job in the foreign-news department of the newspaper *Si Krung,* later moving to a similar position at *Sayam Rasadon.* After being laid off in 1938, he joined the civil service as a clerk at the Ministry of the Economy (today the Ministry of Commerce). At

第3章 The World of Seni Saowaphong

this time he changed his first name to Sakchai: Bunsong was a common name for both men and women, and the Phibulsongkhram regime had issued a decree, as part of a nationalist cultural program, to make given names gender-specific; failure to comply could result in withholding of salary or dismissal from the civil service. He became a translator of economic news in the Ministry of Commerce, but resigned in 1940 after winning a scholarship to study economics at Humboldt University in Germany. He traveled as far as Harbin in Manchuria, where he waited in vain for three months for the visa that would enable him to travel across the Soviet Union. During this time he applied and was accepted as a part-time law student at Thammasat University in Bangkok. He completed his bachelor of law in 1941. After a brief return to journalism, he joined the Ministry of Foreign Affairs in 1942.

*Chaichana khong khon phae* was serialized in the newspaper *Suwannaphum* in 1943. Set in Harbin at the time of the Nomohan Incident, a military conflict between the Soviet Union and Japan from May to September 1939, it deals with the love affair of two young journalists, a Thai man named Seni Saowaphong and a Russian woman, Mania Ivanovna. The novel is noteworthy for its focus on the international political situation and Marxist ideology. The hero at first views life as full of sadness and disappointment: "Everything we have is for us to lose, we stand so as to fall, we are born to die and we love so as to lose that love." But Mania teaches him that "The value of life lies in working for the benefit of society." He decides to return to Thailand and contribute to the development of the country.

In 1946 Seni published the short novel *Chiwit bon khwam tai* (Life over Death). When the dreams of an aspiring writer are shattered by war and politics, he joins the Free Thai resistance movement to liberate his country from the Japanese.

Seni was posted to Moscow from 1947 to 1951. In the latter year his short story "Tin na na bang" (Thick Sole and Thin Face), about an almsgiver who does not ask for anything in return, appeared in *Sayam Samai* under the pseudonym Kratsanai Prochat. The story contrasts the outlooks on life of a patient, modest man and an impatient man with no sense of shame.

*Khwam rak khong Wanlaya* was serialized in *Sayam Samai* in 1952 and published as a book the following year. Set in postwar Paris, it is a novel of ideas in which Thai and French characters discuss love, art, education, society, politics, and law. The title character is studying music on a Thai government scholarship, and her attitudes to love and art constitute the main message of the novel. Love should not be self-centered and selfish, she declares, but "should broaden to embrace other lives, to all the people, so that our life is worthwhile and meaningful." Echoing the ideas of the progressive Thai intellectuals Atsani Phonlachan and Udom Sisuwan, Wanlaya believes that art must be created for the common people, not for the happy few whose lives of ease depend on the hardship and suffering of others. She resolves to work in rural Thailand when she completes her studies:

> It's only the in countryside that we can see life that is authentic. Music, songs and dances there show the reality of life, not idle dreams. I intend to study this authentic life with a view to making the art of music more relevant to the new requirements of life. History shows that many musicians in the past have used music as a weapon in the struggle for people's rights. Mozart, Chopin, Berlioz were all against feudalism. Take Glinka's opera, *Ivan Suzanin*. The hero is no highborn, but a simple ordinary farmer who loves his country, and Glinka's music is thoroughly inspired by local songs and tunes. And this shows that there is no truth in our viewing upcountry people as silly and ignorant. Theirs is actually the superior kind of life, worthy of praise and support.

In 1953 Seni married Khruephan Pathumot; they had two sons and two

第3章　The World of Seni Saowaphong

daughters. *Pisat* was serialized in *Sayam Samai* in 1953-1954 and published in book form in 1957. Ratchanee, a girl from an aristocratic background, and Sai Seema, the son of a rice farmer, meet as university students. After they graduate, Ratchanee goes to work in a bank, over her parents' objections, and Sai becomes a lawyer. Their paths cross on several occasions, and they become close friends – much to the annoyance of Ratchanee's parents, who believe that their daughter should associate only with fellow members of the aristocracy. Sai becomes involved in the problems of his home village when Maha Chuan, a former monk and his former teacher, asks him to sue some farmers over unpaid debts; Sai refuses and instead helps the farmers, who are about to be dispossessed of their land on legal technicalities. He is shot at by a would-be assassin and offered a bribe by the opposing lawyer to betray the farmers. *Pisat* was the first Thai novel to detail the problem of farmers' debt.

The title of the novel derives from several incidents. In a flashback to the wartime occupation of Thailand a Japanese military commander describes the unseen Thai peasants who sabotage his rice supplies as "thieving ghosts." Maha Chuan's wife curses Sai as "an ungrateful ghost" for his refusal to act against the farmers. Ratchanee's father, infuriated by his daughter's friendship with Sai, describes the young lawyer as a "ghost" who haunts him day and night and prevents him from sleeping. Finally, at a sumptuous meal to which Ratchanee's father has invited him for the sole purpose of humiliating him over his lowly background, Sai declares that he is, indeed, a "ghost" that time has created to give nightmares to those who hold to the old ways of thinking.

*Pisat* ends with no resolution of the land cases. What is resolved is Ratchanee's future, as she decides to leave behind her privileged background and become a teacher in impoverished northeastern Thailand.

Seni served in diplomatic posts in Buenos Aires from 1955 to 1960, in New

Delhi from 1961 to 1965, in Vienna from 1968 to 1972, and in London from 1972 to 1975. His novels *Khwam rak khong Wanlaya* and *Pisat* were rediscovered when the overthrow of the military government in the "Student Revolution" of 14 October 1973 led to the reemergence of works by progressive writers of the 1950s such as Seni, Siburapha, Itsara Amantakun, Chit Phumisak, and Nai Phi – works that had not been officially banned but had long been out of circulation because publishers were unwilling to risk being labelled "Communist" by publishing them or opted for popular romantic novels. Many Thais, politicized by their country's complicity in the Vietnam War and by the struggle for democratic reform, found their idealism, frustrations, and anger articulated by Seni in *Khwam rak khong Wanlaya* and *Pisat*. The "Art for Art's Sake" versus "Art for Life" debate of early 1950s Bangkok literary circles was reignited, leading to the emergence of the *Wannakam phua chiwit* (Literature for Life) movement that aimed to highlight injustice and show the way to a better society. Seni was seen as a flag-bearer of the movement.

Seni served in Addis Ababa in 1975 and ended his diplomatic career as ambassador to Burma (today Myanmar) from 1976 to 1978. In 1980 he published the collection *Than tawan dok nung* (A Sunflower). The title piece is an ironic story contrasting scientific progress to rural superstition. "Phom mai mi nam ta cha ronghai ik" (1980, I Have No More Tears to Weep) is a dramatic monologue in which a solitary blind sculptor voices his thoughts on artists who are influenced by politics, political unrest that threatened freedom in Thailand in 1970s, and the universality of art.

The title of Seni's historical novel *Khon di si ayutthaya* (1982, The Saviors of Ayutthaya) is taken from the Thai saying "Sri Ayutthaya mai sin khon di" (Ayutthaya will never be short of a savior), which is based on the fact that after each destruction of the old capital, a hero such as King Naresuan or King Taksin arose to restore the city. The story centers on the efforts of a

第3章 The World of Seni Saowaphong

man and two women to save the kingdom from the Burmese in the eighteenth century. Quotations from Thai literary classics such as *Phra Lo* (The Tale of King Lor) and *Samutthakhot* (The Tale of Prince Samutthakhot) precede each of the thirty-six chapters, and the novel is prefaced by Seni's poem "Mae si muang" (Lady of the Auspicious City).

*Din nam lae dokmai* (1990, Earth, Water, and Flowers) depicts the humiliation of the Thai people under the Japanese occupation. The story is told in flashback by an old woman, Roskon, as she revisits Kanchanaburi province, where she fought in the Free Thai movement during World War II. The novel vividly captures Thai society under the Phibulsongkhram government, with its *ratthaniyom* (cultural edicts), slogans, radio propaganda, and patriotic songs advocating the Pan – Thai Movement.

Seni Saowaphong's works have been translated into English, Russian, Chinese, and Japanese. In 1988 he was the first recipient of what has become Thailand's most prestigious literary prize, the Siburapha Award, and he was honored with the title of National Artist in 1990.

注
1) 本人署名時の表記はSakdichaiであるが、発音表記に従う。

References:
Barang, Marcel, *the 20 best novels of thailand* (Bangkok: Thai Modern Classics, 1994), pp. 229-256;
Chua Satawethin, *Prawat nawaniyai thai* (Bangkok: Sutthisan Kan Phim, 1974), p. 244;
Chumnum Wannasin, ed., *Ruang san phua chiwit: hen yu tae phu yak khen* (Bangkok: O. Mo. Tho., 1973), pp. iv-v, 2-15, 171-178;
Intharayut, *Kho khit chak wannakhadi* (Bangkok: Sunklang Nakrian haeng Prathet Thai, 1975), pp. 115-133;
Niwat Kongphian, Suphot Chengreo, eds., *84 Seni Saowaphong, fai yang yen nai hua chai* (Bangkok: Matichon, 2002);

V 文学の力

Phillips, Herbert P. *Modern Thai Literature* (Honolulu: University of Hawaii Press, 1987), p. 29;

Preecha Paniawachirophat, *Phattanakan ngan khian nawaniyai khong Seni Saowaphong* (Bangkok: Prasanmit, 1984);

Ranchuan Intharakamhaeng, *Phap chiwit chak nawaniyai* (Bangkok: Phrae Phitthaya, 1968), pp. 390-400;

Rachuan, *Wannakam wichan,* 2 volumes (Bangkok: Duang Kamon, 1978), I: pp. 171-176; II: pp. 65-71;

Rutnin, Mattani Mojdara, *Modern Thai Literature* (Bangkok: Thammasat University Press, 1988), pp. 34-38, 111-121;

Sathian Chanthimathon, *Khon khian nangsu* (Bangkok: Praphansan, 1974), pp. 121-142;

Sathian, *Non nangsu* (Bangkok: Dok Ya, 1982), pp. 42-44;

Sathian, *Sai than wannakam phua chiwit khong thai* (Bangkok: Chao Phraya, 1982);

Sathian, ed., *Chiwit lae ngan khong nakpraphan* (Bangkok: Dok Ya, 1988);

Sathian, ed., *72 Pi Sakchai Bamrungphong nakkhian samanchon* (Bangkok: Matichon, 1990);

Supa Sirimanon, ed., *Aksonsan,* Volume 1, No.2 (Bangkok: Aksonsan, 1949), pp. 99-142;

Trisin Bunkhachon, *Nawaniyai kap sangkhom thai (2475-2500)* (Bangkok: Sangsan, 1980), pp. 334-347, 387-401;

P. Watcharaphon, *Chomrom nakkhian* (Bangkok: Ruamsan, 1966), pp. 447-466;

Witthayakon Chiangkun and others, eds., *Saranukrom naenam nangsu di 100 lem thi khon thai khuan an* (Bangkok: Samnak Ngan Kongthun Sanap Sanun Kanwichai, 1999), pp. 307-311;

Yoshioka, Mineko, tr., *Nang ram* (Osaka: Daido Seimei Kokusai Bunka Kikin, 1990), pp. 217-242, 382, 386;

Yoshioka, tr., *Tai no daichi no uede* (Osaka: Daido Seimei Kokusai Bunka Kikin, 1999), pp. 29-47, 266-26.

Source: From David Smyth (Editor), *Dictionary of Literary Biography.* © 2009 Gale, a part of Cengage Learning Inc.

# 資料編

**資料編**

# 作家と作品

## オー・ウダーコーン「タイの大地の上で」[1]

　カニッターは、3歳ほどの男の子の苦しみに満ちたもがき喘ぐ様子に堪えられなくなって目をそらした。可哀そうに呼吸が充分にできないために、手をばたばたさせて息苦しいながらもなんとか呼吸ができる大気を求め、つかまんと喘いでいる姿はいたたまれなく悲しかった。その子の母親もまた顔色はわが子となんら異ならず、血の気が全く失せていた。彼女の手はすっかり冷えきり、汗でぐっしょり濡れていた。しかし、それでも彼女には、ほんの少し斜め向かいに跪いているターラーと目を合わせると、すぐさま反応することができる感情はまだあった。母親の心に押し寄せてくる感情は、ターラーの顔と目にはっきりと映し出される感情に比べると、はるかに少なかった。ターラーの唇の上方には汗が玉になって浮かび上がり、彼の眼は幼い子供に代わって負う痛みを告げていた。そして彼の額と首筋に浮き出た血管は怖いほどに膨らみ、その手は熱病を患う病人のようにがたがた震えていた。彼は子供の母親の腕に手を差し伸べて触れながら、2言、3言ささやいた。
　「メーンおばさん、気をしっかりもって。もうすぐ医者のウェート先生が、たぶん間に合うように戻ってくるから」
　ターラーは自分の声をできるだけ震えさせないようにと懸命の様子だった。
　風よけ扉の斜め向かいの側面に置かれた缶のランプが、部屋じゅうを覆いかぶさんばかりに黒々とした不気味な影を映していた。部屋には、ほかに男の子と女の子が2、3人、ぴったり寄り添ってすわっていた。しょんぼり沈み込んでいる姿は、どことなく寂しげだった。どの子も顔色は蒼白く、人目を避け、誰とも顔を合わせないようにしているかのようにみえた。
　3月初めの熱風が吹き込み、ランプの炎を躍らせ、時折、炎を消してしまうかのようにゆらゆらと揺らめかせた。この光景はまさしく心の痛みに満ち満ちた母親の感情そのものだった。この母親の感情は、おそらく同じ状況におかれた

資料編

世の母親の感情とさほど遠く離れたものではないだろう。しかし、たとえこの母親に涙の一滴もみられなかったとしても、彼女の心の奥の奥には、死の手によって引っ張られていくわが子への限りない最期の愛情が、どれほど彼女の心を厳しく、激しく痛めつけているか、ターラーには手に取るようによくわかっていた。ターラーを横目でみるときに彼女の二つの眼からちらりと放たれる感情、そして同時にきっと一文字に結んだ唇がターラーの目を再びとらえて離さなかった。

"メーンおばさんだって、たぶん僕たちと同じぐらい知っているのだろう。カニッターが知っているのと同じほど……"

青年はそう考えたとき、胸が痛み、ぞくっと身震いした。

熱風はまだ間断なく吹き続けていた。カニッターは閉めきった窓のほうに引き下がって真っ直ぐ立ち尽くした。時が過ぎていった。しばらくしてターラーが立ち上がって、黙したまま彼女のもとへ近寄ってきた。

ひっきりなしの咳き込み、そして呼吸困難の症状が、子供の顔色を真っ青にさせるほど悶え苦しませていた。炎症が声帯と気管支に急速に蔓延していっているかにみえた。青年は愛するカニッターと目を合わせたとき、再び悲しい微笑を浮かべた。

「希望はないの？」

カニッターがささやいた。

ターラーは疲労困憊した眼で子供をもう一度ちらりとみやった。

「よくわかるね、カニッター」

彼はとても低い声で答えた。そして頭を彼女にぴったり寄せた。

「デーン坊のジフテリアは、今すぐに、ただ免疫血清の注射を必要としているだけじゃないんだ。もはやこれすら僕たちにはない。これだけではなく、デーン坊がもっとそれ以上に必要としているのは、彼の気管支に孔をあけてくれる耳科医なんだ。何よりもまず呼吸ができるよう、代わりに特別な管を必要としている……しかし、このすべてがない。僕たちに何があるっていうんだい？しかも命尽きようとしているこのとき、今さらこれらがいったい何を意味するというんだ？」

若い女性は拳をしっかり握りしめた。

ターラーは沈黙のまま窓を通して外の暗い天空に視線を投げた。それから悲

痛な口調で語り始めた。
　「僕は今日ほど残念で、口惜しく思ったことはないよ、カニッター。僕が大学で最後まで勉強できなかったことがさ。みなと一緒に卒業して耳科医になれなくて……なぜかって、もしも僕がれっきとした耳科医であれば、デーン坊を苦しみから解き放ち、危険な病気から救ってやることができたかもしれないからだ。こんなふうに彼を独りっきりで死に追いやったまま見放しておかない。しかし、今の僕たちはあまりにも冷酷無情だがそうせざるをえない。大胆不敵な強盗に肉を一片一片……少しずつえぐり取られている子供が、もう苦しみあがいて闘うことをしなくなった姿を、ただ手を拱いてみているのも同然だ。しかし、いずれにしても……」
　彼は黙りこくった。しばらくして彼の瞳が何かに挑むかのように光った。
　「僕はとても残念で悔しいかぎりだ、カニッター。今、このときになって僕自身理解できないのがね。ね、なぜだい？　もしもだよ、デーン坊がこれから先、命があって大きく成長することができたなら、彼は一人のタイ人として生まれてきたほかのみんなと同じように、タイ人の立場で国家に対する義務を充分に担っていかなければならないだろう。同時にまた、タイ人として国家に当然要求できる権利だって充分にある。それなのにその権利も全くないままに……」
　話している声がこわばってきた。
　「君だってわかっているだろ？　カニッター。僕が何を言おうとしているかさ。君もいつかみたことがあるはずだ。ほら、ケーテ・コルウィッツ教授の一連の戦争作品の中で『犠牲』という題名がついた彫刻を。僕が君に理解できないって言ったのは、そのことなんだ。とても悲しそうな表情をした母親が目を閉じ、腕を差し出してわが子をお腹に抱きかかえている姿だ。我々人間がお金では買えない、いかに尊い犠牲を必要としているかを、みる者にまざまざと伝えている。国家に対する要求の言葉に代えてね。もっとも国家にしてみれば、できるかぎりの公平な権利を与えているつもりなのだろうが」
　まさにこの"命"である。それはデーン坊が全身苦しみ悶える痛ましい姿を若い女性に指し示した。
　「しかしね、みてごらん。我々の生活がいったいどんなふうか……貧乏で苦しい生活から逃れようと、どれほど必死になって頑張っていることか。だが、政府は今までそのことをほんの少しだって考慮してくれた試しがない。カニッ

ター、君だっておそらくみてきただろう？　田舎の集落がこんなふうだって、村がこんなふうだって、そして郡がこんなふうだってね。政府が与えてくれる行政サービスだと胸を張って言えるものが何か少しでもあるかい？　最高の完全な幸福については言うに及ばず、ただそれぞれの人々の生活が飢えと疲れに苦しめられることなく、また治療できない危険な病気からの脅しがない生活をせめて維持できる —— それだけのふさわしい状態すらないじゃないか？　これらは人々が同等に享受すべきものだよ。政府が恥というものさえ知らずに、ひとたび口を開けて"政府"と呼んだその名のもとにね……いや、何もない。全く何もないよ。実際そうだろ、ね、カニッター。僕が不思議でならないのは、政府がこれらの任務を行わないとき、なぜ我々は"政府"と名のつくものをもっているのかってことだ」

　不幸な子供の咳き込む嗄れた声が大きく響き渡った。カニッターは心配に満ちた顔を下に向けた。彼女は唇をぎゅっと強くかみしめた。自分自身痛みを感じるほどに……。ターラーは厳しい表情の中に、微笑を浮かべた。彼は手を上げ、手の甲で唇の周りにわき出た汗の粒を拭き取った。

　「デーン坊の死に、いったい誰が責任をとるっていうんだい？　もしも政府でないとすればね。ああ、そうだよ、ね、カニッター。君はよくわかっているだろ？　今の今、僕が望んでいるのは、貧困に喘ぐ一人一人のタイ人すべての聴神経に、僕の叫び声を流し込むことができる、もう一つの神業的な超能力だ。もしもそれがかなうものなら、僕がいったいどうするかって？　それはね、カニッター、彼らに言うのさ。僕は彼ら一人一人に向かって、"政府"という言葉を遣って、その政府とは単なる一つの機関を意味するにすぎないとね。つまり、政府とは人間一人一人から成り立っている人間共同体、民衆に代わって行動するために組織としてつくられた一つの機関にすぎないと、声を大にして言うよ。こういう意味のもとで成立した政府だからこそ、その政府が唯一なすべきことは、国のありとあらゆる資源から充分な、完全な幸せを最も多くの人間共同体が享受できるよう行動することだと。つまり、それは何かというと、それぞれの生命がこれから先ずっとその生命を維持していくために、日用品や食料品などについてなんの心配もなく日々を暮らしていけるよう、享受できるあらゆることを政府に対して要求できる権利をもつことだ。それぞれの生命の個性を存続させるために……。政府がそれを拒否しようとすることもたぶんありうるだ

ろう。しかしそのとき、人間共同体をつくっている生命の集団は一歩とて退くことなく頑強に闘い、その機関を倒す権利だってもっている。その機関を転覆させ、我々共同体の意図にかなうよう新たに建て直すのだ」
　3月の熱風が窓とドアの隙間から入り込み、蒸し暑い大気をゆっくり注ぎ入れた。カニッターは震えの止まらない手を上げ、ターラーの腕を握りしめた。悲しい眼差しが彼の視線と合うと、彼女は顔をそらし、真向かいの道路にじっと目を凝らした。外は空高く光る星明かりだけで薄暗かった。彼女はできるだけずっと、ずっと遠くに視線を延ばしてみつめた。それから、いらいらした焦った様子でささやいた。聞こえるか、聞こえないほどのか細い声だった。
「ウェート兄さん、今頃はもうとっくに着いてもいいはずなのに」
　青年は手を上げて額をなでた。
「デーン坊の最後の希望だ。もしウェート先生が今晩……もうとっくに着いているべきなのに……森から戻って家に帰ってこなかったら、そのときにはもうデーン坊の命は天に委ねるほか、どうしようもない。彼が生き延びてこれから先、世界をみることができるかどうか……」
　ターラーは疲労困憊したように呟いた。
「なんと可哀そうに……デーン坊。もしもあの子がバンコクで生まれていたなら、これほどの苦しみに遭わないですんだのに」
　若い女性の顔は深い悲しみと不安に沈んでいた。
　ターラーが傷心の思いで笑った。
「ほかにももっと何万、何十万という子供がいるよ、カニッター。バンコクに生まれることができなかった子供が、あるいはそうでなければたまたまバンコクに生まれたことで、不幸と直面せざるをえなかった子供がね。そして、彼ら一人一人の状態が今の赤ん坊とさほど異ならず、病に苦しんでいる子がね。医者を探すお金も、薬を買うお金もなく……いや、ただそれだけではないよ。医者を探させても医者はいないし、薬を買わせにいかせても肝心の薬がない。空腹？　そうだよ。それだって身体にとって充分に栄養の高い食べ物がない。くる日もくる日も食事といえば、米と野菜とナムプリック以外にはね。勉強だってそうじゃないか。死ぬほど勉強したいのに、その思いがかなわないのだから。かなったとしても、せいぜい小学校4年までが関の山だ。何年経っても、何回生まれ変わってきても、寺の休憩亭の床にすわって、それも50人ほどの生徒に対

## 資料編

して先生一人きりといった状態での勉強だ。ああ、なんということか。カニッター、君はさぞや愕然としていることだろうよ。僕だってそうだ。今みているようなタイ国のこの現実を目のあたりにして……実際、それは君がこれこそタイ国だと、これまで理解してきたバンコクのネオンの光とあまりにもひどい差があるんじゃないか？」

暑季の初めの風が、しばらく吹きやんだ。大きな木の杭で仕切られた囲いの中の牛が、非常にぶ厚い喉を通して鳴き声をあげた。一方、山積みされた薪は今にも燃え尽きんばかりで、煙の臭いが立ち込めた。黒分の月が並木の後方から、この世のものとも思われぬような大きな円弧の姿を現してきて、淡い、弱い光を放った。そして、その光は部屋の中にいる一人一人の —— そのうちの一つの生命は死の手につかまれ引きずられている —— 心のように冷えきっていた。

静寂に包まれて少しずつ空が白み始めた。ターラーとカニッターはそれぞれに、道路の果てにじっと目を凝らした。口を開く者は誰もいなかった。沈黙の時が流れた。

はるか遠くのほうから風に乗って響いてくる一つの音がはっきり聞こえた。馬が駆けて近づいてくる足音に似ていた。それからしばらくして、銃声が続けざまに鳴り響いた。

「何？　ターラー」

若い女性は青年の手を強く握った。彼女の表情は、はっきり知っていると告げていた。

ターラーは首を横に振った。顔色ひとつ変わっていなかった。

「おそらく警察が悪人とみなした者を銃で撃ったんだろうよ。向こうの集落で略奪でもあったのかもしれないな。でも気にするなよ、カニッター、そのことには。タイ国にとって銃声はなにも今始まったことじゃない。そうだよ、僕が本当に言おうとしていることはね、タイ国はただバンコクだけではない、タイ国はただ県ばかり、つまり、大きな都市だけではないということだ」

カニッターは眉をひそめた。しかしターラーは肩をすぼめた。

「不思議かい？　もっともだろうな。だって、君はバンコクの人だからさ。でもね、カニッター、もしも君が僕のようにここで生活する機会があれば、この地に住むタイ人一人一人の日常生活であるあらゆること、あらゆる状況をみる

ことができるよ。おそらくそのときにはもうそんなふうに、不思議にも奇異にも感じないだろう。いや、違う……お願いだからその罪、略奪の罪を彼ら民衆が野蛮だからとか、ここがまだ未開の地だからと彼らになすりつけないでくれ。それは決して彼らの罪ではないんだよ、カニッター。なぜかといえば、飢えに迫られ、また生まれてから死ぬまでといっても決して言いすぎではないほど、絶えず受けてきた諸々の抑圧から自分の生活を解放するための厳しい苦難——こうした状況のもとでは我々人間って、どんなことでもできるのだから。たとえそれが自分自身の良心に反していようとも —— 彼らだってそのような行動をとりたいなんて、微塵も思っていないもかかわらずね。何か不思議かい？」

ターラーは再び肩をすぼめた。

「国が彼らを助けてくれないとき、彼らは彼ら自身で自らを助けなければならない。確かにそうだよ。人が今にも死にそうなとき、もっと生き長らえさせることができるものなら、いかなる手段も選ばないのが当然だ……」

突然、ターラーの声が途切れた。不幸な子供の母親の唇から初めて驚き恐れた声がもれたのだ。彼はすぐさま振り返ってみた。青年は子供のところへ駆け寄り、子供を抱きかかえた。疫病だと嫌がる感情はこれっぽっちもなかった。ともったランプの光、そしてドアの薄暗い影の下ですぐ目の前にみる光景は、次第にどす黒く変わっていくデーン坊の顔色だった。火照るように熱い身体は高熱が出ていることを告げていた。脈拍が弱くなり、かと思うと急に速くなって、とうとう数えることができないほどになった。顎先の下と喉の発疹の周りが赤く腫れてきた。呼吸が満足にできなくて苦しそうに喘ぎながら、手をしきりに伸ばして振り動かし、何かをつかもうと必死だった。

「坊や……」

カニッターが今まで聞いた覚えがないような、しわがれたターラーの声だった。暗い陰にすわっていた2、3人の子供たちがしくしく泣き始めた。

一つの不幸な子供の命が今まさに尽きようとしたその瞬間である。馬の蹄の音が高く鳴り響き、だんだん近づいてくるのが聞こえてきた。ターラーの瞳が一瞬、輝いた。カニッターとて全く同様だった。彼女は拳を固く握りしめた。二人の視線が合った。それぞれの瞳の中に希望の光が射して輝いた。

「メーンおばさん、まだ希望があるよ」

彼は叫ばんばかりに言った。

資料編

「きっとウェート先生が戻ってきたに違いない。ちょうど間に合って！」
　ターラーは飛び上がるようにして立つや否や、庇の前に突き出たバルコニーのほうへパッと飛び出していった。速く駆けていた一頭の馬が近くまできて、ほとんど止まりかけたように感じた。青年は歓喜の声をあげて階段を駆け下り、塀の門を開けようと走っていった。
「ウェート先生！」
　彼は高く、鋭い声で叫んだ。
…………
　いや、そうではなかった。彼が期待した返事の叫び声はなかった。馬の背に乗っている男性の身体をはっきりとみてとったとき、青年の脊髄は一瞬、麻痺したかに思われた。ちょうど電流が体内を突き抜けたかのように……そして、彼の手は氷さながらに冷えきった。
　ああ、違っていた。その男性は太って背の低いウェート先生とは、およそ似ても似つかぬ身体つきだった。彼の服は薄汚れ、ぼろぼろに裂け破れていた。身体はやせてはいたが、頑健そうだった。彼は何か恐怖に脅えているのか、疑心暗鬼の様子で何度も何度も後ろを振り返ってみていた。
「ああ、仏様。どうか助けてください」
　ターラーは嘆き悲しみのあまり、がっくり頭を垂れた。
「なんということか、デーン坊よ。おまえはなぜこうも不幸なのかい？」
　馬はターラーが立っている塀の門のところを通り過ぎようとした。しかし、彼の予想どおり蹄の音が低くなるわけではなかった。淡い月の光が一塊の雲によってしばらくのあいだ遮られていたとき、ただ天空の星だけがおぼろげな光をあたり一面に投げかけるだけだった。しかしそれでもなおターラーは、馬の背にまたがる男性の右手にきらりと光る拳銃をみることができた。
「悪者か？」
　ターラーは呟きながら仰ぎみて、瞳を凝らしてじっと見入った。しかしその男性が恐れと不信の面持ちでちらりと彼をみたとたん、ターラーの身体は熱が出たように全身ぞくぞく震えた。
「医者のパチューンでは！」
　彼は気も狂わんばかりの大声で叫んだ。
　馬の背に乗った筋肉質のやせた頑健な男性は、ターラーの呼び声にびっくり

した様子で振り返った。ターラーは塀の門から飛び出して走っていった。しかしそのとたん、男性は急に驚いた声をあげて止まった。馬が石ころにつまずいたのである。馬に乗ったその男性はバランスを失い、はじき飛ばされて道路の片側にうつ伏せになって横たわった。

　ターラーはすぐさま、うつ伏せになったその男性のほうへ向かって飛び出していった。彼は自分の肉づきのいい強健な腕を輪にするようにして、やせた、筋肉質のその男性の身体の下に差し込んで持ち上げた。男性の口から痛みを抑えに抑えてきたような声がもれるのが聞こえてきた。しかしそれにもかかわらずその男性の右手にはかなり大きな拳銃が、なおもしっかりと握りしめられていた。塀の門の前はプッタチャートの花がそこらじゅうに咲き乱れ、真っ白だった。

　暑季初め、花が少ない中、プッタチャートは芳しい香りを周囲に放っていた。そして、淡いクリーム色の星明かりで、このとき初めてターラーはこの男性の左腕の付け根が血まみれになっているのをみた。

「ターラー？」

　男性の興奮と驚きの様子に続いて、ターラーは久しぶりに出会った男性の言葉を受けた。とても冷静な、ゆっくりしたその声は、まさしく4年前、外科病棟にいたあの医師、パチューン・サンラヤキッチャピターンの声にほかならない。

　それぞれの感情があふれんばかりにこみあげて輝く二人の視線がぶつかった。その瞬間、ターラーは事の次第が一部始終理解できた。

「国境にたどりつくまでまだ1キロ半あるが、おまえ、俺に割いてくれる時間があるか？　少しの時間でいいんだが」

　ターラーは核心だけを話した。

「警察が俺を追い詰めてきている。でもなぜだ？」

　医師のその男性は眉を上げた。彼はなんとか身を起こして立ち上がろうと必死だった。血にまみれた左手は手綱をつかんだ。

　ターラーは焦るように前に進み出た。そして昔仲間の腕の付け根をしっかりとらえた。

「愛する友よ、今、一人の農民の子、誠実で善良な農民の子供が死にかけているんだ。ジフテリアにかかって呼吸ができない状態でね。彼が今、最も必要と

資料編

しているのは、おまえみたいな有能な耳科医だ。呼吸を助けるために孔をあけてくれる……」

医者の奥歯のところの頬がこわばり、膨らんできた。彼はしばらくのあいだ自分が今通ってきた道の果てを、ぐったり疲れきった様子でちらりとみやった。

「ターラー、警察が俺の後を追ってきている。でも、そんなことよりもっと肝心なことは、いったいどこにその子を治療する器具があるっていうんだ？」

彼はとても小さな声で言った。

ターラーの瞳がきらりと輝いた。

「ウェート先生の医療器具が入った鞄がここにあるんだ」

彼は喜びを満面に表してパチューンの腕を揺り動かした。

「当のウェート先生は森へ狩猟にいっている。彼の妹のカニッターがバンコクからここにやってきて、もう１週間ほど寝泊まりしているんだ」

彼は話を急にやめた。遠くから微かに馬の蹄の音が聞こえてきたのだ。彼はとっさに昔仲間の顔をみた。顔がひきつっていた。

「警察か？」

医師パチューン・サンラヤキッチャピターンは頷いた。

ターラーの両手は汗でぐっしょり濡れていた。彼は歯をくいしばった。プッタチャートの花が強い香りを放ち、途切れなく吹き寄せてくる風の流れに乗って漂い、あたり一面をふわりと覆った。白い雲の塊で遮られていた月が姿を現した。遠く向こうの道の果てが明るくなった……馬の軍団の姿をとらえられるほど明るかった……。ターラーは、医師パチューンの顔をちらりとみた。怖いほどに険しくひきつった形相が目に入った。ターラーの頭の中は錯綜した。パチューンが今にも心を決めようとしているかにみえたその瞬間、ターラーはパチューンの手をしっかりつかまえた。

「パチューン、ひとまずこの家の中へ入れ。俺はカニッターに知らせてくる。それにいろんな手配は俺自身の仕事だ」

ターラーは言った。

医師パチューンは事のすべてを理解したように、ターラーと視線を合わせた。彼は落ち着いた微笑みを浮かべ、まだ血でべっとりした自分の腕を一瞥した。それから、ぽつりと言った。

「それがおまえの人生という意味か？　ターラー」

「俺のことは放っておけ！　どうでもいい。とにもかくにも、まず、子供の命を助けるために——」

彼は言葉を切った。そして同僚の手から馬の手綱を解き放ち、代わりに自分が手にもった。

「ターラー」

低い、微かな声で呼ぶ声がした。

ターラーは馬の泥よけを力一杯踏みつけて、背に飛び乗りながら笑った。彼は顔を横に突き出して下のほうをみた。

「なに、心配するな！　俺はこの村の道という道をすべて知り尽くしている。さあ、おまえは家の中へ入れ！　おまえがやるべきことは、俺が戻ってくるまでこの家の中に隠れていることだけだ、いいか。そうすれば、おまえはもう安全だ」

ターラーは二つの眼をきっと見開き、瞳をきらきら輝かせて昔仲間をじっとみつめた。

「どうか俺にこの誇り高い、誉れある役目を少しやらせてくれ。いや、俺が言っているのは、ただあの子一人だけの一つの命を意味しているのではないんだ。俺が言わんとしているのはそれだけではない。さらに……つまり、にっちもさっちもいかぬ極貧の中で、のた打ちまわっているタイ人すべての命ということだ。愛する友よ、俺は医師パチューン・サンラヤキッチャピターンという名前をよく知っている。それは貧困に満ち満ちた、そしていくばくかの報いもないままに、肩が斜めに下がるほどの重労働に喘いでいるあらゆる命の希望であり、誇りだった。たとえ今、おまえが誤って行使された法律の権力によって追われる身であってもだ。さあ、中へ入れ！　愛する友よ、もしかすると俺が死ぬようなことだってあるかもしれない。しかしそんなことはどうだっていい。だがな、おまえは生き延びなければならない。タイ人一人一人のために生きなければ……」

ターラーは馬の手綱を引いて駆け出した。銃声とともに追っ手の側の叫び声が大きく響いてきた。ターラーは内心、ほくそ笑んだ。

「追ってこれるものなら追ってこい！　キツネの手下どもよ」

彼は呟いた。

天高く浮かぶ黒分の月の光で白くかすんでみえる道の上で、闘争心をむき出

資料編

しにした、血に飢えた追撃が続いた。道はターラーの住む地の畑のはずれへと近回りの形で通じていた。彼は静まり返った豚小屋にちらりと視線を走らせた。それから今度は積まれた薪の焚き火から白い煙が上がって漂っている牛小屋に、もう一度、視線を投げた。彼は馬を全速力で疾走させる前、まるで名残を惜しむかのように、それらをじっとみつめた。レップムーナーンの花の香りが風に乗って目の前の朽ちた塀の周りにふわりと漂ってきた。彼はその香りを胸一杯に吸い込んだ。レップムーナーンの芳しい香りがかつての香りとひどく違っていることに、彼は驚きを禁じえなかった。いつのときだったか、彼は頭を垂れてカニッターの髪に挿してあったその小さな花のかんざしに、とてもいとおしく、とても大事そうにキスをしたことがあった。

"カニッターはいったいどう思うだろうか"

ターラーは考えずにはいられなかった。

"それに医師パチューン……"

彼は再び考えた。

道は明るさを増してきた。白い雲の先端はすっかり消え去り、紺色の天空の只中に独り寂しげにぽっかり浮かぶ月だけが残った。そのとき、ターラーはこんなに明るい道をおおっぴらに馬を飛ぶように疾走させて逃げるのは、きわめて危険だと感じ始めた。少なくとも彼は既に姿のみえる、銃弾の標的になっている。しかもそれにもまして、彼が乗って全力疾走させている馬が苦しそうに汗をかき始め、喘いでいるのだ。確かにそうだ。この馬の疲労困憊は、蹄の音にはっきり表れている。ターラーは歯ぎしりした。銃声が何発もとどろき渡って聞こえてきた。その銃声が追っ手の側からのものであることはまぎれもない。それらの銃声は単に威嚇しているだけではない。それらがまさに望んでいるのは追撃中の獲物の命、左腕が血に染まった医師パチューンの命なのだ。

ターラーは険しい表情で微笑んだ。

"愛する友よ、デーン坊のために、そしてなんら顧みられることなく貧困の中で喘ぎ、のた打ちまわっている同胞、タイ人の命のために、俺は自分自身の死だって喜んで受け入れる。たとえ死んでも、そのときはそのときだ"

ターラーは唇の上の汗を一度拭った。それから暑苦しそうに、そして興奮がまだ冷めやらぬといわんばかりに笑みを浮かべた。彼は今回、医師パチューンの命がなぜ狙われているのか、彼らの追撃の理由が何であるか、わかりすぎる

ほどわかっていた。確かに、医師パチューン・サンラヤキッチャピターンは、彼が死なないかぎりこのタイの大地の上で生きていくことはできないだろう。「共産主義者」という言葉が、権力を掌握している一部グループの見解の中で、なおも黒い、忌まわしい不吉な水であるかぎり、そして彼らに対して反論をもつ者を激しく投げ飛ばすことに、いつも誇りをもっているかぎり……ちょうど今このときのように、彼らが彼ら自身の世界から反体制派をビューッと吹き飛ばして消し去りたいときにあっては……。

仏暦2492（西暦1949）年2月末の新聞につけられた大きな見出しのその記事（＊）が、今でもターラーの脳裏に強く焼きついている ──。

それは反体制派の逮捕、一掃という大規模な粛清が始まったことを告げていた。重要人物とされていた数人の政治家の命は消された。哀にして無残な死にざまだった。逮捕命令は今もなお継続されている。そして、そのリストの中に、医師パチューン・サンラヤキッチャピターンの名前もあがっていた。

ターラーはその記事になんら驚きを感じなかった自分を覚えている。医師パチューン・サンラヤキッチャピターンの名前は、一掃しなければならないリストの中に常に出てくるに違いない。「タイ国の状態は既にもう良い基盤が築かれていて、さらにより良く改善していくべき必要は全くない」と考えるグループが、タイ国をなおも牛耳っているかぎり、そしてこの考えと異なった見解をもつ民衆は、いつのときも抹殺されなければならない運命にあるかぎり、パチューンの名前がリストから消えることはないだろう。

ターラーは自分の考えは間違ってはいない、これから先も変わらないと強く確信している。一方、医師パチューンの考えは同じ医師仲間、そして当のターラーとも遠くかけ離れていた。今このときだけではない。ずっと以前、ターラーがまだ医学生だった頃から、パチューンは彼自身のいくつかの見解をはっきり外に表していた。それらの見解は、言わば、一人の青年の絶対的な、微塵も揺るがぬ意志であることを明白に告げていた ── かつてタイ国に存在し、また、現在においても存続している格差 ── 人それぞれに階級がつけられた格差から解放された人間社会の建設を青年は望んだ。

ターラーは、勇気に燃え、きらきら輝いていたパチューンの瞳が忘れられない。彼らがまだ医学生だった頃、あるとき一度、二人で話し込んだことがあった。パチューンはそのとき、赤い火がちらりとみえるタバコを、ぽんと川に投

資料編

げ捨て、ターラーの顔を真正面からじっとみつめて言った。
「生理学実験室で使われるたった一匹の犬のことを考えてみろ。少なくともそれは医学生たちに知識を与えてくれる。犬を切開して副甲状腺を取り出すとき、犬は単に犬独特の痙攣症状をみせるだけにすぎない。しかし、我々としては人道上、そのような痙攣症状を犬にずっと起こさせたまま放置しておくわけにはいかない。そうだろう？　それで我々は死なざるをえない犬と重々わかっているとはいえ、その埋め合わせとしてカルシウムを絶えず補給する。たとえそのカルシウムの購入に多額の金を払わなければならないとしてもだ。犬であろうと、そこには一つの命が存在する。だからこそ、これまでずっと医学生たちの人道精神は、まさにこの点を心に深く刻み込んできた。そうじゃないか？　それなのになぜだ？　貧困に圧しつぶされ、苦しみに次ぐ苦しみの中で、のた打ちまわり、悶え、喘いでいる……たった一つの目的だけに使われているあの痙攣を起こしている犬の症状となんら異ならない……何十万、何百万という人間の命がある。それらに対して、辛うじて生き延びてきた彼らの命は犬以下のものだから、あんなふうに打ち棄てて無視せざるをえないというのか？　これまでずっと顧みられることなく打ち棄てられてきたというのに、終わりを知らず、これから先、何世紀も何世紀もずっと……？」
パチューンの顔は痛恨の思いに満ち満ちていた。
"金がない"
「これがこれまでの歴代首相官邸からの回答の声だ。このような事態に対する早急な改善を求めて、政府に強く迫る声が民衆から大きくあがるたびにね。ああ、なんと哀れなことか、ターラー。その回答は人民代表議員に対する充分な理由になっていない。彼らは今日みるように、いかにも同情しているかのような素振りで目をしょんぼりさせて議席にすわっているべきではない。彼ら人民代表議員は後退するのではなく、さらに前へ前へと足を進めていくべきだ。彼らは首相官邸の回答に対して議会の場が割れんばかりに叫ばなければ —— その回答は、政府がひ弱いと自ら認めていることを、あからさまに語っているようなものではないか？　ね、そうだろ？　政府は無能だと自ら認めているのではないか？　左をみてみろ、そして右を。いや、なにもそんなに遠くをみる必要はない。ただイギリスだけで充分だ。彼らはいったいどこからお金を引き出しているというのか？　金がない？　確かにそうだ。政府がほんの一握りの少数

グループを頭上に奉戴し、いろんな種類の大規模な産業にあえて手をつけないかぎりは——。それらはタイ人の所有より外国人の所有になっているものが、はるかに多くの数を占めているという現状にもかかわらずね。土地だってそうだよ。本来、とりわけタイ人民、タイ民衆全体のものであって、現在のように、一グループの資本家の手に所有権が握られているべきではない。政府はこの土地問題にもあえて手をつけようとはしない。イギリスのアトリー労働党内閣が成功したように、あらゆる側に公平な方法で実施できる手段はいくらでもあるというのにだ。タイ政府が国のこれらの経済機構を統制することができないかぎり、民衆の叫び声は厳しく、荒々しくなる。なに、金がない？　だったら、これから先、さらに民衆の声にもっと耳を傾けていかなければならないのではないか？　ほとんどタイ国じゅうが窮乏の苦しみで悶え、のた打ちまわって、今にも圧しつぶされて死にそうなこの状況が、確かにこれからもずっと続くに違いない。間違いないよ」

「おまえが言う方法とは、つまり、社会主義の方法か、パチューン」

パチューンの瞳がきらりと光り、輝きを放った。

「そうだ。社会主義であるべきだ。でも、なぜだい？　なぜ政府は社会主義の理論を否定するのか？」

彼は拳を固く握りしめた。

「覚えておけよ、ターラー。もしもタイ国がこれから先も現在のように社会主義国でないとすれば、国にとって今以上の大きな進歩はないだろう」

　大きな銃声が再びとどろいた。今度の銃弾は間一髪、ターラーの耳をかすめて通った。青年は奥歯をきっと強くかみしめた。これこそまさに医師パチューンが受ける"報い"にほかならない。一人の人間として、自分自身の理想を変えることを頑として認めず、国じゅうのすべてのタイ人が幸福である姿を己の目でみることを心に描き、自分の理想を固く信じて疑わなかった——その彼が"報い"に受けるものは、銃弾、血、そして死——。ああ、これがタイ国だというのか。

　左手の方向にとても細い小道がみえてきた。それは切り立った高い土手の下を流れる川に沿ってくねくねと曲がる牛車の道で、疎林の中を突き抜け、果て

資料編

は国境へと通ずる近道だった。青年はふと馬の足を止めた。そして大きな道から近道であるこの牛車道へ入っていこうと決心した。
"あと1キロもない"
青年は厳しい表情をみせながらそう考えた。
"おそらくこの道はとても狭く、切り立った土手の下を流れる川沿いを蛇行していることだろう。しかし同時にそれはまた、もし、もしもパチューンの命を狙って追跡しているあいつらが、その一部の部隊を一足先にこの道の果てで待ち伏せさせておくという作戦をたてているとすれば、面と向かっての衝突をどうしても避けられないという意味でもあるのだが……"
"一か八かやってみるしかない。賭けだ。少なくともこの疎林は、さっきまでのように俺がむざむざと銃の標的になることを救ってくれるだろう"
彼はさらにそう考えた。
彼の馬は疲労の極みであるにもかかわらず、全速力で前方目指して突進していった。ナムクランの赤い葉っぱが、道の端に数多く散在して生えている木の枝から止まることを知らずしきりに落ちてきた。銀色の水流とみまがう白い谷川が——しかし、ゆっくりゆっくりと——牛車道をちょうど曲がったところで姿を現した。一瞬、この世のものとは思われないような、鉛色のタケップが目に入った。それはまさしく自然の創造の驚異であった。
ターラーはとても悲しそうに自分自身に対して微笑した。
"なぜだい？ なぜ誰もが考えないのだろうか？ 国の大地、そして国のあらゆる種類の天然資源がこの川と全く同じように、世界の誕生とともに生まれてきたと……。だから奪い合いが起こるんだ。そうして一握りの少数グループが所有権を掌握してしまう結果となる。この川が人々によって使われ、またこれまでもずっと使われてきたように、タイの大地、そして天然資源を民衆全体の利益のために役立たせようとは考えないで、所有権の奪い合いだ"
彼は呟いた。
"パチューン、おまえの言うことも正しいよ。もし、タイ国が現在のように社会主義国でないとすれば、これ以上の大きな進歩はないだろう"

ターラーはさらに馬の足を速めた。馬は前方へ向かって飛ぶように疾走した。まるで矢が的に向かって飛ぶように駆けた。風がビュービュー音をたてて、彼

の顔に叩きつけてきた。その間、追撃側の音は遠く去ったかに思えた。青年の瞳は希望で明るく輝いた。馬が加速度をつけたかのように、曲がりくねった道を一目散に駆けて突進しているとき、彼の身体は、あわや振り捨てられそうになった。

　しかし、まさにその瞬間である。ターラーは前方をみて、身の毛がよだった。なんとそこには軍服を着て馬の背にまたがった3人の男たちが、ターラーの前に一列に並んで立ちはだかっていたのである。ステン軽機関銃の銃尻を肩にぴったりつけて、冷酷にも彼を待ち受けていた。銃身の先がきらりと光ってみえたちょうどその一瞬のあいだ、男たちはそれぞれ人差し指を伸ばし、引き金に触れた。そして銃弾の雨が標的に向かって次から次に降り注いでいった。それはまるで走っているウサギが、狩人の仕掛けた罠に入っていくようなものだった。なんの声も聞こえてこなかった。呻き声ひとつさえも……銃弾の威力を真正面から雨あられと浴びせられた人と馬は、もろともに宙に舞い、高い切り立った土手から川へとはじき飛ばされた。風の力で宙に巻き上げられた塵芥のように……。しかし、何よりも不思議で奇跡かと思われたのは、彼の身体が川面に叩きつけられた音が聞こえたとき、痛みと苦しみに満ち満ちた大きな声を、男たちの誰もが最初にして最後、耳にしたことだった。

「パチューン、タイの大地を頼んだぞ！」

　月が川面に光の紋様を織りなした。その光はどこか悲しげだった。そして荘厳だった。それは哀れ無残にも、しかし気高く誇り高く、その地に人生を終えた一つの命に追悼の光を投げかけているかのようだった。

　　＊1949年2月26日　「王宮の反乱」（海軍主導のプリーディー派が王宮を占拠、ピブーンソンクラーム政府を打倒しようとしたが、政府軍に鎮圧される。その後3月3日、事件の重要容疑者とされるトーンプレオ元大臣ら、4大臣が護送中に銃の乱射で殺される事件が起きた。

注
1）筆者訳「タイの大地上で」『現代作家・詩人選集 タイの大地の上で』（財）

資料編

大同生命国際文化基金』1999、pp. 127-154。原著 Chumnum Wannasin, ed., *Ruang san phua chiwit: hen yu tae phu yak khen*, O.Mo.Tho, 1973, pp.16-45, 初出は1950年『アクソンサーン』

# 作家リスト

アーカートダムクーン・ラピーパット（M. C.）(1905〜1932、マラリヤのため香港で客死) タイ近代文学開拓者の一人。イギリスとアメリカに留学、帰国後政府役人となる。学生時代より校内の雑誌に翻訳作品を投稿したり、文芸誌『タイ・カセーム』に自作の短編をウォラサウェートの筆名で載せていた。その後、テープシリン校で同窓だったシーブーラパーと共に、文芸クラブ「スパープブルット」を結成、同文芸誌に執筆。当時としては稀有であった異国を舞台に、タイの身分階級や古い慣習に固執する伝統社会への批判を作品に投影する。『人生の芝居』(1929)、『白い肌、黄色い肌』、『上流階級の社会』、「崩れた楼閣」(収録作品『祠のない神』)

アーチン・パンチャパン(1927〜、ナコーンパトム県) 南タイでの鉱山労働生活の体験をもとに、ひねりの名人と言われるほど短編に妙味をみせる。1969年週刊誌『ファー・ムアンタイ』を創刊、テレビドラマの脚本、監督なども手懸ける。『鉱山からの叫び声』、『大地の下で』、『土の中の血』、1991年国民芸術家賞受賞、1992年シーブーラパー賞

アッシリ・タマチョート(1947〜、プラチュワップキーリーカン県) 大学在学中から既に短編小説を書き始め、『老人の内省』は同大学文芸誌『プラッププラーマーリ』の短編賞受賞。サヤームラット新聞社に勤務、文筆活動を続ける。都会に出稼ぎに行った踊り子が未亡人となって故郷に戻り、一転して女性の漁船長として海にたくましく生きる短編「ナーンラム(踊り子)」や、弱きもの、売春婦、貧しい人々に慈愛の目を向け、タイの政治、社会問題を作品に盛り込む。『クントーン……お前は暁に戻るだろう』(1981年東南アジア文学賞)、「ナーンラム」、「宵、水の表面に」、「タマムシ」、「わらの匂い」、「雨風が通り過ぎて」、『海辺の家』、『紺碧の世界』、『海藻』、『海と時の流れ』、『張子の虎』、2000年国民芸術家賞

アヌマーンラーチャトン，プラヤー (1888〜1969) 筆名サティエンコーセート。民俗学者、著述家であるが、タイ文学に残した功績も偉大である。訳本に『ヒトーパテート』(インド古典寓話集よりサティエンコーセートとプラサーン・プラサート共訳)のほか、インドに原典をもつ『カーマニット物語』、著作『文芸的観点に立つ文学研究』、『民族・言語・文化』、『タイ古慣習』、随筆『子供称賛』、文芸誌『ワンナカディーサーン』へ執筆など、その数は多岐かつ膨大。

アンチャン(1952〜、本名アンチャリー・ウィワッタナチャイ) ニューヨーク在住、現代社会の女性問題を主題にした作品に高い評価を得ている、短編「お母さん」(1985年タイ国言語・図書協会賞)、『人生の宝石』(1990年東南アジア文学賞)、『見えない手』、ノンフィクション『ニューヨーク、ニューヨーク』

アンカーン・カンラヤーナポン(1926〜、ナコーンシータマラート県) 幼少より絵や詩を得意とし、高校時代には困難な定型詩クローン*詩も手懸ける。詩作は『社会科学評論』、週刊誌『マティチョン』などに掲載。1972年サティエンコーセート・ナーカプラティープ財団により詩人としての業績を称えられ表

彰。伝統的な定型詩の形式から離れた斬新な詩形で、仏教思想を基盤に生命、自然、宇宙を語り、人間の内面をとらえる。『アンカーン・カンラヤーナポン詩集』、『詩人の祈願』(1986年東南アジア文学賞)、『露の雫は時の涙』、1989年国民芸術家賞

**イッサラー・アマンタクン**(1921〜1969)　タイ国新聞記者協会会長を3期にわたって務めるなど、新聞を中心に文芸活動を続けた。『罰当たりの善人』、「残忍な時代」、「俺は負けない」、「それぞれの神」、「ウェー、誰がお前に革命を起こさせたか？」

**インオーン**(1918〜1986、ソンクラーン県、本名サックカセーム・フターコム)　文芸誌『プラチャーミット・スアープブルット』に執筆のほか、作詞や戯曲でも成功を収める。『ニットラーとサーヤン』、『夫人の人差し指』、『ノーリー』、『カーラケート』

**ウィッタヤーコーン・チエンクーン**(1946〜、サラブリー県)　銀行勤務後、ランシット大学学部長、副学長を務める。文芸評論家、経済評論家としても執筆。1970年代、新しい世代の作家旗手でもあり、詩作や『社会科学評論』への執筆、実存主義的傾向の「死への途上」(収録：短編集『だから私は意味を求める』)、評論集『我々はどこへ向かうのか』、評論『新しい教育思想』、『発展途上国の根本問題』、『シーブーラパーの役割と思想の研究』、(編集)文芸誌『人生のための文学』、同『タイ人が読むべき名作100冊』などがある。1998年シーブーラパー賞

**ウィチットワータカーン, ルワン**(1898〜1962、ウタイターニー県、本名キムリヤン・ワッタナプリダー、後にウィチット・ウィチットワータカーンに改名)　駐日大使も務めたこともある外交官、政治家、作家。ピブーンソンクラーム首相のブレインとして国家主義政策、文化政策を推進、その一環とした文芸誌『ワンナカディーサーン』へも執筆した。『世界史』12巻、『王朝年代記集成』8巻のほか、タイ民族に愛国心を鼓舞した戯曲『スパンの血』、『タラーンの戦い』、歴史小説『チャムパーサックの天の花』、恋愛小説『愛の淵、深い谷』、『人生の嵐』など多作。

**ウィモン・サイニムヌワン**(1955〜、ナコーンパトム県)　長編小説『蛇』(1984)で文壇に登場、当時の脚光を浴びた。その後も農村社会の民衆の意識を描いた作品『貧しき人々』、『神降ろし』のほか、近代科学の技術によって不死を求める人間を描いた『不死』(2000年、東南アジア文学賞)など。

**ウィン・リオワーリン**(1956〜、ソンクラー県)　『黒い表紙のノートと紅い落葉』、『凶兆の嘆きし』、『月夜に』のほか、1932年立憲革命から1992年5月流血事件までのタイ政治史を極めて史実にそって描いた『平行線の民主主義』(1997年東南アジア文学賞)や、斬新な筆法を駆使した『人と呼ばれる生き物』(1999年東南アジア文学賞)など、これまでのタイ作家にない作品を創出している。

**ウォー・ナ・プラムワンマーク**(1920〜1977、本名ウィパーワディー・ランシット内親王)　ノー・モー・ソー(ピタヤーロンコーン親王)の娘。『プリッサナー』やヨーロッパを舞台にした『ラッタナワディー』は大変な人気を呼び、傑作の一つである。1977年、タイ南部の飛行中、飛行機が銃撃を受けて死亡。

**ウォー・ウィプット**(未詳〜)　『まだ生きている者へ』(1980年タイ国言語・図書協

会賞)、『魔術のお医者さん』

**ウォーウィニットチャイヤクン**(1949～、本名ウィニター・ディティーヨン) 歴史の専門知識をいかした歴史物語を得意とするが、恋愛小説、青少年向けの作品など多作、数々の文学賞受賞。歴史小説『ラッタナコーシン』(1988年国民図書週間図書開発委員会最優秀賞)、同『二つの河岸』、『愛を欠いて』、2004年国民芸術家賞

**ウッサナー・プルーンタム**(1920～1988、本名プラムーン・ウンハトゥープ) プラチャーミット紙、サヤームサマイ紙、サヤームラット紙等の新聞記者、月刊誌『チャオクルン』編集人を経て、本格的に執筆活動に入る。長編『チャン・ダーラー物語』のほか、多数の短編、翻訳。

**ウッチェーニー**(1919～、本名プラキン・チュムサーイ・ナ・アユッタヤー) 戦後、1950年から60年代活発な詩作活動を続けた詩人。極めて感覚的、象徴的、優美な文体を作風とする。詩集『橋の下』、『清らかな星、空、大地』、『黄金色の地平線』。1993年国民芸術家賞

**オー・ウダーコーン**(1924～1951、ナコーンパトム県、本名ウドム・ウダーコーン) 医者を志したが肺結核で休学、その後、病をおしてタマサート大学法学部に転学して卒業、夭折した作家の一人。『死体病棟』(1949年ブルーリボン短編賞)、「タイの大地の上で」、「カール・マルクス——きな臭い銃、そしてナンティーヤ」、「情欲の奴隷」、「闇に眠った本能」

**オーラワン**(1912～1978、本名リオ・シーサウェーク) 1932年立憲革命以前よりいろんな種類の小説を書き、常に大衆の人気をさらっていた。なかでも『ルアンデート』、『ルアンヨット』、『ルアンリット』、『ルアンサック』など一連のペンネーム「ルアン」を使った活劇小説にみるタイの豪勇は、ある意味では彼の作品のテーマともいえる。1968年国王戴冠記念日の5月5日、病院での長い闘病生活から自宅に戻ってきたオーラワンを作家仲間が祝った。そしてこれを記念してタイ国作家協会が結成、1971年正式に団体として登録した。

**カノックポン・ソンソムパン**(1966～2007、パッタルン県) 出版社勤務後、執筆活動に専念する。近年は文芸誌 *Writer Magazine* 編集長。出身である南タイを舞台にイスラーム社会の人々を描く。『単子葉の人間』、『裂けた橋』、『他の大地』(1996年東南アジア文学集)、『サラマーンの小さな世界』、詩集『露の森』

**カムプーン・ブンタウィー**(1928～2005、ヤソートーン県) 『メコンの子』、『東北タイの子』(1976年国民図書週間最優秀賞、1979年東南アジア文学賞、映画化)、『残酷な隊長』(1977年国民図書週間優秀賞)、『百ヶ所の刑務所入り』、『都会に出てきた農民の子』、『田舎者魂』ほか、長、短編、ノンフィクションなど多数。2001年国民芸術家賞

**カムマーン・コンカイ**(1937～、ウボンラーチャターニー県、本名ソムポーン・パラスーン) 教職や教育関係の経験をいかした『田舎の教師』(1975年国民図書週間優秀賞、映画化)、『田舎の教師からの手紙』のほか、著作『教育の心』など。

**ククリット・プラモート**(M. R.)(1911～1995) 首相や大臣を歴任したほか、タイ字紙「サヤームラット」を創刊。長年続けた著名な同紙コラム「スワンプルー」の執筆、ラーマ5世から8世の時代を背景にした歴史小説の傑作『王朝四代記』、

『幾多の人生』、『赤い竹』などのほか、コーン（仮面劇）の舞踊家でもある。1985年第1回国民芸術家賞

**クリッサナー・アソークシン**（1931～、本名スカンヤー・チョンスック）　『人間の舟』（1968年SEATO文学賞）、『落陽』（1971年同賞）、『金箔の塑像』（1985年東南アジア文学賞）など、人間の欲望、家族の崩壊、仏教の教えなどを作品に投影し、1960～1980年代、タイ女性文学を率いた一人。1988年国民芸術家賞

**クルーテープ**（1876～1943、欽賜名チャオプラヤー・タマサックモントリー、本名サナン・ハッサディン・ナ・アユッタヤー）。教員養成学校に在学中、定期刊行紙「ウィッタヤーチャーン」も自ら編集人、執筆者として発行、イギリス留学後は公職の教育関係の著作をはじめ、広いジャンルにわたって文筆活動を続けた。詩『クルーテープの詩』、『我々庶民』、評論『若者のために』、『月蝕』、『国家、宗教』、戯曲『ゴッ爺さん』

**コー・スラーンカナーン**（1911～1999、本名カンハー・キエンシリ）　タイ近代文学開拓者の一人、タイ国初の女性職業作家でもある。恋愛小説、家庭小説など幅広い読者層もち、作品はヒューマニズムや道徳感に富む。『悪しき女』、『サーイトーンの家』、『神王村』など多作。1986年国民芸術家賞

**コー・ソー・ロー・クラープ**（1834～1913）　ラーマ4世時代を生きた平民の著述家。自ら発行する月刊誌『サヤームプラペート』など通じて、平等と民主主義を求めた勇気ある庶民の代弁者であり、王朝年代史や偉人の話などの著作を残す。『シャム・ベトナム戦史』

**コムトゥワン・カンタヌー**（1950～、本名プラサートポーン・プースシントーン）新聞記者としてプトゥチョン紙、プラチャーティパタイ紙、マティチョン紙で活躍する。短編・戯曲『謀反：サディズム文学』、短編・詩『信頼の星の光』、『失業者』、詩集『広場の舞踏』（1983年東南アジア文学賞）、評論『文学評論』

**サクシリ・ミーソムスープ**（1957～、チャイナート県、本名キティサック・ミーソムスープ）　自由な職業作家になるために教師を辞める。詩人、抽象画家チャーン・セーン・タンに師事、その影響で伝統的な定型詩の中に豊かな想像力と鋭い感性を充分に駆使する。『砂に描いた人形』、『星を摘む人』（自費出版、3000部）、『その手は白く』（1992年東南アジア文学賞）のほか、作曲、絵画も手懸ける。

**サティエン・チャンティマートーン**（1943～、スリン県）　文芸評論家。『本を書く人』、『本を読む人』、『もとの波』、『本の虫』、『人生のためのタイ文学思潮』など、これまでのタイ文学に稀有であった「文学評論」の先駆者。2001年シーブーラパー賞。

**サン・テーワラック**（1908～1978、本名サン・テーワラック・カモーンブット）公務員、定期刊行誌『ボー・デーン』編集人を経て多くの小説を書き、読者の人気をさらった。ラジオ、テレビドラマの脚本のほか、翻訳作品も多数。『愛の階段』のほか、翻訳『ラ・ルベールの記録』

**シーダーオルアン**（1943～、ピッサヌローク県、本名ワンナー・サワッシー）1975年頃より短編、詩、随筆、文学評論など執筆活動を始める。農村の簡素な生活、都会の工場で働く労働者、あるいはエイズの問題など、社会問題を鋭

く観察し、作品に投影する。『草刈人』(1978年ウォー・ナ・プラムワンマーク賞)、『それは選挙とともにやってきた』(1978年チョー・カーラケート賞)、『一粒のガラス』、『身分証明書』、『水の妖精、バーク爺さん、そして犬』、『サールーお母さん』

- ジップ・パンチャン(1951〜、トラン県)　1979年頃より詩、短編を執筆。機関紙『文学』の編集人として、本格的に執筆活動に入る。現在、教師の傍ら、執筆活動を続ける。カーオピセート紙編集人、タイ国作家協会機関誌編集人。短編「岩山の傷」(1981年タイ国言語・図書協会賞)、『花が開く日』、詩集『天地に立ち向かって』

- シーファー(1930〜、本名シーファー・マハーワン (M. L.))　恋愛小説のほか社会問題にも目を向け、弱者の立場から作品を書く。1970年代、女性作家の活躍を代表する一人。『愛する郡長』、『彼女』、『ガラスの都会』、『人生のロータリー』(1972年国民図書週間図書開発委員会最優秀賞)、『生みすてられた子供たち』(1973年同賞)、『青い空の下で』、1996年国民芸術家賞

- シーブーラパー(1905〜1974、亡命先の北京で客死、本名クラープ・サーイプラディット)　テープシリン中学時代には、後の作家アーカートダムクーン (M. C.) やソット・クーラマローヒットらと同級生。大学卒業後、英語を教えたり、タイマイ紙、シークルン紙、サヤームラーサドーン紙編集人を務める。その間、オーストラリアに留学、政治学を研究、また文芸クラブを結成、同名誌『スパープブルット』の発行、月刊誌『アクソーンサーン』への執筆など、ジャーナリスト、作家として執筆、民主主義、人権、人間の愛をテーマにペンで闘った。1952年、平和反乱罪で投獄された後、58年、サリット元帥によるクーデタが勃発した政情から、文化交流使節団団長として訪問中の北京から帰国せず、そのまま亡命生活を送った。1988年、シーブーラパー文学賞が創設され、毎年文学、ジャーナリスト分野の功績者が選出される。また、生誕100周年を迎えた2005年、ユネスコから世界の偉人の一人としてその功績を称えられた。『人生の闘い』、『民主主義の意味』、『再びめぐり逢うまで』、『未来を見つめて』、『人間社会の歴史』、『絵の裏』、『法の理念と仏教』、『罪と闘って』、短編「少し力を」ほか多作。

- シープラート(1653頃〜1688頃)　ナーラーイ王(17世紀アユッタヤー王朝)時代の大詩人。一説によればプラ・ホーラティボディー(詩人)の息子といわれているが、天才詩人と称されながらにも性に自由奔放だった。王の後宮と関係をもったために王の怒りにふれ、南タイのナコーンシータマラートに流刑、その後、同様の咎で同地知事の命令によって首をはねられた。流刑の悲しい心境を綴った詩に『シープラートの悲歌』、チャン詩『アニルット』がある。

- シラー・コームチャーイ(1952〜、ナコーンシータマラート県、本名ウィナイ・ブンチュワイ)　1976年軍事クーデタでジャングルに逃れ、武装闘争に参加した。帰還後はこれらの体験をノンフィクション(『ある一つの真実──ラームカムヘーン大学学生運動の初期』)や小説に投影した。タイ文学の中で心理小説のパイオニア的存在である『虎の道』、大都会の交通渋滞という社会問題をコメディータッチ、風刺的に綴った『路上の家族』(1993年東南アジア文学賞)ほか。

資料編

シーラット・サターパナワット(1918〜、スパンブリー県)　スワンナプーム新聞社に勤める傍ら、執筆活動。最初の作品「涙の意味」(初出プラチャーミット紙)の後、退廃した社会鮮明に描き出した『この大地は誰のもの』で文壇の注目を惹く。『人生の奴隷』、『明日にはきっと暁が』、『都市人間(アーバンアニマル)の悲劇』

スチャート・サワッシー(1945〜、アユッタヤー県)　『社会科学評論』や文芸誌『ロークナンスー』、短編集『チョー・カーラケート』などの編集人でもあり、評論家、作家。これらの文芸誌は多くの若手作家を輩出しているが、1973年学生革命前後の民主化時代には「人生のための文学」という文芸思潮を生む文芸誌『人生のための文学』の発行に奮闘した。『タイ作家の思想傾向1945年〜現在』、『沈黙』、『青年作家』、『壁』ほか、『おもちゃの汽車』はシュールレアリスムの作品として注目される。1997年シーブーラパー賞

スチープ・ナ・ソンクラー(未詳〜、元新聞記者)　『銃弾一発一バーツ』(原題『スーコ・セーコー』)、『皆殺し』、『セーンセーリー』

スチット・ウォンテート(1945〜、プラーチーンブリー県)　芸術・文化月刊誌『シンラパ・ワッタナタム』編集人、詩人、評論家。『首相への長詩』、『紀行詩』、『権力ゆえに血は湧きかえる』、『俺は学生』やアユッタヤー地方の子守唄「寺よ」を基に、救国の英雄クントーンを綴り、民主化を願う民衆の共感を誘った名詩がある。1993年シーブーラパー賞、2002年国民芸術家賞

スパー・シリマーノン(1910〜1986)　思想、言論の自由を理念に掲げ、ジャーナリストとして活躍、自らも執筆のほか、「知識を尊ぶべき」という内容を理想とした日曜版ニコーン紙や月刊誌『アクソーンサーン』を発行した。これらは世界の新しい情勢を政治、社会、思想、芸術などの分野からタイの国民に伝えるだけでなく、後にタイ文学界で活躍する作家たちの発表の場となった。また、当時、稀有であった「文学評論」という新分野を開拓した。『認識のジャーナル』、『マルクスは何をどのように証明しようとしたのか』、『独裁政権下の芸術』、『良書とはどのようなものか』

スポーン・ブンナーク(1921〜1971)　作品数は少ないが、評論家や大学での教材、研究に現在も利用されている。『新たな空』、『大地はなおも広く』、『冷たい風』、『天国はどこに』、『文学評論のペン』

スラチャイ・チャンティマートーン(1948〜、スリン県)　詩人、作家、また楽団カラワン(1974年結成、89年解散)のリーダーでもあったミュージシャン。1973年学生革命後結成された楽団の活動は、「プリーディー」、「黄色い鳥」、「イサーン(東北)」(ナーイピーの詩を作曲)など、社会の底辺をみつめ、真の民主化を唱えてタイ全国津々浦々で歌われ、「人生のための歌」と称された。『どこへ向かうのか』、『暁の前に』、詩集『メイド・イン・ジャパン』、『道端で』、作詞作曲「イメー(母ちゃん)」、2006年シーブーラパー賞

スワット・ウォラディロック(1923〜2007)　公務員を経て作家活動に専念。元タイ国作家協会会長。ラピーポーンは筆名の一つ。「残忍な時代」の1952年平和反乱事件でシーブーラパーと共に投獄(57年恩赦で釈放)された自伝的政治小説『同じ一つの大地』、『赤い鳩』、73年、民主化を求める学生運動の活動家を

主人公にした『親父はやっと笑った』、奴隷制度が廃止される以前の社会を描いた『奴隷の子』など、政治、社会を主題にした小説のほか、恋愛小説も数多くある。1991年国民芸術家賞受賞。2005年シーブーラパー特別賞

**スワンニー・スコンター**(1932〜1984、ピッサヌローク県、本名スワンニー・スコンティエン) 大学で教師の傍ら、小説の挿絵や短編を書き始め、その後執筆活動に専念、文芸誌『ララナー』の編集人も務める。1965年短編「プックへの手紙」を文芸誌『サトリーサーン』に掲載、最初の長編小説『愛の炎は消えず』で一躍名声を博する。豊かな感性と繊細な観察力で自然と現実社会を描く筆致は卓越し、またタイ社会、農村の生活を鋭く、ユーモアこめて作品に投影する。『その名はカーン』(SEATO文学賞)、『愛の翼で』(タイ全国図書協会文学賞)『蒼い月』、『胸にさす寒さ』、『赤い部屋の白い椅子』、『ここに花はない』、『星だけの寒い夜』、『ケートの物語』、『サーラピーの咲く季節』(原題『動物園』)

**スントーンプー**(1786〜1855) ラーマ1世からラーマ4世時代を生きた詩人、後に詩聖と称される。最大傑作『プラアパイマニー物語』、カーブ詩『チャイヤスリヤー王』、格言集『サワッディー・ラクサー』など、多作。特に、ラーマ2世時代、市井詩と呼ばれる詩形、8言クローン詩を確立し、韻文学を宮廷から庶民の中へと広め、韻文文学黄金時代第2期を築いた。

**セーニー・サオワポン**(1918〜、サムットプラーカーン県、本名サクチャイ・バムルンポン) 1942年外務省に入省、以後エチオピア大使(1975)、ビルマ大使(1976)などを歴任、1978年定年退職。入省前、1936年シークルン紙国際部記者として働いたこともあり、スワナプーム紙でもその手腕を発揮した。ボー・バーンボー、スチット・プロムチャンヤー、クラッサナイ・プローチャートなどの筆名で執筆活動を続け、日本語をはじめ、英語、中国語、ロシア語などに翻訳された作品もある。現在、マティチョン新聞社顧問。作品の主題は戦争、社会変革、人間、さらには芸術へと及び、50年代に書かれた『ワンラヤーの愛』、『妖魔』は、70年代、民主化を求める若い世代に影響を与えた。『東京からの便りもなく』、『敗者の勝利』、『死の上の生』、『アユッタヤーの勇者』、『地、水そして花』、短編「厚い足の裏、薄い顔(かお)面」、1988年シーブーラパー文学賞、1990年国民芸術家賞

**ソー・タマヨット**(1914〜1952、本名セーン・タマヨット) 夭折した作家、文芸評論家。また審美眼に優れ、世界的視野に立つ哲学、芸術分野の著作もある。『シープラートの人生と作品』、『ルワン・ウィチットワータカーンの作品論』、『文学の芸術』、『哲学者と詩人』、『哲学案内』、歴史書『アンコールワット』、短編集『サオチンチャー(大ブランコの柱)』

**ソット・クーラマローヒット**(1908〜1978) 文芸クラブ「スパープブルット」の一人。後に文芸クラブ「チャックラワットシンラピン(芸術家帝国)」を設立し、文芸誌『エーカチョン』、『スワン・アクソーン』、『シンラピン』を発行する。また著作を通じて協同組合の思想を紹介した。『在りし日の都、北京』、『中国自由運動』、『ラヤー』、『青い血』、『赤い血』、『雪融けのとき』

**ソムチャイ・ソムキット**(1955〜、スラートターニー県) 『ひび割れた鏡』、『ファーティマ』、『嵐と足跡』

資料編

タマティベート(親王)(1715～1755、異名エビ王子) アユッタヤー時代末期の大詩人。御座船のこぎ手が朗詠する「ヘールア(御座船歌)」を初めて創った。カーブ詩『ヘールア(御座船歌)』、『プラマーライ』、紀行詩『仏足跡』

ダムロン(親王)(1862～1943、ダムロンラーチャヌパープ親王、ラーマ4世の第57子、ラーマ5世の異母弟) ラーマ5世時代、内相、蔵相など要職につき、王立図書館、学士院の創設などタイの行政、教育を中心に近代化に多大の貢献をした。のみならず「歴史の父」と称されるほど、傑出した学者、秀れた文筆家でもあった。1931年文学協会(サマーコム・ワンナカディー)設立、『ラーマ2世治世編年史』、『タイ国仏塔縁起』、『スントーンプー伝』、自らの入僧体験を描いた『師の伝記』や『追悼集』など多作。

ダーオハーン(未詳) 社会主義とファシズムを風刺したタイ最初の政治風刺小説『パッタヤー』のほかに、短編「翼の星」の2作のみが知られているだけで、本人について詳細不明。前者は1932年立憲革命後の社会をバンコク隣県の村「パッタヤー」に設定して描く。

チット・ブラタット(1892～1942) 厳格な詩作に従った名作にチャン詩『団結の破壊』、リリット詩『ジャータカ物語』、紀行詩『ナコーンラーチャシーマー』

チット・プーミサック(1930～1966、プラーチーンブリー県) 1958年サリット首相による政治粛正で6年間の獄中生活を送った文学・言語学者、思想家。言語、文学、歴史に関する多くの評論、著作のほか、ティーパコーン、カウィー・カーンムアンなどの筆名で詩作。当時の軍事独裁政権、タイ社会を数々の著作で世に問い正したが、1966年、東北タイで政府軍に銃殺された。近年、これらの研究書、著作の再評価が高まっている。『誓忠飲水の儀の詞とチャオプラヤー河流域史に関する新考察』、『言語と言語学』、『ティーパコーン、民衆の芸術闘士』、『人生のための芸術、民衆のための芸術』、『タイ・サクディナー制の素顔』(タイ初の唯物史観による歴史研究論)、『タイ文学の遺産……5言クローン*詩』、『タイ族の歴史——民族名の起源から』、『アユッタヤー時代以前のチャオプラヤー河流域のタイ社会』、『見解』

チラナン・ピットプリーチャー(1955～、トラン県、本名チラナン・プラサートクン) 1973年学生革命時代、学生運動活動家の一人。1976年軍によるクーデタで、同志セークサン・プラサートクンらと共にジャングルに逃れ、タイ共産党の武装闘争に加わる。1981年ジャングルに逃れた当時の活動家、知識人、作家らを罪に問わない旨の総理府布告(プレーム政権)によって帰還。その後コーネル大学に留学、帰国。『塵芥』(1981年タイ国言語・図書協会賞)、『消えた葉っぱ』(1989年東南アジア文学賞)、ノンフィクション『第四世界、ひと山の夢』、学術書『19世紀の雲南貿易』

チャトゥロン・セーリー(未詳) 『野原の水流』(1978年週刊誌『マティチョン』優秀賞)

チャート・コープチッティ(1954～、サムットサーコーン県) 短編「敗者」(1989年チョー・カラケート賞)で文壇に登場。因習に固執する農村社会や老人などを取り上げ、現代社会の問題と人間の深い内面を、ときとして演劇や映画の手法を用いて描く。『裁き』(1982年東南アジア文学賞)、『路地の行き止り』、

『ありふれた話』、『時』(1994年東南アジア文学賞)

**チャーン・セーン・タン**(1934〜1990)　抽象画家、詩人。特に無韻詩、抽象詩、具象詩にユニークな業績を残す。『朝に』、『目に見える芸術―詩』、『現在』、『具象詩、抽象詩』

**チャンチラーユ・ラーチャニー**(M.L.)(1910〜1991)　ノー・モー・ソーの息子、ウォー・ナ・プラムワンマークの兄にあたる詩人、歴史家。『スントーンプーの人生と作品』、『シープラートの悲歌』ほか、詩や歴史書の著述など多数。

**ティエンワン**(1842〜1915、トンブリー県、本名ティエン・ワンナーポー)　筆名はほかに筆名トー・ウォー・ソー・ワンナーポー。専制君主制時代、平民として初めて「民主政体」を唱え、国会の確立を訴えた。またタイ社会、宗教、芸術、法律、哲学、文学に関する論説を執筆、さらには一夫多妻制、特許登録制、戸籍の整備などを提示した。月刊誌『シリ・ポッチャナパーク(文学傑作集)』、『トゥン・ウィパーク・ポッチャナキット』

**ドゥワンチャイ**(1943〜、本名プラトゥムポーン・ワッチャラサティエン)　大学教職に就く傍ら、精力的に執筆活動する。代表作に1973年学生革命前の大学行政を背景にした『業の罠』(1974年国民図書週間図書開発委員会優秀賞)、タイ・中国国交樹立(1975)を取り上げて小説にした『女性大臣』(1976年同優秀賞)など、当時の女性作家としては数少ない政治、社会を作品に投影した。『愛しい我が子プックへ、母からの手紙』、『都会のねずみ』、『心の奥深く』

**ドークマイソット**(1905〜1963、本名ブッパー・ニムマーンヘミン(M.L.))　近代文学開拓者の一人、『彼女の敵』(1929年、掲載文芸誌『タイ・カセーム』)で作家の道を開く。1932年立憲革命と同時代を生きただけに、官僚貴族の衰退と平民階級の台頭、資本主義経済の発展など、家庭小説をとおして新しい社会を描いた。『良家の人』、『百中の一』、『最後の文芸作品』

**トムヤンティー**(1937〜、本名ウィモン・チエムチャルーン)　14歳より文筆になじみ、19歳で初めて長編『夢の中で』を発表。恋愛小説を主とするが、近年はテレビドラマの脚本が多い。1976年軍事クーデタに抗議する学生運動を厳しく非難、その後、国政改革評議会議員に選出された。『メナムの残照』(原題『運命の二人』、映画化)、『傷跡』、『妾』

**ナーイピー**(1918〜1987、ラオスにて客死。遺骨は1997年にタイへ戻る。ラーチャブリー県、本名アッサニー・ポンラチャン)　筆名はほかにインタラーユット、シーインタラーユットなど。詩、小説、評論など多くの名作を生み、「民衆の偉大な詩人」と称される。日曜版ニコーン紙、文芸誌『ワンナカディーサーン』や、同『アクソーンサーン』への執筆、短編「正義」、「神はどこに」、評論『詩の芸術』、『詩の秘訣』、『民衆の文学』、『古典から考える』、詩「東北タイ(イサーン)」、「懐かしい故郷(満月)」、詩集『母よ、我々は勝った！』

**ナオワラット・ポンパイブーン**(1940〜、カーンチャナブリー県)　「ラッタナコーシンの詩人」と後に称される詩才は、既に中学校時代よりその萌芽をみせ、高校にあたる同後期、そして大学時代には既に本格的に詩作活動に入っていた。アユッタヤー地方の子守唄「寺よ」を基にした「田園に流れる笛の音」は、スチット・ウォンテートの「寺よ、ああ寺よ」で始まる詩と共に、救国の英雄クントー

ンを綴り、民主化への政治変革を求める1970年代の民衆の心を代弁した。自作の詩に自身で笛を吹くという、言葉と音の調べのハーモニーの手法は異彩を放つ。タイ国言語・図書協会(タイ・ペンクラブ)副会長、タイ国作家協会副会長を歴任。『雫の言葉』、『日曜日から月曜日まで』、『クルンテープタワーラーワーディ』、「田園に流れる笛の音」、『微かな動き』(1980年東南アジア文学賞)、『大地を綴って』

**ナーラーイ王**(治世1656～1688) ナーラーイ王時代、タイ国とヨーロッパの交流が開花、世界の中のタイ国として重要な歴史を記した(1662年、フランス人宣教師ド・ラ・モット・ランベールが渡来、伝道活動を始めた。その後、タイ国とフランスは外交使節団を交換、1685年、時のルイ14世は初代駐アユッタヤー大使としてシュバリエ・ド・ショーモンを派遣した。一方、ナーラーイ王もプラ・ウィスート・スントーン(コーサーパーン)を代表とする4人の外交使節団を派遣した。また、この時代、様々な定型詩で書かれた民話や本生譚(ジャータカ物語)が生まれ、韻文文学黄金時代第1期が築かれた。王自身の著作はチャン詩『サムッタコート』(この時代にプラ・マハーラーチャクルーが書き始め、死後、ナーラーイ王がその続きを、王の死後150年経ってパラマーヌチットチノロート親王が完成)、『トッサロット王、ラーマ王子への教え』、『ラーチャサワット』など。

**ナラーティッププラパンポン(親王)**(1861～1931) 外交官にして作家のワンワイタヤーコーン親王(ナラーティップポンプラパン親王)の父。歌劇団プリーダーライ、及び同劇場を創設するほか、歌劇、文学、歴史、考古学などの著作多数、演劇の師と称される。歌唱劇『プラロー物語』、『ビルマ王物語年代史』、『大タイ旅史』、翻訳『ド・ラ・ルベール紀行』

**ニコム・ラーイヤワー**(1944～、スコータイ県) 1970年代の文芸グループ「プラチャンシオ」(メンバーにはスチャート・サワッシー、ウィッタヤーコーン・チエンクーン、ウィナイ・ウクリットら)に属して創作活動を始め、『タワン』や『ウィッタヤーサン』などに発表。自己の生存のために弱者(動物)と闘わざるを得ない人間の苦悩を描く作品のほか、幼児向けの本も書く。『大とかげと小蛙』、『樹上の人』、『土手は高く、丸太は重い』(1988年東南アジア文学賞)

**ニッパーン**(1950～、ソンクラー県、本名マクット・オーンルディー) 青少年向けの作品を主流とし、その流麗な文体は「美しいタイ語」と国からも表彰される。タイ文学では稀有な南タイ、イスラーム社会を舞台にした作品に、貧しい少年少女たちが日々の暮らしを生き抜く姿を描く『蝶と花』(1978年国民図書週間優秀賞ほか、合計7つの文学関係の賞を受賞、映画化)がある。『夢の翼』、『鳥のさえずり』、『花の野原』、『嵐が鎮まる前に』

**ニミット・プーミターウォン**(1935～1981、スコータイ県) 農村での教師体験を生かし、農村社会の内部、権力構造や家族問題、貧困、教育の遅れなどを作品に映し出す。『棍棒で先生に捧げる』(1974年タイ国出版販売協会最高賞)、『ソーイ・トーン』(1975年国民図書週間図書開発委員会優秀賞)、『農村開発顛末記』

**ニミットモンコン・ナワラット**(M.R.)(1908～1948、ナコーンサワン県) 政治粛

清により二度の獄中生活を送る。『理想家の夢』(後に改題『幻想の国』、謀叛を謀議した容疑で投獄され、終身刑を受けた1939年に執筆。タイで最初の政治小説とされる)、『二回の謀叛の人生』、『エメラルドの亀裂』

**ノー・モー・ソー**(1876～1945、欽賜名ピタヤーロンコーン親王、ラーマ5世の副王第22子) 「ノー・モー・ソー(筆名)文体」という言葉を生んだほど、幼少時より文才に傑出し、韻文から散文へと文体の主流がまさに変わる時代を生き、ラッタナコーシン王朝最後の韻文学作家といわれる。イギリス留学後大蔵省に入り、タイの近代化に貢献、王立図書館副総裁、王立学士院総裁、タイ・テニスクラブ会長などを務める。プラムワン紙の発行やラックウィッタヤー紙への執筆(「日露戦争に関して」)のほか、韻文、散文、翻訳など数々の傑作を残す。アユッタヤー、トンブリー、そして現王朝を綴った叙事詩『三都』、父から留学中の息子へ様々な教訓を書簡形式で書いた『チャーンワーンラムの手紙』、インド民話のタイ語翻訳『ウェーターン(ヴェーターラ)物語』は傑作である。クローン詩『カノックナコーン(金都)』、『ヘールア(御座船歌)』

**ノッパマート**(13世紀スコータイ王朝、リタイ王時代の宮廷女、一説では1365年生まれ) 女性初の詩人としてタイ文学史に記される。宮廷の行事や女性の手工芸、スコータイの民衆の生活などを記した『タムラップ・ナーン・ノッパマート(宮廷女ノッパマートの書)』は、後にターオ・シーチュラーラックの称号を王から授かったことに因んで『タムラップ・ターオ・シーチュラーラック』とも呼ばれる。近年、本書の作家や内容について、諸説が論じられている。

**パイトゥーン・タンヤー**(1956～、パッタルン県、本名タンヤー・サンカパノンターノン) 1978年、南タイの作家を中心に文芸クラブ「ナコーン」を創設、執筆を続ける。『砂塔づくり』(1987年東南アジア文学賞)、『乾いた幽霊と朽ちた棺』、文学評論集『文学の様相』、『文学評論』

**パイワリン・カーオガーム**(1961～、ローイエット県) 『スー・ファン』やサヤームラット紙などの編集人を経て執筆活動に専念。1985年詩集『森のさすらい人の詩』で文壇に登場、豊かな自然の中で育った青年が、働くためバンコクに出て遭遇する挫折感、大都市の退廃を綴った『バナナの葉柄の馬』(1995年東南アジア文学賞)のほか、『歓びのとき』、『夢想家の道』

**パラマーヌチットチノーロット**(親王)(1790～1853) ラーマ1世の王子、12歳のとき、ワット・ポー寺で沙弥になり、21歳で再び出家、生涯をその寺で過ごした。チャン詩を体系化した親王は語学力に非常に優れ、また博学であったため、著作の数も実に厖大である。内容も歴史、仏教、儀式、文学と幅広く、『マハーウェートサンドーン・チャードック(布施太子本生譚)』(全13巻中5巻執筆)、『クリッサナー、妹への教え』、リリット詩『モーン族の征伐』などの大作がある。また1990年には、生誕200年を祝う記念行事が関係機関で行われた。

**ヒューモリスト**(1901～1997、本名オップ・チャイヤワス) 教師、ジャーナリストを経て著作、翻訳活動。90歳のとき病気で執筆を断念するが、その著作は、現在もなお学生や一般の読者に人気があり、大学で教材に使用される。『偉そうに考えるヒューモリスト』、『楽しい話を集めて』ほか、タイ語の著作や翻訳。1986年国民芸術家賞

**ピタヤー・ウォーンクン**（1947～、スラートターニー県） 1973年10月14日学生革命後、新聞社に勤務。記者として勤める傍ら、詩や随筆を執筆、独創的な主題と文体で脚光をあびる。『海霊の祟り』、(1987年週刊誌『マティチョン』短編優秀賞)、伝記『名もない人の生涯——村の賢者』

**ピチットプリーチャーコーン（親王）**（1855～1909、ラーマ4世の王子） 文才に長け、若い頃から多くの文学作品を書いた。タイ最初のフィクションとされる「サヌック・ヌック(思うも楽しや)」や新聞への投稿のほか、『ラオス・タイ辞典』も編纂、また王立図書館の建設にも多大な尽力を払った。戯曲『イナオ』、同『クンチャーン・クンペーン』

**ピブーンサック・ラコーンポン**（1950～、パヤオ県） 1983年、出版社スー・ファンを設立、詩集『夢に向かって』を出版、その後、詩や小説など創作活動を続ける。『青い鳥』、『紺青の草原』(1978年国民図書週間図書開発委員会青少年部門優良賞)、『夢みる年頃』(1984年図書開発委員会優秀賞)、詩集『花の窓』(1986年図書開発委員会青少年部門優良賞、並びに教育省中学校副読本に選定)、1988年、世界詩人会議でEMINENT POET INTERNATIONALに選ばれた。

**プルアン・ワンナシー**（1922～1996、スリン県） 国内の政情から中国へ亡命、帰還後再びジャングルへ去った行動の詩人であり思想家、ジャーナリスト。平和反乱事件で捕らえられた作家たちの一人。ピトゥプーム紙や週刊誌『マティチョン』などに多くの作詩を発表。「逃走——知的自由のために」、「みえるのは貧しき者ばかり」

**プレーン・トライピン**（1885～1942） 少年時代よりイギリスに渡り、生活のためにありとあらゆる仕事についたが、生来、絵を描くことが好きだった。約20年間にわたる外国生活を終えて帰国したときは32歳、シークルン紙やタイラーサドーン紙などを通じて、タイ最初の政治風刺漫画家として活動を続けた。またタイ最初の凸版印刷を行ったほか、タイ最初の映画「天国の娘」(主演女優サギアム・ナーウィーサティエン)も手懸けたといわれるが、フィルムは存在していない。

**ボータン**（1945～、トンブリー県(当時は県)、本名スパー・シリシン） 大学在学中から定期刊行誌『クワンチット』や『サトリーサーン』に投稿、卒業後は出版社に勤務。その後、児童向け出版社チャイヤブックを設立し、自らも出版して創作活動を続ける。自身は華僑2世であるが、華僑1世のタイ人を主人公にして華僑のタイ社会への同化、摩擦を主題にした書簡形式の小説『タイからの手紙』(1969年SEATO文学賞)は物議をかもしたが、作家として文壇に登場する一作となった。女性の経済的自立を求める『その女性の名はブンロート』(映画化)や青少年の教育問題をとりあげた『タイ盆栽　マイ・ダット』ほか、近年は『餌食』など、青少年向けの作品が多い。『人生の道』、『風になびく竹』

**ボー・インタラパーリット**（1910～1968、本名プリーチャー・インタラパーリット） 初期の頃はピヤミット紙などを通じて作品を発表していたが、数々のユーモア小説は「夢を売る男」と異名をとる。『士官学校生』、『ニコーン・キムグワン一兵卒』ほか、読者の人気を得た。悲恋物語、刑事物語、歴史小説など多作。

ポー・ブーラナシンラピン(1904～1952、本名パコーン・ブーラナパコーン) 求職中、父が編集人であったサヤーム・オブザーバー紙へ投稿し、執筆活動が始まった。プラチャーチャート紙、プラチャーティパタイ紙、ワッタナタム紙などを発行する傍ら、現実社会を直視した新時代のタイ文学を主張。『暗闇からの人生』、『心が宿る処』、『ラダーワン』、『銀の星』、『田舎のバラ』
ポー・ムアンチョムプー(1920～、本名バンチョン・バンチュートシン) 文芸評論家。文芸評論『社会から文学をみつめて、文学から社会をみつめて』、『文芸と人生』
マイ・ムアンドゥーム(1905～42、本名カーン・プンブン・ナ・アユッタヤー) 2005年、生誕100周年を記念された近代文学開拓者の一人。地方色豊かな作品が多いが、歴史小説『総大将』、『バーンラチャン』、『プラパントゥーンの右腕』なども読者に人気があった。身分の違いのために苦しむ恋愛物語『傷あと』(映画化)ほか、農民を主人公に、公正を愛し、抑圧を憎悪する自分の生き方を作品に投影した。
マナット・チャンヨン(1907～1965、ペッチャブリー県) 近代文学開拓者の一人。音楽教師や新聞社、出版社での体験を作品にいかし、その数、短編は1000余、長編は約20を数え、ほかにノンフィクションもある。幼少から本の虫で、その後、短編「苦楽を共にする伴侶」(月曜版デイリーメール紙掲載)で文壇に登場した。タイの伝統芸術すべてを短編に包含している、醜男の太鼓叩きと踊り子の悲恋物語『踊り子の腕』ほか、『追い討ち』(オーストラリア作家協会選定によって英訳、『SUPAN』に収録)、『サーコ』、『虎の手』などがある。
マノップ・タノームシー(1948～) 『少年トーン・オプチューイ』(タイ国言語・図書協会少年少女部門最優秀賞)、『最後の一かけらの希望』
マーラー・カムチャン(1952～、チエンラーイ県) 大学教師を辞し、執筆業に専念。1980年、短編集『歩むべき道で』文壇に登場後、タイ文学史にとっては極めて稀有な山岳民族を舞台にした『アープチャン村』(1980年ユネスコ国内委員選優秀賞)や、『かぐわしき髪、チャン姫』(1991年東南アジア文学賞)、『森の子供』、『黄色い葉』など、タイ北部が物語の背景となっている作品が多い。
メーアノン(1906～1963、カムペーンペット県、本名マーライ・チューピニット) 筆名はほかにモー・チューピニット、ノーイ・インタノン、リエムエーン、ナーイドークなど。2年間教師を勤めた後、タイタイ紙、文芸誌『スパーププルット』などの編集人、ジャーナリストとしても活躍。本格的な作家活動に入って執筆した短編、長編小説など、その数は厖大で、一説によると短編2,500、長編50ともいわれ、タイ近・現代文学の基盤を確立した一人。代表作『我々の大地』は、1930年代、国の政体も社会も大きく変わる時代を背景に、名門チラウェート家一族の20年間の人生の変転を描いた大作である。また、日本軍の進駐時代を背景にした『幻の国』、現在でも人気がある『ジャングル探検』、『大王が原』、ノンフィクション『ピブーンソンクラーム元帥の記録』、戯曲『人の好い無頼漢』など多数。ジャーナリズム学名誉博士(1962)
モントリー・ウマウィッチャニー(1941～2006) 母国語ではない英語で書く詩作は、人間の内面を深く洞察し、国の内外で異彩を放つ。スントーンプーの英訳

資料編

やルーマニアの詩人たちの英訳もある。『事物との対話』、（タイ語翻訳）小熊秀雄『焼かれた魚』

モントリー・シーヨン（1968〜、ソンクラー県）　1998年、詩集『夢の花：ごく普通の雨季』で初めて文壇に登場、その後、『私の眼の中の世界』（2007年東南アジア文学賞）が出版された。またそれまで手書きのままだった短編や詩作は、『開き始めたサルスベリの花』に編纂された。

ヤーコープ（1907〜1956、本名チョート・プレーパン）　文芸クラブ「スパープブルット」のメンバー。同クラブ誌に初めて作品発表後、新聞を中心に執筆活動、『十方勝利者』（プラチャーチャート紙掲載、映画化）で作家の地歩を築いた。筆名はイギリスの短編作家W. W. Jacobsに因み、シーブーラパーが命名、タイ古典文学や中国小説の影響を受けた時代小説のほか、翻訳、ノンフィクションもある。『吟遊詩人版三国志』（編集）、短編「暗闇の隅」

ヨック・ブーラパー（1947〜、サラブリー県、改名後の最近本名チャルーム・ロンカパリン）　学生時代より文芸誌や雑誌で作品を発表、その後、タイで生きる華僑の生活の一面をとらえた『中国じいさんと生きる』（1976年国民図書週間図書開発委員会優秀賞）ほか、『人生の絆』、『ここは大学』

ヨット・ワッチャラサティエン（1908〜1979）　新聞に掲載した多くの短編小説のほか、小説『真の男』、文芸評論『タイ文学作品と作家の過去』、『作家の解説』があり、鋭い史的分析で論じている。

ラーマ1世（治世1782〜1809）　1782年4月6日、自分の名に因んだチャックリー王朝の名のもとに初代王ラーマ1世として王位に就いた。『三印法典』の編纂のほか、失われつつあった自国の文芸復興に努め、詩人や学者たちには外国の物語を翻訳させたりした。〈ラーマ1世本〉『ラーマキエン物語』（インド原典『ラーマーヤナ』編訳）はその一つ。自作には、ラコーン・ナイ（王宮内舞劇）『イナオ』（執筆、編纂）、長歌『ター・ディンデーンのビルマ戦紀行詩』などがある。

ラーマ2世（治世1809〜1824）　詩才に秀でていた王のタイ文学、文化の擁護によって、この時代、スントーンプーをはじめ、多くの優れた詩人が輩出、ナーラーイ王時代に続いて、韻文文学黄金時代第2期が築かれた。王自身は、アユッタヤー時代、ボーロムマコート時代の『サンシンチャイ物語』を書き改めたり、〈ラーマ2世本〉『ラーマキエン物語』を仮面劇（コーン）用に、あるいは本生譚をラコーン・ノーク（王宮外舞劇）用に改作した（『サントーン（金のほら貝王子物語）』、同『カーウィー（『スア・コー（虎と牛）』改作）』、同『クライトーン』）。また『クンチャーン・クンペーン』の一部を執筆したり、ワット・スタット寺の扉に自ら彫刻もほどこした。音楽面では、伝統民族3弦楽器3弦ソーを創らせ、王自身は現在でも愛好されているタイ古典曲「ブランロイルアン」、「ブランロイファー」を作曲した。

ラーマ3世（治世1824〜1851）　『三蔵』の校訂や文学、医学、考古学に関する古文書を蒐集、王自らも『クンチャーン・クンペーン』の一部執筆や、『サンシンチャイ物語』をラコーン・ノーク（王宮外舞劇）用に書き改めた。ほかに長詩やコンアクソン（曲芸詩の一種）20篇。王の命によって学問や文芸詩句、絵、彫刻などがほどこされた王室寺プラチュートポン寺（壁）は、「大理石の図書室」と

か、「寺院大学」と呼ばれている。

ラーマ4世(治世1851〜1868) 幼くして名僧、識者に教えを受け、20歳のとき仏門にはいり、1851年王位を継承するまで僧籍にあった。仏教面ではタマユット宗派を興したほか、「科学の父」と呼ばれる天文学や英語、ラテン語、地理学、数学などを修めた碩学でもある。また、常に世界に目を向けて自国の独立維持に不断の努力を払った。『王の解説集』4巻(文学篇、古代学篇、仏法篇、教科書・解説書篇)、〈ラーマ4世本〉『ラーマキエン物語』(一部執筆)、長歌ライ詩『マハーウェートサンドーン・チャードック(布施太子本生譚)』(全13巻中、3部執筆)

ラーマ5世(治世1868〜1910) 王位継承後、教育、行政をはじめとして、タイの近代化に諸改革を遂行し偉大な業績を残した。タイ国最初の国立大学チュラーロンコーン大学は同王によって創立された公務員養成学校(1899)をその前身とする。文学面でも自ら執筆し、〈ラーマ5世本〉『ラーマキエン物語』、『ゴッ・パー』(戯曲。ゴッ族の生活をとらえた点ではタイ最初の文化関係の本)、『家路遥かに』(1906年訪欧時の見聞を王家の人々に宛てた書簡集)、さらには宮中の行事、しきたりを描いた『宮中歳時記』などがある。

ラーマ6世(治世1910〜1925) 作家や文学クラブ(ワンナカディー・サモーソーン)を擁護して広く文芸奨励に努め、自らも翻訳、執筆し、タイ文学の散文の時代を開いた。主要作品には欧米文学のタイ語訳(シェークスピア『ロミオとジュリエット』、『お気に召すまま』、『ベニスの商人』)のほか、戯曲『シャクンタラー』、『愛しい我が子』、『戦士の魂』(国を守るため、戦士の結団と士気高揚を訴える)、随筆「*スアパーの心意気」、「目覚めよ、タイ」、小説『若者の心』、カープ詩『ヘールア(御座船歌)』、『ラーマキエン物語の淵源』(サンスクリット語原典との比較研究書)などがある。*王自身が創設した直属義勇部隊、スアパー隊

ラウィー・ドームプラチャン(1947〜1989) 『翻天覆地』、『赤い太陽』ほか、民衆のためにより公平な新しい社会を求めた詩作多数。1973年学生革命の時代にすい星のように現われ、若い世代を中心に当時の人々に深い影響を与えていたが、1976年軍事クーデタでジャングルに逃れた。その後、帰還、ガンのため、42歳で逝去、生前の業績を記念して「ラウィー・ドームプラチャン」財団が創設され、小説と詩の分野で毎年文学賞が贈られている。

ラーオ・カムホーム(1930〜、ナコーンラーチャシーマー県、本名カムシン・シーノーク) ジャーナリスト時代、サリット政権の言論統制を体験、その後、執筆活動に専念する1976年10月軍事クーデタでスウェーデンに亡命、91年帰国)。出身地の東北タイ、あるいは地方を舞台にタイ社会を文学に投影、特に農村の現状と人々の生きざま、伝統文化を作品に盛り込む。『天は遮らず』(邦訳『タイ人たち』、英語、北欧語に翻訳)、『壁』、『猫』、短編「黒い足のカエル」(ピヤミット紙掲載、1958)ほか、評論やノンフィクション、映画脚本もある。元タイ国言語・図書協会(タイ・ペンクラブ)会長、1992年国民芸術家賞

ルアンデート・チャントーンシーリー(未詳〜) 詩人。詩「最後の食事になる前に」、「カムの腕」(1980年タイ国言語・図書協会賞)

資料編

レーカム・プラドーイカム（1952～、チャンタブリー県、本名スポーン・トーンクローイ）　詩集『言葉を彫って』(1985年国民図書週間図書開発委員会最優秀賞)で文壇に登場。『地、水、風、火』(1992年東南アジア文学賞最終候補作品)、『虹の泉』、『時の中で』(1998年東南アジア文学賞)、『ウットラ』

レヌー・ワタナクン（1932～）　幼少の頃から、仏教の教えについて尼僧の祖母の影響を強く受ける。『人生の詩(うた)』(邦題『タイ・仏教の詩(うた)』)

ロー・チャンタピムパ（1909～1964、コーンケーン県）　近・現代文学確立期の一人、文芸誌『アクソーンサーン』などへ執筆。中編『子守娘の子守唄』、『ラオリキット──ワーシッティーの墓場の上で』

ローイ・リッティロン（1932～1975）　『地下の大佐』

ロン・ウォンサワン（1932～、ラーチャブリー県）　サヤームラット新聞社勤務時代、週間評論サヤームラット紙のコラム「ラムプン・ラムパン（考えごと・こごと）」の執筆を契機に、やがて作家活動に入り、自らも定期刊行誌の発行や編集人を務める(B.R)。短・長編、ノンフィクションなど100余を数え、エロティシズムの高い作風は常に評論、研究の対象になっている。1985年、タイ国作家協会「タイ短編100周年記念名短編作家15人」の一人に選ばれたほか、1995年国民芸術家賞。『コンクリートのジャングルの地下』、『首飾りの錆』、『二粒の涙』、『ゴミバケツの中の花』

ワーニット・チャルンキットアナン（1948～、スパンブリー県）　定期刊行誌（文化・芸術誌『シンラパ・ワッタナタム』、文芸誌『サトリーサーン』、同『ラララナー』など）のコラムニスト、文芸評論家。闘鶏、虎、コブラなど、動物と人間を題材にして、詩や小説を執筆。幼児向けの本も多い。詩集『マハー・カープ詩10月6日』(共著)、『同じ路地』(1984年東南アジア文学賞)、『怒ったコブラの頸』

ワット・ワンラヤーンクーン（1955～、ロップリー県）　15歳の頃より既に文才を発揮、大学在籍中に数々の詩、短、長編小説を発表して高く評価されていた。1976年軍事クーデタでジャングルに逃れたが、その後帰還、1981年、短編「有難う」を文芸誌『ラララナー』に発表後、職業作家として本格的な著作活動に入る。それぞれの作品は"色があり、陽光があり、のみならず音が聞こえてくる"独特の筆法で綴られている。『チョーマコークの村』、『理想の愛をこめて』、『トランジスターラジオの愛の呪い』、『死刑の日の夢』、『愛と希望とは』、『ゴミ山の女神』、『しょうのない陽光め』、『ブリキの汽車』、『絃の上で』(邦題『マプラーオの楽章』)、詩集『樹々の蔭、稲穂の波』、2007年シーブーラパー賞

ワンワイタヤーコーン（親王）（1891～1976、ナラーティップポンプラパン親王）　歌劇、文学、歴史、考古学などの著作で知られるナラーティップブラパンポン親王の子。外交官、作家。第二次世界大戦中、大東亜会議(1943)にタイの代表として出席。作家活動としては文芸誌『ワンナカディーサーン』編集人や同誌への執筆、プラチャーチャート紙の創刊のほか、言語、国際法に関する著作が多い。またタマサート大学総長(1962)を務めるなど、幅広い分野で活躍した。

作成：筆者著『文学で読むタイ』(創元社、1993)、『タイ文学の土壌──思想と社会──』(溪水社、1999)、巻末参考文献等より筆者改定、編纂。

# タイ文学概史

| 時代 | 主な統治王(治世)〈文学の流れ〉主な『作品』作者 ＊教育・内政・外交 |
|---|---|
| BC 544(3) | 仏陀入滅 |
| AD 〈1240年頃〉 | スコータイ時代(1240頃～1378) |
| | 初代王シーインタラーティット王（1240頃、没年未詳） |
| | ラームカムヘーン大王(1279～1298) |
| 1283 | ラームカムヘーン大王、タイ文字創案 |
| 1292 | ラームカムヘーン大王の碑文刻まる |
| | リタイ王（1347～1374頃） |
| | 『トライプーム・カター(スコータイ王の三界論)』リタイ王(1345頃)、『スパーシット・プラルワン(スコータイ王の金言集)』 |
| | この頃、『タムラップ・ナーン・ノッパマート(宮廷女ノパマートの書)』(タイ国最初の女性詩人) |
| 〈1351〉 | アユッタヤー時代(1351～1767) |
| | ラーマーティボディー1世（1351～1369） |
| | この頃、『誓忠飲水の儀の詞』 |
| | インタラーチャー王（1409～1424） |
| 1419 | ＊琉球王、正使をシャム(現在のタイ)に派遣 |
| | トライローカナート王（1448～1488） |
| | この頃、『チエンマイ征伐』(リリット詩、トライローカナート王時代の作とされる) |
| | ＊この頃、サクディナー制確立 |
| 1482 | 『マハーチャート・カムルワン(欽定大生経)』(詩人・賢人たちの合作、ラーイ詩、クローン＊詩、カープ詩) |
| | クン・ワラウォンサーティラート王（1508～在位42日間） |
| 1511 | ＊ポルトガルの使者フェルナンデス、アユッタヤーに来訪 |
| 1569 | ＊ビルマの攻撃でアユッタヤー陥落、ビルマの属国に |
| 1584 | ＊ナレースワンがビルマからの独立を回復 |

資料編

|      | ナレースワン大王（1590〜1605） |
|------|------|
| 1592 | ＊豊臣秀吉、タイ渡航朱印状下付 |
|      | エーカートッサロット王（1605〜1610） |
| 1610 | ＊徳川家康、タイ国王に書簡を送る |
|      | ソンタム王（1611〜1628） |
| 1612 | ＊最初のシャム船が日本（肥前国長崎）に渡来 |
| 1613 | ＊アユッタヤーにオランダ商館開設 |
| 1627 | 『マハーウェートサンドーン・チャードック(布施太子本生譚)』（カープ詩） |
|      | プラーサートトーン王（1629〜1656） |
| 1638 | 『ハリプンチャイ紀行詩』（最初のクローン＊詩形紀行詩、一説によると、1517年ボーロムマラーチャティラート王時代） |
|      | ナーラーイ王（1656〜1688） |
|      | 〈韻文文学黄金時代　第1期〉 |
|      | 『サムッタコート』（カムチャン詩、ナーラーイ王、プラ・マハー・ラーチャクルー、パラマーヌチットチノーロット親王等合作。同親王によって完成、ラーマ3世の時代、1849） |
| 1662 | ＊フランス宣教師ド・ラ・モット・ランベール渡タイ |
|      | この頃、『プラロー物語』（リリット詩） |
| 1664 | ＊タイ・オランダ通商条約締結 |
| 1667 | 『本生譚』（チエンマイの僧） |
|      | この頃、『チンダマニー』プラ・ホーラティボディー（散文が混交、タイ最初の詩作に関する教科書とされる） |
|      | この頃、『スア・コー（虎と牛）』プラ・マハー・ラーチャクルー（チャン詩で書かれた最初の民話、後の『カーウィー』の原形） |
| 1684 | ＊第2回外交団フランスへ派遣 |
| 1685 | ＊ルイ14世、初代アユッタヤー大使シュバリエ・ド・ショーモン派遣 |
| 1686 | ＊ナーラーイ王、コーサーパーンを代表とする第3回外交使節団をフランスに派遣 |
|      | この頃、『シープラートの悲歌』シープラート（クローン＊詩）『アニルット』シープラート（チャン詩） |
| 1691 | ＊シモン・ド・ラ・ルベール『シャム王国誌』 |

| | |
|---|---|
| | **ボーロムマコート王（1733〜1758）** |
| 1737 | 『プラマーライ』タマティベート親王（1715〜1755） |
| | この頃、タマティベート親王『ヘールア（御座船歌）』を創始。 |
| | 紀行詩『仏足跡』タマティベート親王 |
| | この頃、『大イナオ』クントン王女、『小イナオ』モンクット王女（共にクローン詩劇） |
| 1767 | ＊ビルマの攻撃でアユッタヤー陥落、タークシンがトンブリーの要塞を奪還 |
| 〈1768〉 | トンブリー時代（1768〜1782） |
| | **タークシン王（1768〜1782）** |
| 1770 | 『ラーマキエン物語』タークシン王、（4章を執筆、クローン詩劇） |
| 1779 | 『イナオ』ルワン・ソーンウィチット（本名ホン、チャン詩、カープ詩） |
| 〈1782〉 | ラッタナコーシン時代（1782〜現在） |
| | **ラーマ1世（1782〜1809）** |
| 1786 | 詩聖スントーンプー生誕（6月26日） |
| | 『ター・ディンデーンのビルマ戦紀行詩』ラーマ1世（長歌） |
| 1788 | 仏典結集 |
| 1795 | 『王朝年代記』（欽定版） |
| 1797 | 『ラーマキエン物語』ラーマ1世（一部執筆、編纂） |
| 1802 | この頃、『三國志演義』翻訳（翻訳委員長ホン） |
| 1805 | 『三印法典』編纂 |
| 1807 | 『ムアン・クレーン紀行』スントーンプー最初の詩作 |
| | **ラーマ2世（1809〜1824）** |
| | 〈韻文文学黄金時代　第2期〉 |
| | ラーマ2世、演劇育成 |
| | ラコーン・ノーク（王宮外演劇）上演 |
| | 『ラーマキエン物語』ラーマ2世（コーン〈仮面劇〉） |
| 1816 | ＊タイ国旗（象紋章）制定 |
| | この頃の作品、『クンチャーン・クンペーン』スントーンプー等、多くの詩人による合作（クローン詩、スアープ詩） |
| | 『サントーン（金のほら貝王子）』ラーマ2世（クローン詩劇）、 |

『カーウィー』同
『プラアパイマニー物語』スントーンプー（ラーマ3世時に完成、クローン詩）
『紀行詩9編』スントーンプー（ラーマ1世時から書き始めラーマ3世時に完成）
『チャイヤスリヤー王』スントーンプー（カープ詩）

| 1821 | ＊学校教育宣言 |

### ラーマ3世（1824〜1851）

| 1826 | ＊バーネイ条約（王室独占貿易に制限） |
| | この頃、『ラデン・ランダイ』プラ・マハー・モントリー（サップ）（タイ最初の風刺詩劇） |
| 1836 | ＊タイ国最初の木版印刷行われる |
| 1837 | ＊ロビンソン、タイ文字印刷機導入 |
| 1839 | ＊アヘン喫煙および売買禁止（初の公示） |
| 1844 | 『マハーウェートサンドーン・チャードック(布施太子本生譚)』パラマーヌチットチノーロット親王 |
| 1844 | 最初のタイ字紙「バンコクレコーダー」（発行人ブラッドレー） |

### ラーマ4世（1851〜1868）

| 1855 | ＊バウリング条約締結 |
| 1856 | ＊タイ・アメリカ通商条約締結 |
| | ＊タイ・フランス友好条約締結 |
| 1858 | 官報創刊 |
| 1862 | 『ロンドン紀行詩』モーム・ラーチョータイ（タイ最初の著作権売買成立、商業出版は1895年） |
| | この頃、『プラマレーテータイ』クン・スワン（女性詩人） |
| | 女性のラコーン・ノーク（王宮外演劇）上演禁止令解除 |
| 1864 | 新聞 Siam Times Weekly（発行アメリカ人） |
| | 新聞 Bangkok Press（発行アメリカ人） |

### ラーマ5世（1868〜1910）

| 1868 | 新聞 Siam Daily Advertiser（発行人、スミス、初の日刊紙） |
| 1871 | ＊王宮内に最初の学校設立 |
| | ＊第1回海外留学生派遣（シンガポールへ英語研修1年） |
| 1872 | ＊英語学校創立 |

タイ文学概史

| | |
|---|---|
| | ＊第1回国費留学生派遣(プリッサダーン親王ほか2名、イギリスへ留学) |
| 1873 | タイ語辞典出版(発行人ブラッドレー) |
| 1874 | 「男4人魚取り」(フィクションの萌芽。タイでは最初のタイ人経営者、タイ人編集人による新聞「ダルノーワート」に掲載) |
| 1876 | 芝居『アリババと40人の盗賊』初上演(男役者のみ) |
| 1878 | 最初の葬式配本 |
| 1884 | 新聞「ワチラヤーン・ウィセート」(半月刊紙)、「ワチラヤーン」(月刊)発行、「サヌック・ヌック(思うも楽しや)」ピチットプリーチャーコーン親王(タイ最初の短編「ワチラヤーン・ウィセート」紙に掲載) |
| | ＊王立庶民学校設立 |
| 1885 | ＊国家改革建議書事件 |
| 1887 | ＊日暹修好通商に関する宣言(日タイ修好宣言)調印、日本側外務次官青木周三、タイ側外務大臣デヴァウオングセ・ワローパコン殿下 |
| 1892 | ＊チャックリー改革開始、教育省設置 |
| 1893 | 新聞 Siam Observer(発行人ティレーク、ウォード) |
| 1895 | ＊第2回国費留学生派遣(イギリス留学10名) |
| 1897 | 「サヤームプラペート」コー・ソー・ロー・クラープ(月刊) |
| | ＊公開留学試験制度(キングズ・スカラシップ)創設 |
| | ＊駐シャム公使稲垣満次郎着任。駐日公使プラヤー・リッティロンロナチェート少将着任 |
| | ＊初の国営鉄道開通(バンコク～アユッタヤー間) |
| 1898 | ＊日暹修好通商航海条約調印 |
| 1899 | ＊公務員養成学校設立 |
| 1900 | 新聞「ラック・ウィッタヤー」発行(寄稿者はノー・モー・ソーほか、帰国留学生。同紙に短・長編小説を掲載、文学作品の発表の場として当時貴重な存在だった) |
| | 『タロック・ウィッタヤー』ルワン・ウィラートパリワット(月刊誌、チャオプラヤー・タマサックモントリーなど、帰国留学生が中心。翻訳、探偵小説を掲載、『不死の女王』もその一つ) |
| 1901 | 『復讐』マリー・コレリ原作、メーワン訳(翻訳小説開花) |

| | |
|---|---|
| | 『復讐するに非ず』ルワン・ウィラート・パリワット（純粋のタイ小説誕生） |
| 1904 | 『タウィー・パンヤー』（文芸クラブ誌） |
| 1905 | 『ゴッ・パー』ラーマ5世（戯曲。恋愛悲劇ではあるが、マレー半島のゴッ族の言語、生活、風習をとらえている点では、タイ最初の文化関係の本） |
| | ＊王立図書館設立（後に国立図書館となる）、王立博物館設立（後に国立博物館となる） |
| | ＊奴隷解放 |
| 1907 | 『家路遙かに』ラーマ5世（2度目のヨーロッパ外遊の見聞を王家の人々に宛てた書簡集） |
| | 古代学クラブ設立（ラーマ5世） |
| | この頃、歴史の父＝ダムロンラーチャヌパープ親王（1862～1943）著、『タイ・ビルマ戦史』、『ウートーン国の話』、『師の伝記』 |

### ラーマ6世（1910～1925）

| | |
|---|---|
| 1911 | スアパー（王直属義勇部隊）の創設 |
| 1912 | ＊ラッタナーコーシン暦130年反乱 |
| | ＊姓氏令発布、姓の使用を制度化 |
| 1913 | 『シークルン』スッカリー・ワスワット（月刊誌、小説を掲載） |
| | 『ラーマキエン物語の淵源』ラーマ6世 |
| | この頃、ラーマ6世『シャクンタラー』（戯曲）、『お気に召すまま』（シェークスピア作、1921、翻訳戯曲）、「目覚めよ、タイ」（随筆）などの作品のほか、新聞協会の設立、詩聖スントーンプーの日制定 |
| | ＊学校教育制度を発表 |
| 1914 | 『団結の破壊』チット・ブラタット（チャン詩） |
| | 文学クラブ（ワンナカディー・サモーソーン）設立（ラーマ6世） |
| | この頃、新聞「タイ」（タイ字紙）、*Siam of the World*（英字紙）、*Bangkok Times*（英字紙）普及 |
| 1917 | ＊第一次世界大戦参戦 |
| | ＊チュラーロンコーン大学創立 |

タイ文学概史

| | |
|---|---|
| 1918 | ＊国旗を赤・白・紺の三色旗に制定<br>『ウェーターン(ヴェーターラ)物語』ノー・モー・ソー<br>＊私立学校法 |
| 1919 | 『サップ・タイ』(月刊誌) |
| 1920 | タイ語辞典(欽定版)完成 |
| 1921 | ＊初等義務教育法制定(義務教育7歳以上、4年) |
| 1924 | 『タイ・カセーム』(月刊誌、小説を掲載。文壇登竜門的役割を果たし『誉れの宝剣』もその一つ)<br>『月蝕』クルーテープ(評論)<br>この頃、演劇の師＝ナラーティッププラパンポン親王(オペラ創始者、1861～1931)、プリーダーライ劇場、同歌劇団設立。『失くなった首飾り』(モーパッサン作、翻案戯曲)、『蝶々夫人』(翻案オペラ) |
| | **ラーマ7世 (1925～1935)** |
| 1926 | 『スワン・アクソーン』(文芸誌、執筆者　シーブーラパー、メーアノンほか)。この頃、ルワン・ウィチットワタカーン『私生子』、その後1930年代以降に『人生の嵐』、『スパンの血』、『チャムパーサックの天の花』 |
| 1927 | ＊パリで人民党結成 |
| 1929 | 『人生の芝居』アーカートダムクーン(M.C.)<br>文芸クラブ「スアーププブルット」結成、同名の文芸誌発行 |
| 1930 | 『黄色い肌、白い肌』アーカートダムクーン(M.C.) |
| 1931 | 無韻詩(翻訳)登場<br>文学協会(サマーコム・ワンナカディー)設立、ダムロンラーチャヌパープ親王 |
| 1932 | 『人生の闘い』シーブーラパー<br>＊立憲革命<br>[プラヤー・マノーパコーンニティターダー内閣(1932.6～33.6)] |
| 1933 | [プラヤー・パホンポンパユハセーナー内閣(1933.6～38.12)]<br>＊ボーウォーラデート親王の叛乱<br>王立学士院創設 |
| 1934 | 『我々の大地』マーライ・チューピニット(筆名メーアノン)<br>この頃、『カーマニット』サティエンコーセート、ナーカプラ |

289

資料編

|      | ティープ共訳 |
|------|--------|
|      | ＊タマサート大学創立 |
|      | ラーマ8世（1935～1946） |
| 1935 | 『チャーンワーンラムの手紙』ノー・モー・ソー |
| 1937 | 『パッタヤー』ダーオハーン（最初の政治風刺小説、執筆は1934～1937） |
|      | ＊日暹友好通商航海条約調印 |
| 1938 | ［プレーク・ピブーンソンクラーム内閣（1938.12～1944.8）］ |
| 1939 | 『幻想の国』原稿執筆、ニミットモンコン・ナワラット（最初の政治小説） |
|      | ＊ラッタニヨム（国家信条）発布 |
|      | ＊国名をシャム（サヤーム）から「タイ」に改称 |
|      | ＊日タイ航空協定締結。東京～バンコク週1便運行 |
| 1940 | ＊日タイ友好和親条約調印（領土の尊重並びに平和及び友好関係の確認、共通の問題に関する情報交換及び敵国不援助義務。1945年9月破棄） |
|      | ＊タイ・イギリス、タイ・フランス不可侵条約調印 |
|      | ＊11月　タイ・仏領インドシナ国境紛争（失地回復をめぐる国境確定問題が原因） |
| 1941 | タイ国新聞協会設立 |
|      | ＊2月　講和会議開催 |
|      | ＊4月　ソンクラーに日本領事館開設（初代領事勝野敏夫） |
|      | ＊5月　タイ・フランス平和条約調印。これによってルワンプラバーン（メーコーン河右岸のみ）、チャムパーサック、シエムリヤプ、バッタムバンを4県としてタイに編入。しかし、この4県、さらにマレー半島のケダー州3州は終戦後フランス及びイギリスに返還された。 |
|      | ＊5月30日、ラーマ7世イギリスで病死 |
|      | ＊7月　日本軍、南部仏領インドシナに進駐、タイは国営ラジオを通じて厳正中立を表明 |
|      | ＊8月　タイ、満州国承認（1日）。日タイ両国公使館は大使館に昇格（タイにとっては初の大使、プラヤー・シーセーナー大使、日本にとっては第10番目の大使交換国、初代大使に坪上貞二が任命された） |
|      | ＊9月　チエンマイに日本領事館開設（初代領事原田忠一郎） |
|      | ＊12月8日　日本、欧米に宣戦布告、未明真珠湾攻撃。日本軍のタイ国 |

タイ文学概史

| | |
|---|---|
| 1942 | への平和進駐に関する協定書調印。日本軍、仏領インドシナより進駐開始(プリーディー、地下抗日組織「救国団」をすでに結成、アメリカではセーニー・プラモート(M.R.)によって「自由タイ」編成)<br>＊12月21日　日タイ攻守同盟条約調印<br>＊1月25日　タイ、アメリカとイギリスに宣戦布告<br>ピブーンソンクラーム政権時、散文をローイケーオ、多種多様の形体を持つ詩文・韻文を総称してローイクローンと呼ぶようにした。<br>＊5月　日タイ経済協定締結。特別円決済に関する協定調印。円バーツ等価協定調印(1バーツ＝1円)<br>＊6月　日本2億円の円借款供与協定調印。日本に仏舎利寄贈<br>＊7月　外国人職業規制法公布。タイ、汪精衛の国民政府を承認。タイ、仏領インドシナ国境画定に関する議定書、及び非武装地帯に関する議定書署名<br>＊8月　物資統制令<br>国民文化法公布<br>タイ国文学協会(ワンナカディー・サマーコム・ヘン・プラテート・タイ)設立(会長ピブーンソンクラーム首相、編集主幹ワンワイタヤーコーン親王)、『ワンナカディーサーン』創刊号発行(8月31日)<br>＊9月　バンコク大洪水<br>＊10月　日タイ文化協定調印。タイ、満州国と公使交換<br>＊11月　日本、大東亜省設置<br>＊12月　タイ共産党結成。バーンポーン事件。駐タイ満州国公使館開設<br>演劇取締法公布<br>タイ国字国語改革(タイ文字の改革に関する総理府布告) |
| 1943 | ＊7月　東條英機首相訪タイ<br>＊8月　タイ領土条約調印(北マライのケランタン、トランガヌー、サイプリー、ペリス、及びビルマのチェントゥン、ムアンパーンの6州のタイ編入、バンコクで調印)<br>＊11月　大東亜会議開催(東京)、ワンワイタヤーコーン親王出席。大東亜共同宣言発表<br>週刊紙「日曜版ニコーン」(発行人スパー・シリマーノン) |

291

| | |
|---|---|
| 1944 | 『三都』ノー・モー・ソー（長詩）<br>〈「チャックラワットシンラピン（芸術家帝国）」時代（1944～1952）〉<br>＊ペッチャブーン遷都法案否決<br>＊サラブリー仏都法案否決<br>［クワン・アパイウォン内閣（1944.8～45.8）］ |
| 1945 | ＊4月　日本軍ビルマから敗退、ナコーンナーヨック付近に集結<br>＊7月　ラノーン事件<br>＊8月14日　日本、ポツダム宣言受諾を決定<br>＊8月16日　タイ国平和宣言（プリーディー・パノムヨン摂政）<br>［タウィー・ブンヤケート暫定内閣（1945.8.8～45.9）］<br>＊9月2日　在タイ日本軍武装解除のため一時的に連合軍タイ進駐<br>［セーニー・プラモート内閣（1945.9～46.1）］<br>＊9月17日　国名をシャムに戻す<br>＊10月　「自由タイ」員パレード。プリーディー摂政は「自由タイ」の解散を宣言<br>＊11月　アメリカはタイの対アメリカ、イギリス宣戦布告無効の声明を承認 |
| 1946 | ＊1月　タイ・イギリス終戦協定成立<br>［クワン・アパイウォン内閣（1946.1～46.3）］<br>＊3月　日タイ友好条約批准<br>［ルワン・プラディットマヌータム（プリーディー・パノムヨン）内閣（1946.3～46.8）］<br>＊4月　タイ・オーストラリア終戦協定成立<br>　　　　ラーマ9世（1946～）<br>［タワン・タムロンナーワーサワット内閣（1946.8～47.11）］<br>＊11月　タイ・フランス終戦協定成立、すべての交戦国との終戦協定を終了<br>＊12月　タイ国共産党　正式に発足<br>　　　　国際連合加盟 |
| 1947 | ［クワン・アパイウォン内閣（1947.11～48.4）］ |
| 1948 | ［プレーク・ピブーンソンクラーム内閣（1948.4～57.9）］ |
| 1949 | ＊王宮の反乱 |

タイ文学概史

|  |  |
|---|---|
|  | ＊元4大臣事件 |
|  | 定期刊行誌『アクソーンサーン』（発行人スパー・シリマーノン）〈「人生のための芸術」〉 |
|  | 〈タイ・ロマンティシズム1950年代〉 |
| 1951 | ＊マンハッタン号事件（海軍反乱） |
| 1952 | ＊平和反乱事件、反共法施行 |
|  | 〈暗黒時代(1952～1963)〉 |
| 1954 | ＊SEATO調印 |
| 1955 | ＊政党法施行 |
|  | ＊ピブーンソンクラーム首相訪日、日タイ文化協定調印 |
| 1957 | ＊サリットのクーデタにより、ピブーンソンクラーム首相失脚 |
|  | ［ポット・サーラシン内閣(1957.9～58.1)］ |
|  | 〈「人生のための芸術、民衆のための芸術」チット・プーミサック〉 |
| 1958 | ［タノーム・キッティカチョーン内閣(1958.1～58.10)］ |
|  | タイ国言語・図書協会（タイ・ペンクラブ）設立 |
|  | ＊サリット元帥によるクーデタ、政権掌握 |
|  | ＊革命団布告第17号公布（新聞取締令） |
|  | シーブーラパー、中国に亡命 |
| 1959 | ［サリット・タナラット内閣(1959.2～63.12)］ |
|  | ＊臨時憲法公布、制憲議会設置 |
| 1960 | ＊産業投資奨励法 |
| 1961 | ＊新教育計画実施（義務教育7年に延長） |
| 1963 | ［タノーム・キッティカチョーン内閣(1963.12～73.10)］ |
|  | ＊タイ・ユネスコ基金文学賞創設 |
|  | 〈模索の時代(1963～1973)〉 |
| 1964 | ＊チエンマイ大学創設 |
| 1965 | ＊コーンケーン大学創設 |
| 1966 | チット・プーミサックの死 |
| 1967 | ＊ソンクラーナカリン大学創設 |
| 1968 | SEATO文学賞創設 |
|  | 『人間の舟』クリッサナー・アソークシン（SEATO文学賞） |
|  | タイ国作家協会設立、正式登録は1971年 |

資料編

| | |
|---|---|
| 1969 | 『タイからの手紙』ボータン（SEATO文学賞） |
| | ＊私立大学法制定 |
| 1970 | 『その名はカーン』スワンニー・スコンター（SEATO文学賞） |
| 1971 | 『落陽』クリッサナー・アソークシン（SEATO文学賞） |
| | 文芸誌『人生のための文学』発行（スチャート・サワッシー、ウィッタヤーコーン・チエンクーンら執筆） |
| | ＊トンブリー県とバンコク県合併。バンコク首都圏として地方行政をとる |
| | ＊ラームカムヘーン大学、モンクット王工科大学創設 |
| | ＊革命評議会政権掌握 |
| 1972 | タイ国図書館協会文学賞創設 |
| | 国民図書週間創設 |
| | 造語「澱んだ文学」（チュア・サタウェーティンがセミナーで使用、1972年頃文壇に登場） |
| | ＊12月　革命団布告第299号公布 |
| 1973 | ＊6月　ラームカムヘーン大学事件 |
| | ＊10月14日　学生民主革命 |
| | ［サンヤー・タムマサック内閣（1973.10〜1975.2）］ |
| 1974 | シーブーラパー、亡命中の北京で客死 |
| | 『業の罠』ドゥワンチャイ（国民図書週間図書開発委員会優秀賞） |
| | 『本を書く人』サティエン・チャンティマートーン |
| | ＊シーナカリン大学創設 |
| 1975 | ［セーニー・プラモート内閣（1975.2〜75.3）］ |
| | ［ククリット・プラモート内閣（1975.3〜76.4）］ |
| | この頃、新憲法のもとで、思想表現の自由、言論の自由が保証され『毛沢東語録』、『阿Q正伝』などの翻訳 |
| | ＊タイ・中華人民共和国国交樹立 |
| 1976 | ＊ASEAN首脳会議 |
| | ［セーニー・プラモート内閣（1976.4〜76.10）］ |
| | ＊1976年10月6日軍事クーデタ |
| | 〈「新しい波」グループの作家たち（1976年〜）〉 |
| | 『サーラピーの咲く季節』（原題『動物園』）スワンニー・スコン |

| | |
|---|---|
| 1977 | ター<br>〔ターニン・クライウィチエン内閣(1976.10〜77.10)〕<br>一部新聞(タイ字紙)、雑誌の発行禁止<br>この頃、知識人、作家、ジャーナリスト、ジャングルへ<br>禁書リスト100項目告示<br>筆名＝ウオー・ナ・プラムワンマーク(ノー・モー・ソーの娘)<br>銃撃死<br>＊新国家教育計画発表 |
| 1978 | 〔クリエンサック・チャマナン内閣(1977.11〜80.3)〕<br>＊新学制実施(6・3・3制。義務教育6年)<br>＊12月22日　恒久憲法公布<br>＊スコータイ・タマティラート大学創設 |
| 1979 | 東南アジア文学賞創設<br>『東北タイの子』カムプーン・ブンタウィー(東南アジア文学賞) |
| 1980 | 〔プレーム・ティンスーラーノン内閣(1980.3〜1988.8)〕<br>『微かな動き』ナオワラット・ポンパイブーン(東南アジア文学賞)<br>＊総理府布告第66号 |
| 1981 | 『クントーン……お前は暁に戻るだろう』アッシリ・タマチョート(東南アジア文学賞)<br>ワチラーウット文学研究センター、国立図書館内に創設<br>タイ国作家協会、短編小説優秀賞を創設 |
| 1982 | ＊4月6日　バンコク遷都200周年記念祭<br>『人生のためのタイ文学思潮』サティエン・チャンティマートーン<br>『本を読む人』サティエン・チャンティマートーン<br>『裁き』チャート・コープチッティ(東南アジア文学賞) |
| 1983 | 『広場の舞踏』コムトゥワン・カンタヌー(東南アジア文学賞)<br>＊プリーディー・パノムヨン、亡命先のパリで客死 |
| 1984 | 『同じ路地』ワーニット・チャルンキットアナン(東南アジア文学賞) |
| 1985 | 『金箔の塑像』クリッサナー・アソークシン(東南アジア文学 |

タイ文学概史

295

資料編

| | |
|---|---|
| | 賞)<br>＊ラーマ7世の国葬<br>教育省、国民芸術家賞創設(文学、芸術の育成に尽力したラーマ2世の生誕日2月26日に因む。以後毎年各分野から受賞者を選出)。 |
| 1986 | 第1回同賞(文芸分野)にククリット・プラモート(M.R.)<br>『詩人の祈願』アンカーン・カンラヤーナポン(東南アジア文学賞) |
| 1987 | 国民芸術家賞　コー・スラーンカナーンとヒューモリスト<br>『砂塔づくり』パイトゥーン・タンヤー(東南アジア文学賞)<br>＊9月26日　日タイ修好宣言100周年<br>＊12月5日　タイ国王還暦 |
| 1988 | 国民芸術家賞　ピン・マーラークン<br>[チャートチャーイ・チュンハワン内閣(1988.8〜91.2)]<br>『土手は高く、丸太は重い』ニコム・ラーイヤワー(東南アジア文学賞)<br>世界詩人会議、バンコクで開催<br>＊11月　南タイ大洪水 |
| 1989 | 国民芸術家賞　クリッサナー・アソークシン<br>シーブーラパー賞創設、第1回はサクチャイ・バムルンポン(筆名セーニー・サオワポン)とカムトン・シンタワーノン枢密顧問官<br>『消えた葉っぱ』チラナン・ピットプリーチャー(東南アジア文学賞)<br>＊森林伐採全面禁止<br>＊円高に対応し、日本企業の対タイ投資増大 |
| 1990 | 国民芸術家賞　アンカーン・カンラヤーナポン<br>『人生の宝石』アンチャン(東南アジア文学賞)<br>国民芸術家賞　サクチャイ・バムルンポン<br>シーブーラパー賞　アンパン・チャイヤワラシン |
| 1991 | [アーナン・パンヤーラチュン内閣(1991.3〜92.4)]<br>『かぐわしき髪、チャン姫』マーラー・カムチャン(東南アジア文学賞) |

| | |
|---|---|
| 1992 | 国民芸術家賞　アーチン・パンチャパン、スワット・ウォラディロック<br>シーブーラパー賞　ニラワン・ピントーン元タイ国言語・図書協会(タイ・ペンクラブ)会長<br>『その手は白く』サクシリ・ミーソムスープ(東南アジア文学賞)<br>＊3月　総選挙<br>[スチンダー・クラープラユーン内閣(1992.4〜92.6)]<br>＊5月　残忍な5月事件<br>[アーナン・パンヤーラチュン内閣(1992.6〜92.9)]<br>＊9月　総選挙<br>[チュワン・リークパイ内閣(1992.9〜95.7)]<br>＊10月　第7次国家経済社会開発5カ年計画実施 |
| 1993 | 国民芸術家賞　ラーオ・カムホーム<br>シーブーラパー賞　アーチン・パンチャパン<br>『路上の家族』シラー・コームチャーイ(東南アジア文学賞) |
| 1994 | 国民芸術家賞　ナオワラット・ポンパイブーンとウッチェーニー<br>シーブーラパー賞　スチット・ウォンテート<br>『時』チャート・コープチッティ(東南アジア文学賞) |
| 1995 | シーブーラパー賞　スラック・シワラック<br>＊タイ〜ラオス間にミットラパープ橋完成<br>[バンハーン・シンラパアーチャー内閣(1995.7〜1996.11)]<br>『バナナの葉柄の馬』パイワリン・カーオガーム(東南アジア文学賞) |
| 1996 | 国民芸術家賞　ロン・ウォンサワン、タウィープ・ウォラディロック<br>シーブーラパー賞　カルナー・クッサラーライ<br>『他の大地』カノックポン・ソンソムパン(東南アジア文学賞)<br>国民芸術家賞　シーファー<br>シーブーラパー賞　ナオワラット・ポンパイブーン<br>[チャワリット・ヨンチャイユット内閣(1996.11〜97.11)] |
| 1997 | ＊7月バーツ暴落、通貨危機 |

資料編

| | |
|---|---|
| | ＊1997年憲法公布（10.11） |
| | ［チュワン・リークパイ内閣（1997.11〜2001.2）］ |
| | 『平行線の民主主義』ウィン・リオワーリン（東南アジア文学賞） |
| | 国民芸術家賞　チャッチャイ・ウィセートスワンナプーム |
| | シーブーラパー賞　スチャート・サワッシー |
| 1998 | 『時の中で』レーカム・プラドーイカム（東南アジア文学賞） |
| | 国民芸術家賞　ワリット・デート |
| | シーブーラパー賞　ウィッタヤーコーン・チエンクーン |
| 1999 | 『人と呼ばれる生き物』ウィン・リオワーリン（東南アジア文学賞） |
| | 国民芸術家賞　サパー・シリソン |
| | シーブーラパー賞　スパット・サワッディラック |
| | ＊タイ国初の都市高架鉄道（BTS）、バンコクに開通 |
| 2000 | 『不死』ウィモン・サイニムヌワン（東南アジア文学賞） |
| | 国民芸術家賞　アッシリ・タマチョート |
| | シーブーラパー賞　ソムチャイ・カタンユターナン |
| 2001 | ［タックシン・チナワット内閣（2001.2〜2006.9）］ |
| | 『昔の家』チョークチャイ・バンディット（東南アジア文学賞） |
| | 国民芸術家賞　カムプーン・ブンタウィー |
| | シーブーラパー賞　サティエン・チャンティマートーン |
| 2002 | 『ありそうなこと』プラープダー・ユン（東南アジア文学賞） |
| | 国民芸術家賞　スチット・ウォンテート |
| | シーブーラパー賞　ニティ・イオシーウォン |
| 2003 | 『とっても幸せ』ドゥアンワート・ピムワナー（東南アジア文学賞） |
| | 国民芸術家賞　カルナー・クッサラーライ |
| | シーブーラパー賞　ティーラユット・ブンミー、セークサン・プラサートクン |
| 2004 | 『思い出の河』レーワット・パンピパット（東南アジア文学賞） |
| | 国民芸術家賞　ウィニター・ディティヨン、チャート・コープチッティ |
| | シーブーラパー賞　ソムブーン・ワラポン |

| | |
|---|---|
| 2005 | ＊タイ国初の地下鉄、バンコクに開通<br>4人のタイ作家たち、生誕100周年（シーブーラパー、アーカートダムクーン（M. C.）、マイ・ムアンドゥーム、ドークマイソット）<br>『王女』ビンラー・サンカーラーキーリー（東南アジア文学賞）<br>国民芸術家賞　プラヨーム・ソーントーン、サターポーン・シリラットチャン<br>シーブーラパー特別賞（シーブーラパー生誕100周年を祝し、3人に特別賞が贈られた）<br>思想・作家部門　スワット・ウォラディロック<br>ジャーナリスト部門　カンチャイ・ブンパーン<br>平和運動部門　セーン・チャーマリック |
| 2006 | ＊国王即位60周年(6.9)<br>＊タックシン首相の資産（株取引疑惑）をめぐって政局混迷（～2008）<br>＊軍事クーデタ勃発(9.19)、タックシン・チナワット政権崩壊<br>[スラユット・チュラーノン暫定内閣(2006.10～2008.1)]<br>＊スワンナプーム新空港開港<br>＊暫定憲法公布(10.1)<br>『カティの幸せ』ガームパン・ウェーチャチャーチーワ（東南アジア文学賞）<br>国民芸術家賞　マニー・パヨームヨン、ラウィー・パーウィライ<br>シーブーラパー賞　スラチャイ・チャンティマートーン |
| 2007 | ＊憲法起草議会開会(1.8)<br>＊反クーデタ市民団体、大規模集会(3.8)<br>＊憲法裁判所、タイラックタイ党（党首タックシン前首相、2006年に辞任）に解散命令、同党役員に有罪判決（政治活動5年間禁止、5.30）<br>＊最高裁判所、初公判を欠席したタックシン前相夫妻に逮捕状(8.14)<br>＊国民投票で新憲法承認(8.19)<br>＊2007年新憲法公布(8.24)<br>＊総選挙実施(12.23)<br>『私の眼の中の世界』モントリー・シーヨン（東南アジア文学賞） |

資料編

| 年 | |
|---|---|
| 2008 | 国民芸術家賞　コーウィット・アネークチャイ<br>シーブーラパー賞　ワット・ワンラヤーンクーン<br>[サマック・スンタラウェート内閣(2008.1～2008.9)]<br>『私たちは何かを忘れている』ワッチャラ・サッチャサーラシン(東南アジア文学賞)<br>国民芸術家賞　アドゥン・チャントーラサック<br>シーブーラパー賞　スティチャイ・ユン<br>[ソムチャーイ・ウォンサワット内閣(2008.9～2008.12)] |
| 2009 | [アピシット・ウェーチャーチーワー内閣(2008.12～)]<br>『ラップレー　ケーンコーイ』ウッティット・ヘーマムーン(東南アジア文学賞)<br>シーブーラパー賞　チャーンウィット・カセートシリ |

＊読者の理解のために、本文内では既に日本語訳書になっている以外の作品についても、便宜上、日本語訳で表記したこと、また、国名についても、現在の「タイ」を用いている時代もあることをお断りしておく。

作成：筆者著『文学で読むタイ』(創元社、1993)、『タイ文学の土壌──思想と社会──』(溪水社、1999)、巻末参考文献等より筆者改定、編纂。

〔参　考〕

**タイ詩**　詩形に関しては幾つかの分類法がなされているが、大きく5詩形①クローン＊、②ラーイ、③カープ、④チャン、⑤クローンに分かれ、さらにこの5詩形を組み合わせた詩形⑥リリットがある。

①クローン＊詩　北タイの詩形アユッタヤー時代に入って変化したもの。一首の言数と声調符号を用いる場所が規定されている。主として宮廷詩人たちに用いられ、クローン＊・スパープとクローン＊・ダンの2形式がある。

①と⑤はタイ文字も異なる全く異質の形式であるが、日本語表記上、＊で区別した。

②ラーイ詩形　古くからある詩形で、北タイの詩に用いられている。声調符号の規則があるが、それほど厳格ではなく、各句の最終音節の韻を次の句の第1、第2、第3音節で踏んでいく、いわゆる「尻取り韻」の押韻を特徴とする。

③カープ詩形　比較的新しく、パーリ詩、サンスクリット詩の影響を受けて、アユタヤー中期に生まれた。以前は小説や教科書もこの詩形で書かれ、カープ・ヤーニー(11言)、カープ・チャバン(16言)、カープ・スラーンカナーン(28言)の3種がある。

④チャン詩形　パーリ語、サンスクリット語の借用詞を頻用し、重音・軽音の使用に関する配合規定があるため、作詩が難しい。

⑤クローン詩形　ナーライ王時代、劇の伴唱の中にその萌芽をみるものの、詩形としては最も新しく、作詩も最も容易である。歌唱クローン（相聞歌、劇詩、歌謡など）と朗詠クローン（長歌や8言クローン）がある。
⑥リリット詩　上記クローン＊詩とラーイ詩を組み合わせた詩形で、一般には紀行詩に用いられる。

# 引用・参考文献

Andeson, Benedict R.O'G., Ruchira Mendiones, *In the mirror: literature and politics in Siam in the American era*, Duang Kamon, Bangkok, 1985

Angkan Kanlayanaphong, "Malai khlong lok", *Dae.....phu thi yang yu*, Samakhom Phasa lae Nangsu haeng Prathet Thai, Bangkok, 1981

____ *Panitan*, Carat Book House, Bangkok, 1986

Atcharapon Kumthaphisamai, *Kabot ro. so.130*, Amarin Wichakan, Bangkok, 1997

Banyan Imsamran, *Phasa lae wannakam Phrabat Somdet Phra Mongkut Klao Chaoyuhua prat haeng sayam prathet*, Pakwicha Phasa Thai, Khana Aksonsat, Mahawitthayalai Sinlapakon, Bangkok, 2005

Barang, Marcel, *the 20 best novels of thailand*, tmc, Bangkok, 1994

____ *Wanlaya's love*, tmc, Bangkok, 1996

Bunlua Thepyasuwan, *Wikhro wannakhadi thai*, Khrongkan Tamra Sangkhomsat lae Manutsayasat, Bangkok, 1974

Chainimit Navarat, ed.,*Chiwit thi likit wai khong Khunyin Banchopphan Navarat na Ayutthaya*, (Chaek nangsu), Bangkok, 1998

Chaisiri Samuthawanit, *Wannakam kanmuang 14 tula 16-6 tula 19*, Sangsan, Bangkok, 1981

Chanvit Kasetsiri, "THE FIRST PHIBUN GOVERNMENT AND ITS INVOLVEMENT IN THE WORLD WAR II", *The Journal of the Siam Society (JSS)*, Vol. 62, Part 2, The Siam Society, Bangkok, 1974

Chit Phumisak, *Chomna sakdina thai*, Chomrom Nangsu Saengtawan, Bangkok, 1976

____ *Bot wikhro moradok wannakhadi thai*, Satawat, Bangkok, 1980

____ *Ongkan chaengnam lae kho khit mai nai prawatsat thai lum nam chaophraya*, Duang Kamon, Bangkok, 1981

____ Ibid. (rev. ed.), Fa Dio Kan, Bangkok, 2004

____ *Thatsana*, Ton Chabap, Bangkok, 2004

____ (pseudo.as Kawi Kanmuang), *Kawi Kanmuang*, n.p., n.d.

Cholada Ruangraklikhit, *An suphasit phraruang chabap wikhro lae thot khwam*, Khrongkan Phoeiphrae Phonngan Wichakan, Khana Aksonsat, Chulalongkon Mahawitthayalai, Bangkok, 2006

____ *An ongkan chaengnam chabap wikhro lae thot khwam*, Khrongkan Phoeiphrae

引用・参考文献

Phonngan Wichakan, Khana Aksonsat, Chulalongkon Mahawitthayalai, Bangkok, 2004

Chua Satawethin, *Prawat nawaniyai thai*, Sutthisan Kan Phim, Bangkok, 1974

____ *Prawat wannakam thai*, Khrusapha, Bangkok, 1973

Chumnum Wannasin, ed., *Ruang san phua chiwit: hen yu tae phu yak khen*, O. Mo. Tho., Bangkok, 1973

Greene, Stephan Lyon Wakeman, *Absolute Dreams: Thai Gaovernment under RamaVI, 1910-1925*, White Lotus, Bangkok, 1999

Itsara Amantakun, *Hualo lae namta*, Mitrana, Bangkok, 1969

Kasian Tejapira, *Commodifying Marxism:The Formation of Modern Thai Radical Culture,1927-1958*, Kyoto University Press, Kyoto, 2001

Khana Kammakan Amnuai Kanchatngan 100 Pi Siburapha (Kulap Saipradit), ed., *100 Pi Siburapha (Kulap Saipradit)*, Bangkok, 2005

Kanokwali Chuchaiya, Kritsana Bunyasamit, *Phrabat Somdet Phra Mongkut Klao Chaoyuhua*, Methithip, Bangkok, 2004

Kulap Saipradit, *Buanlang kanpatiwat 2475*, Khrongkan Kampaeng Prawatsat, Bangkok, 1998

Kromsinlapakon ed, *Traiphum phraruang*, Kromsinlapakon, Bangkok, 2000

Lampaen Nimtaya, *3 Kawi rattanakosin sinlapin haeng chat*, Mitimai, Bangkok, 1986

Malithat Promathatavedi, tr., *Phraracha kap khahabodi haeng chonabot*, (The King and the Squire), Vajiravudhwitthayalai, Bangkok, 2009

Montri Siyong, *Lok duang ta khapchao*, Samanchon, Bangkok, 2007

Naiphi, *Phrachao yu thi nai*, Krasaethan, Bangkok, 1976

____ (as Atsani Phonlachan), *Khamtopnan yu thi nai*, Chomrom Dom Thaksin, Mahawitthayalai Thammasat, Bangkok, 1979

____ (as Intharayut), *Khokhit chak wannakhadi*, Sunklang Nakrian haeng Prathet Thai, Bangkok, 1975

____ (as Naiphi:Atsani Phonlachan), *Ruam bot kawi*, Samanchon, Bangkok, 1998

____ *Ruam bot khwam*, Samanchon, Bangkok, 1998

____ *Ruam ruang san*, Samanchon, Bangkok, 1998

____ (as Siintharayut (Naiphi)), *Sinlapakan haeng kap klon*, Thapnaram, Bangkok, 1975

Nimitmongkol Navarat, *Muang nimit lae chiwit haeng kan kabot song khrang*, Aksonsamphan, Bangkok, 1970

____ *The Emerarld's Cleavage, Chiwit lae ngan M.R.W.Nimitmongkol Navarat*,

304

Khlet Thai, Bangkok, 1991

____ "Lilit thewarat phitsaphap bon lan asok", *Chiwit lae ngan M.R.W.Nimitmongkol Navarat*, Khlet Thai, Bangkok, 1991

____ *Khwam fan khong nak udomkhati: Chiwit lae ngan M.R.W.Nimitmongkol Navarat, chabap phim ramluk 100 pi chatkan Nimitmongkol*, Niphan, Bangkok, 2008

Nit Nararak-Utcheni, *Khopfa khlipthong*, Duang Kamon, Bangkok, 1973

Niwat Kongphian, Suphot Chengrew, eds., *84 Seni Saowaphong, fai yang yen nai huachai*, Matichon, Bangkok, 2002

O.Udakon, *Tuk Gros*, An Thai, Bangkok, 1988

____ "Bon phun din thai", *Ruang san phua chiwit: hen yu tae phu yak khen*, O. Mo. Tho., Bangkok, 1973

Paibun Kanchanaphibun, ed., *Anuson khroprop 100 pi Phana Chomphon Po. Phibunsongkhram, 1997*, Bangkok, 1997

Phatthra Wongwatthana, *Phraracha prawat phramahakasat haeng rachawong Chakkri*, Banpanya, Bangkok, 2006

Phillips, Herbert P., *Modern Thai Literature*, University of Hawaii Press, Honolulu, 1987

Prathip Muannin, *100 Nakpraphan thai,* Suwiriyasan, Bangkok, 1999

Preecha Paniawachirophat, *Phattanakan ngan khian nawaniyai khong Seni Saowaphong*, Prasanmit, Bangkok, 1984

Pricha Samakkhitham, ed., *Wannakam phua chiwit*, Bangkok, 1973

Ranchuan Intharakamhaeng, *Wannakam wichan*, Vol.1, 2, Duang Kamon, Bangkok, 1978

____ *Pap chiwit chak nawaniyai*, Phrae Phitthaya, Bangkok, 1978

____ Ibid. (3rd ed.), Ton-or Grammy, Bangkok, 1996

Ratchabanditayasathan, ed., *Lilit ongkan chaengnam,* Ratchabanditayasathan, Bangkok, 1997

____ ed., *Photchananukrom sapwannakhadi thai samai ayutthaya*: *Lilit ongkan chaengnam*, Ratchabanditayasathan, Bangkok, 2001

*Rai ngan kankhonkhwa khong "khana charoen roi phrayukhonbat" pho.so.2524*, Khana Anukammakan Ruapruam lae Khonkhwa kiokap Phraratchaniphon lae un un khong Phrabat Somdet Phra Mongkut Klao Chaoyuhua, Bangkok, 1981

Reynolds, E.Bruce, *Thailand and Japan's Southern Advance, 1940-1945*, Macmillan Press, London, 1994

Roengchai Phuttharo, *Nakkian thai*, Saeng Dao, Bangkok, 1998

Rutnin, Mattani Mojdara, *Modern Thai Literature*, Thammasat University Press, Bangkok, 1988

Sak Thai, *Klet kanmuang banruang khong Chomphon Po.Phibunsongkhram kap khapchao*, n.p., n.d.

Samakhom Nakkhian haeng Prathet Thai, ed., *Nakkian ruang san diden warakhrop 100 pi ruang san thai*, Samakhom Nakkhian haeng Prathet Thai, Praphansan, Bangkok, 1985

\_\_\_\_ *Nakkhian 100 pi: 4 nakkhian thai*, Samakhom Nakkhian haeng Prathet Thai, Bangkok, 2005

Samakhom Phasa lae Nangsu haeng Prathet Thai, ed., *Dae......phu thi yang yu*, Samakhom Phasa lae Nangsu haeng Prathet Thai, Bangkok, 1981

\_\_\_\_ *Phasa lae Nangsu*, Vol.29, Samakhom Phasa lae Nangsu haeng Prathet Thai, Bangkok, 1998

\_\_\_\_ *25 SEA Write ruam bot wichan katsan*, Bangkok, 2004

\_\_\_\_ *Wansan "phasa lae nangsu" pi thi 35 (2547) chabap "rung arun nawaniyai thai"*, Samakhom Phasa lae Nangsu haeng Prathet Thai, Bangkok, 2004

Samnak Ngan Khana Kammakan Watthanatham haeng Chat, ed., *200 Pi Somdej Phra Maha Samana Chao Krom Phra Paramanujitajinorasa*, Phra Dharma Panya Bodi Abbot of Wat Pak Nam Phasi, Bangkok, 1990

Sathian Chanthimathon, *Khon khian nangsu*, Praphansan, Bangkok, 1974

\_\_\_\_ *Khon an nangsu*, Dok Ya, Bangkok, 1982

\_\_\_\_ *Saithan wannakam phua chiwit khong thai*, Chao Phraya, Bangkok, 1982

\_\_\_\_ ed., *Chiwit lae ngan khong nakpraphan*, Dok Ya, Bangkok, 1988

\_\_\_\_ ed., *72 Pi Sakchai Bamrungphong, nakkhian samanchon*, Matichon, Bangkok, 1990

Sela Recharuchi, *Nung satawat nangsuphim thai*, Dok Ya, Bangkok, 1994

Seni Saowaphong (as Bo Bangbo), "Dae ......mae", *Samonmai*, Pak Ruam Phalang Samakkhi, Mahawitthayalai Kasetsat, Bangkok, 1954

\_\_\_\_ *Chaichana khong khon phae*, Sun Nangsu Chiang Mai, Chiang Mai, 1977

\_\_\_\_ *Khondi si ayutthaya*, Matichon, Bangkok, 1982

\_\_\_\_ (as Sakchai Bamurungphong), *Din nam lae dokmai*, Matichon, Bangkok, 1990

\_\_\_\_ *Chiwit bon khwamtai*, Praeo, Bangkok, 1994

Smyth, David, ed., *The Canon in Southeast Asian Literatures*, Curzon Press, London, 2000

\_\_\_\_ ed., *Dictionary of Literary Biography*, A Bruccoli Clark Layman Book, Columbia,

2009

_____ tr., *The Dreams of an Idealist: A Victim of Two Political Purges and Emerald's Cleavage*, Silkworm, Chiang Mai, 2009

Sombat Chanthrawong, *Bot wichan waduai wannakam kanmuang lae prawatsat*, Khrongkan Chatphim Khopfai, Bangkok, 2004

So. Songsaksi, *Yot khon wannakam,* Dok Ya, Bangkok, 1978

So. Thammayot, *Sinlapa Wannakhadi*, Mingkhwan, Bangkok, 2000

Suchat Sawatsi, "72 pi "khana supapburut", 96 pi Siburapha", *Sarakhadi,* Vol.17, No.196, Bangkok, 2001, pp. 94-140

Suchira Khuptarak, Bua Sachisawi eds.,*Charoen roi phrayukhonbat*, Munlanithi Phraboromarachanuson Phrabat Somdet Phra Mongkut Klao Chaoyuhua, Bangkok, 1985

Suchit Wongthet, *Prawatsat sangkhom-watthanatham khong phasa lae wannakhadi nai sayam prathet*, Matichon, 2003

Sukanya Tirawanit, *Nangsuphim thai chak patiwat 2475 su patiwat 2516*, Thai Watthanapanit, Bangkok, 1973

_____ *Prawat nangsuphim nai prathet thai phaitai rabopsomburanaya sitthirat (pho.so.2325-2475)*, Chulalongkon University, Bangkok, 1977

Supa Sirimanon, *Wansan samnuk*, Mingmit, Bangkok, 2004

Surasak Ngamkhachonkunlakit, *Khabuankan seri thai kap khwamkhatyaeng thang kanmuang phainai prathet thai rawang pho.so.2481-2492*, Sathaban Echiasuksa Chulalongkon University, Bangkok, 1989

Suthachai Yimprasert, "Nakkhit sangkhomniyom thai klum aksornsan (2492-2495)", Bangkok, 2000

Suwannee Sukhontha, *Suansat*, Duang Ta, Bangkok, 1976

Trisin Bunkhachon, *Nawaniyai kap sangkhom thai (2475-2500)*, Sangsan, Bangkok, 1980

Vajiravudh, King, *Phraruang*, Ongkankha khong Khrusapha, Bangkok, 1994

_____(as Atsawaphahu), *Muang thai chong tun toet*, Laikanok, Bangkok, n.d.

_____(as Mongkut Klao Chaoyuhua), *Suphasit Phraratchaniphon*, Aksoncharoenthat, Bangkok, 2006

_____ *Sawittri*, Aksoncharoenthat, Bangkok, 2006

Vella, Walter Francis, *Chaiyo!*, University Press of Hawaii, Honolulu, 1978

Vilawan Svetsreni, "Vajiravudh and Spoken Drama: His Early Plays in English and his Original Thai Lakhon Phut with Special Emphasis on his Innovative Use of Drama", London, 1991

引用・参考文献

Wandi Sisawat, *M.R.W.Nimitomongkol Nawarat*, Sun Nangsu Mahawitthayalai Sinakarin Wirot, Bangkok, 1999

Watcharaphon, P., *Chomrom nakkhian*, Ruamsan, Bangkok, 1966

____ *Prawat nakpraphan*, Phrae Phitthaya, Bangkok, 1973

Wiani Ukrit, *Putuchon 2*, No.2, Putuchon, Bangkok, 1975

____ *Putuchon 1*, No.3, Putuchon, Bangkok, 1976

Witthayakon Chiangkun, *Suksa botbat lae khwam khit Siburapha*, Phaluk, Bangkok, 1989

____ (and other group members), eds., *Saranukrom naenam nangsu di 100 lem thi khon thai khuan an*, Samnak Ngan Kongthun Sanap Sanun Kanwichai, Bangkok, 1999

Wright, Michael, *Ongkan chaengnam*, Sinlapa Watthanatham, Bangkok, 2000


### 新聞、文芸誌

*Lak Withaya*, Bangkok, R.S.120

Saranupraphan, ed., *Senasuksa lae phae witthayasat*, Bangkok, B.E.2458

*Sayam Rat, Sapdawichan*, Sayam Rat, Bangkok, No.29, Dec.7-13, 1997

Siburapha, ed., *Supapburut*, Bangkok,

 Vol.1, No.1, June - No.13, Dec. B.E.2472 （但し、No.7-12を除く）

 Vol.1-2, No.22, April-No.30, August, B.E.2473

 Vol.2, No.31, Sept. -No.36, Nov., 2473

Sot Kuramalohit, ed., *Ekachon*, Bangkok,

 Vol.2, No.46, Nov. 21, B.E.2485- No.51, March 2, B.E.2486

 Vol.3, No.1, Dec.15, B.E.2488- No.24, May 25, B.E.2489 （但し、Vol.3, No.4-7を除く）

 Vol.3, No.25, June.10, B.E.2489 - No.55, Dec.28, B.E.2489 （但し、Vol.3, No.44,48を除く）

Supa Sirimanon, ed., *Aksonsan*, Bangkok,

 Vol.1, No.1, 1949- Vol.3, No.12, 1952

Wanwaithayakon, ed., *Wannakhadisan*, Wannakhadi Samakhom haeng Prathet Thai, Bangkok,

 Vol.1, B.E.2485- Vol.3, No.2, B.E.2487

*Wannakam*, Phanaek Chut Purakai Wannakam, Nangsuphim Krungthep Thurakit, Bangkok, 2005-2006

*Wansan "kongthun Siburapha"*, Kongthun Siburapha, Bangkok, 1988-2007

**日本語**
赤木攻「黄表紙と白表紙の闘争（黄白闘）に学ぶ――パイパイマーマー（24）
　――」『タイ国情報』Vol.43, No.3、（財）日本タイ協会、2009
石井米雄『上座仏教の政治社会学』創文社、1975
石井米雄、吉川利治編『タイの事典』同朋舎、1993
末廣昭『タイ　開発と民主主義』岩波書店、1993
村嶋英治『ピブーン　独立タイ王国の立憲革命』岩波書店、1996
日本タイ協会編『現代タイ動向　2006－2008』めこん、2008

## あとがき

　小中学生の頃だったか、シャーロック・ホームズのシリーズに夢中になった。イギリスのあの"馬車"の時代にも、なぜか無性に惹かれた。だから、20世紀初頭の古いタイ文芸誌を追っていたとき、その内の一冊、『サーラーヌクーン』でホームズの似顔絵をみたときには、さすがに興奮した。そして、かつて石炭ストーブに暖められて英文学を学んでいた日々への郷愁にかられた。「これもまた過ぎ行く」と語る恩師が、シェークスピアのソネットの頁を開いたまま、傍の金平糖をかじり、そのあとは十八番の「Yesterday」(ビートルズ)を歌われるひとときもあった。

　しかし、そういえばそうだ、タイ語翻訳のシャーロック・ホームズがあっても、何も驚くことではない。事実、ラーマ6世もシェークスピアの作品を数多く翻訳している、タイ現代文学の原点は「イギリス」にあるのだから、と、タイ文学史全体を、客観的に今一度、改めて見直すことにした。すると、タイ文学において、国家、近代化、戦争という言葉が頭に焼きついて離れなくなった。そして、政治と文学という難題が、私の前に大きく立ちはだかってきた。本書は、微力ながらもその難題へ向かった出足の一歩である。

　こうした私のタイ文学研究の途上において、作家とその作品との邂逅に、言葉に尽くせぬ感謝の念を禁じえない。一人の作家が、そして、一つの作品、あるいはわずか数行の詩が、それぞれに未知の、珠玉の世界を私に開いてみせてくれた。

　この世には様々な出会いがある。楽しい出会いもあれば、ときとして苦しい、悲しい出会いも……。しかし、かけがえのない一つの小さなめぐり会いをこうして一冊の形にすることができたのも、偏に、平素、私の研究を見守り、より深い研究への啓発と学問の尊さをお教えくださった京都大

## あとがき

学名誉教授石井米雄先生のご指導の賜物にほかならないと、ここに深甚の謝意を記し、感謝の意を捧げたい。同時にまた、ご専門の立場から、常日頃、貴重なご助言と力強い励ましを賜っているロンドン大学のデイビッド・スマイス先生、かつてタイ語のいろはを教えてくださった下村 T. ニラナーラー先生に、心から感謝を申し上げる。今回はロンドンでの調査研究や『誓忠飲水の儀の詞』についても、数多くの貴重なお教えを賜った。

私のタイ研究は、国を問わず、諸先生方、先輩、友人、そして作家たちの温かい力添えによって支えられてきた。いつのときも常に変わることなく、私の研究のみならず、もろくも折れそうになった精神をしっかりと強く支えてくださったお一人お一人に、ここに心から感謝の意を捧げたい。幸運にもお会いすることができた作家の方々、そしてそのご家族からも、はかりしれないご協力を賜ってきた。皆さんとの語らいのひとときが、走馬灯のように一齣一齣、甦ってくる。

本書出版にあたり、異文化理解や地域研究の重要性を重んじ、1998年度文部省助成出版に続き、今回もこうして出版の機会を賜った株式会社溪水社代表取締役木村逸司氏、編集の労を担当してくださった同社編集部西岡真奈美氏、文様研究家樹下龍児氏、またこの度、既刊の私の書物をはじめ、当該資料の提供・閲覧に温かいご協力をいただいた下記の方々や、各出版社、関係機関に心から謝意を申し上げる。

人生のめぐり合い、人、そしてタイ文学との出会いに、畏敬と感謝の念をしかと心に刻み、研鑽を積んでいきたいと思う。

本書が小さいながらも次の新たな研究のステップになること、またタイのより深い理解の一助になることを祈念してやまない。

2010年1月

吉岡　みね子

あとがき

　本書出版にあたっては、下記の助成と資料提供・閲覧の協力を受けました。厚くお礼申し上げます。
〈研究助成〉
　＊平成14年度－17年度科学研究費補助金（基盤研究（B））〈研究代表〉
　　『タイ文学の展開・発展と社会（1938-1958）』
　＊平成18年度－19年度科学研究費補助金（基盤研究（C））〈研究代表〉
　　「タイ文学の変遷と国家統治」
　＊平成21年度科学研究費補助金「研究成果公開促進費」〈学術図書刊行〉
〈既刊の筆者著作・著述、翻訳等、当該資料提供協力〉
　＊株式会社　溪水社
　＊株式会社　創元社
　＊財団法人　大同生命国際文化基金
　＊株式会社　段々社
　＊財団法人　トヨタ財団
　＊社団法人　日泰貿易協会
　＊財団法人　日本タイ協会
〈当該資料提供・閲覧協力〉
　＊British Library
　＊British Museum
　＊British Theatre Association Library
　＊Baden Powell Library
　＊The Chainimit Navarats
　＊Gale, Cengage Learning, Inc.
　＊Kensington Central Library
　＊The Kulap Saipradits
　＊Library of University of London
　＊National Library of Thailand
　＊The Pridi Phanomyongs

あとがき

＊The Sakchai Bamrungphongs
＊The Supa Sirimanons

# 事項索引

## [ア]
アーカートダムクーン・ラピーパット, M. C. 14, 15, 22, 23, 116, 145, 209, 224
『赤い竹』 19
『アクソーンサーン』 26, 36, 117, 147-152, 162-171, 179-186, 205, 208, 211
『悪魔の罠』 77, 88
『悪しき女』 23
ASEAN文学賞 6
「厚い足の裏、薄い顔面(かお)」 29, 31, 240, 242
アッサワパーフ 76
アッシリ・タマチョート 24, 29, 30, 66, 217
(チャン詩)『アニルット』 63, 95
アヌマーンラーチャトン, プラヤー（筆名サティエンコーセート） 112, 116, 156, 161, 177
アユッタヤー時代（王朝） 7, 28, 50, 51, 53, 59, 63, 64, 66, 128, 136, 237
『アユッタヤーの勇者』 232, 236, 239, 244
「アユッタヤーに勇者は尽きず」 236, 244
『在りし日の都、北京』 224
アンカーン・カンラヤーナポン 4, 7, 8, 11
暗黒時代 31, 65, 69, 110, 133, 135, 138, 145, 148, 205, 232

## [イ]
位階 136
イギリス留学 71, 73, 75, 79
『偉大な文人たち』 24
イッサラー・アマンタクン 22, 26, 29, 32, 117, 145, 148, 166-168, 181, 182, 192, 221, 244
『一本のひまわり』（「一本のひまわり」） 239, 244
『愛しい我が子』 74, 88

『イナオ』 60, 61, 95
韻文 7, 64, 94, 115
韻文黄金時代 7, 64

## [ウ]
ウィッタヤーコーン・チエンクーン 27, 208
ウィチットワータカーン, ルワン（本名ウィチット・ウィチットワータカーン） 21, 103, 105, 106, 108-110, 112, 154-156, 161, 162, 172-174
ウィモン・サイニムヌワン 24, 27
ウートーン王 53
ウォラウェート・シワサリヤーノン（筆名ウォー・シワサリヤーノン） 156, 161, 162, 173, 174
ウッサナー・プルーンタム 20, 23, 200, 219
ウッチェーニー 30, 38
『海と時の流れ』 24

## [エ]
『エーカチョン』 116, 152
『絵の裏』 23, 224
『エメラルドの亀裂』（The Emerald's Cleavage) 121, 135, 144
演劇（話劇） 76, 77, 83, 84, 86, 87, 89, 91, 97, 98, 105, 108, 110
「演劇（話劇）の父」 75
演劇取締法 111, 141
エンゲルス, フレデリック 6, 149

## [オ]
王制 57
『王朝四代記』 23
王党派 132, 140
「王は人民の父」 45, 46, 60, 62, 80, 99, 101
オー・ウダーコーン 29, 36, 117, 148, 150, 182, 183

315

事項索引

オーラワン（本名リオ・シーサウェーク）20, 21
『怒ったコブラの顎』 24
オックスフォード大学 79
「男4人魚取り」 25
『踊り子の腕』 21

[カ]

階級社会（制度） 28, 136, 137, 237
華僑 31, 78, 123, 125, 141
学生民主革命（学生革命） 4, 5, 27, 36, 59, 65, 69, 178, 205, 211, 212, 215, 221, 233, 237, 244
『過去の名作家たち16人』 17, 18
「過去は過去」 29, 30
歌唱劇（タイオペラ） 76, 77, 87, 98, 108
歌舞劇 76, 77, 108
「神、王、国（"God, King and Country"）」 79, 80, 87
カムプーン・ブンタウィー 6, 217
「彼は首相に叫ぶ」 23

[キ]

「消えた葉っぱ」 4, 69
「北からの流れ」 29, 30
帰国留学生 115
『宮中歳時記』 53
共産主義 123, 124, 139, 145, 146, 151, 164, 182-184, 209, 213, 225, 244
共産主義活動取締法 146
共産党 125, 146, 147, 216
『共産党宣言』 6
近・現代文学 14, 71, 73, 115
欽賜名 136
禁書リスト 65, 213

[ク]

クーデタ 65, 69, 132, 163, 184, 215, 216
『クーデタ』 78, 88, 101
ククリット・プラモート, M. R. 19, 23, 26, 137
クメール（文化） 52, 53, 57, 92, 97, 173
『暗闇の隅』 20, 29, 38

クリッサナー・アソークシン 217
クルーテープ 65, 116, 206
「黒い絹布」 115, 119
クローン＊詩 11, 52, 96, 175, 176
クローン詩 11, 63, 96, 176
クンジン・モー 93
クン・スワン 63
『クンチャーン・クンペーン』 60, 65
クントーン 65-68
『クントーン…お前は暁に戻るだろう』 66

[ケ]

「芸術のための芸術」 206, 207, 244
言語・正字法協会（サパー・ポッチャナーバンヤット・レ・アッカラウィティー） 103, 104
『幻想の国』（『理想家の夢』） 15, 121, 123, 124, 126, 127, 144, 164, 205, 225
『幻想の国と二回の謀反の人生』 121, 127
『現代作家・詩人選集　タイの大地の上で』 28
憲法公布 125, 140

[コ]

『広大な森』 21
ゴーゴリ 206
コー・スラーンカナーン 19, 23, 192, 217
コー・ソー・ロー・クラープ 25
国王 51, 55, 57, 61
国家（Chat） 113, 153, 156, 178, 179
国家近代化 71, 81, 86, 99
「国家経済計画」 124, 132
国家建設 22, 103, 106, 107, 154, 171, 174, 176-178
国家建設政策（Nayobai sang chat）112, 153, 156
「国家、宗教、王」 87, 98
国家統治 43, 57, 65, 73, 86
国民芸術家賞 219, 245
国民図書週間（賞） 17, 219
国民文化法 141, 157, 188, 232

事項索引

国立文化院　111, 157
古典（詩）、古典文学　11, 59, 63, 91, 94, 95, 178, 180, 206, 213, 235, 236, 245
古典劇（古典詩劇）　76, 77, 91, 95
ゴーリキー　148
コーン（仮面劇）　76, 77, 87, 137

　　　　［サ］
『サーラピーの咲く季節』（原題『動物園』）　26, 27, 189
『サーラーヌクーン』　116, 119, 120
サーラーヌプラパン，ルワン（筆名ノー・サーラーヌプラパン）　115, 116, 118-120, 161, 162, 171, 172, 175, 176
サクディナー階級　59, 61, 62
サクディナー制（位田制）　53, 59, 237
「サクディナー文学」　59, 178, 206, 213
サティエン・チャンティマートーン　59, 200, 207
『裁き』　24
サマッキー・サマーコム　80
『サムッタコート』　245
『サムッタサーン』　79, 98
『サヤームサマイ』　31, 36, 117, 150, 242, 243
『サヤームプラペート』　25
サリット（政権）　69, 141, 148, 151, 211
残酷な5月　5, 6, 69
三大神（ヴィシュヌ神、シヴァ神、ブラフマー神）　53-55
『サントーン（金のほら貝王子）』　7, 64
散文（文学）　7, 63, 64, 94, 115

　　　　［シ］
SEATO文学賞　6
シー・アユッタヤー　76, 83
『シークルン』　116, 148, 240
シーダーオルアン　217
シーファー　217
シーブーラパー　14, 15, 19, 23, 116, 117, 145-148, 165, 166, 179, 181, 182, 184, 203, 205, 206, 208-213, 216, 219, 220, 224

シーブーラパー賞　245
シープラート　7, 60, 63, 95
シェークスピア　63, 73, 74, 83, 136
ジェスチャー・ゲーム　81, 100
詩劇　77
『詩人の祈願』（Panitan）　4, 13
市井詩　63
『死体病棟』　29, 36, 117
"指導者"　134, 139, 172, 189
「指導者を信じれば、国家は安泰」　109, 141, 157, 171, 179, 198, 200
『死の上の生』　110, 192, 194, 230, 232-234, 241
『詩の芸術』　42
「始発バス」　29, 30
社会主義（思想）　148, 180-182, 205, 209
釈迦生誕物語（ジャータカ物語）　87
『シャクンタラー』　74, 76, 97
シャム（サヤーム）　77, 78, 84, 90, 91, 93, 94, 100, 105, 109, 111, 125, 136, 138, 154
『シャム・ベトナム戦史』　25
シャーロック・ホームズ　115, 120
自由詩　7
自由タイ運動　147, 163, 179, 193, 194, 230, 233-235, 237, 241, 245
自由民　60
シラー・コームチャーイ　24, 213
「白い危機」　205, 218
『人生の芝居』　22, 209, 224
『人生の闘い』　15, 19, 209, 210
「人生のための芸術」　180, 184, 205, 208, 221, 244
「人生のための芸術、民衆のための芸術」（『人生のための芸術、民衆のための芸術』）　183, 184, 205, 208
「人生のための文学」（『人生のための文学』）　184-186, 205, 208, 212, 213, 215-218, 221, 244
人民党　123-125, 129, 131, 140, 141
『シンラパ・ワッタナタム』　20
『シンラピン』　31, 116, 206, 207

317

事項索引

**[ス]**

『スア・コー（虎と牛）』 64
スアパー 80, 89, 97, 99, 105
「スアパー通信」 79
『スアパーへの訓話』 74, 75, 87, 98
スクリープ 76
「少し力を」 206, 210
スコータイ時代 45, 50, 92, 174
スチット・ウォンテート 65, 67
スチャート・サワッシー 208, 213, 216, 218
『スパーシット・プラルワン（スコータイ王の金言集）』 45, 92, 98, 174
スパー・シリマーノン 26, 117, 148, 163, 164, 168, 179, 180, 184, 205, 208, 211
『スパープブルット』 145, 205, 206
『スパープブルット』 14, 116, 206, 213
スパープブルット―プラチャーミット 116
『スパンの血』 109, 155
スポーン・ブンナーク 178, 179
スリヨータイ 93
スワット・ウォラディロック 26
『スワン・アクソーン』 116, 117
スワンナプーム 224, 241
スワンニー・スコンター 26, 27, 189, 217
スントーンプー 7, 63, 65

**[セ]**

西欧留学 73
政治小説 15, 123, 126, 138, 205
「生誕100周年、4人のタイ作家たち」 1, 15
（リリット詩）『誓忠飲水の儀の詞』（「浄水宣言詩」） 50-53, 57
『誓忠飲水の儀の詞とチャオプラヤー河流域史に関する新考察』 56
誓忠式（誓忠飲水の儀） 52, 57
精霊信仰 57
『セーナースクサー・レ・ペー・ウィッタヤーサート』 115, 118-120
セーニー・サオワポン（本名サクチャイ・バムルンポン、別筆名クラッサナイ・プローチャート、ボー・バーンボー） 23, 29, 31, 110, 117, 145, 164, 166-168, 181, 182, 192, 194, 203, 208, 211, 221, 222, 232-237, 239, 240, 243-245
「世界にかける花輪」 8, 11
石碑文 46, 92, 173
『戦士の魂』 74, 75, 78, 88, 95, 97
専制君主（制） 57, 59, 123, 125, 136

**[ソ]**

葬式配本 95
ソー・セータブット 137, 144
ソー・ブンサノー（本名サオ・ブンサノー） 22
即興掛合歌（ラムタット） 235
ソット・クーラマローヒット 116, 138, 145, 148, 207, 224
「それぞれの神」 29, 32
ソンスラデート, プラヤー 135

**[タ]**

タークシン王 67, 92, 245
ターニン政権 213
退位声明 123, 124
『大王が原』 23
『タイ・カセーム』 116
タイ国言語・図書協会（タイ・ペンクラブ） 6, 17
タイ国語・文化促進委員会 111, 157, 173
タイ国作家協会 17
タイ国字国語改革（新しいタイ文字アルファベット） 104, 111, 141, 146, 173, 188, 191, 196, 230, 232
タイ国文学協会（ワンナカディー・サマーコム・ヘン・プラテート・タイ） 111, 116, 141, 156-162, 169, 170 175, 177, 178, 188
タイ国平和委員会 210
『タイ最高傑作小説20選』 23
『タイ・サクディナー制の素顔』 147
『タイ作家100人』 17, 27
『タイ人が読むべき名作100冊』 27

大東亜共栄圏　224, 225, 232, 234
タイの演劇　76
「タイの大地の上で」　29, 36
タイの民話　7, 235
タイ文字　43, 45
「タイ文学の遺産……5言クローン詩」　57
「タウィーパンヤー」　79
タウィープウォーン　167, 181-183, 203, 235
タノーム独裁政権　212
タマティベート親王（異名エビ王子）　7
ダムロン親王　53, 104
ダルノーワート　25

[チ]
チット・プーミサック（筆名ティーパコーン、カウィー・カーンムアンなど）　15, 19, 56, 64, 69, 147, 164, 183, 184, 208, 211, 244
『地、水そして花』　110, 194, 230, 232, 233, 237, 240, 245
チャオプラヤー河　235
チャックラワットシンラピン（芸術家帝国）　116, 206, 207
『チャン・ダーラー物語』　23, 219
チャート・コープチッティ　24, 217
『チャムパーサックの天の花』　109, 155
「チャムプーン」　29, 31
チュア・サタウェーティン　208, 218
『チュラーバンディット』　19
チョーンカベーン　90, 111, 191
チラナン・ピットプリーチャー　4, 42, 69, 213
『チンダマニー』　64

[テ]
ティエンワン　25
定型詩　11, 52
デイリーメール　26
テープ・マハーパオヤラ　29, 31
「田園に流れる笛の音」　68
（子守唄）「寺よ」　66

「寺よ、ああ寺よ…」　66-68

[ト]
ドゥシットサミット　79
ドゥシットサッキー　79
ドゥシットターニー　99, 105
統治変革　123, 126, 128, 130, 136
東南アジア文学賞（SEA Write）　4, 6, 7, 11, 27, 42, 65, 66, 213, 219
『東北タイの子』　6
「東洋のユダヤ人」　78, 104, 105
ドゥワンチャイ　217
ドゥワンダーオ　22
ドークマイソット　15, 22, 23, 116, 189
特権階級（クンナーン）　59, 213, 243
独裁政権　136
特別裁判　128, 130
ドストエフスキー　206, 209
トライブーム（三界）　46, 49
『トライブーム・カター（スコータイ王の三界論）』（『トライブーム・プラルワン』）　46, 48, 50, 62
トライローカナート王　53, 56, 59
奴隷　59

[ナ]
ナーイピー（本名アッサニー・ポンラチャン、別筆名インタラーユット、シーインタラーユットなど）　15, 26, 42, 69, 117, 167, 169, 177, 178, 180, 182-184, 207, 208, 211, 235, 242, 244
ナーラーイ王　7, 53, 63, 64, 130, 174
ナオワラット・ポンパイブーン　42, 65, 67
ナショナリズム　73, 74, 76, 78, 80, 83, 86-88, 93, 98, 103-105, 108-110, 113, 171, 188
「涙も涸れ果てて」　237, 240, 244
ナラーティップブラパンポン親王　76
ナレースワン大王　67, 92, 244

[ニ]
『二回の謀反の人生』　137, 144
ニコム・ラーイヤワー　24

319

事項索引

日曜版ニコーン　164, 180
日露戦争　224
(リリット詩)『ニットラー・チャークリット』　60
日本軍タイ上陸（進駐）　108, 233, 234, 241, 243
ニミットモンコン・ナワラット, M.R.　15, 121, 126-128, 138, 143, 164, 205, 225

[ノ]

ノー・モー・ソー　116, 118
ノモンハン事件　224, 241

[ハ]

バーンクワーン刑務所　16, 127, 133
バーンラチャン　67
『敗者の勝利』　164, 221, 222, 234, 236, 237, 239, 241
バウリング条約　115, 209
「母へ」　236
パラマーヌチットチノーロット親王　47, 207
バラモン教　51, 54
バラモン僧　51-53, 56
バラモン文化　57
バラン, マーセル　23
反共法（政策）　125, 141, 145, 184, 225
バンコクレコーダー　115
汎タイ政策（主義）　110, 138, 141, 245

[ヒ]

ビクトリア朝　73, 77, 83, 89
ヒトラー, アドルフ　110, 131, 136, 139
ピブーンソンクラーム（首相）　27, 36, 69, 103-113, 124, 125, 132, 135, 138, 140, 145, 146, 148, 151-163, 169, 184, 188, 199, 200, 211, 230, 232-235, 245
ビルマ（軍）　66, 158, 236, 245
ヒンズー教　57

[フ]

溥儀帝　220
舞劇（舞踊劇）　76, 87, 97, 105
『不死』　27

仏教（文学）　46, 47
仏領インドシナ　108, 109, 111, 156, 158
不滅の文学賞　221
『プラアパイマニー物語』　60, 65
『プラノン・カムルワン（王の言葉、詩の楽しみ）』　93, 95, 96
『プラー・ブートーン（金のはぜ）』　7, 27
『プラー・マハーモントリー（サップ）』　64
プラ・マハーラーチャクルー　64
『プラヤーの悲しみ』　61
『プラヤーの歌』　61
『プラルワン』　45, 78, 87, 92, 93, 97, 101, 108
『プラロー物語』　60, 245
プリーディー・パノムヨン（ルワン・プラディット・マヌータム）　124, 125, 132, 140, 141, 145, 147, 148, 163
プリエン・パーサコーンウィン, タンプージン　25
プルアン・ワンナシー　15, 29, 36, 117, 145, 148, 182-184, 211, 235
「文化」　40, 110, 114, 154, 156, 157, 188, 191, 192, 194, 233
文学クラブ（ワンナカディー・サモーソーン）　95, 96, 103
「文学君主」　103, 113
文学勝利記念塔　151, 153, 156, 170, 200
「文学司令官」　103, 113
文民内閣　137, 145, 147

[ヘ]

『平行線の民主主義』　219
平和委員会謀反事件（平和反乱事件）　36
ヘーム・ウェーチャコーン　17, 120
「ヘールア（御座船歌）」　7, 74, 95, 96
『蛇』　24

[ホ]

封建官僚　60, 62
「封建官僚の文学」　59
「封建的身分制」　59
「帽子をかぶろう、されば大強国のタイ

事項索引

に」 109, 189, 196
亡命（作家） 164, 181, 184, 211
ボーイスカウト 80, 99, 105
ボーウォーラデート親王（の叛乱）
　15, 124, 128, 129, 132, 137, 139, 141-143
ポー・インタラパーリット 20
翻案 7, 65, 77, 87
『本を書く人』 19, 21
『本を読む人』 20, 22, 200

[マ]
マイ・ムアンドゥーム 14, 15, 19
『マッタナパーター』 95, 96
マナット・チャンヨン 21
『マハートマ』 77, 78, 88, 97
「Marieって誰？」 23
マルクス, カール 6, 136, 149, 182
マルクス主義（マルキシズム） 148, 149, 164, 180-183, 241
満州（国） 224
「マン・チューチャート氏とコン・ラックタイ氏の談話」 106, 107, 189, 234

[ミ]
「みえるのは貧しき者ばかり」 29, 36
「…水あれば魚泳ぎ、田あれば稲穂実る」 23, 46
ミットラナラー 224
「未来のシャムの展望」("The Sight of Future Siam") 127, 132, 134, 135, 143, 144, 225
民衆の偉大な詩人 25, 42
民主主義 123, 125, 126, 145, 147, 148, 171, 183, 209, 211, 213

[ム]
ムッソリーニ 110, 139, 155

[メ]
メーアノン（本名マーライ・チューピニット、別筆名モー・チューピニット、ノーイ・インタノン、リエムエーン、ナーイドークなど） 14, 21, 23, 29, 116, 117, 149, 192

「……メーコーン河を渡って」 109, 196
「目覚めよ、タイ」 74, 78, 91, 104

[モ]
毛沢東 179, 181
モーム・ラーチャウォン 128
モントリー・ウマウィッチャニー 69
モントリー・シーヨン 4, 6, 8

[ヤ]
ヤーコープ 20, 29, 38, 199

[ユ]
「幽霊の顔」 120

[ヨ]
『妖魔』 23, 221, 232, 237, 239, 243
ヨック・ブーラパー 217
ヨット・ワッチャラサティエン 192, 199
「澱んだ文学」 205, 208, 218
「より高く」 30, 38, 39

[ラ]
ラーマ1世 47
ラーマ2世 64, 95
ラーマ3世 64, 115
ラーマ4世 64, 104, 115
ラーマ5世 53, 95, 99-101, 103, 104, 115, 125
ラーマ6世（ワチラーウット王、ワチラーウット王子） 7, 45, 71, 73-101, 103-113, 115, 125
（ラーマ6世）タイ文字改革 103
ラーマ7世 123-125, 129, 132, 140
ラーマ8世 147
ラーマ9世 47
ラーマーティボディー（1世） 51, 53, 55, 63
『ラーマキエン物語』 87, 95, 97, 174
『ラーマキエン物語の淵源』 104
ラームカムヘーン大王 43, 45, 50, 93, 173
ラウィー・ドームプラチャン 69, 216
ラコーン・チャートリー 76

321

事項索引

ラコーン・ナイ（王宮内演劇） 63,76
ラコーン・ノーク（王宮外演劇） 76
ラッタナコーシン（バンコク）王朝 7, 8, 45, 47, 63, 64
ラッタニヨム（国家信条） 111, 138, 139, 141, 146, 154-157, 171, 174, 194, 197, 198, 235, 245
『ラデンランダイ』 64

[リ]
立憲革命（無血革命、名誉革命） 57, 59, 62, 123, 124, 126, 128, 129, 131, 139, 140, 164, 206, 233
立憲君主制 123, 124, 129
『理想家の夢』（『幻想の国』参照）
リタイ王 46
『良家の人』 23

[ル]
ルークスア 80, 105

[レ]
冷戦 151, 181, 225
「歴史の父」 53

[ロ]
ロー・チャンタピムパ 166-168, 182
ロシア革命 224
魯迅 183
ロン・ウォンサワン 219

[ワ]
ワーニット・チャルンキットアナン 24
『若者の心』 74
『私の眼の中の世界』 4
ワチラーウット文学研究センター 74

ワチラヤーン 95
ワット・ワンラヤーンクーン 213
『我々の大地』 21, 30, 192
『ワンナカディーサーン』 21, 111-113, 117, 141, 151-162, 170-179, 199, 200
『ワンラヤーの愛』 23, 221, 226, 232, 237, 239, 242, 244
ワンワイタヤーコーン親王 112, 156, 160, 162, 177

A
*A Turn of Fortune's Wheel* 81, 82

B
*Bangkok Times* 79

D
Dan Beach Bradley 115

K
*The King's Command* 81, 82

L
*The Looker-on* 79

N
*The New Model English-Siamese Dictionary* 137

S
*Siam Observer* 79

備考：人名については当該著作に用いられている筆名、あるいは本名で配列、複数筆名の場合（　）に内に併記。

## 著者紹介

### 吉岡 みね子（YOSHIOKA Mineko）

1948年長崎市生まれ。1971年奈良女子大学文学部英語英米文学科卒業後、社団法人日泰貿易協会入社（この間1981～83年バンコク日本人学校教諭）。同協会機関誌「タイ国情報」編集長、天理大学国際文化学部准教授を経て2009年同大学定年退職。現在、同大学非常勤講師、同大学「サテライト」語学教室講師、広島タイ交流協会顧問。

### 主な著書

『文学で読むタイ――近代化の苦悩、この百年――』（創元社、1993）
『タイ文学の土壌――思想と社会――』（溪水社、1999）
『タイの事典』（タイ作家項目執筆、同朋舎、1993）
Dictionary of Literary Biography〔世界文学事典 第348巻〕（タイ作家項目執筆、Bruccoli Clark Layman, Inc., 2009）
『タイ事典』（タイ作家項目執筆、日本タイ学会編、めこん、2009）

### 主な訳書

『サーラピーの咲く季節』（スワンニー・スコーター、段々社、1983）
『チャオプラヤー河の流れ――タイ文学と社会思想――』（サティエン・チャンティマートーン、財団法人大同生命国際文化基金、1987）
『タイ・仏教の詩(うた)』（レヌー・ワタナクン、段々社、1987）
『ナーンラム――タイ作家詩人選集』（タイ国言語・図書協会編、同、1990）
『地、水そして花』（サクチャイ・バムルンポン、財団法人大同生命国際文化基金、1991）
『タイの大地の上で――現代作家・詩人選集――』（タイ国作家協会編、同、1999）
『敗者の勝利』（セーニー・サオワポン、同、2004）
『幻想の国』（M.R.ニミットモンコン・ナワラット、同、2009）

### 監訳・編集

『大地の力――プーミポン国王』（タイ総理府、2008）


# タイ国家と文学

平成22年 2 月 14 日　発行

著　者　吉岡みね子
発行所　株式会社溪水社
広島市中区小町1-4（〒730-0041）
電話　(082) 246-7909／FAX (082) 246-7876
E-mail：info@keisui.co.jp

ISBN978-4-86327-083-1 C3098
平成21年度日本学術振興会助成出版